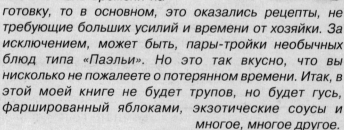

Читайте романы примадонны иронического детектива Дарьи Донцовой

Сериал «Любительница частного сыска Даша Васильева»:
1. Крутые наследнички
2. За всеми зайцами
3. Дама с коготками
4. Дантисты тоже плачут
5. Эта горькая сладкая месть
6. Жена моего мужа
7. Несекретные материалы
8. Контрольный поцелуй
9. Бассейн с крокодилами
10. Спят усталые игрушки
11. Вынос дела
12. Хобби гадкого утенка
13. Домик тетушки лжи
14. Привидение в кроссовках
15. Улыбка 45-го калибра
16. Бенефис мартовской кошки
17. Полет над гнездом Индюшки
18. Уха из золотой рыбки

Сериал «Евлампия Романова. Следствие ведет дилетант»:
1. Маникюр для покойника
2. Покер с акулой
3. Сволочь ненаглядная
4. Гадюка в сиропе
5. Обед у людоеда
6. Созвездие жадных псов
7. Канкан на поминках
8. Прогноз гадостей на завтра
9. Хождение под мухой
10. Фиговый листочек от кутюр
11. Камасутра для Микки-Мауса

Сериал «Виола Тараканова. В мире преступных страстей»:
1. Черт из табакерки
2. Три мешка хитростей
3. Чудовище без красавицы
4. Урожай ядовитых ягодок
5. Чудеса в кастрюльке
6. Скелет из пробирки
7. Микстура от косоглазия

Сериал «Джентльмен сыска Иван Подушкин»:
1. Букет прекрасных дам
2. Бриллиант мутной воды
3. Инстинкт Бабы-Яги

Дарья Донцова

Вынос дела

Москва

ЭКСМО

2 0 0 3

ИРОНИЧЕСКИЙ ДЕТЕКТИВ

УДК 882
ББК 84(2Рос-Рус)6-4
Д 67

RUSSIAN
FIC
DONTSOVA

Серийное оформление художника *В. Щербакова*

Донцова Д. А.
Д 67   Вынос дела: Роман. — М.: Изд-во Эксмо, 2003.—
416 с. (Серия «Иронический детектив»).

ISBN 5-04-005282-0

Один за другим погибают сокурсники Даши Васильевой... Вылетев-
ший из-за угла «Фольксваген» подмял под колеса переходившую дорогу
Зою Лазареву. Дважды проехав по безжизненному телу, машина умча-
лась прочь. Кто сидел за рулем этого автомобиля и не связан ли с этими
убийствами таинственный Жок, на след которого по просьбе полковника МВД Дегтярева пытается выйти отчаянная любительница частного
сыска Даша Васильева?..

УДК 882
ББК 84(2Рос-Рус)6-4

Глава 1

Мы сидели в небольшом кафе и пытались прожевать несъедобные булки, выдававшие себя за свежевыпеченные хачапури.

— Нет, — пробормотал Андрюшка Крахмальников, — проглотить невозможно, с кофейком лучше пойдет.

— Пожалуй, — охотно согласился полковник Дегтярев и направился к стойке.

Через секунду Александр Михайлович вернулся, неся на подносике три пластиковых стаканчика, над которыми поднимались облачка пара. Тут же лежали пакетики. Я терпеть не могу растворимый кофе, но в этой забегаловке просто не варят ничего приличного, а на хороший ресторан ни у Андрюшки, ни у Александра Михайловича денег нет. Они всего лишь сотрудники МВД, да еще не берут взяток. Ну откуда, скажите, в такой ситуации у них возьмется тугой бумажник? Впрочем, могла бы сама пригласить их в любой дорогой ресторан, а потом преспокойненько заплатить по счету. У меня-то нет никаких финансовых затруднений, но Дегтярев и Крахмальников люди старой закваски. В их понимании мужик, обедающий за счет дамы, сродни сутенеру. Вот поэтому-то безропотно стараюсь отодрать от зубов кусок липкого теста.

Андрюшка повертел в руках пакетик с кофе и рассмеялся:

— Мне его нельзя пить, впрочем, тебе, Дарья, тоже.

— Почему? — в один голос спросили мы с полковником.

— А вот глядите, — продолжал веселиться майор, — на пакетике с оборотной стороны написано: «Содержимое Саше насыпать в чашку». А Саша-то среди нас один — ты, Александр Михайлович. Интересное дело, а для Андрюши есть кофеек?

— Дай сюда, — велел Дегтярев и выхватил у приятеля из рук бумажный пакетик, где черным по белому, вернее, красным по коричневому была обозначена странная инструкция. — Что за чушь?

— Действительно чушь. И все потому, что слово «саше» написано с заглавной буквы. По-французски — это «пакетик», а вы так плохо в свое время учили язык, что ничего не помните.

— Ты мне в академии всегда с первого захода зачет ставила, — возмутился Александр Михайлович.

— Просто хотела от тебя побыстрей избавиться, — парировала я, — понимала же, что ты никогда язык Бальзака не выучишь.

— Ладно вам, — примиряюще поднял руки Андрюшка. — Дарья, спрячь шашку, у нас к тебе дело.

— Ко мне? — изумилась я. — Вы, как правило, предпочитаете держаться от меня подальше. Обзываете дурой, кричите, что сую нос куда не следует...

— Может, все-таки без нее обойдемся... — вздохнул Александр Михайлович.

Я испугалась и пробормотала:

— Ладно, ладно, шучу...

Андрюшка закурил, дым поплыл к потолку, и я моментально закашлялась.

— Извини, — сказал майор и принялся разгонять рукой вонючие клубы.

Надо же, какие они сегодня вежливые, ох, не к добру.

— Не томите и выкладывайте, зачем я вам вдруг понадобилась.

— Видишь ли, — завел Александр Михайлович, — мы тут ловили одного мерзавца. Отвратительный мужик. Собирал дань почти со всех московских сутенеров, а кто отказывался платить, получал по полной программе. На первый раз подручные бандита били ослушника, а на второй могли и убить. Вот мы и занимались одним убийством. У парня целая структура, но никто не знает его имени. Известна только кличка — Жок. Но по картотеке никакой Жок у нас не проходит. Либо не сидел никогда, либо замаскировался. Организовал банду здорово, прямо Дон Корлеоне! Контингент разбит на пятерки. Старший выходит на десятника, и так дальше вверх. Чем ближе к главарю, тем меньше посвященных. Жока этого вообще только трое видели. Не поверишь, все по-разному гаденыша описывают. Один говорит — брюнет, глаза карие, в очках, борода, усы, рост примерно за метр семьдесят, размер этак пятидесятый. Второй твердит — блондин, голубоглазый, бритый, худощавый, даже хрупкий, рост около метра шестидесяти пяти. Третий вообще несет чушь — кавказец, горбоносый, страшно высокий. Даже о возрасте договориться не сумели. Разброс от двадцати до пятидесяти. На машине не ездит, передвигается где на метро, где общественным транспортом. Есть пейджер, зарегистрирован на Романа Мальцева. Мы проверили — Роман Кондратьевич Мальцев, 1970 года рождения, погиб в автокатастрофе два года тому назад. Мобильник тоже оформлен на этого Мальцева. Только телефоном он практически не пользуется. Впрочем, один раз засекли звонок, установили квартиру и приехали, а там бабуля сидит слепая, почти ненормальная, и бормочет: «Ничего не знаю, ничего не видела!» Ну не буду тебя утомлять. Словом, сумели сесть безобразнику на хвост. Вели, вели и привели в один дом, он за ворота — шмыг, и все! Ладно, думаем, проверим. Обстановка сама знаешь какая, вся страна взрывчатку по подвалам ищет.

Снарядили участкового, дали ему в подручные своего сотрудника. Ну они и пошли. «Здравствуйте, — говорят, — извините, в связи с террористическими взрывами проверяем проживающих».

Хозяйка, молодая, красивая, приветливо провела милиционеров в гостиную и охотно сообщила: «В доме прописаны трое — муж, дочь Варвара школьного возраста и я, но есть еще гувернантка, повар, горничная, садовник и шофер. Все москвичи».

Посмотрели документы у проживающих. Потом прогнали сведения через компьютер. Ничего! Добропорядочные граждане, никогда не конфликтовали с законом. Хозяйка нигде не работает, ведет светский образ жизни, знает почти всю Москву. Вчера на приеме, сегодня в театре, завтра на фуршете...

— А муж? — перебила я приятеля.

— Объелся груш, — вздохнул полковник, — держись за стул — депутат Харитонов.

Я присвистнула. Олег Андреевич Харитонов — известная личность. Его довольно часто показывают по телевизору. Адвокат, успешно сделавший карьеру на политическом поприще. С виду умен и интеллигентен, ни в каких драках или скандалах не замечен. Всегда безукоризненно одет, голос приятный — этакий мягкий тенор. Лет ему скорей всего слегка за пятьдесят, но выглядит изумительно. Женат второй раз, причем и тут обошлось без неприятностей. Олег Андреевич не разводился, первая супруга умерла, вроде бы от рака. Вторая жена появилась года два тому назад, и я ее еще не видела.

— Ты его знаешь? — удовлетворенно отметил Крахмальников — Ну да у вас; богатеев, своя тусовка.

Я тяжело вздохнула:

— Встречаемся на всяких мероприятиях.

— Конечно, — закивал головой Андрюшка, — банкеты, фуршеты, презентации.

Я разозлилась:

— Хватит издеваться, сам знаешь, никогда не посещаю подобные сборища! Просто иногда не могу отказать близким знакомым. Максу, например, все-таки бывший муж.

— Конечно, — хихикнул полковник, — у тебя четверо экс-супругов, если каждый три раза в месяц позовет на вечеринку, уже двенадцать выходов получается!

— Прекрати, — возмутилась я, — великолепно помнишь, что Костик жадина и мало зарабатывает, Генка давным-давно в Америке, Кирилл болен... Один Максим только и остается.

— Ну что вы все время ругаетесь, — вздохнул Андрюшка.

— Он первый начал, — сказала я.

— Хватит, — буркнул Крахмальников.

— Да объясните, наконец, чего вы от меня хотите? — попросила я.

Полковник повертел в руках пластмассовую ложечку в светло-коричневых разводах.

— Понимаешь, дальше гостиной наших людей не пустили.

— Ну?

— Всех вызывали в парадную комнату — повара, шофера...

— Ну?

— Другие помещения посмотреть не смогли...

— И что?

— Парень, которого мы приняли за Жока, вошел именно в этот дом. Причем не с парадного хода и не со стороны кухни, откуда приходит прислуга. Там обнаружилась в ограде маленькая, ловко скрытая от посторонних глаз калиточка. Шмыгнул и исчез!

— А я при чем?

— При том, — начал кипятиться Александр Михайлович, — нам нужно как следует осмотреть все помещения и узнать, кто еще там проживает! Дом огромный, вроде твоего. Сколько у вас комнат?

— Двенадцать, пять ванных, кухня, террасы...

— Там побольше будет, не два этажа, как у тебя, а три...

— Все равно не понимаю...

— Господи, — в сердцах воскликнул Андрюшка, — ну кто мог предположить, что ты такая дура! Напросишься в гости и изучишь обстановку.

— Я?!

— Ты, — в голос сказали мужчины и уставились на меня совершенно одинаковыми карими глазами. Не в силах сдержать изумления, я широко раскрыла рот и выпялилась на них. Невероятно!

Мы дружим уже много лет. С полковником Дегтяревым познакомилась, когда взяла себе приработок — группу в Академии МВД. Зачем будущим стражам порядка понадобился французский, одному богу ведомо, но в сетке часов он занимал почетное место. Бедные мужики сражались с неправильными глаголами, как Дон Кихот с ветряными мельницами. Но самым «талантливым» оказался Александр Михайлович. За несколько лет я сумела впихнуть в его голову всего лишь три фразы: «Мое имя Александр», «Я живу в Москве», «Я работаю в милиции». Все! Даже возраст сообщить не может. Наверное, если б он не менялся каждый год, в конце концов выучил бы, потому что начало фразы «Мне исполнилось...» он помнит. Беда начинается, когда он добирается до числительного. То ли я отвратительный преподаватель, то ли у Дегтярева мозги повернуты не в ту сторону.

Но как бы ни обстояло дело с изучением иностранных языков, нас связывает тесная дружба. Мои дети, Аркадий и Маша, нежно любят толстяка. Одно время они мечтали, что когда-нибудь Александр Михайлович предложит мне руку и сердце, а я с криком «Да!» кинусь на его шею сорок шестого размера. Но ничего подобного не произошло. И хотя полковник холостяк, а я четырежды разведенная дама, мы всего лишь друзья. Давно пройден период, когда мы могли закрутить роман, сейчас отношения прочно перешли в фазу братских.

— А все-таки хорошо, — пробормотала на днях Маша, укрывая пледом мирно похрапывавшего на диване после воскресного обеда Дегтярева, — что мамулечка не вышла за полковника замуж. Они бы уже давным-давно развелись. А так, видите, спит себе спокойненько.

Крахмальников появился в нашей жизни чуть позже, но уже лет пятнадцать мы ходим друг к другу на дни рождения. Андрюшка давно и счастливо женат, его супруга Лена — моя хорошая подруга. Подрастают у него и трое мальчишек — Миша, Петя и Сережа.

В наших почти идиллических отношениях есть одна большая ложка дегтя. И Александр Михайлович, и Андрюшка занимаются расследованием по долгу службы. Я же влезаю во всяческие истории исключительно случайно, и не моя вина, что почти всегда распутываю сложные дела. Нашла убийцу Ларисы, помогла вернуть детей, украденных у матери, спасла от тюрьмы Макса Полянского, вытащила из лагеря Рому, да много чего было, потому что разнообразные приключения и неприятности слетаются на мой двор стаями. Правда, Александр Михайлович, как правило, дико ругается и велит не совать нос во все мышеловки.

— Не мешайся под ногами, — рявкает приятель, — только запутываешь все! Ниро Вульф доморощенный! Сиди дома, читай детективы и не лезь не в свое дело.

Сколько раз мне приходилось действовать украдкой, чтобы в конце концов вместо благодарности услышать:

— Если бы не глупая Дарья...

И вот теперь им вдруг понадобилась моя помощь! Просто непостижимо!

— Как, по-вашему, я туда попаду?

Андрюшка фыркнул:

— А как ты вообще всюду влезаешь?

Так, уже и оскорбления начались.

— Возьмите ордер на обыск и сами пошукайте!

— Господи, — в один голос закричали друзья, — да кто нам его даст?!

— Прокурор.

— Слушай, — дернул шеей Дегтярев, — это просто невозможно, нам никогда не попасть в дом законным путем. Да и нет никаких улик, только подозрения. А тебе ничего не стоит, и потом, насколько знаю, ты всегда мечтала поработать детективом, вот и даем тебе шанс!

— Но я с Харитоновым близко не знакома!

— Ерунда, — отмахнулся Андрюшка, — у вас, богатых, свои причуды. Найдешь общих друзей и напросишься на недельку в гости. Тебя никто не заподозрит в связи с милицией. Обеспеченная, взбалмошная, нигде не работающая идиотка...

Он опять со вкусом закурил. Я смотрела на него и лихорадочно соображала. Дурят они меня, что ли? На дворе, правда, апрель, но первое число уже миновало. И что он имел в виду, когда сказал — «обеспеченная, взбалмошная, нигде не работающая идиотка»? Это мне предлагается такой имидж или Андрюшка действительно именно такой меня и считает?

Впрочем, доля истины в данном заявлении все же есть. Несколько лет тому назад на семью неожиданно свалилось богатство. Долгие годы мы жили с моей подругой Наташей в крохотной двухкомнатной «распашонке» в Медведкове. Бегали на работу в третьесортный технический вуз, где прозябали на кафедре иностранных языков, подрабатывали частными уроками... Денег не было никогда. Подрастали двое детей, постоянно хотела есть и стая домашних животных — собака, две кошки, хомячки, крыса... Даже рыбки, завидя меня, начинали беззвучно разевать рот, намекая, что сушеные дафнии уже закончились.

Жить бы нам, считая медные копейки, но неожиданно Наталья выскочила замуж за богатого француза и превратилась в баронессу Макмайер.

Естественно, мы все в полном составе — я, Аркаша, его жена Оля и Маша отправились в Париж. Но не успели мы порадоваться Наташкиному счастью и благополучию, как Жана Макмайера убили. После его кончины Наталье достался отлично налаженный бизнес, коллекция картин, трехэтажный дом в предместье Парижа и километровый счет в банке.

Сгоряча мы остались в Париже. Получили паспорта Французской Республики и... затосковали. Ностальгия — типично русская инфекция. Пришлось вернуться в Россию. Построили дом в поселке Ложкино, и теперь наша жизнь состоит из переездов, вернее, перелетов: Москва — Париж, Париж — Москва. Вместе с нами туда-сюда катаются и домашние животные — пять собак, три кошки, ручная крыса, попугай Коко и жаба Эльвира. В последний раз летели на Рождество в столицу моды, и стюардесса бесхитростно поинтересовалась:

— А вы в каком цирке выступаете? На Цветном бульваре?

Став «новыми русскими», мы никак не можем расстаться со старой привычкой работать. Каждый нашел себе дело по душе.

Аркашка стал адвокатом. Его жена Ольга, впрочем, дома ее зовут Зайка, закончила иняз, а потом внезапно превратилась в спортивного комментатора на телевидении. Тысячи мужчин кидаются к экрану, завидя ее милое личико. Маша еще слишком мала, чтобы работать. Девочка пока учится в колледже. Но будущая профессия выбрана — дочь твердо решила стать «собакологом». Поэтому ее день тоже расписан по часам — утром школа, потом подготовительные курсы в Ветеринарной академии, домашние задания. Наташка неожиданно открыла у себя талант и пишет любовные романы, причем на французском языке.

Одна я ничего не делаю. Ну совершенно ничего.

Талантами не обладаю, петь, писать, рисовать и ваять не умею, а шитье и вязание вызывают нервную почесуху. Готовит у нас кухарка Катерина. Конечно, можно слегка подвинуть ее у плиты и удариться в кулинарию, но, честно говоря, жалко домашних. Картошка у меня всегда разваривается, пироги подгорают, а мясо делается жестким, словно кирпич. Уют в доме наводит домработница Ирка, а с моими внуками, близнецами Анькой и Ванькой, возится няня Серафима Ивановна. Меня она к ним не подпускает, впрочем, Ольгу с Аркадием тоже. Дети выдаются родителям всего на полчаса в день, закрыта детская и от тети.

— Ты, Машенька, должна понять, — втолковывает старушка, — в школе гнездятся ужасные инфекции — корь, ветрянка, коклюш, свинка...

Хочешь посмотреть на племянников, надевай стерильный халатик.

— Вообще-то она права, — бормочет Манюня, намывая руки, — к маленьким всякая дрянь постоянно липнет. Вот детенышей обезьян, например, стараются лишний раз на улицу не выносить.

Так что, сами понимаете, делать мне решительно нечего, остается читать детективные романы. Всяческие тайны, убийства влекут меня чрезвычайно. И вот сейчас вдруг представляется шанс поучаствовать в расследовании преступления!

— Ну что, решила? — поинтересовался Александр Михайлович.

— Ладно уж, так и быть, выручу. Хотя, честно говоря, очень занята, и мне немного не с руки.

— Вот видишь, — удовлетворенно хмыкнул Дегтярев, поворачиваясь к Андрюшке, — я же сказал — услышит про дело и тут же побежит босиком по снегу. А ты не верил, думал, испугается!

Глава 2

Дома я принялась лихорадочно листать телефонную книжку. Кто может поближе познакомить с Олегом Андреевичем? Собственно говоря, я его знаю. Андрюшка прав, пару раз мы сталкивались на банкетах. Помню его покойную жену Валентину, красивую, статную, молчаливую женщину. Как-то оказались рядом во время концерта Растроповича. Меня удивило, что все три часа, пока главный эмигрант Страны Советов играл на виолончели, Олег Андреевич держал супругу за руку. Честно говоря, слегка позавидовала — прожить вместе столько лет и сохранить остроту чувств. Потом в газете промелькнуло сообщение о смерти Вали, буквально через три месяца Харитонов вновь пошел в загс. Немедленно заработала машина слухов. Газета «Экспресс» тут же опубликовала статью под заголовком «Безутешный муж». На несчастного Олега Андреевича вылилось ведро грязи. Якобы Валентина последние годы тяжело болела, и их брак превратился в чистую формальность. Место в кровати возле депутата прочно заняла некая Татьяна, работавшая у него переводчицей. И после смерти жены он оформил их отношения.

Харитонов никак не отреагировал на сообщение, но примерно через месяц газета «Семья» напечатала большой «подвал», где новая жена Харитонова предельно честно рассказала историю своих отношений с депутатом.

Да, они много лет вместе. Их дочь Варвара уже школьница. Но Олег Андреевич не хотел развода с Валентиной. Первая супруга была тяжело больна, и он считал невероятным свинством бросить спутницу жизни в подобной ситуации. Танечка принимала позицию любовника, ничего не требовала ни для себя, ни для дочери, держалась в тени, и об их взаимоотношениях знали лишь немногие особо доверенные люди. Когда в конце концов болезнь доконала Валю, Олег Андреевич поторопился узаконить гражданский брак с Танюшей. Вот и вся история. Депутат выглядел абсолютно порядочным мужчиной, новая жена — интеллигентной, любящей женщиной. Валентина — несчастной калекой... Скандал затих, не успев разгореться.

Таню я никогда не встречала. Она принципиально не посещала никаких мероприятий, даже тех, в приглашении на которые стояло — «с супругой». Дама-невидимка. Злобные сплетницы поговаривали, что будто бы у второй мадам Харитоновой безобразная внешность, огромное родимое пятно на щеке, сутулая спина и ноги кавалериста.

Телефонный звонок прервал раздумья.

— Дашка, привет, — зачастил в трубку высокий, нервный голос.

— Привет, — машинально отозвалась я, не узнавая говорившую.

— С трудом твой номер нашла, спасибо Ленька Мамонтов подсказал, — продолжала неизвестная женщина.

Она говорила быстро, слегка задыхаясь, словно на бегу.

— Небось гадаешь, кто звонит?

— Ну, в общем...

— Ха, Зоя Лазарева.

— Зоинька, — обрадовалась я, — сколько лет, сколько зим, как поживаешь?

С Лазаревой мы учились в одной группе. Поступали в иняз одновременно, и обе, без всякого блата, получили «отлично» на экзамене по-французскому. Вещь почти невозможная для абитуриентки данного института. Даже девочки, занимавшиеся с лучшими репетиторами, получали не больше четверки. Пятерки там ставили лишь своим, внесенным в разнообразные списки — от ректора, от декана, от парткома. Простому человеку попасть в иняз было практически невозможно. Для этого нужно было либо обладать связями, либо заплатить огромную сумму.

Но мы с Зоей ни о чем таком и не подозревали, наивно полагая, что вступительные экзамены — это всего лишь проверка знаний.

Нас отдали на растерзание Раисе Измайловне Милославской, роскошной полной даме, безупречно владеющей языком. Ее перу принадлежало то ли двадцать, то ли тридцать учебников, методических пособий и справочников. И именно к ней попадали те, кому следовало поставить «неуд». Милославская вцепилась в меня, как терьер. Текст, предложенный для перевода, был сложным даже для пятикурсника. Минут тридцать она болтала со мной на разные темы, потом вызвала подмогу — Татьяну Карловну Раушенбах. Они начали трясти меня вдвоем. Наконец Раиса Измайловна глянула на Раушенбах и промямлила:

— Кажется, коллега, здесь «отлично».

— Да, — вздохнула та, — ничего не поделаешь.

Я выпала в коридор и встала у окна. Прохладный июньский ветерок приятно пробегал по взмокшей спине. Спасибо, Сюзи! В огромной коммунальной квартире, где прошло мое детство, жила настоящая парижанка — Сюзетта, жена погибшего в сталинских лагерях французского коммуниста. Сюзи практически не владела русским языком, страшно бедствовала, и моя бабушка наняла ее нянькой. К трем годам я говорила по-французски лучше, чем по-русски. Сюзи научила меня читать и писать. В школе мне порой было трудно на уроках русского языка. Зато преподавательница французского вечно ставила меня всем в пример.

Следом за мной в коридор вылетела красная Зоя.

— Пятерка, — прошептала она, — тебе не кажется, что они пытались нас завалить? Вон та, черненькая, еле-еле читала, а ей сразу «отлично» влепили.

Я пожала плечами:

— Может, и хотели отсеять, только не получилось, а откуда ты так здорово язык знаешь?

— Шпион научил, — хмыкнула Зоя.

— Кто? — изумилась я.

— Видишь ли, — захихикала Зоя, — я из Верми, городок такой в Сибири, прямо возле центральной площади — зона. А дома у нас комнату снимал вольный поселенец, его за шпионаж посадили в 50-х. По-русски так и не научился, пришлось нам французский осваивать. Ему в 65-м срок вышел, только Пьер успел в маму влюбиться и остался. Мы с ним только по-французски болтали, и мамулька тоже его язык выучила. Он ее замуж зовет, да она боится, все-таки шпион. Так и живут без росписи.

Пять лет мы грызли вместе грамматику, потом наши пути разошлись, и вот Зойка неожиданно звонит.

— Слушай, Дашутка, помнишь, какая у нас дата?

— Нет, — растерялась я.

— Двадцать лет, как иняз закончили!

А ведь верно, надо же, сколько времени пролетело.

— Вот решили собраться, — частила Зоя, — почти всех разыскали: и Катьку Волкову, и Федю Пригожина, и Раю Скоркину... Так что готовься — в пятницу приезжай к Тане Ивановой домой, пиши адрес.

Я схватила ручку.

— Успенское шоссе, 12-й километр, — диктовала деловито Зоя, — поселок Федулово, дом три. И еще: решили веселиться на полную катушку, поэтому изволь надеть костюм.

— Какой? — растерялась я.

— Ну уж это тебе видней, — рассмеялась подруга, — хоть Красной Шапочки. Решили устроить карнавал. И чтобы обязательно маска на лице. Сначала повеселимся на полную катушку, сорок человек позвали, почти весь курс соберется. Будем гадать, кто есть кто! А в полночь маски долой — то-то хохоту будет!

Из моей груди вырвался вздох. Боюсь, не до смеха станет. Не встречались почти четверть века, так что и без масок можем друг друга не узнать. Лично я прикреплю где-нибудь табличку — Дарья Васильева.

Но Зоя просто фонтанировала энтузиазмом:

— Смотри не опаздывай, сбор к пяти.

— Погоди, погоди, что приносить: вино, конфеты, колбасу?

Зоя радостно засмеялась:

— Ничего! Нас Танюшка приглашает.

— Столько человек? Ей-богу неудобно, давайте хоть деньгами скинемся.

— Оставь, — успокоила Лазарева. — Танька среди нас самая богатая, ей такой расход — тьфу.

— Чем же она занимается? — удивилась я.

— Сейчас ничем, — пояснила Зоя, — просто удачно замуж выскочила.

— А кто супруг?

— Держись за стул, — взвизгнула Зоя, — депутат Харитонов! Слышала небось? Он через день в телевизоре мелькает. Заодно и познакомимся.

Из трубки понеслись короткие гудки. Я в обалдении уставилась на «Эриксон». Ну надо же, а еще говорят, что чудес не бывает.

Узнав о костюмированном бале, домашние чрезвычайно воодушевились.

— Нарядись принцессой, — велела Маша, — юбка на кринолине, кругом кружева, кружева и большой парик с буклями.

— Представляю, как гости заржут, когда мать маску снимет, — схамил Аркадий, — думали девочка, а там бабушка.

Я решила пропустить бестактность мимо ушей. При росте метр шестьдесят четыре вешу сорок восемь килограмм, к тому же имею абсолютно классические параметры — талия пятьдесят семь, бедра — восемьдесят восемь. Вот только бюст слегка подкачал, если честно, то его совсем нет.

— Ужасная глупость пришла тебе в голову, Маня, — накинулась Зайка на девочку, — тут нужно нечто совершенно экстраординарное, эксклюзивное и к тому же смешное.

— Пусть оденется поросенком Наф-Нафом, — предложила Машка. — Возьмет в руки ведерко, мастерок, и маска не потребуется, мордой прикроется с пятачком.

— А зачем ведро с мастерком? — изумилась я.

— Так он каменный дом строил, — пояснила Манюня, — самый разумный из всех оказался. Роль как раз для тебя, мулечка.

— Чего-чего, а разумности у нашей матери нет и в помине, — тяжело вздохнул Кеша, — только каменные хоромы мастерил Ниф-Ниф.

— А вот и нет, — ощетинилась Маня, — Наф-Наф.

— Ниф-Ниф, — настаивал брат.

— Наф-Наф, — не успокаивалась сестрица.

— Ниф-Ниф.

— Наф-Наф!!!

— Ну, прекратите немедленно, — не выдержала Ольга. — Кеша, как тебе не стыдно, споришь с глупым ребенком. Какая разница — Ниф-Ниф или Наф-Наф?

— Никакой, — успокоился Кешка, — пусть будет по-твоему, Маня.

— Не надо мне уступать, — заорала Маша, — сейчас точно узнаем!

И с ужасающим топотом дочь понеслась в библиотеку.

— Не хочу одеваться поросенком, — вырвался стон из моей груди.

— Не надо, — успокоила Зайка, — завтра пороюсь в костюмерных и найду что-нибудь подходящее, не расстраивайся, положись на мой вкус.

— Ага, — раздалось из коридора, и торжествующая Маруся влетела в гостиную, размахивая толстой книгой. — Ага!

— Ну и что? — поинтересовался Кеша.

— Никто не угадал, — возвестила сестрица, — имечко ему Нуф-Нуф!

— Вот и славненько, — сказала Зайка, — оба плохо знаете литературу, а спорите.

Кеша и Маня уткнулись в телевизор. Ольга пошла наверх, я за ней. Так, теперь следует обдумать, как ухитриться обследовать все комнаты.

Невестка расстаралась на славу. В пятницу около одиннадцати утра влетела ко мне в спальню и, раздернув шторы, воскликнула:

— Примерь-ка!

На кровати громоздился чемодан. Я потянула за «молнию» и уставилась на нечто желто-коричнево-розовое. Какие-то круги, потом гигантский чулок темно-красного цвета. Тут же лежала и странная шапочка одного цвета с чулком. Больше всего она напоминала убор палача — «шлем» с узкими прорезями для глаз, целиком скрывающий лицо. На макушке отчего-то нашита омерзительная тряпка цвета детской неосторожности.

— Что это?

— Хот-дог, — пояснила Зайка, — желтое — булка, красное — сосиска. Здесь, — ее палец с безукоризненным гелиевым ногтем ткнулся в тряпку, — горчица.

— Ужас! — вполне искренне сообщила я.

— Вот и нет, — возмутилась Ольга, — очень даже оригинально. Одна такая будешь. Ну, давай, давай, напяливай.

Кое-как, чертыхаясь, я принялась натягивать костюмчик. Через пару секунд стало понятно: нечего и думать сделать это без посторонней помощи. Зайка ринулась впихивать любимую свекровь в узкий футляр. Минут десять мы щелкали резинками и дергали всевозможные «молнии». Наконец мою голову скрыл колпак, крайне довольная Зайка объявила:

— Гляди, по-моему — потрясающе!

Я попыталась сделать шаг и чуть не рухнула. «Сосиска» оказалась очень узкой, правда, чуть пониже колен футляр слегка расширялся, превращаясь в некое подобие колготок удручающе кетчупового цвета. Булки, представлявшие собой огромные куски поролона, обтянутые парусиной, надевались на талию. Вниз они свисали почти до щиколоток, вверху доходили до плеч. Руки предлагалось высовывать в небольшие отверстия, и на них полагалось надеть желтые перчатки. Шапочка плотно прилегала к лицу и отчаянно воняла чем-то кислым и невообразимо гадким. Может, актера, носившего данный прикид до меня, стошнило прямо в маску?

Кое-как, мелко перебирая ногами, я доковыляла до зеркала. Да, родная мать не узнает! Фигуры не видно совершенно, лица, впрочем, тоже. Лишь глаза сверкают в отверстиях.

— Класс! — пришла в полный восторг Зайка и заорала: — Кеша!

На клич моментально явились наши собаки. Их в доме живет пятеро — ротвейлер Снап, питбуль Банди, пудель Черри, йоркширская терьерица Жюли и английский мопс Хуч. Вся свора влетела в спальню. Последним внесся запыхавшийся Хучик. Его коротенькие ножки не созданы для гонок по лестницам. Увидав «хот-дог», псы моментально сели. Потом Снап поднял голову и завыл.

— А ну, прекрати, — разозлилась Ольга, — заткнись немедленно! Ты чего, хозяйку не узнал?

Конечно, нет, впрочем, остальные тоже выражали недоумение. Костюм источал незнакомые запахи. Жюли мелко затряслась щуплым тельцем; Черри так распахнула пасть, что со стороны казалось, будто у пуделихи от изумления отвисла челюсть; храбрый питбуль на всякий случай забился под диван. Хорошо, хоть пол сухим остался. Наш отважный Бандюша от страха моментально писается. А маленький сарделькообразный Хучик залился громким негодующим лаем. Под складчатой шкуркой и толстым слоем жира бьется отважное сердце. Хуч смело нападает на незнакомые предметы, подпрыгивая от возмущения.

— Полный аут, — пробормотал вошедший

сын. — Сокрушительный успех гарантирован. Никто и не догадается, кто спрятан внутри. Во всяком случае, собаки в нокауте.

Я стащила с головы «шлем» и рявкнула:

— Сейчас же прекрати!

— Ты мне? — спокойно спросил Кеша.

— Нет, — разозлилась я, — Хучу.

Следующие полчаса потратила на то, чтобы покинуть «сосиску». Руки никак не могли нащупать «молнию», расположенную крайне неудобно.

— Какой дурак шил это одеяние, — кипела я, выползая из футляра, — надо же додуматься — ни снять, ни надеть.

— Вообще-то актерам положен костюмер, — пояснила Зайка, помогая избавиться от «булки».

— Ну и как, по-твоему, я справлюсь в гостях одна?

— Очень просто, — не дрогнула невестка, — поедешь одетой, а когда праздник завершится, попросишь кого-нибудь расстегнуть застежки.

— Ты с ума сошла, я не влезу за руль!

— Запросто, — успокоил Аркадий, — отодвинешь подальше кресло, подогнешь поролон, и вперед.

Так и сделали. Шапочку с «горчицей» я положила рядом и, стараясь дышать ровно, понеслась по шоссе.

Костюм оказался на редкость неудобным. Сразу стало жарко, и зачесалась спина. Я принялась елозить на сиденье, стараясь унять зуд. Куда там! Скорей всего в «хот-доге» целое гнездо блох и клопов.

Пытаясь почесаться, я чуть было не влетела во внезапно остановившийся троллейбус, одна из штанг которого отлетела от проводов и угрожающе раскачивалась в воздухе.

Из кабины выскочил злой водитель и, надевая брезентовые рукавицы, крикнул:

— Чего уставилась? Ехай дальше.

Я послушно нажала на педаль, но верный «Вольво» даже не вздрогнул, мотор молчал. Ничего не понимая, дернула дверцу и обнаружила, что она не открывается. Стекла также не хотели опускаться. Сзади раздавались нетерпеливые гудки. Отчаявшись тронуться с места, я со злостью стукнула по рулю. Ничего себе положеньице!

У дверцы возник гаишник и постучал пальцем в стекло. Набрав побольше воздуха, я заорала:

— Мотор не работает, и машина не открывается!

Парень усмехнулся и ушел. Поток автомобилей начал огибать «Вольво». Большинство водителей, поравнявшись со мной, шевелили губами. Хорошо, хоть не слышно, что говорят. Впрочем, догадаться нетрудно. До слуха донесся резкий щелчок, и передняя дверь распахнулась.

— Ваши документы, — грозно потребовал избавивший меня от плена постовой.

Я протянула права, техпаспорт и потрясенно сказала:

— Ничего не понимаю.

— И понимать нечего, — буркнул парень, не поднимая глаз от бумаг, — не надо было «Клиффорд» ставить.

— Что? — изумилась я.

— Столь широко разлекламированная система сигнализации «Клиффорд», — бормотал сержант, задумчиво разглядывая фотографию, — частенько подводит владельцев. Слишком нервно реагирует на любые импульсы. Вот у троллейбуса штанга соскочила, произошел небольшой электрический удар, а ваша сигнализация поймала его и решила действовать. Моментально прекратилась подача топлива, и были заблокированы двери. Еще скажите спасибо, что теперь мы умеем вскрывать автомобиль в такой ситуации. Год назад сидеть бы вам больше часа взаперти до приезда специалистов.

Он отдал документы и велел:

— Откройте багажник.

Кое-как я выкарабкалась из-за руля и осторожненько посеменила вдоль машины. Нужно признать, что Аркашка был абсолютно прав, утверждая, что меня ждет невероятный успех. Плавно бегущая по шоссе лента автомобилей моментально притормозила. Шоферы начали высовываться из окон, кое-кто засвистел.

Сержант грозно махнул жезлом, автолюбители моментально заткнулись.

— Чего это на вас надето? — не выдержал страж дорог.

— Еду на маскарад, в костюме.

— А-а-а, — протянул парень и милостиво разрешил: — Ну, ехайте себе.

Передвигаясь мелкими шагами, словно гейша, я добралась до передней дверцы и попыталась сесть на водительское место. Не тут-то было. Топорщащиеся во все стороны «булки» никак не хотели складываться. Поглядев на мои бесплодные усилия, сержант, закусив губы, принялся помогать. Вдвоем мы кое-как смяли поролон, и я водрузилась за руль. На лице милиционера заиграла широкая детская улыбка, и он сказал:

— Интересный костюмчик, только жаль, голова не прикрыта.

— Шапочка есть, — с готовностью сообщила я и натянула шлем.

— Абзац, — выдохнул постовой, — ну и крутизна. Ехайте, гражданочка, ехайте.

Чувствуя, что спина начала зудеть с новой силой, я нажала на педаль. Отчего-то настроение испортилось. Ох, чует сердце, без неприятностей сегодня не обойдется.

Глава 3

Но больше приключений не случилось, и к проходной я подкатила почти вовремя. Появившийся из будки охранник широко улыбнулся:

— Здравствуйте, на праздник к Харитоновым? — И, не ожидая ответа, добавил: — Татьяна Михайловна велела гостям сначала идти в сторожку, там комнаты устроили для переодевания. В дом просили только в костюме заходить, а то, говорят, сюрприза не получится.

Я заверила секьюрити, что полностью готова, и покатила по широкой подъездной аллее.

За поворотом показался скрытый деревьями дом. Большой, из красного огнеупорного кирпича, он производил самое положительное впечатление. Никаких башенок, завитушек и колоннад. Простая лестница вела к огромной дубовой двери.

Парковочная площадка оказалась слева. Все ее немаленькое пространство сверкало иномарками. Да, судя по автомобилям, дела у бывших сокурсников идут крайне удачно.

Проклиная неудобный костюм, я нацепила

шапочку и посеменила к парадному входу. Неза-
пертая дверь легко поддалась, и перед глазами
оказался огромный холл с мраморным полом.
Впереди вздымалась широкая лестница с широ-
ченными перилами, по обе стороны от нее тянулись коридоры. Откуда-то слева раздались хло-
пок и взрывы смеха. Я медленно поковыляла на
шум. Перед глазами открылся зал, метров пятьдесят, не меньше. Справа тянулись столы, за-
ставленные всевозможными блюдами, слева —
небольшие столики со сладким, возле окна в спе-
циальных подставках поблескивали разнообразные бутылки.

В центре гомонила пестрая толпа. На секунду
показалось, что в помещении расположился цы-
ганский табор — яркие юбки женщин, пестрые
костюмы мужчин, переливающиеся елочным блеском драгоценности. Потом глаз начал различать
отдельных особей. Кого тут только не было!

Несколько придворных дам, парочка пиратов,
Микки-Маус, медведь, Дед Мороз, Бэтман и какой-то картонный ящик с головой и ногами.

— Класс! — завопил тонким голосом Кот в
Сапогах и подскочил ко мне. — Ты кто?

— Хот-дог, — сообщила я.

— Ребята, глядите, сосиска пришла! — завере-
щал Кот, поминутно подтягивая лосины. Похоже, он одолжил костюмчик у более тучного приятеля.

— Сейчас угадаю кто! — радостно заорала Белоснежка. — Стой не шевелись. Ты — Леня Мар-
ков.

— Нет, — сказала я.

— Ага, — обрадовалась Белоснежка, — голос
женский, значит, Ритка Костикова...

на Валентина обожала драгоценности, понимала толк в украшениях. Мы сидели около вас на концерте Ростроповича, и она спросила, кто сделал этот перстень, помните?

— Припоминаю, что ответила: Макс Полянский подарил. Значит, вижу Олега Андреевича Харитонова?

— К вашим услугам, — наклонил «антенну» «телевизор». — Давно хотел познакомиться с вами. Валя заставила позвонить Полянскому и спросить фамилию ювелира. Вот тогда Макс и рассказал, что Даша — его бывшая супруга и он до сих пор сожалеет о разрыве.

Я ухмыльнулась. После меня у Максика случилось не то шесть, не то семь жен, небось измучился от переживаний. А колечко принес, когда я вытащила его из Бутырской тюрьмы, куда беднягу запихнули по ложному обвинению в убийстве очередной супружницы. Впрочем, большой черный бриллиант в элегантной золотой оправе выглядит привлекательно, да и стоит баснословно дорого. Полянский хотел отблагодарить «адвоката» на полную катушку. Очевидно, покойная Валентина и впрямь разбиралась в брюликах, потому что частенько люди принимают мое кольцо за бижутерию — слишком необычно выглядит солитер.

— У Вали было несколько эксклюзивных вещей, — продолжал Харитонов, — она все жалела, что детей нет, некому оставить. Например, я привез из Японии ожерелье из цветного жемчуга — розового, желтого и черного. Потом изумруды из Боливии, а на пятидесятилетие заказал колье: ее имя — Валентина, — выполненное из сапфиров. Правда, сам день рождения не удал-

Помотав головой, я попыталась сообразить, «кто есть ху» в бурлящей толпе. Но уже через пару минут оставила это пустое занятие. Бывшие студенты постарались на славу. Лица плотно закрыты, у большинства видны только кисти рук. Впрочем, пираты скорей всего мужчины, оба весьма кривоногие, с выпирающим животом, одинаковые, как яйца, — что-то не припомню близнецов на курсе.

Ловко ступая мягкими замшевыми ботинками, ко мне бесшумно подкрался лакей, разодетый в красную ливрею с золотыми позументами, и прошептал:

— Желаете коньяк, шампанское, водку?

Я поглядела в его прикрытое бархатной полумаской лицо и тоже шепотом ответила:

— Спасибо, за рулем, лучше минеральной воды, только я узнала тебя, Костя Филимонов!

Слуга покачал головой:

— Нет, я приглашенный официант. Просто Татьяна Михайловна велела всем надеть костюмы, чтобы совсем весело было.

Я вздохнула и пошла в центр толпы. Без конца хлопали пробки от шампанского, звенели бутылки. Разнообразные закуски быстро исчезали, но у хозяев, очевидно, был рог изобилия, и фуршетный стол не пустел. Подносили все новые и новые блюда, каждый раз другие — тарталетки с икрой, фаршированные перепела, устрицы, копченый угорь и масса салатов — от традиционного «Оливье» до экзотического «Коралла» с лангустами.

Гости вели себя как дети, отпущенные на каникулы. То и дело раздавались взрывы оглушительного смеха. В центре стола возвышалась невероятных размеров хрустальная ваза, в которую был вбит букет из кроваво-красных роз. На ней красовалась табличка: «Приз. Получит тот, кто найдет хозяйку».

Часа через два стало понятно, что кое-кто из гостей хорошо набрался. Толпа поредела, народ начал расползаться по другим помещениям. Я тихонько выскользнула из зала и пошла по коридору. Двери в комнаты стояли нараспашку. Так, рядом с гостиной, как и у нас, столовая. Только комната больше раза в два, и к ней примыкает курительная — небольшое помещение с диванами, креслами и камином. Потом потянулись спальни для гостей. Все словно близнецы: примерно двадцатиметровое пространство заставлено мебелью — кровать, шкафы, кресло, диван, тумбочка... Разнится только цвет покрывал, занавесок и ковров.

Я миновала голубую, розовую, желтую и зеленую опочивальни и уткнулась в глухую стену. Коридор кончился. Пришлось вернуться в холл и пойти налево.

Там тянулись служебные помещения. Огромная кухня, где около десяти человек самозабвенно резали продукты, раскладывали колбасы и сооружали бутерброды. Затем бельевая с гладильной доской, прачечная, следом еще несколько комнат. Толкнув дверь, я обнаружила, что нахожусь в помещении, значительно меньше спальни для гостей — метров десять, не больше, и обстановка крайне простая, если не сказать спартанская. Никаких ковров и дорогих накидок. Всего лишь небольшой половичок у кровати и красивый, но синтетический плед... На тумбочке лежала книга в потрепанной обложке. «Любовь вечна».

Вероятно, тут обитает горничная или кухарка... Следующие комнаты тоже пусты и аккуратно прибраны.

Несолоно хлебавши я вернулась в холл и пошла вверх по широкой лестнице. Здесь меня ждал сюрприз. Площадка второго этажа щетинилась закрытой дверью. Плотно сомкнутые дубовые створки даже не дрогнули, когда я принялась дергать за витые бронзовые ручки. Так, заперто. Что, если подумать, абсолютно естественно. Гостям, которые как следует наберутся, можно шататься по всему первому этажу, вход в хозяйские покои им запрещен. Понятная предосторожность, но мне это сильно усложняет задачу.

В задумчивости я побрела в курительную и наткнулась на одного из ряженых. «Человек-ящик» отдыхал в кресле, наслаждаясь одиночеством.

— Не помешаю? — спросила я, вытаскивая сигареты.

— Что вы, — приветливо сказал мужчина, — устраивайтесь.

Я закурила и, не удержавшись, поинтересовалась:

— Никак не соображу, что вы изображаете?

— Телевизор, — хмыкнул гость, — экран на животе, а голова — антенна.

— Ловко придумано, только, наверное, не слишком удобно.

— Вы правы, Дашенька.

От изумления чуть не проглотила сигарету.

— Как? Откуда знаете?

Мужчина показал пальцем на мою руку.

— Видел подобное кольцо лишь один раз — на пальце у Даши Васильевой. Моя покойная же-

ся — да и какое веселье в больнице, под капельницами. Надел ей на шею, а Тина даже улыбнуться не смогла, так и умерла с сапфирами.

— А где это ожерелье сейчас? — глупо поинтересовалась я.

— С ним и похоронили, — спокойно пояснил Харитонов. — Думаю, что такова была бы и ее воля. Многие украшения ушли вместе с ней. Они и впрямь больше никому не понадобятся. Если бы подрастала девочка, а так...

— Но вы же женились во второй раз!

«Телевизор» пошевелил «антенной»:

— Танюша не большая любительница каменьев, абсолютно равнодушна и к нарядам. Вот повеселиться, устроить бал-маскарад — здесь она мастер. Удивительно задорный, никогда не унывающий человечек. И потом, как вы себе это представляете — Татьяна носит на груди имя «Валентина»? Нелепо!

Из гостиной послышались звуки гонга и крики:

— Маски долой!

— Пошли, — пригласил хозяин, — наступает кульминационный момент.

В комнате царило оживление. Как и следовало ожидать, узнать бывших сокурсников даже без масок оказалось чрезвычайно трудно. Большинство сильно растолстели, обзавелись вторым подбородком, морщинами и лысиной. Кот в Сапогах оказался Никитой Павловым, Красная Шапочка — Раей Скоркиной, Белоснежка — Зоей Лазаревой, а Дядька Черномор превратился в Евгения Пестова. Но самый громкий вздох пронесся по залу, когда маски сняли пираты. Один — Ваня Клюкин, другой... хозяйка дома, Таня Иванова.

— Ну здорово! — кричала Танюшка, потрясая

бандой. — Между прочим, мы с Ванькой специально договорились одеться одинаково, чтобы всех обдурить. Мне, несчастненькой, бедненькой, худенькой девушке, пришлось приделать огромный животище. Ванюшка-то большой любитель пива! А мои стройные ножки? Думаете, легко ходить весь вечер в картонных сапожищах, имитирующих кривизну ног?

Дамы визжали от восторга, мужчины громко хохотали. Я вновь выскользнула из комнаты. Пойду огляжу домик снаружи. Но и во дворе ничего настораживающего не наблюдалось. Я углубилась в сад. «Сосиска» мешала быстро передвигаться, и ноги то и дело спотыкались.

За домом простиралась невероятно ухоженная территория — ряды кустов перемежались клумбами. Была там и детская площадка — песочница, качели, горка. Немного странно, если учесть, что девочке, по слухам, то ли девять, то ли десять лет. Кстати, ребенка на празднике не было видно. Если бы подобное шоу устроили у нас дома, Манюня приняла бы в нем самое активное участие. Хотя, может, Олег Андреевич и Татьяна сторонники жестких методов воспитания и считают, что детям не следует мешаться под ногами у гостей.

Я прошла по всему саду и не обнаружила ничего подозрительного, даже той калитки, куда, по словам полковника, нырнул таинственный Жок. Впрочем, было темно, двор освещался фонарями, и в их не слишком ярком свете можно многого не заметить. Следовало напроситься еще раз в гости днем, а еще лучше утром.

Я обошла дом с торца и наткнулась на небольшую дверь. Толкнула створку и оказалась в коридоре, возле кухни. Скорей всего именно через этот вход в здание попадает прислуга. Интересно, сколько человек постоянно работает у Харитоновых? Что там Крахмальников говорил, кажется, повар, шофер, гувернантка...

В зале по-прежнему веселился народ, правда, основная масса разъехалась, по инкрустированному паркету бродили человек шесть.

— Дашка, — завопила раскрасневшаяся Татьяна, — отлично, что ты еще здесь, а то я расстраивалась, что не говорила с тобой. Так, все снова надеваем маски и делаем фото на память.

Кот в Сапогах, Белоснежка, Красная Шапочка, оба пирата и я сбились в кучу. Ливрейный лакей защелкал фотоаппаратом. Потом выпили еще шампанского, добавили ликер «Айриш-крим» и вновь раскупорили бутылку «Дом Периньон».

— Не снимайте маски, — верещала Таня, — ну и угадайте, где я, а где Ванька?

Около двух Ваня Клюкин расстегнул на пиратском жилете пуговицы и простонал:

— Все, ребята, больше не могу. Пора домой, да и живот заболел, язва, знаете ли, расшалилась. Напозволял себе сегодня лишнего!

— «Де-нол» прими, — посоветовала Рая Скоркина, — хочешь дам?

— Не, братцы, я домой, — заплетающимся языком пробормотал Ванька, — устал.

— Даже не думай, — твердо заявила Татьяна, — мы тут остались самые близкие, одна третья группа, хоть поговорим спокойно.

— Не, домой, — пьяно ныл Клюкин.

Он сильно побледнел и осунулся. Похоже, что мужика и впрямь донимала болячка.

— Не советую садиться за руль в таком состоянии, — велела Таня, — позвони домашним и оставайся ночевать, — и она протянула Ваньке мобильный.

Но Клюкин помотал головой и рыкнул:

— Живу один-одинешенек, никому не нужный.

Высказавшись, Ванюша шмурыгнул носом и зарыдал.

— Ну-ну, — похлопала его по плечу Таня, — не стоит расстраиваться, молодой, красивый, только свистни, женщины прибегут и в штабеля у ног улягутся.

— Никому, никому, абсолютно никому не нужен, — икал Ванька, размазывая сопли, — с тех пор как мамочка умерла, я бедный бесприютный сирота.

Из-под обшлага клетчатой рубашечки соскользнули на запястье большие, вульгарно дорогие часы.

— Эй, кто-нибудь, — велела командным голосом Танюша, — уведите плаксу в спальню!

— Давно скончалась твоя матушка? — осторожно поинтересовалась я.

Но Клюкин достиг той стадии опьянения, когда внешние раздражители не воспринимаются, слышны только собственные страдания.

— Бедный, бедный, одинокий...

— Его мама умерла почти десять лет назад, — пояснила Рая Скоркина, — а он, как напьется, всегда рыдает, вечно на всех вечеринках людям настроение портит. Я все поджидала, когда же он сегодня в плач ударится. Еще долго продержался, почти до самого конца.

Лакей крепкой рукой поволок к выходу несчастного сироту с золотыми часами. Оставшиеся сели плотной группкой на диванах и принялись рассказывать о себе.

Радовало, что никто не пропал. Все-таки знания иностранных языков — верный кусок хлеба, чаще всего с маслом и сыром, а по нынешним временам, когда все кинулись учить детей, даже с икрой.

Рая Скоркина репетиторствовала.

— Беру пятьдесят долларов за академический час, — откровенничала женщина, — готовлю к вступительным. Сильно не зарываюсь — двадцать уроков в неделю, и вся в шоколаде.

Я быстренько умножила в уме пятьдесят на двадцать и с уважением поглядела на Скоркину. Тысяча баксов за семь дней! Совсем неплохой заработок для женщины. Никита Павлов издает газету «Желтуха».

— Господи, — восхитилась Райка, — значит, это у тебя постоянно печатают всяческие сплетни и офигительные фото. Ну скажи, как удалось снять Газманова на унитазе без брюк?

Никита тяжело вздохнул:

— Извини, Рай, дурим читателей. Простой монтаж. Морда певца, а тело взяли от нашего шофера, они похожи с Газмановым.

— Жуть, — взвизгнула Скоркина, — ведь поверила!

— Не ты одна, — ухмыльнулся Никита, — у нас тираж за миллион перевалил.

Зоя Лазарева деканствовала в частном вузе. Судя по ее драгоценностям, дела у высшего учебного заведения шли прекрасно.

Только нам с Танюшей Ивановой было нечем похвастать. Обе не работаем, а просто прожигаем жизнь в свое удовольствие.

Старинные напольные часы глухо пробили три часа. Зоя с чувством произнесла слегка заплетающимся языком:

— Ну, прощайте!

Таня с сомнением глянула на подругу:

— Лучше не садиться за руль в таком виде.

— Меня невестка ждет в машине, — пояснила деканша, — специально с собой взяла, чтобы потом домой доставила.

— Девушка сидела весь вечер в автомобиле? — изумилась я. — Бедняжка, небось замерзла и проголодалась.

Лазарева дернула красивыми плечами:

— Подумаешь, я их с сыном кормлю, пою и одеваю, может и шофером поработать!

Никита Павлов резко встал и потянулся:

— Отбываю, девчонки, еще свидимся. Да, забыл, всем дарю бесплатную подписку на «Желтуху».

Рая Скоркина подхватила сумочку и попросила:

— Пошли, Кит, подвезешь меня, машину не брала сегодня, очень выпить со всеми хотелось. Зойка-то, ну и дрянь! Заставить бедную девушку весь вечер торчать во дворе! Между прочим, у меня тоже была такая свекровь, из-за нее и с мужем развелась. Падла рогатая!

— Кто? — немедленно спросил Никита. — Муж?

— Нет, — хохотнула Райка, — мамонька евонная.

Мы с Таней остались вдвоем. Следовало откланяться и отправляться восвояси. Но тогда задание, первое мое оперативное задание, останется невыполненным. Если не сумею осмотреть

гостеприимной хозяйкой халат и выглянула во двор. Сердце тревожно сжалось. В одном ряду застыли две милицейские машины с синими мигалками, «Скорая помощь» и белый фургончик с красным крестом на глухих дверцах. Такие машины в народе зовут «труповозками».

— Только не пугайся, — сказала, входя в спальню, Таня, — тут беда приключилась.

— Какая? — шепотом спросила я.

— Только не пугайся, — вновь произнесла хозяйка и добавила: — Ваня заболел.

Но я услышала, как лязгнули носилки, вынимаемые из труповозки, и сразу все поняла:

— Умер?!

Танечка кивнула головой. Несмотря на то что спать мы отправились с рассветом, а встали, не отдохнув и трех часов, хозяйка выглядела безукоризненно.

Она мало изменилась за годы, прошедшие после выпускного вечера. Очевидно, не прибавила ни одного килограмма в весе. Сохранила тонкую талию, стройные бедра и прямую спину. Остался прежним и восхитительный фарфорово-прозрачный цвет лица. Небольшие голубые глаза умело подкрашены, тонкие губы тронуты светло-коричневой помадой, волосы аккуратно уложены. Только цвет их изменился — из каштановых превратился в светло-русый, но прическа осталась прежней — классическое каре, прикрывающее уши.

Интересно, она всегда так по утрам выглядит? Я до полудня похожа на бабу-ягу.

— Скорей всего, сердечный приступ приключился, — пояснила Таня, — его Тоша нашла.

— Кто? — не поняла я, ошарашенная страшной информацией.

— Антонина, горничная, — пояснила Танюша. — Лакей вчера Ваньку в зеленую спальню отвел, а Тоша думала, что там пусто, ну и решила убраться... Крику было, неужели не слышала?

Я покачала головой.

— Жуть, — бормотала Таня, глядя, как я спешно натягиваю джинсы и футболку, — просто катастрофа. Ты хоть знаешь, у него есть кто из родственников?

— Понятия не имею, ни разу после окончания не встречались.

— Они мне позвонили примерно за неделю до карнавала, — объясняла Таня, выходя в коридор, — Зойка всех собирала, разыскивала, небось она в курсе...

Очевидно, прислуга убиралась всю ночь, потому что ни в холле, ни в столовой не оказалось никаких следов праздника. Бумажные гирлянды, китайские фонарики и горы мусора исчезли без следа. Полы были застланы светлыми, безукоризненно чистыми коврами, мебель тщательно натерта, в воздухе витал едва уловимый запах полироли.

— В себя прийти не могу, — бормотала Таня, наливая мне кофе, — ну теперь нам мало не покажется!

— Почему?

Хозяйка всплеснула красивыми руками:

— Ты прикинь, как газеты обрадуются! Олег весь на виду, имя незапятнанное. Благосостояние нажил еще до депутатства. Он ведь адвокат, причем известный и дорогой. А тут такой лакомый кусок — в доме Харитонова внезапно скончался человек. Как с цепи сорвутся, дряни всякой навыдумывают. Думаешь, один Никита со своей «Желтухой» такой? Помнишь, что он вчера про фото рассказывал? Кстати, уж не стала вчера ничего говорить, чтобы праздник не портить, но именно его издание накинулось на Олега, когда Валя скончалась. Давай грязным бельем трясти, меня раздевать. Только заткнуться пришлось, потому что мы сразу признали — все правда. И любовницей была, и ребенка родила. А что Олегу было делать? Тина после восьми операций уже не женщина — уколы, клизмы, капельницы, химия... ну как с такой в кровать ложиться? К тому же он всю жизнь мечтал о ребенке, а Валя родить не могла...

Таня замолчала, поднеся к губам дорогую чашку из прозрачного китайского фарфора.

Дверь в столовую приоткрылась, и на пороге возникла молоденькая девушка. Судя по ее опухшим глазам и красному носу, горничная недавно горько рыдала.

— Татьяна Михайловна, — шмурыгнула она носом, — вас эти спрашивают, из милиции, и еще просят гостью к ним выйти.

— Хорошо, Тоня, — ответила Таня и строго велела: — Подите умойтесь, приведите себя в порядок, ваш внешний вид омерзителен.

Антонина испарилась. Мы переместились в гостиную. Высокий черноволосый парень, в хорошем костюме, при галстуке, был предельно вежлив и корректен. Записав мои паспортные данные, он пообещал Тане, что сделает все возможное, чтобы сведения о случившемся не попали в средства массовой информации. Затем откланялся и ушел.

— Поезжай домой, — велела Иванова, — собери детей, вещи и дуйте к нам.

— Ладно, — протянула я, — только у нас пять собак, две кошки, попугай Коко, крыса Фима и жаба Эльвира.

— Подумаешь, — хмыкнула Таня, — здесь живут Муля, Соня и Топа.

— Кто это?

— Мопс, удав и варан, — пояснила хозяйка, — мы с Олегом обожаем животных, вези всех, только рады будем.

С тяжелым сердцем я уселась за руль и покатила в Ложкино. Пока что все складывалось отвратительно. Ну зачем соврала про взрыв? Придется, вернувшись назад, лгать дальше. Скажу, что дети уже улетели в Париж.

Потом мысли переключились на другую волну, и я невольно вздрогнула. Господи, до чего тонка нить, на которой держится наша жизнь. Еще вчера вечером Ваня пил, гулял и веселился, а сегодня лежит в черном пластиковом мешке.

Уже при въезде в Ложкино поняла, что дома произошло что-то экстраординарное. Всегда плотно запертые ворота стоят нараспашку, и охранников нет в будке. Чувствуя, как внизу живота мелко-мелко задергались мышцы, я завернула по аллее к дому и потеряла способность двигать ногами.

Уютный дом глядел на мир выбитыми стеклами. Крыша почти полностью слетела, дверь выбита, и кое-где осыпался облицовочный кирпич.

— Муся, — заорала Маня, кидаясь ко мне со всех ног, — ну и жуть приключилась!

— Сыромятниковых подорвали? — с дрожью в голосе спросила я.

— Ты знаешь? — удивился Кеша, возникший между милицейской машиной и красным грузовиком пожарных.

Не в силах ответить, я приоткрыла рот.

— Какая-то сволочь, — захлебывалась Маня, — решила убить Николая Федоровича. Только, к счастью, ничего не вышло. И он, и Ира, и Кирюшка выскочили, даже не оцарапались.

— Клауса тоже спасли, — невольно добавила я.

— Ага, — подтвердила Маня, — его Кирька выволок, представляешь, на нервной почве вниз головой схватил, хвостом вверх. А перс даже не пискнул!

— И где они теперь?

— У Злобиных в доме, — пояснил Кеша, — там и милиция штаб устроила, и наших зверей пригрели, а близнецов с Серафимой Ивановной Зайка в аэропорт повезла.

— Зачем?

— Мать, — строго заявил Кеша, — мы теперь погорельцы убогие, дом придется ремонтировать, детям лучше в Киеве, у Марины.

Да, все верно. Ольгина мать приглядит за Анькой с Ванькой, пока будем реанимировать здание.

— А когда это произошло?

— Около трех утра, — пояснил Кеша и добавил: — Иди к Злобиным, там и Александр Михайлович приехал, и Андрей.

Но мои ноги по-прежнему не желали слушаться.

Нет, больше никогда не вру. Стоило мне выдумать про взрыв, как он произошел на самом деле.

— Сейчас соберем вещи и подумаем, куда

деться, — сказал Кеша, — в гостиницу с животными не пустят, надо срочно снять квартиру.

— Не надо, — пробормотала я, — поживем пока у Харитоновых, Таня приглашала.

— Вот здорово, — пришла в восторг Манюня, — всегда все к нам в гости обваливаются, а теперь мы поедем! Далеко они живут? Туда школьный автобус может и не проехать!

Но брат быстро погасил наивную радость сестры:

— Не переживай, сам буду возить тебя в колледж, так что не забудь учебники и форму.

Поскучневшая Маня побрела собираться.

Через два часа мы въезжали во двор к Харитоновым. Впереди на джипе несся Кеша. Собаки подпрыгивали на заднем сиденье, бестолково тычась мордами в стекла. Аркадий носится как ненормальный, честно говоря, побаиваюсь с ним ездить. Воткнув педаль газа в пол до упора, сынуля высовывает в окно правый локоть и, подпевая магнитофону, на полной скорости входит в поворот. Дорога из центра Москвы до Ложкина занимает у него от силы пятнадцать минут. Кешка управляется с машиной, как с собственным телом, абсолютно спокойно и уверенно. Огромный, похожий на автобус джип слушается водителя беспрекословно — при парковке влезает в узкие щелочки, ловко скачет из ряда в ряд, лавируя между машинами, заводится с пол-оборота и никогда не глохнет на светофоре.

Мой «Вольво» ведет себя иначе. Влезать задом на стоянку я не умею, ездить предпочитаю в крайнем правом ряду и, оказавшись за троллейбусом, вынуждена тормозить на остановках. Моя манера сидеть вплотную к баранке, вцепившись в нее судорожно двумя руками, — предмет для постоянных издевательств со стороны сына и невестки. Даже Машка, ловко гоняющая на мотоцикле, прикусывает губу, наблюдая, как я, затаив дыхание, выворачиваю передние колеса, чтобы отъехать от магазина. И еще никак не могу отделаться от привычки тянуть на себя руль при торможении. Заметивший это Аркадий не утерпел и посоветовал:

— Говори «тпру», а то вдруг не остановится.

Еще хорошо, что никто не знает, как держу у светофора выжатое сцепление. Стоит отпустить педаль, и «Вольво» тут же глохнет.

В свете всего вышесказанного я вместе с кошками и жабой Эльвирой прибыла к Харитоновым через час после Аркадия с Маней и собаками.

Таня встретила меня на пороге. Я поставила перевозку с Фифиной и Клеопатрой на пол.

— Красавицы! — восхитилась Иванова. — Просто красавицы! Варя, иди сюда, глянь на кошечек.

Из левого коридора тихонько вышла рослая, вполне оформившаяся девочка с довольно большой грудью. На лицо ей падали пряди темнокаштановых волос.

— Поздоровайся с Дашей, — велела мать.

Я изумилась про себя. На вид девочке не меньше пятнадцати лет, а с ней разговаривают, как с трехлетней.

Но Танина дочь покорно, слегка невнятно пробормотала:

— Здравствуйте, — и откинула локоны.

В следующую секунду мне понадобился весь мой преподавательский опыт, чтобы не вздрогнуть. Лицо ребенка выглядело отвратительно.

Низкий, в два пальца лоб, маленькие круглые глазки, большой рот с вывороченными губами и бесформенный нос картошкой. У дочери Харитоновых была болезнь Дауна.

— Добрый день, детка, — недрогнувшим голосом заявила я, — видишь, сколько у нас зверей, целый зоопарк, не боишься?

— Очень люблю животных, — размеренно ответил ребенок, — вот наша Муля.

К ногам Вари прижимался мопсенок.

— Она очаровательна, — совершенно искренне сказала я.

— Сейчас Соню покажу, — оживилась Варя и убежала.

Таня внимательно глянула на меня.

— Мы с Олегом сразу заметили, что ребенок болен. Умственно она абсолютно компенсирована, учится по программе обычной школы. Правда, дома. Боимся, что из-за ее внешности могут возникнуть трудности. Дети бывают злы к больным. Поэтому и друзей у нее нет. Вот хотим летом везти в Германию — там делают косметические операции, меняют форму рта, глаз, носа. Если пройдет удачно, отдадим в колледж. Твоя Маша как отнесется к Варе?

— Маруся попытается стать ей подругой, — успокоила я Татьяну.

— Муся, — раздался крик, — глянь, какая у Вари Соня!

Девочки слетели вниз, держа в руках довольно крупного удава.

— Класс, — подпрыгивала Маня, — красавица!

— Ты в компьютер играешь? — поинтересовалась Варя.

— Спрашиваешь! — воскликнула Маня. — А у тебя «Розовая пантера» инсталлирована?

— Все части.

— И третья?

— Да.

— А ну, покажи, — велела Маня.

Девочки побежали вверх по лестнице, волоча удава. Муля поковыляла за ними. Преодолев две ступеньки, щенок сел на толстый задик и завыл. Маруся подхватила его под мышку и строго велела:

— Не ной, развивай мышцы.

— По-моему, она просто не заметила Вариного уродства, — потрясенно сказала Татьяна, — честно говоря, думала, что Маша даже не захочет с ней разговаривать.

Я с изумлением глянула на хозяйку. Надо же, она так стесняется своего ребенка, что проецирует собственные мысли на других.

День пролетел в суматохе. Радушные хозяева отдали гостям третий этаж. Они и впрямь любили животных, и наша стая разбежалась по всему зданию. В огромном помещении оказалось не так уж мало прислуги. Охранник Володя заодно исполнял роль шофера. Повар Емельян, угрюмый мужик лет шестидесяти, жил во дворе, в сторожке. На кулинарных талантах мрачность характера совсем не отражалась. К чаю подали совершенно невероятный трехъярусный торт, облитый глазурью. Маруся моментально проглотила свою порцию, ничтоже сумняшеся попросила добавки и побежала на кухню. Я пошла за ней, якобы чтобы проследить за ребенком, а на самом деле желая использовать любую возможность хотя бы для поверхностного обыска.

— Страшно вкусно, — кричала Маня Емельяну, — просто невозможно, никогда такого не ела, а вы умеете вафли делать, ну такие с белым кремом внутри?

В глазах повара мелькнуло неприкрытое удивление, наверное, в этом доме не принято столь бурно выражать восторг. Потом неумелая улыбка тронула губы Емельяна, и он тихо сказал:

— Конечно, и вафли, и расстегаи, и кулебяки...

— Ой-ой, — пришла в полный восторг Маня, — а сделаете?

— Только Татьяна Михайловна велит, обязательно!

Вот, значит, как поставлено у Харитоновых. Хозяйка интересуется всем. У нас, например, меню придумывает кухарка Катя, совместно обсуждаются только блюда для гостей.

Поняв, что при поваре все равно не осмотреть кухню, я вышла в коридор и наткнулась в гладильной на Антонину.

— Вещички измяли, — приветливо улыбнулась та, — несите, несите, поглажу.

— Тяжело небось такой большой дом убирать, — решила я завести разговор.

Но горничная держалась настороженно, хотя отвечала приветливо:

— Я привыкла, и потом третий этаж открывают, только когда кто-нибудь приезжает из своих: родственники, друзья, близкие. Для остальных на первом этаже комнаты предусмотрены, — объяснила Тоня, размеренно водя утюгом по простыне, — ну а если такой прием, как вчера, устраивают, то приходящую прислугу нанимают, из агентства «Домовой».

Я побрела наверх и по дороге вновь заглянула

в кухню. Маня ушла, откуда-то доносились возбужденные голоса — ее и Вари. Емельян сидел у большого стола спиной к двери. Перед ним пристроился Банди.

— На, дружочек, — неожиданно ласково, даже нежно сказал повар и протянул Бандюше оладушку. Наш питбуль — страстный любитель пожрать, а оладушки его слабость. В мгновение ока пес проглотил кусок теста и деликатно гавкнул.

— Спасибо говоришь, — умилился Емельян, — вкусно было?

Банди разинул пасть и замел по полу тонким длинным хвостом. Весь его вид давал понять: да, необыкновенно хорошо, ну угостите еще.

Рука Емельяна потянулась к миске.

— Он может съесть сто штук и делать вид, что страшно голоден, — предупредила я.

Повар резко повернулся, и с его лица моментально пропала улыбка.

— Любите животных? — решила я наладить контакт.

— Да, — сухо ответил Емельян и с деловым видом включил электромясорубку. Рев мотора ударил по ушам, и разговаривать стало невозможно.

Спать пошли рано. Около двенадцати ночи я услышала шум и выглянула во двор. От большой черной машины быстрым шагом спешил мужчина с сумкой в руках.

«Поздно, однако, Харитонов возвращается с работы», — подумала я, залезая под одеяло.

Сон все не шел. Я не люблю спать в гостях и всегда предпочитаю на ночь отправляться домой. Чужие кровати кажутся отвратительно мягкими, подушки жесткими, а одеяла тяжелыми. К тому же у чужих людей не станешь вести себя, как хочется. К завтраку придется одеваться, причесываться, а не сползать в халате. И еще я частенько, когда не спится, достаю из холодильника что-нибудь вкусненькое и несу в спальню...

Провертевшись, не смыкая глаз, около часа, я натянула джинсы, футболку и тихонько поковыляла по лестнице. Ладно, использую бессонницу в нужных целях. Изучим потихоньку второй этаж. А если хозяева проснутся, сделаю невинный вид и сообщу, будто хотела найти книжечку для чтения.

В коридорах стояла звенящая тишина. Из-за дверей не вылетало ни звука. Таня объяснила мне, что на «хозяйском» этаже девять комнат. Спальни супругов Харитоновых шли первыми с правой стороны от лестницы. К опочивальне Олега Андреевича примыкали кабинет и библиотека. Слева тянулись покои Вари и гувернантки Анны, комната для занятий, игровая и небольшой тренажерный зал.

Поколебавшись секунду, я направилась в библиотеку. Ну не искать же книгу в спортивном зале. Хотя всегда можно отбрехаться, сообщив, будто запуталась в незнакомом месте.

Кто-то из хозяев обожал детективы. Целая стена была занята соответствующей литературой — Агата Кристи, Рекс Стаут, Нейо Марш, Маринина, Серова, Корнилова, Малышева... Наверное, поклонница криминальной литературы все-таки Таня, Олег Андреевич, скорее всего, предпочитает других авторов.

Я методично обследовала помещение. Свет зажечь побоялась, но прямо в окно била полная, яркая луна, она достаточно хорошо освещала кабинет. Глаза шарили по сторонам. Ничего особенного. Полка, густо заставленная томами. Разброс тем — от греческих философов до комиксов про Микки-Мауса. Посередине овального помещения большой стол, накрытый почти до полу шелковой скатертью, на нем красуется ваза с розами...

Вдруг из коридора послышались шаги. Не понимая, что делаю, я моментально юркнула под стол. Уже сидя там, пришла в полный ужас. Зачем это я спряталась? Куда проще сказать, что мучилась бессонницей и хочу почитать на ночь детективчик! И потом, может быть, кто-то просто вышел попить воды!

Но дверь в кабинет тихо скрипнула, и шаги подобрались к столу. Я сидела ни жива ни мертва. В узкую щель между свисавшей скатертью и полом практически ничего не было видно. Пришлось лечь на бок и прижаться щекой к паласу. Разглядела фигуру человека, стоявшего на четвереньках у окна. Свет луны бил прямо в комнату, и человек, пришедший ночью тайком в библиотеку и зачем-то опустившийся на ковер, казался черной кучей. Стало видно, как бледная рука отгибает край покрытия, роется на полу, потом раздался тихий щелчок, словно сломали карандаш... Пальцы вытащили нечто, секундно сверкнувшее в лунных лучах.

В носу у меня засвербило. Их горничная Тоня убирает так же плохо, как и наша Ира. Во всяком случае, под столом она ленится пылесосить. Я поняла, что сейчас чихну, и, зажмурившись, зажала руками рот и нос, быстро повторяя про себя: «Чихота, чихота, уйди на Якова, а с Якова на всякого». Как всегда, заговор помог, я приоткрыла глаза и поглядела в щелку — никого. Таинственный посетитель испарился.

Я выползла на четвереньках наружу. Может, почудилось? Отогнув угол ковра, принялась шарить по безукоризненно отлакированному паркету. Ничего. Дубовые дощечки плотно пригнаны друг к другу и выглядят абсолютно одинаково. Внезапно одна подалась, раздался уже знакомый тихий щелчок, и в полу приоткрылось небольшое отверстие. Внутри стояла шкатулка. Я вытащила ее наружу и принялась обозревать содержимое.

Штук пять колец, разные дорогие, можно сказать, эксклюзивные вещи: браслет, ожерелье, кулон, серьги — просто пещера Али-Бабы. Но самое интересное поджидало впереди. На дне обитого замшей сундучка лежал сафьяновый мешочек. Я потянула за шелковые завязочки и увидела красивую витую платиновую цепь. С нее свисало несколько подвесок. Разложив находку на ковре, поняла, что вижу имя «Валентина», выполненное из довольно крупных сапфиров.

Спрятав сокровища в шкатулку, я выскользнула в коридор и постаралась побыстрей добраться до своей спальни. Сон пропал окончательно. «Маленькая ложь рождает большие подозрения, Штирлиц», — говаривал небезызвестный Мюллер. Зачем Олег Андреевич сказал мне, что похоронил первую жену в драгоценностях? Зачем он вообще мне про это говорил? И почему «золотой запас» покойной супруги хранится в таком странном месте? Ведь, скорей всего, в доме есть сейф.

Глава 5

Утро принесло плохую погоду. Над городом нависли плотные, похожие на ватные одеяла серые тучи. И не поймешь — не то апрель, не то ноябрь. Зевая, я оделась, причесалась и, вспомнив безукоризненный вид Татьяны, намазала лицо тональным кремом. Не хочется выглядеть растрепкой.

В коридоре стояла тишина. Неужели все еще спят? Я поглядела на часы — одиннадцать. В столовой на самом видном месте лежала записка: «Мать, повез Машу в школу, потом встречу Зайку и отправимся в Ложкино. Отдыхай. Аркадий».

Так, сын явно не хочет, чтобы мамонька занималась ремонтом. Впрочем, мне это только на руку. Терпеть не могу возиться со строительными проблемами. Нет, пусть сын и Ольга делают все по-своему, а у меня другая задача.

Через полчаса, узнав, что Олег Андреевич уехал на работу, а Таня отправилась зачем-то в город, я свистнула собак и пошла во двор. Давным-давно один мой близкий знакомый, архитектор по образованию, посоветовал:

— Если хочешь знать, есть ли в доме потайные комнаты, внимательно осмотри здание с внешней стороны. Расстояние между окнами может о многом поведать.

Снап и Банди носились по саду, аккуратно обегая лужи. Жюли и Черри осторожно бродили в кустах. Ленивый Хучик, быстро пописав, сел у моих ног и заныл. Наш мопс не большой любитель пеших прогулок. Я наклонилась, чтобы взять его на руки, и поняла, что передо мной не Хуч.

Снизу вверх глядела другая собачка, чуть меньше, но такая же очаровательная.

— Ты Муля?

Песик крякнул и лег прямо в грязь.

— Ну уж нет, — возмутилась я, — вставай быстро, простудишься.

Но Муля даже не думала шевелиться. Я подняла ее и принялась разглядывать окошки. Мопсик сосредоточенно сопел на руках, потом принялся извиваться. Отпустив песика, я вздохнула. Пока ничего не говорило о каких-то скрытых помещениях. Окна расположены на одном расстоянии друг от друга. Впрочем, есть еще подвал, чердак, домик садовника, да и комнаты как следует не разглядела... Кстати, ну где же эта калитка, через которую в дом попал Жок?

Так ничего и не обнаружив, я пошла в дом. Надо позвонить Зое Лазаревой и сообщить про смерть Вани.

Зоя немедленно начала причитать:

— Нет, подумать только, какой ужас! Не знаешь, жене сообщили?

— А у него есть жена?

— Есть, — усмехнулась Лазарева, — да ты ее видела. Это Рая Скорина. Красная Шапочка наша.

— Ты ничего не напутала? — изумилась я. — Они держались весь вечер как посторонние, да и домой она без него собралась...

— Абсолютно точно, — заверила Зоя, — у них и телефон один, а почему так странно себя ведут?.. Да пес их знает.

— Дай координаты Раи, — попросила я.

Зоя с готовностью продиктовала номер и добавила:

— Ты там поинтересуйся, может, помощь нужна, все-таки похороны...

Скоркина схватила трубку сразу:

— Алле!

— Раечка, — робко завела я, — как дела?

— Ну ничего себе, — воскликнула бывшая супружница, — хороший вопрос вдове задаешь!

— Ты уже знаешь?

— Конечно, — бодро ответила Рая, — кстати, если хочешь, можешь помочь. Честно говоря, деньги нужны. Да, мне Зойка звонила, сказала, ты теперь у Таньки живешь. Приезжайте вдвоем.

Я оторопело уставилась на аппарат. Ну, Лазарева, ну актриса! Передо мной изображала полное неведение, чуть не зарыдала. А сама, оказывается, давно все знает. Откуда? И кто ей рассказал, что мы гостим у Тани?

В коридоре раздался командный голос хозяйки:

— Антонина, отнеси сумки в спальню.

В следующую минуту подруга всунула голову в комнату и пригласила:

— Пошли кофе пить.

Через полчаса все недоразумения выяснились. Оказывается, Зоя рано утром позвонила Харитоновым, чтобы поблагодарить за прием.

— Ну, конечно, я все ей рассказала, — блестя глазами с накрашенными ресницами, сообщила Таня. — Давай собирайся. Поедем к Райке.

Спустя два часа мы петляли по абсолютно одинаковым улочкам Вешняков-Владыкина.

— Нет, скажи, — в раздражении стукнула ладонью по рулю Таня, — ну как они гостей зовут, уму непостижимо. Этот дом 12, и тот тоже, а соседние 12а и 12б. Нам какой?

Оказалось, что первый. Маленькая дверь, обитая дешевым дерматином, распахнулась, и на пороге возникла Раиса.

— Входите, — весьма весело проговорила она и отступила в коридор.

Таня глянула на меня, пожала плечами и вошла внутрь.

Маленькая темноватая прихожая выглядела отвратительно. Прямо возле входной двери источал миазмы кошачий лоток. Справа высилась гора обуви. Демисезонные ботинки, босоножки, тапочки, зимние сапоги — все вперемешку. Слева громоздилась на простых крючках верхняя одежда. Между лотком и ботиночным Монбланом сверкала свежая лужа.

— Вот дрянь, — равнодушно уронила Рая, — опять нассал в прихожей. Идите в комнату, девочки.

Мы с Таней послушно шагнули в первую дверь.

, У стены разложенный диван с весьма несвежим бельем, поцарапанная стенка, явно сделанная в Болгарии, продавленное кресло и несколько шатких стульев.

— Садитесь, садитесь, — засуетилась хозяйка, — сейчас чайку хлебанем, у меня и тортик имеется, вафельный, «Причуда».

Она метнулась на кухню. Из грязных, непонятного цвета простыней выбрался огромный рыжий кот и принялся меланхолично вылизывать хвост.

— Не верю, что она зарабатывает тысячу долларов в неделю, — шепнула Таня, осторожненько устраиваясь на колченогом седалище.

Скоркина влетела в комнату. На подносе громоздились щербатые кружки, разнокалиберные ложки и обсохлый шоколадно-вафельный десерт.

Откусив твердую, совершенно несъедобную лежалую вафлю, я попробовала начать необходимый разговор:

— Мы даже и предположить не могли, что вы с Ванькой муж и жена.

— Ага, — кивнула Рая, с явным наслаждением пережевывая твердокаменную «Причуду». — Мы сразу после учебы зарегистрировались.

— Никому не сказали, — удивилась Таня и полезла за сигаретами.

Рая поставила на стол измазанную пеплом пустую консервную банку из-под сардин. Иванова покосилась на импровизированную пепельницу, но, ничего не сказав, сунула в вонючее нутро едва прикуренный «Рок» и осведомилась:

— Ну, давай, Плюшка, рассказывай, что и как. А то мы с Дашкой, честно говоря, теряемся в догадках. То про суперзарплату рассказываешь, ключами от машины трясешь и с Клюкиным весь вечер не общаешься, а потом выясняется, что он твоя вторая половина... Да и живешь, честно говоря, не слишком шикарно.

Услыхав старое студенческое прозвище, Раиса дернула носом, потом еще и внезапно в голос зарыдала, уронив на столешницу всклокоченную голову.

— Прекрати, — брезгливо поморщилась Таня.

— Да, — продолжала всхлипывать Рая, — хорошо вам с Дашкой: богатые, сами себе хозяйки.

— Между прочим, — веско сказала Иванова, — разное бывало, а ты с серебряной ложкой во рту родилась. Когда в институте учились, мы с

Дашкой порой на одной гречке сидели, а ты в «Арагви» каждый день носилась.

— Только пока папа был жив, — тихо отбивалась Рая, — а как скончался, ни одного денечка счастья не видала.

И она снова громко, слегка картинно зарыдала.

— Да уж, — ухмыльнулась Таня, — теперь вижу, что вы с Клюкиным — «сладкая парочка»: он о маме убивается, ты — о папе...

Мне надоела их перебранка, и, крепко сжав Танин локоть, я пробормотала:

— Ладно вам, лучше расскажи, Плюшка, все по порядку.

Собственно говоря, кое-что я знала и так. Раисин отец долгие годы служил председателем городского совета Скальска. Теперь подобная должность называется красивым иностранным словом «мэр». Городок расположен в Сибири, а чем дальше от Москвы, тем больше власти у местных начальников. Лев Константинович Скоркин управлял хозяйством крепкой рукой, не забывая при этом про собственное благополучие. Рая выросла в отличной квартире, в окружении нянек и гувернанток. Мама Раечки давно скончалась, Лев Константинович вдовствовал. Естественно, никаких проблем с поступлением в престижный московский иняз у Скоркиной не оказалось. Вдали от строгого отцовского глаза она радостно загуляла — веселые компании сменяли одна другую, благо для этого были созданы все условия. Жила Скоркина не в общежитии, а на съемной квартире, папа присылал огромную по тем временам сумму — четыреста рублей в месяц. Так она и проплясала до четвертого курса, раздражая женщин-преподавательниц дорогой косметикой и шубами, но в начале пятого года обучения все рухнуло.

Приехавшая из центра комиссия вскрыла в Скальске массу служебных злоупотреблений. Шли застойные годы. Как правило, подобные факты заминались, и проштрафившегося руководителя тихо отправляли на пенсию «по состоянию здоровья». Но на сей раз отчего-то решили устроить показательный процесс.

Льва Константиновича арестовали. «Нет расхитителям социалистической собственности», — кричали газеты. Бедный Скоркин в мгновение ока оказался в СИЗО. Расследование начало набирать обороты, но тут у бывшего мэра приключился инсульт, и он благополучно умер до суда.

Раечке все-таки повезло. Она не превратилась в дочь уголовника, отбывающего срок на зоне, и с чистой совестью могла в дальнейшем писать в анкетах: «Отец скончался». За неимением основного подозреваемого дело прикрыли и сдали в архив.

Из института ее не выгнали, скорей всего просто пожалели. Но из отдельной квартирки пришлось перебраться в общежитие и жить на копеечную стипендию. Сокурсницы, недолюбливавшие Раису за наряды и французские духи, тихо злорадствовали.

— Как же ты за Ваньку выскочила? — поинтересовалась я.

Рая вздохнула:

— Он давно на меня глаз положил, только я на него даже не глядела. Знаешь, какие ухажеры были?

Знаю, знаю. Сливки, «золотая» молодежь. Только после истории со Львом Константиновичем все разом испарились, а Ванька остался и предложил руку и сердце.

— Деваться-то некуда! — бесхитростно признавалась Раиса. — Ну не в Скальск же возвращаться? Вот и согласилась. Если бы не мамочка
его проклятая, одно имечко дорогого стоило —
Гортензия Фелицатовна! — было бы сносно. И ведь
она меня раньше привечала и все приговаривала:
«Давай, Раечка, выходи за Ванюшу, помогу, чем
смогу, деньги есть».

И это была правда. Гортензия заведовала
крупнейшим универмагом, и Ванька перед экзаменами и зачетами появлялся в институте нагруженный коробками. Наши преподавательницы
щеголяли в одинаковых сапогах «Аляска» и финских трикотажных костюмах. Впрочем, Клюкин
не вредничал, частенько водил и нас через черный ход в магазин.

— А потом разом все переменилось, — продолжала Рая, — только Ваня заикнулся о женитьбе, она как заорала: «Не нужны нам тут лимитчицы из Скальска!»

Естественно, дочь городского головы и дочь
подследственного — две разные девушки. Но маменькин сынок Клюкин неожиданно проявил
твердость и отнес заявление в загс.

Но лучше бы он этого не делал, потому что
свекровь просто стала сживать молодую невестку
со света. Сначала не дала разрешение на постоянную прописку на своей жилплощади.

— Разведешься с шалавой через три месяца, а
она квартиру делить заставит, — бурчала Гортензия Фелицатовна, — голодранка, нищенка, лимитчица... Разве я такую жену Ванечке хотела?

Рая помалкивала, думая, что свекровь в конце

концов свыкнется и успокоится. Но через пару лет стало только хуже. У Гортензии неожиданно нашли рак. Придя из больницы, Клюкина вытянула вперед руки и трагически произнесла, указывая на Раю:

— Ты виновата, вся онкология от нервов, убирайся из моего дома.

Рая беспомощно глянула на Ваню, а тот только переминался у двери, бормоча:

— Ну ладно, ладно, уж извини мать, больная ведь!

Умирала свекровь мучительно и отошла в мир иной с проклятиями на устах.

Рая решила, что несчастьям пришел конец. Куда там! Теперь начал выделывать фортели Иван. Каждый день в доме разгорался скандал.

— Чего же ты от него не ушла? — удивилась я.

— Куда? — воскликнула Рая. — На улицу?

— Ну почему, — сказала Таня, — квартиру бы разменяла.

— Ха, — выкрикнула Скоркина, — да он не давал мне разрешения на постоянную прописку! Только год тому назад квартиру в равных долях приватизировали, и то потому, что он испугался. Сказала ему: или со мной жилплощадью делишься, или больше из запоя выводить не стану, подыхай в блевотине.

— Он пил? — тихо поинтересовалась Таня.

Рая кивнула и толкнула дверь в смежную комнату:

— Во, глядите.

Большая спальня была почти пуста. У окна валялся на полу комковатый ватный матрас, подушка без наволочки, драный плед. В воздухе воняло кислым.

— Любуйтесь, — тонким голосом произнесла Рая, — все подчистую вынес. И книги, и посуду, и мебель. В других помещениях не лучше. Жрал ханку, как верблюд воду, и ведь не помирал никак! Во здоровье имел! Запоями страдал. Два месяца ни капли в рот не берет, потом бац, три недели упивается.

— Где же он работал? — удивилась я.

— А нигде, — пояснила Рая, — сначала в Библиотеке иностранной литературы, потом в НИИ, следом в институте преподавал, потом в школе... Отовсюду выгнали. Ну кому пьянь нужна? Ну уж потом совсем вниз покатился — дворник, грузчик, стеклопротирщик... Да и там не удержался. Вещи стал продавать, у меня из сумки воровал.

— Сама где служишь? — прервала поток жалоб Таня.

— Сейчас нигде. На инвалидности, астма у меня, — пояснила Рая, — вторую группу имею.

В комнате повисло напряженное молчание. Мы сидим тут почти два часа, а Скоркина даже ни разу не кашлянула. По-моему, с такой формой астмы следует искать службу. Очевидно, та же мысль пришла в голову и Тане, потому что Иванова сказала:

— Неправда, будто сейчас нельзя найти работу. Да, министром не возьмут, но полы в супермаркете мыть — сколько угодно.

— Небось сама за мужниной спиной живешь, — оскорбилась Райка, — а мне в уборщицы советуешь.

— Зачем же вы всем врали на вечере, — поинтересовалась я, — и потом, Иван был хорошо одет, с золотыми часами, ключами от машины тряс!

— О господи, — закатила глаза Скоркина, — да когда Зоя позвонила, он как раз второй день как из запоя вышел. Поехал к двоюродному брату, тот в театре работает, взял для нас костюмы...

— А часы? — не успокаивалась я.

— Оттуда же, муляж, правда, сделаны здорово, — пояснила Раиса.

— А машина? — не унималась я.

— Ну и дура, ты, Дашка, — неожиданно обозлилась Раиса. — Нет и не было никакого автомобиля! Пыль в глаза пускали!

— Зачем? — в один голос воскликнули мы с Таней.

— Ишь вы какие, — прошипела Скоркина, — сами в загородных домах проживаете с прислугой, в брильянтах ходите, а нам, значит, в бедности расписаться? Нет уж, хотели с Клюкиным, как все, быть богатыми...

— Что же не разговаривали друг с другом? — продолжала удивляться Таня.

— А чего нам обсуждать? — пожала плечами Раиса. — Я только и ждала, когда Клюкин помрет от пьянки. Ну, слава богу, отмучилась. Теперь эту квартиру продам, себе куплю поменьше, жизнь пойдет!

Мы потрясенно молчали.

— Так как, девчонки, — поинтересовалась Раиса, — дадите денег на похороны? У меня только двадцать рублей в заначке.

Не успели мы открыть сумочки, как зазвенел телефон. Скоркина схватила трубку и недовольно буркнула:

— Алле.

По мере разговора ее лицо вытягивалось, щеки начали бледнеть, губы, наоборот, стали темно-бордовыми. Наконец она выдавила из себя:

— Хорошо, завтра в десять.

Потом положила трубку на рычаг допотопного аппарата и пробормотала:

— Откладывается.

— Что? — изумилась я.

— Похороны.

— Почему?

— Из милиции звонили, тело пока не отдадут, оно им пока что требуется для исследования.

— Зачем? — ничего не поняла Таня. — У меня, когда отец от инфаркта умер, сразу после вскрытия отдали.

— Так то был инфаркт, — просипела Рая, наливая в щербатую кружку светло-желтую заварку, — а тут, видишь, дело какое.

— Какое? Да говори по-человечески! — закричали мы в унисон.

— Такое, — нудила Рая, — в желудке нашли стрихнин, отравили Ваньку.

Таня быстро глянула на меня. Я вздрогнула и посмотрела на Раису. Вновь повисло гнетущее молчание. Потом Скоркина, заикаясь, спросила:

— Чего на меня уставились?

— Да так, — ответила Таня.

— Да вы чего, девчонки, — забормотала Рая. — Ванька мне, конечно, нервы измотал, прямо ждала, когда помрет, но я его не травила. Не верите?

— Верим, верим, — закивали мы обе головами, подвигаясь поближе к двери.

— Как можете так думать? — завизжала Рая. — Да, ненавидела, но не убивала!

Таня, резко повернувшись, вышла в коридор.

— Слышь, Иванова, — крикнула Раиса, — сдается, Ваньку в твоем доме отравили! Знай, так и заявлю в милиции. Пусть потрясут вас, депутатов! Обокрали народ, теперь на наши денежки гуляете.

Таня, ничего не отвечая, пыталась открыть замок. Я подошла и быстро щелкнула ключом. Мы вылетели на грязную площадку и побежали по лестнице.

— Эй, Иванова, — продолжала орать Скоркина, перегнувшись через перила, — знаем, знаем про тебя правду! Придушила ночью харитоновскую первую жену, чтобы самой за него замуж выскочить. Так что нечего меня обвинять, у самой рыло в пуху.

Не глядя под ноги, мы выскочили на улицу.

— Дашка! — раздался над головой голос.

Я невольно поглядела вверх. Раиса стояла на балконе.

— И про тебя правда известна! Прибила своего мужа-француза, а теперь фу-ты ну-ты баронесса. Убийцы вы обе, убийцы!

На крик начали стекаться соседи. Дрожащими руками Таня открыла «Мерседес», и мы юркнули в кожаный салон.

— Вот дрянь! — в сердцах воскликнула Иванова, выруливая на шоссе. — А нам — это наука. За двадцать лет человек может здорово измениться. Хотя Скоркина и в студентках противной была. Со мной сквозь зубы здоровалась.

Минут через пять, успокоившись, она поинтересовалась:

— Что с твоим мужем произошло?

— Не с моим. Убили Жана Макмайера, супруга Наташи.

И я рассказала, каким образом наша семья получила богатство.

— Нет ничего хуже сплетен, — вздохнула Таня, — Валентина скончалась от какой-то непонятной болячки. Сначала думали, туберкулез, потом рак легких. А когда умерла, выяснилось, что онкологии не было. Так причину и не установили. Ну а народ рад стараться, давай обмусоливать — умерла странной смертью. Только на самом деле у нее СПИД был.

— СПИД?!

— Ага, Олег не хотел ненужных разговоров. Прикинь, какая жирная добыча для газет. Жена депутата Харитонова — спидоноска. Вот и раздал целое состояние, чтобы врачам рты заткнуть.

— Где же она его подцепила?

Танюша покрепче ухватилась за руль.

— Пес ее знает, любовник небось наградил. Она и Олега этим держала. Говорила: «Разведешься со мной, опубликую результаты своих анализов и сообщу, что ты меня заразил». Понимаешь теперь, отчего мы столько лет не могли пожениться?

Я потрясенно молчала.

— Ладно, — буркнула Таня, — только не говори никому. Сама не понимаю, что это я разболталась.

Остаток дороги мы мирно обсуждали последние новинки фирмы «Шанель» и во двор въехали спокойными, по крайней мере внешне.

Но неприятности продолжались. Возле крыльца стоял милицейский «Форд».

— Вот, — вздохнула Татьяна, — начинается. Мало не покажется. Расследование, допросы... Жуть. Ну зачем только согласилась устраивать

эту вечеринку! А все Зойка. Уж она меня уговаривала, уговаривала...

Мы прошли в гостиную. Там сидели два милиционера и врач.

— Чему обязана? — сухо поинтересовалась
Иванова.

Мое сердце тревожно сжалось. Милицейские
были в звании полковников. Я плохо разбираюсь
в погонах, но у Александра Михайловича на па-
радной форме тоже на плечах красуются точь-в-
точь такие значки отличия. Слишком высокий
чин для простых следователей. Хотя, если учесть
особое служебное положение Харитонова... Но
при чем здесь доктор?

— Сядьте, Татьяна Михайловна, — ласково
попросил один из полковников, — вот сюда, в
креслице.

Врач встал, открыл чемоданчик и достал
какую-то ампулу.

— Может, укольчик сразу?

— Что случилось? — побелевшими губами
спросила Таня и добавила: — Олег?

— Ну-ну, — мягко взял ее за руку доктор, —
не волнуйтесь, все обойдется.

— Он жив? — выдавила Таня.

Полковники уставились в пол. Врач воткнул в
предплечье хозяйки иголку, но Иванова, спокойно закрыв глаза, стекла из кресла на пол.

Поднялась суматоха. Пока ее приводили в
чувство, я налетела на милиционеров, требуя
объяснений. Узнав, что перед ними не родственница, а всего лишь подруга, те стали разговорчи-
выми.

В обеденный перерыв Олег Андреевич отправился зачем-то в район авторынка. Машина ос-

тановилась возле хозяйственного магазина, но депутат не успел выйти. Раздался оглушительный взрыв. Сила его была так велика, что почти на всей улице вылетели стекла, а остатки «Мерседеса» и кровавые ошметки человеческого мяса собирали потом в радиусе около двухсот метров.

Я молчала, не в силах произнести ни слова.

— За Татьяной Михайловной есть кому приглядеть? — осведомился врач. — А то медсестру пришлем.

— Хорошо, — прошептала я, — мы оплатим ее услуги.

Антонина и Емельян осторожно повели наверх плохо соображающую вдову.

— Кто это сделал? — спросила я.

— Следствие покажет, — заявил милиционер, выделявшийся своей тучностью.

— Оперативно-разыскные мероприятия ведутся, — быстро добавил второй и спросил: — Не знаете, у Владимира Кострова родственники есть?

— У кого? — удивилась я.

— Владимир Костров, шофер Олега Андреевича, — пояснил первый.

— Он тоже погиб? — глупо спросила я.

Милиционеры переглянулись и кивнули. Стало совсем нехорошо. Скорей всего, Харитонов, удачливый адвокат и известный депутат, перебежал кому-то дорогу, за что и получил взрыв тротила в машине, но бедный шофер! Вот уж кто попал, словно курица в бульон! Небось ни сном ни духом не подозревал о хозяйских делишках, хотя иногда прислуга бывает более чем осведомлена о всех проблемах.

Глава 6

Утром страшно не хотелось спускаться вниз. Вернувшиеся вчера домашние пришли в полный ужас.

— Надо перебираться в гостиницу, — сказала Зайка, — неудобно мешаться у Тани под ногами в такой момент.

— А зверей куда? — поинтересовалась Маня.

— В передержку, — ответил Кеша, — заплатим рабочим сверхурочные, пусть ночью тоже работают, за две недели дом отремонтируют. Ничего с псами и кошками не случится!

— Эльвиру и Фиму не возьмут, — вздохнула Маруся, — для жаб и крыс места не предусмотрены.

— Ну поживут пока у меня в машине, — продолжал миролюбиво Кешка.

— Ладно, идите спать, — велела Зайка, — утро вечера мудреней.

Моя разумная невестка, как всегда, оказалась права. Не успели мы за завтраком заикнуться об отъезде, как Татьяна резко бросила вилку в тарелку с творожной запеканкой.

— Хотите бросить меня одну?

— Что вы, что вы, — забормотала испуганно Зайка, — думали, в тягость станем, такое жуткое происшествие! Может, вам лучше позвать сюда маму или самых близких подруг?

Вдова медленно начала наливать кофе. Я в который раз поразилась ее безукоризненному внешнему виду — голова с аккуратно уложенными кудрями, легкий макияж и элегантный светло-сиреневый брючный костюм. Учитывая вчерашнее событие, ожидала увидеть ее растрепанной, в халате и с покрасневшими глазами.

— Моя мама умерла, — пояснила Таня, — а отец скончался, едва на второй курс перешла. С тех пор живу одна. До встречи с Олегом у меня не было ни мужей, ни любовников. Подруг тоже как-то не успела завести. Наблюдалась парочка приятных коллег в библиотеке, но я уже давно там не работаю. А из нашей группы мне только Даша нравилась, но как-то у нас не сложилась дружба, может, хоть сейчас сблизимся. Так что оставайтесь, я здесь одна просто с ума сойду.

Мы молчали. Маша и Варя, низко наклонив головы, быстро-быстро запихивали в себя удивительно вкусное творожное суфле. Девочки явно старались побыстрей расправиться с завтраком, чтобы убежать из столовой.

— Варя, — строго сказала мать, — не торопись, подавишься. Кстати, почему ты до сих пор сидишь здесь? И где Анна? Вам пора начинать занятия.

— Сегодня же воскресенье! — изумилась Маша.

— Варечка должна учиться каждый день, — пояснила Таня, — только тогда она сумеет добиться успеха. Правда, дорогая?

— Если никогда не отдыхать, а только за учебниками сидеть, запросто можно в дауна превратиться, мозги спекутся, — ляпнула Маня.

У моей дочери есть милая особенность — сначала брякнуть, а потом подумать. Зайка моментально попыталась исправить положение:

— Манюша, положи мне сметаны.

— Ты же ее не ешь из-за калорийности! — удивилась девочка.

— А сегодня буду, — отрезала Ольга.

— Где Анна? — вновь спросила мать у Вари. Девочка помотала головой и буркнула:

— Не знаю.

— Не говори с набитым ртом, — машинально сделала Татьяна замечание.

— Как же ей ответить на ваш вопрос? — изумилась Маня. — Если не хотите, чтобы разговаривала во время еды, тогда ни о чем не спрашивайте.

Очевидно, Аркадий пнул сестрицу под столом, потому что девочка обиженно продолжила:

— Эй, Кешка, чего пихаешься!

Варя внимательно поглядела на Маню, и неожиданно широкая улыбка заиграла на лице девочки.

— Какая-то молодая светловолосая женщина выходила в районе девяти утра за ворота в кожаном пальто и с чемоданом в руке, — сказал Аркадий, — я как раз собак выпустил.

— Тоня, — крикнула Таня, — где Анна?

— Велела передать, что у нее тяжело заболела сестра и она увольняется, — пояснила Антонина, — я еще спросила ее, как же зарплата? Она ответила: «Позавчера Олег Андреевич со мной полностью рассчитался, он по десятым числам платит».

— Крысы бегут с корабля, — пробормотала Таня, — испугалась, что в доме теперь не хватит средств на гувернантку!

Варя потянулась за хлебом и опрокинула чашку. Темно-коричневая жидкость быстро впиталась в белоснежную скатерть.

— Ну, как можно быть такой растяпой! — возмутилась Таня. — За обедом посажу на кухню.

Не умеешь красиво есть, питайся отдельно от других.

Варечка опустила голову. Руки девочки быстро-быстро затеребили край испачканной скатерти.

— Ох, ни фига себе! — вновь вмешалась Маня. — Да что она, нарочно? Всякий может кофе пролить! Я сколько раз суп на ковер выливала. И никто на кухню не выгонял. Между прочим, у ребенка тоже есть права. Если посадите Варьку на кухню, я с ней обедать буду!

Широкая улыбка вновь заиграла на лице Вари.

— Давай, — подтолкнула ее Маня, — пошли наверх, покажу, как мопсу когти стричь, а то твоя Муля скоро будет ходить как на каблуках.

Девочки выскочили. Маруся запустила руку в вазочку с фисташками и набила карман лакомством. Варя моментально сделала то же самое. Весело подпрыгивая, они исчезли в коридоре.

— Невероятно, — пробормотала Таня, — уму непостижимо.

— Конечно, — вздохнула я, — мы Машку разбаловали. Но как-то так вышло, что с самого детства разрешали ей высказывать собственное мнение, вот ее иногда и заносит. Попробую объяснить...

— Понимаете, — сказала Таня, — мы с Олегом очень строго воспитывали Варю. У нее только внешность дауна, а ум нормального ребенка. Но люди-то по одежке встречают, вот мы и боимся, что станет без ножа есть, сидеть криво или во все вмешиваться, сразу скажут, что она дебилка. Вот и вбиваем хорошие манеры, и до прошлого года все шло отлично. А в этом! Сделаешь замечание, тут же слезы в три ручья. Полдня пла-

кать может и повторять: «Я урод, потому ты меня
не любишь!» Даже психиатру показывали! А сегодня я два раза ее поправила, и она только смеется. Явно Машино влияние, надеюсь, они подружатся. Варе это на пользу!

— Машка кого хочешь раскрепостит, —
вздохнул Кеша.

Со второго этажа понесся вой.

— Что это? — испугалась Таня.

— Не бойся, — успокоила я, — Муля не желает стричь когти.

— Конечно, мы останемся, — резюмировала
Ольга, — но уж разрешите тогда компенсировать
расходы. После кончины Олега Андреевича ваше
финансовое положение...

Хозяйка рассмеялась:

— Финансовое положение! Не скрою, Олег
великолепно зарабатывал, только наше благополучие зиждилось больше на моих заработках.

Я удивленно глянула на нее. Трехэтажный
дом с огромным садом, несколько машин, прислуга...

— Кем же ты работаешь?

Танечка вытащила сигареты марки «Рок».

— Возглавляю фирму «Тата».

— Погодите, погодите, — забормотала Ольга, — значит, это ваши рекламные щиты торчат
по всему городу?

Таня кивнула.

— И универмаг на Польской ваш?

Таня вновь кивнула.

— И бутик на проспекте Мира?

Иванова хладнокровно пускала дым.

— У меня три торговые точки в Москве и одна
в Санкт-Петербурге.

— Ну, ничего себе, — никак не могла успокоиться Зайка, — только недавно я купила у вас костюм для работы. Вот это да! Как же удалось создать такое дело?

— Упорство и труд все перетрут, — сообщила Таня. — Начинала в подвале, с двумя швейными машинками и тремя сотрудницами. Шила кофточки, а потом пошло-поехало! Сама не ожидала, что так получится.

— Почему же сокурсникам говорила, что не работаешь? — вырвалось у меня.

— Во-первых, не люблю хвастаться, — пояснила Таня, — а во-вторых, дело теперь крутится без меня, само по себе, я им только владею. Ну раздаю иногда кое-какие указания. А так есть директор, главный художник и специалист по тканям. Вам рассказала только с одной целью — не думайте, будто стала нищей, живите спокойно. Вам, надеюсь, удобно, и мне приятно.

Антонина внесла блюдо с оладьями, и разговор прервался. Весь день я не переставала удивляться и, собираясь вечером в город, думала: «Надо же обладать такой полной невозмутимостью. Узнать о страшной гибели мужа и спуститься к завтраку при полном параде, а потом, как ни в чем не бывало, поддерживать разговор. Я никогда не была способна на такое!»

Александр Михайлович ждал меня в самом центре, возле памятника Пушкину на Тверской.

— Мы с тобой как влюбленные, — хихикнула я, устраиваясь на лавочке.

— Скорей сутенер с проституткой, — вздохнул приятель.

Я огляделась. На небольшой площади толпились разномастные девицы в коротеньких, обтягивающих юбочках. Кое-где мелькали бритые головы парней в кожаных куртках. Несмотря на обилие народа, шума не было. Над толпой стоял тихий, ровный гул, как в большом офисе во время напряженной работы.

— По-моему, ты нам польстил, — вздохнула я, — им тут всем едва за двадцать.

Дегтярев хмыкнул:

— Сутенеры редко до сорока доживают, если не меняют профессию, а дамочки разные случаются. Вон, погляди в тот уголок.

Ближе к неработающему фонтану сидели две благообразные дамы, скорее даже бабушки. Такие не прогуливаются с внуками и не вяжут, сидя на лавочках во дворе. Трудно представить их стирающими белье, консервирующими огурцы и готовящими компот. Их место в театре, на выставке или, на худой конец, в кафе, возле чашечки кофе. В Париже много подобных дам. Аккуратно причесанные, с драгоценностями, в модной, стильной обуви, они равнодушно сидят с бокалами легкого вина в многочисленных французских бистро. Детей вырастили, внуками не занимаются, пенсии вполне хватает для безбедной старости...

Но у нас таких экземпляров практически нет.

— Ты хочешь сказать, — изумленно спросила я, — что эти бабуси — ночные бабочки?

Полковник кивнул:

— Вон та, слева, Шлеп-нога.

— Кто?

— Она хромая, слегка ногу подволакивает, поэтому и получила такую кличку. Историческая личность, пятьдесят лет на панели. Дочь вывела на ту же стезю, теперь внучку пасет, но и сама рада подработать копеечку.

— Господи, кто же польстится на бабушку?

— Не скажи, — протянул приятель, — есть любители. Поговаривают, что она молодежи сто очков вперед даст. Этих дам тут уважают и побаиваются, они сами по себе работают, без сутенеров.

— У каждой проститутки есть хозяин?

— Сложные вопросы задаешь, — вздохнул Александр Михайлович, — давай сначала определим, кто такая проститутка!

— Падшая женщина, предлагающая тело за деньги.

— Тут на Ленинградском рынке задержали женщину за драку, — вздохнул полковник, — выяснилось, что она представительница древнейшей профессии. Заходит в вагончик к продавцу, и за пять минут вся любовь. Кое-кто даже дверей не закрывал. По профессии — учительница. Утром сеет разумное, доброе, вечное, а вечером подвизается на оптушке. Так вот, денег не берет, только продуктами. Из-за чего в конечном итоге и произошла потасовка. Дама оценила свои услуги в банку кофе и пачку чая, а продавец хотел дать килограмм печенья. У нее никакого сутенера не было, но это редкость. Обычно все прихвачены. Знаешь, какие прибыли торговля женским телом приносит?

Мы посидели пару минут, наслаждаясь теплым апрельским вечером, и я пробормотала:

— Пока ничего не узнала. Даже калитки потайной не обнаружила.

— Растяпа, — укорил приятель, — выйди наружу и иди вдоль забора направо, до угла, только завернешь — и пожалуйста: «Сезам, — откройся!» Во всяком случае, именно там он во двор и шмыгнул. Только вызвал я тебя, чтобы дать отбой. Будет лучше, если вы вообще оттуда съедете. Не нравится мне ситуация. Сначала Клюкин, потом Харитонов...

— Да эти смерти между собой не связаны.

— Не знаю, не знаю, — бормотал Александр Михайлович задумчиво, — у Клюкина установили отравление стрихнином. Причем эксперт утверждает, будто яд попал к нему в организм около часа ночи, скорей всего вместе с вином. У него, честно говоря, в желудке было одно спиртное, практически ничего не съел за весь вечер. Что там, так все невкусно было?

— Он алкоголик, запойный, — пояснила я.

Полковник вскинул брови:

— Откуда информация?

— Жена сообщила между прочим, что она Ваньку ненавидела и мечтала о его скорой смерти, надеясь на то, что ей квартира достанется, — моментально продала я Раю. — Вот, должно быть, и подсыпала дорогому муженьку в бокальчик «приправу». Небось думала, что при таком скоплении народа трудно будет догадаться, кто помог Ване переселиться на тот свет!

— Сколько человек досидело до конца?

— Не так и много. Я, Райка, Ваня, Зоя Лазарева, Никита Павлов, Татьяна — словом, одна наша группа. Остальные разбежались сразу после полуночи. Маски сняли, сфотографировались на память — и по домам. Устали, вспотели в костюмах, да и выпили порядочно.

— А Харитонов?

— Что? — не поняла я.

— Депутат где был?

— Не знаю, — растерялась я, — не видела, как он маску снимал, наверное, спать лег. Вот Клюкин допился до безобразия, рыдать начал, потом у него живот заболел, все за него хватался, говорил, что язва разыгралась...

— Стрихнин вызывает боль, — задумчиво протянул Александр Михайлович, — почему врача не вызвали? Человеку плохо, а его спать повели, страшное дело!

Я так и подскочила на скамейке от негодования.

— В голову никому ничего дурного не пришло. Он твердил про язву и шатался, потом начал рыдать, и его отвели в спальню.

— Ладненько, — сказал Дегтярев, — съезжай по-быстрому в гостиницу. Считай свою деятельность законченной.

— Но я ведь ничего не узнала.

— И не надо, — твердо заявил Александр Михайлович. — Чтобы завтра уехали. Кстати, не слишком прилично гостить в доме, хозяин которого только что умер.

— Вообще-то жуть, — вздохнула я. — Когда похороны?

— Честно говоря, хоронить нечего, — объявил Дегтярев, — одни клочья.

— Сколько же тротила туда засунули?

Александр Михайлович, не отвечая на мой вопрос, спокойно наблюдал, как девицы, покачиваясь на высоченных каблуках, подходят к джипам, «девяткам» и «БМВ». Потом он довел меня до «Вольво» и отказался от предложения подвезти его.

— На работу вернусь. Здесь близко, хочу пройтись, а то сижу весь день, вон мозоль заработал, — он постучал по весьма объемистому брюшку.

Я завела мотор и свернула на Бронную, краем глаза отмечая, как полковник решительным шагом движется к ларьку. Решил купить себе бутылочку пивка «Балтика», третий номер. Самая подходящая микстура для похудания.

— Дарья Ивановна, — раздался за спиной тихий, но абсолютно отчетливый голос.

Совершенно не ожидая услышать ничего подобного в своем «Вольво», я в ужасе обернулась и увидела на заднем сиденье незнакомого мужчину лет пятидесяти, худощавого, темноволосого и смуглого.

— Как вы сюда попали? — закричала я, машинально отпуская руль.

— Осторожно! — воскликнул незваный пассажир, но было поздно.

«Вольво» выскочил на небольшой тротуарчик и въехал в большую витрину с надписью «Парикмахерская». Огромное стекло, разрисованное изображениями расчесок и фенов, задрожав, осыпалось на машину.

— Быстрее отъезжайте, — велел мужчина, — сейчас милицию вызовут. Ну же, шевелитесь.

Меня воспитывала крайне авторитарная бабушка, разговаривавшая с внучкой исключительно командным тоном. Поэтому, только заслышав приказ, я моментально повинуюсь.

«Вольво» понесся по улицам, вылетел на Садовое кольцо, и я наконец пришла в себя.

— Кто вы, как оказались в моей машине? Отвечайте немедленно или сдам вас первому милиционеру.

— Не узнали меня?

— Никогда вас не видела.

— Нет, видели, у Харитоновых, я шофер Олега Андреевича, Володя Костров.

Руль вновь вырвался у меня из рук, но ноги успели сработать. «Вольво» послушно замер на троллейбусной остановке. Я обернулась и во все глаза уставилась на мужика. Шофер Харитонова? Володя Костров? Господи, кто же был за рулем взорванного «Мерседеса»?

— Тише, тише, — забормотал Володя, видя, как я вновь разеваю рот, — глядите!

И он сунул мне в руки потрепанную бордовую книжечку. Паспорт. Руки машинально перелистали странички: Костров Владимир Антонович, 1947 года рождения...

Выглядел лет на десять старше и на фото совершенно на себя не похож. Но это ни о чем не говорит. Меня несколько раз задерживали в Шереметьево при вылете в Париж, так уж замечательно получаюсь на снимках.

— Но как же! — начала я заикаться. — Как, почему?

— Может, съедем с правительственной трассы? — нервно попросил Костров. — А то тут милиции полным-полно, не ровен час подойдут.

— Это вы подорвали Харитонова? — прошептала я, ощущая на спине тонкую струйку пота.

— Не несите чушь, — повысил голос Костров.

Потом он быстро вышел, распахнул переднюю дверцу машины и приказал:

— Двигайтесь.

Я перелезла на пассажирское кресло. Владимир сел за руль, и «Вольво» быстро закружил по переулкам.

В конце концов мы запарковались возле огромного серого дома. Костров вытащил сигареты. Машинально я отметила, что он тоже курит марку «Рок».

— За рулем сидел не я, — пояснил Володя.

— А кто?

— Если б знал, обязательно сообщил бы, — усмехнулся шофер.

— Как же так, — растерялась я, — ничего не понимаю.

— Все просто, — вздохнул Володя, — послушайте меня внимательно.

Оказывается, у Олега Андреевича Харитонова иногда случались таинственные встречи с клиентами. Порой он сообщал Володе:

— Сегодня сам за рулем, ты свободен.

Была только одна крайне удивлявшая мужчину странность. Олег Андреевич требовал, чтобы Володя в этот день никуда не ходил, а ждал его до вечера на специально снятой квартире.

— Все удобства мне создал, — рассказывал Костров, — две комнаты, телевизор, чай, кофе, холодильник полон, вот только телефона нет.

От Володи требовалось сидеть тихо, читать книги, смотреть сериалы и, главное, никому не рассказывать, что Олег Андреевич куда-то ездит один. В особенности Тане. Вечером депутат возвращался, и измаявшийся от безделья шофер вез его домой.

— Сначала думал, что он к любовнице сматывается, — пояснил Костров, — не хочет, чтобы я знал, где дама проживает. Потом понял: нет, не то. Зачем тогда мой костюм надевает?

— Он переодевался? — пришла я в крайнее изумление.

Шофер кивнул.

Олег Андреевич брал у него права, хотя имел собственные, и просил обменяться одеждой. Фигуры у них были одинаковые — оба высокие, поджарые, лишь размер обуви разнился. У Харитонова сорок шестой, а у Володи всего сорок второй.

— Честно говоря, первое время побаивался, — признался Костров, — не ровен час задавит кого, а мне отвечать, но потом успокоился.

Ездил Олег Андреевич аккуратно, никогда не лихачил, правила соблюдал. К тому же за каждый такой выезд Костров получал от хозяина сто долларов в карман.

— И часто он вами прикидывался?

— Раза два-три в месяц, — ответил Володя, — поэтому я и не удивился в последний раз. Ждал его, как всегда, на квартире. Сначала читал, а часов в одиннадцать вечера заснул. Думаю, придет — разбудит.

— Часто он так поздно приходил?

— Через раз. То в полночь подъедет, а то еще позже.

Костров мирно задремал, очнулся в десять утра и включил телевизор. Первая услышанная новость — сообщение о взорванном «Мерседесе» депутата и о том, что его, шофера, также считают погибшим.

— Идите в милицию и немедленно все расскажите!

Костров глянул на меня красивыми, какими-то женскими глазами.

— Да меня сразу арестуют, никто ведь не поверит!

Действительно, могут. Очень уж странно выглядит в пересказе Володи поведение депутата. Хотя, будучи известным адвокатом, Олег Андреевич тесно общался с криминальными кругами. Скорей всего, общался с авторитетами, ставящими условие: на стрелку адвокат приезжает один. Но зачем сажать мужика в квартире и прикидываться шофером? Сотни богатых мужчин обожают свои автомобили и ни за что не доверят руль никому другому.

— Какого черта вы, во-первых, залезли в мой «Вольво», а во-вторых, принялись все мне рассказывать? — обозлилась я. — Между прочим, это из-за вас я разбила витрину!

— Ну, положим, стекло кокнули потому, что руль отпустили, — усмехнулся Костров, — а насчет откровенности... К сожалению, вынужден был рассказать правду, потому что вы должны мне помочь!

— Я?!

Володя кивнул:

— Хочу как можно скорей бежать отсюда. Тот, кто убил Харитонова, может и до меня добраться.

— Вам нужны деньги?

— Нет, — ответил Костров, — слушайте внимательно. Моя мать работала директором крупнейшей московской скупки антиквариата. Потом ее посадили, но кое-какие цацки остались лежать в укромном месте. Вот если бы вы привезли мне эти похоронки...

— Где же вещи?

— На втором этаже есть зимний сад. Знаете?

— Конечно.

— Там несколько пальм в разноцветных кадках. В синей есть тайничок сбоку, вынимается одна из дощечек, внутри замшевая сумочка. Успеете до завтрашнего утра?

— Почему вообще я должна вам помогать? Попросите приятелей, вы меня всего два дня знаете, вдруг украду заначку.

Володя вновь закурил, помолчал минуту и тихо сказал:

— Конечно, рискую, обращаясь к вам. Но вы богатая женщина, похоже, порядочная, неужели польститесь на чужое имущество? Для меня сейчас единственное спасение — уехать из Москвы и скрыться. Что же касается друзей... Во-первых, не собираюсь никому рассказывать о том, как спасся; во-вторых, ну как им проникнуть в дом к Харитоновым? Помогите, бога ради. — Видя, что я колеблюсь, он добавил: — Ведь убьют, если обнаружат. Подумают, что тайну Олега Андреевича знаю.

— Ладно, — вздохнула я, — сегодня вечером выну. Куда привезти?

— Видите серый дом?

— Да.

— Второй этаж, квартира девять. Позвоните три раза и скажите: «Принесла обещанную книгу, «Три мушкетера» Дюма».

— Вы здесь живете? — спросила я, удивляясь про себя престижности места.

— Нет, — покачал головой Костров, — здесь Олег Андреевич конспиративную квартиру снимал. Домой не поеду, боюсь, вдруг кто из соседей увидит. Значит, договорились? Во сколько придете?

— Около полудня, — пообещала я, — плюс минус пять минут.

— Пунктуальность — редкое качество для дамы, — сказал Володя и, прикрывая лицо воротником куртки, вышел на тротуар.

Я медленно покатила домой. Что-то в последней его фразе показалось мне необычным, только вот что?

Какое-то смутное подозрение промелькнуло у меня в голове. Что-то здесь было не так. Но что? Я терялась в догадках.

Как он влез в «Вольво»? Ну это, положим, просто. Профессиональному механику не составит никакого труда открыть автомобиль. Тем более что я — полная разява: частенько забываю включить сигнализацию, просто хлопаю дверкой и убегаю. Гадкая привычка, привезенная из Парижа. Паркуясь на Елисейских полях или на Больших бульварах, французы никогда не запирают машин. Да и зачем? В центре города нет бомжей, попрошаек или других асоциальных личностей. И магнитофон никто не вытаскивает, дворники и зеркальца не снимают... Правда, красивую дамскую сумочку или мужскую барсетку все же кладут в багажник.

Значит, влез в автомобиль, лег на пол и ждал, пока я вернусь... А как узнал, где я буду вечером? Сама не предполагала, что поеду в город. Александр Михайлович позвонил только в пять и велел срочно мчаться в центр. Успела лишь сказать Антонине:

— Тоня, я уезжаю. Когда приедут дети, скажите, что поехала на встречу с Дегтяревым.

Вот оно как! Вероятно, горничная сообщила шоферу, а тот... Но откуда выяснил, где свидание? То-то в трубке раздался странный щелчок, когда я клала ее на место! Антонина подслушивала! В доме Харитоновых полно параллельных аппаратов, чуть ли не в каждой комнате торчит по базе с трубкой... Почему же Владимир не попросил девушку достать припрятанное? К чему впутывать в деликатное дело лишнего человека, то есть меня?

«Вольво» быстро миновал поворот, я махнула знакомому гаишнику и понеслась по боковой дорожке к проходной. И, только встав у ворот, сообразила — прилетела в Ложкино. Просто по привычке действовала автоматически. Голова думала о своем, а руки и ноги работали машинально.

Развернувшись, поехала к Харитоновым. А может, слишком усложняю ситуацию? Вдруг все просто, как щелчок. Владимир решил попросить меня об услуге и караулил возле дома, увидал «Вольво», поехал за ним и стал выжидать удобный момент для разговора. Профессиональному шоферу ничего не стоит проследить за мной.

Езжу аккуратно, скоростью не увлекаюсь.

Дом Харитоновых встретил темными окнами. Казалось, никого нет. Я вошла в холл и крикнула:

— Есть кто живой?

Из коридора, словно тени, вынырнули собаки.

— Люди, ау, — продолжала я.

В ответ — полная тишина. Недоумевая, поднялась на второй этаж и поскреблась в дверь Таниной спальни.

— Да, — донесся слабый голос.

Я вошла в совершенно темную комнату и спросила:

— Что случилось?

Вспыхнул слабый ночник. В мерцающем свете возникла большая двуспальная кровать, заваленная кучей пледов, подушек и покрывал.

— Мигрень, — простонала хозяйка, выпутываясь из постельного белья, — жуть, сейчас умру, и бальзам кончился.

— Что? — не поняла я.

— Вьетнамское средство от головной боли, — пояснила, морщась, Таня, — бальзам «Ким», натираю им виски. Как назло, позавчера последние капли использовала. Ну кто мог знать, что эта зараза вновь привяжется.

Она рухнула в подушки. Я сочувственно покачала головой. Мигрень! Очень хорошо понимаю, что это такое. Самой иногда приходится страдать, напрасно пытаясь заснуть.

— Давай съезжу в аптеку!

— Умоляю, — пробормотала Таня, — даже ехать не надо, пешком иди, тут рядом, буквально в двух шагах, купи большой пузырек.

— А где все? — поинтересовалась я, поворачиваясь к двери.

— Не знаю, — еле слышно ответила Таня, — Аркадий и Ольга как утром уехали, так и не возвращались. А Варя и Маша где-то тут.

Но девочек нигде не было видно. На кухне мрачный Емельян помешивал ложкой какую-то белую массу. На мой вопрос, где дети, повар пожал плечами:

— Понятия не имею.

Вызванная Антонина внесла ясность:

— Видела, как они куртки надели. Наверное, во дворе.

Но и в саду девочек не оказалось. Я почувствовала, как тревога закрадывается в сердце. Уже поздно, ну куда могли подеваться свиристелки? Может, решили сходить в магазин?

В аптеке, расположенной и впрямь в двух шагах от ворот, нашелся необходимый бальзам.

Я подошла к кассе. На стекле белела записка: «Пропала кошка (женщина), породы сенбернар, окрас темный. Нашедшего просим вернуть в аптеку».

Подивившись редкой породе кошки, я выбила чек и получила темно-зеленую коробочку. Выйдя на улицу, пошла к видневшимся неподалеку воротам и услышала звук тормозящей машины.

Из недр такси выбрались две детские фигуры в похожих синих куртках. Маша и Варя! Я поспешила к ним.

— Несамостоятельная ты, Варвара, — говорила Маня, — раз у мамы голова болит, нечего к ней приставать. Видишь, как просто, в два счета съездили?

— Куда катались? — спросила я.

Варя вздрогнула, а Маша радостно закричала:

— Мулечка! Ты откуда?

— Из аптеки, — ответила я и показала коробочку, — ходила Тане лекарство покупать.

Маруся выхватила упаковку и принялась вертеть ее перед глазами.

— Представляешь, муся, — тарахтела девочка, — Варьке столько лет, а ее никуда не выпускают. Сидит день-деньской дома, вот несчастье!

— Где пропадали?

— А я Варвару в Ветеринарную академию взяла, — пояснила Маруся.

— Там так интересно, — бесхитростно сообщила Варя, — кошку в разрезе показывали, — и уточнила: — На плакате, нарисованную. Я, может, тоже на ветеринара учиться пойду, так маме и скажу. Что это она меня дома прячет?

— Правильно, — поддержала Маня подружку

и спросила: — Мулечка, а что такое похюхивание?

— Что? — удивилась я.

— Да вот, — ответила Маруся и сунула мне в руки коробочку с бальзамом.

Я вгляделась в мелкие черные буковки: «Способы применения и дозировка: похюхивание непосредственное или ингаляция».

Да уж, возможно, на родине чудодейственного средства от головной боли «похюхивание» самое обычное дело. Но как быть бедным россиянам? Нас-то «похюхиванию» не научили ни отец, ни мать, ни школа...

— Таня знает, как пользоваться, — сказала я, опуская упаковку в кармашек куртки.

— Мама его в чай наливает, — пояснила Варя, — воняет отвратительно, но помогает здорово.

— Вот что, девочки, — велела я, — сегодня не надо беспокоить Таню. Она плохо себя чувствует, разнервничается, голова еще больше заболит. А завтра поговорим обо всем вместе. Только ты, Маня, дай честное слово, что больше никуда не повезешь Варю без разрешения.

— А я спросила у Тани, — ухмыльнулась Маня.

— Да? — удивилась я. — И как же?

— Ну, — протянула девочка, — всунула голову к ней в комнату и поинтересовалась, можно ли пойти прошвырнуться? А она бормочет: «Идите, куда хотите». Ну мы и пошли. Так что ругать нас не за что.

Хитрый Машин голубой глаз лукаво следил за моим лицом.

— Да, — встряла Варя, — спросили...

Вот безобразницы! Таня даже и предположить не могла, что они уедут в город, небось думала, что девочки бегают в саду.

Глава 7

В оранжерею я пошла, когда все улеглись спать. Тане стало лучше, но она так и не спустилась к ужину. Зайка и Аркадий, злые и уставшие, рухнули в кровать, выпив только по стакану кефира. Маша и Варя поели с отменным аппетитом. Я отметила, что дочка Харитоновых перестала угрюмо глядеть исподлобья. Девочка весело рассказывала о поразившей ее воображение «кошке в разрезе».

— Там еще муляж есть, — быстро-быстро говорила Варя, — такой интересный! Кладешь «кошке» в рот кусочек хлеба и видишь, как он внутри путешествует.

Действительно, занятно. Наконец они утихомирились и уснули. В доме воцарилась тишина, изредка прерываемая боем часов в кабинете.

Запахнув халат, я аккуратно, почти на цыпочках, добралась до зимнего сада. Тяжелая дверь легко подалась. Внутри пахло сыростью, землей и чем-то сладковатым.

Найдя нужную кадку, принялась общупывать ее со всех сторон, но дощечки держались будто влитые. От напряжения я вспотела, да к тому же широкие рукава халата страшно мне мешали.

Внезапно куст каких-то неизвестных мне экзотических растений зашевелился, и между ветками появилась плоская голова. От ужаса я чуть не грохнулась на пол, но через секунду сообразила, что вижу перед собой ручного удава.

Голова нырнула в заросли. Переведя дух, я посильней нажала на кадку, и тут же кусок деревяшки легко отскочил, открывая тайник. На свет появился тяжелый ярко-красный замшевый мешочек.

Стараясь не шуметь, я поставила дощечку на место и, повернувшись к двери, увидела у выхода невероятное существо. Почти на самом пороге сидела огромная ящерица со страшной мордой. В горле у нее что-то клокотало. Расставив когтистые лапы, она била по полу хвостом.

Варан! Таня ведь говорила, что у них в доме живут мопс, удав и гигантская ящерица. Собак не боюсь совершенно, удавы не кусаются, а вот эта рептилия! Черт знает, что у нее на уме. Какую кличку называла Таня? Топа, Степа или Капа?

— Славненький варанчик, — вкрадчиво завела я, — милый и приятный, пропусти тетеньку на выход, душенька, котик ласковый...

Варан глядел на меня немигающими глазами.

— Котик, — пела я, стараясь сообразить, как побыстрей шмыгнуть в дверь мимо дрянной ящерицы, — пусик сладенький...

Варан широко разинул пасть и раздвоенным на кончике языком моментально сгреб зазевавшуюся муху. Ну ничего себе, раз насекомых ловит, значит, мясоядный, или нет, как это правильно называется? Мясопитающийся, кровопожиратель?.. Одно понятно: слопал несчастную мушку, запросто сумеет и мной закусить. От мухи я отличаюсь только размером. Ну, крыльев нет и ног поменьше...

Внезапно рептилия бесшумно юркнула куда-то в глубь оранжереи. Подхватив полы халата, я ринулась в коридор.

И, только домчавшись до спальни, подумала: «А вернула ли я на место дощечку?»

Без двух минут полдень я звонила в дверь девятой квартиры. В ответ — тишина. Потыкав безрезультатно в пупочку звонка, я оперлась на створку, и она немедленно приоткрылась.

Из темноватого коридора пахнуло сыростью и холодом. Такой «аромат» прочно селится в нежилых помещениях. В квартире, где люди едят, воспитывают детей, ругаются, пахнет иначе. Иногда очень противно, но так — никогда.

За углом мрачно маячил большой темный шкаф.

— Эй, — свистящим шепотом пробормотала я, — эй, принесла книжку. Дюма, «Три мушкетера».

В ответ ни звука. Чувствуя, как в желудке мелко-мелко затряслась съеденная творожная масса, любовно приготовленная Емельяном, я двинулась по коридору в недра грязноватых апартаментов.

Квартира выглядела огромной. Комната, правда, всего одна, зато какая! Три окна уходили ввысь к потолку. А до потолка было метров пять, не меньше, в стародавние времена не экономили на кубатуре. Примерно тридцатиметровое помещение довольно густо обставлено разномастной мебелью. Кресла на тоненьких ножках, полированная «Хельга», обеденный стол, шесть стульев, диван-книжка — все явно производства 60-х годов, сильно потрепанное и ободранное.

Следом шла кухня, где запросто мог совершить посадку вертолет «Ми-8». И вновь убогая, если не сказать нищая, обстановка, даже плита допотопная — белая, эмалированная, с чугунной решеткой и «крылышками». «Газоаппарат» — стояло крупными буквами на дверце духовки. Я не встречала подобных приборов с тех пор, как подростком уехала из коммунальной квартиры!

Но самым удивительным был туалет. Унитаз походил на собачью будку, перевернутую отверстием вверх. По бокам выложены ступеньки, а бачок уютно устроился у самого потолка. Оттуда свисала железная цепь с гирькой. На блестящих боках груза красовалась надпись: «Внизъ».

Я потянула ручку. Шквал воды, настоящий Ниагарский водопад с ревом и гулом обрушился в чугунную, покрытую обитой эмалью емкость. Трубы загудели.

Из-за двери ванной послышался голос:

— Кто там?

— Принесла книгу Дюма «Три мушкетера».

— Простите, не могу выйти, моюсь, — пояснил невнятный голос.

Грязная, некогда белая дверь чуть-чуть приоткрылась, и высунулась мужская рука, густо заросшая светло-рыжими волосами.

— Давайте.

Я сунула ярко-красный мешочек с золотыми шнурочками в протянутую длань и поинтересовалась:

— Оно?

— Оно, оно, — подтвердил Владимир, — спасибо, всю жизнь за вас молиться стану, а теперь прощайте, уезжайте поскорей, не надо, чтобы нас случайно увидели вместе.

Я спустилась вниз, завела «Вольво», но далеко уехать не смогла. Послушный автомобиль, добравшись до поворота на Садовое кольцо, чихнул и замер. В недоумении я вылезла наружу и потыкала ногой в колеса. Вроде полагается в таких случаях открывать капот, только зачем совершать бесполезные действия, все равно не знаю, что там внутри понапихано. Впрочем, нет, слышала про радиатор, аккумулятор и вентилятор. Интересно, который из трех сломался?

Сев в салон, я вызвала аварийную службу и в тоске закурила. Ну вот, день потерян. Сначала придется ждать механиков, потом отправляться на тягаче в мастерскую. Хотя делать мне все равно нечего. От скуки я разглядывала улицу. Сквозь тонированное стекло проводить наблюдения крайне удобно. Тебя не видно, ты же имеешь полный обзор. Почему темные снаружи стекла изнутри оказываются абсолютно прозрачными — это еще одна неразрешимая для меня загадка.

Но прохожих не было. Я начала зевать и поглядывать в зеркало заднего обзора. Может, Зайка права — мне стоит поярче краситься, а то смахиваю на лабораторную мышь: личико маленькое, носик остренький, волосы светлые, бровей почти нет, и губы слились по цвету с бледным лицом. Немного помады совсем не помешает.

В зеркальце был отлично виден подъезд серого дома. Не успела я вытащить косметичку, как дверь распахнулась, и в переулок вышел высокий, рыжеватый, довольно полный мужик. Его лицо украшали красивые пшеничные усы и аккуратная бородка. Весьма объемистое брюшко выдавало любителя пива и бутербродов с копченой колбасой. В руках он держал небольшой кейс.

Мужчина не спеша пошел в сторону Садового кольца. Мой «Вольво», стоящий припаркованным у самого поворота, совершенно не удивил прохожего. За ним стоял целый ряд блестящих иномарок, принадлежащих, очевидно, жителям близлежащих зданий.

Помахивая «дипломатом», мужик повернул направо. Секунду я видела его сзади. Из портфеля свисала ярко-желтая веревка и торчал кусок огненно-красной материи. Очевидно, закрывая кейс, хозяин прищемил какую-то поклажу.

Зевнув, полезла за косметичкой, и тут мне в голову влетела мысль, и, уже держа в руках бархатную сумочку, я выскочила на улицу. Со всей возможной скоростью понеслась вслед незнакомцу. «Лестничное остроумие», так называют подобное поведение французы. А по-нашему, по-русски, мы говорим — «задним умом крепка». Кусок красной ткани и золотой шнурок! Рыжеволосый человек нес мешочек, который я только что отдала Владимиру, да и вышел он из этого подъезда.

Вылетев на Садовое кольцо, я увидела, как мужчина влезает в такси.

— Стой, — завопила я, размахивая руками, — воры!

Но машина, взвизгнув колесами, быстро понеслась в сторону площади Маяковского. Я беспомощно смотрела ей вслед. Потом в голову пришла еще одна мысль.

Владимир настаивал на тщательном соблюдении тайны, просил никому не рассказывать про убежище.

Значит, соврал, что никто не знает о конспиративной квартире... И отдал ценности!..

Быстрее молнии я полетела назад. Дверь по-прежнему оставалась незапертой, и из коридора несло нежилым запахом.

Влетев в ванную, я оказалась в большом пеналоподобном помещении. Глубокая ванна с пожелтевшей и потрескавшейся эмалью была пуста. Из допотопных железных кранов бежали струйки воды.

— Володя, — завопила я, — вы где?

Крик пронесся эхом по квартире и разбился об окна. Никого. Я прошла на кухню. На грязном полу у плиты темнела довольно большая темно-красная лужа, по линолеуму там и сям разбрызганы капли, а чуть поодаль на столе валяется угрожающе омерзительный тесак, перепачканный чем-то бордовым.

Я попятилась к выходу. Боже, Кострова убили, зарезали... И сделал это рыжеволосый полный мужик. Он же отобрал у несчастного мешочек и преспокойненько ушел, не подозревая о том, что ненужный свидетель сидит в «Вольво»!

Я выскочила на улицу и стремглав понеслась к машине.

— Эй, дамочка, — окликнул меня парень в белом комбинезоне с красной надписью на спине: «Volvo». — Ваша тачка?

— Моя, — ответила я, плохо воспринимая действительность. — Что вам надо?

— Это вам надо, — меланхолично заметил парень. — Сервис-службу вызывали?

— Да, конечно, совсем забыла!

Механик покосился на меня, поднял капот и начал напевать, через пять минут он вынес вердикт:

— Тумблер разгерметизировался.

— Починить можете?

Механик опять глянул на меня:

— Тут работы на целый день. Еще отвалился картер, смялся барабан, надломился палец, оборвался приводной ремень и выпал кардан. Небось резко тормозили.

— Вот не повезло, — вздохнула я, — хорошо, хоть радиатор и аккумулятор в порядке.

Парень хмыкнул:

— Да, это в норме.

— Сколько будет стоить?

Специалист начал задумчиво загибать пальцы.

— Значитца, так: вызов мастера, транспортировка в центр, запчасти, работа — тысячи три «зеленых». Оплачивать прямо сейчас, наличными.

Я в растерянности полезла в кошелек и достала пять сотенных бумажек.

— Никогда не вожу с собой больших наличных денег. Но вы не волнуйтесь, сейчас сниму с карточки.

Секунду механик смотрел на доллары, потом оглушительно захохотал:

— Вы и в самом деле решили заплатить такую сумму за вышеперечисленные поломки?

— А что? — удивилась я. — Сами же сказали: сломался палец, выпал кардан, разгерметизировался тумблер.

— Ой, не могу, — заливался механик, ныряя под капот, — сейчас умру. Да не бывает такого никогда, пошутил я! Вы совсем в моторе не разбираетесь?

— Потому и вызвала вас, — обозлилась я.

Механик хлопнул капотом, «Вольво» послушно заурчал.

— Все? — изумилась я.

— Ага, — подтвердил мальчишка, продолжая смеяться, — всего делов-то!

— А что случилось?

Механик прищурился:

— Зачем вам, езжайте и все, вы магнитофон включать умеете? Могу научить, с музыкой веселей.

— Сколько? — сквозь зубы процедила я.

Паренек принялся выписывать счет. Я поглядела на бумажку. Недрогнувшей рукой мастер вывел: «Квитанцыя».

— Вот что, господин Кулибин, — не утерпел во мне преподаватель, — как специалист, могу вас заверить, что в русском языке сочетание букв «ц» и «ы» встречается крайне редко, всего лишь в словах — «цыц», «цыпленок», «цыган» и «на цыпочках».

— Каждый в своем деле мастер, — парировал мальчишка, — кстати, вы только что за «смятый барабан» три тысячи гринов отвалить хотели!

Я влезла в «Вольво» и закурила. Ну и что теперь делать? Конечно, звонить Александру Михайловичу! Но у приятеля в кабинете никто не снимал трубку, а мобильный вещал приятным женским голосом: «Абонент находится вне зоны приема». Домашний телефон также не отвечал.

Но я не привыкла сдаваться и принялась набирать номер Крахмальникова.

— У аппарата, — сообщил Андрюшка.

— Васильева беспокоит, — решила я выдержать стиль.

— Чего надо-то? — довольно нелюбезно поинтересовался майор.

— Где Дегтярев?

— Уехал.

— Куда?

— Служебная необходимость.

— Он в Москве?

— Нет.

— Когда будет?

— Не имею понятия.

— Слушай, — обозлилась я, — чего так разговариваешь?

— Недосуг болтать, — отрезал Андрюшка и брякнул трубку.

От негодования я чуть не выбросила ни в чем не повинный «Эриксон» в окошко. Видали мерзавца?

Недосуг ему. Ладно, если гора не идет к Магомету, то Магомету следует взять ноги в руки и двинуться к горе. Поеду к Андрюшке и покажу ему где раки зимуют!

В большом здании по длинным коридорам носились люди. Крахмальников сидит в крохотном помещении, размером с клетку для канарейки. Все пространство занимают письменный стол, два стула и сейф. Причем за стол Андрюшка протискивается боком, регулярно роняя при этом телефон, стэплер и банку со скрепками. Одна стена кабинетика сплошь занята огромным окном, а на подоконнике Крахмальников держит электрический чайничек фирмы «Тефаль» и сахар.

Банку с растворимым кофе и вкусный чай «Липтон» жадный Андрюшка прячет в сейф. Боится, что налетят коллеги и все выпьют.

Услышав звук приоткрывающейся двери, Андрюшка недовольно оторвался от пухлой папки й чуть не уронил ручку.

— Ты?!

— Чего так удивляешься? — хмыкнула я и втиснулась в кабинетик.

Как-то раз Крахмальников, сидя у нас в гостях, страшно раскипятился и заявил, что журналистов, которые без конца пишут о безобразиях в системе МВД, следует убивать на месте.

— Из-за нескольких придурков пятно ложится на всех! — шумел Андрюшка.

— Хочешь сказать, никогда не лупил задержанного? — спросила ехидная Зайка.

— Я, — четко и твердо ответил майор, — никого ни разу в рабочем кабинете и пальцем не тронул.

Верю ему безоговорочно: тут просто негде размахнуться.

— Ты как прошла без пропуска? — продолжал изумляться приятель.

Да просто, дурачок, у меня в здании есть пятая колонна по имени Леночка, бессменная секретарша Александра Михайловича. Лет ей вокруг сорока, и она до сих пор уверена, что лучшей жены, чем я, полковнику просто не найти. Но выдавать Лену Андрюшке совершенно не хочется, поэтому только пожала плечами и сообщила:

— Постовой зазевался, вот и проскочила.

— Да уж, — недовольно пробормотал майор, — везде пролезешь.

— Где полковник? — решила я не обращать внимания на хамство.

— Уехал в командировку.

— Куда?

— Служебная необходимость, — загадочно сообщил Крахмальников.

Я села на стул и попросила:

— Плесни кофейку.

Терпеть не могу растворимых напитков, но

рассказывать об истории с Костровым следует под выпивку. За отсутствием спиртного сойдет «Нескафе» — я от этой бурды моментально делаюсь как пьяная.

Но Андрюшка даже не шелохнулся.

— Кофе кончился, и тебе пора домой.

— Подожди, — попробовала я добиться того, чтобы меня выслушали, — тут такая штука вышла, не поверишь!

— Ну и что? — умехнулся Крахмальников. — Небось кошелек потеряла или телефон...

Секунду я молча глядела на него. Ничего не стану рассказывать дебилу! Пусть занимается пустым расследованием. Хотя дам ему еще один шанс.

— Андрюшенька, не знаешь, как там дело Клюкина?

— Кого?

— Ну, Вани, которого отравили стрихнином на вечеринке у Харитоновых.

— Кто рассказал глупости? — сердито выпалил майор. — Откуда сведения о стрихнине?

— Дегтярев...

— Болтун, — в сердцах воскликнул Андрюшка, — а еще полковник. Ты, Дарья, давай домой. Александра Михайловича не будет примерно неделю, так что сейчас за тебя я в ответе. Собирайте манатки и дуйте в гостиницу, хватит, нагостились, пора и честь знать.

— Сами же велели изучать дом Харитонова...

— Это все твой дружок, — вздохнул Андрюшка, — давай, говорит, Дарью подключим, она разузнает. Я возражал — не надо в дело всяких баб впутывать, растяп и неумех. Да у нее все из рук вечно валится, ну куда такой оперативное задание давать. Нет, уперся рогом: Дашка сделает...

Он еще долго плевался огнем, но я уже отключилась. Растяпа и неумеха? Все из рук валится? Ну, Крахмальников, погоди! Хорошо, что не успела рассказать тебе о таинственно спасшемся Володе Кострове. Никогда не раскрыть тебе тайну смерти Клюкина, и с делом об убийстве Олега Андреевича наши доблестные органы тоже сядут в лужу, потому что я сама займусь расследованием, а когда узнаю, моментально расскажу все главному редактору газеты «Московский комсомолец» Паше Гусеву. Знаю его сто лет, еще со студенческой поры. Вот тогда и поглядим, кто из нас растяпа и неумеха, а кто блестящий детектив!

— Ладно, Андрюшенька, — пробормотала я, поднимаясь, — поеду, пожалуй.

— Зачем же приходила? — внезапно спросил майор.

— Да так, Дегтярева потеряла, не звонит, вот и заволновалась...

— Зря, занят он, освободится и свяжется с тобой.

Майор даже не пытался скрыть, насколько он ждет моего ухода. Я не стала томить приятеля и сделала ручкой:

— Пока.

— Пропуск давай.

— Какой пропуск, — прикинулась я идиоткой, — сказала же, как пролезла.

— Ну-ну, — вздохнул Андрюшка, — посмотрю теперь, как назад вылезешь.

Я вышла за дверь и с трудом удержалась, чтобы не шарахнуть ею со всей дури о косяк. Не буду кипятиться. Как гласит китайская мудрость, если спокойно сидеть на берегу реки, вода сама пронесет мимо труп врага.

Глава 8

Лучше всего мне думается по ночам, в особенности если есть возможность тихонько выкурить сигаретку. Домашние крайне отрицательно относятся к табаку. Особняк в Ложкине объявлен бездымной зоной, и приходится пускаться на всяческие ухищрения, дабы предаться пагубной страсти. Но у Харитоновых в доме никто не налагал запрета на сигареты. Таня спокойно расхаживает, куря свой «Рок», пепельницы совершенно открыто стоят во всех комнатах; одна весьма кстати пристроилась у меня в спальне.

Я вытащила «Голуаз» и с наслаждением затянулась. Нет, все-таки страшно приятно курить в удобном кресле. В Ложкине летом и осенью мне предписывается выходить в сад, зимой, правда, разрешают в виде исключения вынимать сигареты в помещении, в каморке под лестницей, где Ирка хранит пылесос и тряпки. Яростные нападки на «дымоглотство» мои дети объясняют благими порывами: не хотят, дескать, чтобы мать в расцвете лет погибла от рака легких.

Я смотрела, как хрупкий синий дымок медленно поднимается к хрустальной люстре, и пыталась привести мысли в порядок.

Бывают младенцы, которых ангел целует в лоб при рождении, и из них получаются впоследствии великие люди: писатели, артисты, художники, гениальные ученые. Но в тот момент, когда я появилась на свет, божий посланец, очевидно, задремал от усталости, и мне не досталось никаких особых качеств. Как ни печально признавать, но я, к сожалению, не представляю из себя ничего интересного. Все вокруг нашли себя, сделали успешную карьеру, добились признания... Зайка обрела немыслимую популярность, вещая каждый день с экрана ТВ о результатах футбольных и хоккейных матчей... По-моему, дурное занятие, но Ольга счастлива. Правда, по городу ей приходится теперь пробираться в черных очках. Болельщики легко вычисляют ее в толпе и накидываются с требованием дать автограф. Аркашка стал хорошим адвокатом. Прошли те времена, когда сын радостно хватался за любое предлагаемое дело. Теперь выбирает самые интересные и получает настоящее наслаждение, готовясь к процессу. Наташка пишет любовные романы. Я не говорю о гонорарах, которые выплачивает ей парижское издательство, но подруга призналась, что писала бы, даже не получая за свой труд ни копейки, настолько захватывает ее процесс творчества. Как-то раз жарким июньским днем Наталья спустилась к обеду в теплом шерстяном костюме. Зябко кутаясь в шарф, она пощупала батареи и поинтересовалась, почему мы отключили отопление... Аркашка с изумлением поглядел на нее.

— Ты заболела? На улице почти сорок градусов жары!

Наталья задумчиво глянула в окно и протянула:

— Действительно, на дворе июль, это у меня в романе декабрь в Сибири...

Бывшие мужья тоже вполне довольны. Костик пишет жуткие картины, которые отчего-то раскупают, как горячие блинчики, Макс стал более чем удачливым бизнесменом и ворочает миллионными сделками; Кирилл издал потрясающий учебник по истории, переведенный чуть ли не в тридцати странах. Даже Генка, алкоголик Генка, с которым я развелась из-за его безудержной страсти к горячительным напиткам, бросил пьянствовать, эмигрировал в Америку и открыл там клинику для больных детей! Да что взрослые! Машенька и та увлечена ветеринарией и почти все вечера пропадает в академии.

И только я абсолютно бесполезное существо, что-то вроде стрекозы! Поэтому домашние обращаются со мной слегка свысока, снисходительно роняя:

— Привет! Чего такая скучная? Новых детективчиков не нашла?

Конечно, мне тоже хочется добиться успеха, достичь высот, но вот беда — совершенно не представляю, чем заняться!

Все чаще в голову приходит мысль о создании собственного детективного агентства. В конце концов, «Пинкертон» начинался с крохотной комнатушки и одного-единственного, но жутко работоспособного сотрудника. Чем я хуже? Только тем, что женщина? А мисс Марпл? Как бы она стала рассуждать в моем положении? И вообще, сначала найду убийцу Клюкина, потом займусь взрывом харитоновского «Мерседеса», а после раскрою дела Листьева и Холодова, доберусь до международной мафии... Да обо мне весь мир заговорит, а Интерпол пришлет своего представителя с нижайшей просьбой о сотрудничестве! Вот тогда и узнаем, кто растяпа и неумеха!

Прогнав мысли о «тридцати тысячах курьеров», я аккуратно спустила окурок в туалет. Ну кому мог помешать пьяница Ванька? Дегтярев проговорился, будто стрихнин несчастный проглотил где-то около часа ночи. К тому моменту основная масса гостей отправилась восвояси, осталась только наша бывшая группа — Зоя Лазарева, Никита Павлов, Татьяна, я и Рая Скоркина. Правда, был еще и Олег Андреевич, но его исключим сразу. Насколько знаю, они с Клюкиным впервые встретились только на вечеринке.

Так, я Клюкину ничего не подсыпала, Харитонову с Татьяной он ничем не мешал. Остаются Зоя, Никита и Раиса.

Подумав немного, вычеркнула из списка и Скоркину. Конечно, постоянно пьющий и таскающий из дома вещи муж не приносил Раисе никаких радостных эмоций. Вполне верю, что она втихаря мечтала о его кончине. Но мечтать о чьей-то смерти и убить человека на самом деле — «две большие разницы». Да и зачем устраивать это прилюдно? Намного проще подсыпать отраву в бутылку, а потом, вызвав милицию, со слезами на глазах сообщить о безвременной кончине муженька. Алкоголик, отбросивший коньки от некачественной выпивки, не вызывает никаких подозрений. Скорей всего, его и вскрывать бы не стали. Отдали бы жене, и дело с концом. А тут! Убийство в доме известного адвоката, депутата... Надо быть полной дурой, чтобы пойти на такое. Нет, Рая явно ни при чем. Тогда кто? Никита или Зоя? Завтра же поеду к Лазаревой. Сдается мне, что она все про всех знает.

Утром мы с Танюшей столкнулись в столовой. Подруга опять оказалась при полном параде и с безукоризненно сделанной прической. Мы выпили кофе и вышли в сад.

— Чудесная погода, — вздохнула Таня, — скоро лето, поедете куда-нибудь?

Я пожала плечами:

— Не знаю. Ольга с Аркашкой хотели в Тунис, но для меня там слишком жарко.

— Фу, — закричала Таня, хватая Мулю, — а ну, выплюнь немедленно!

Мопс не собирался разжимать пасть.

— Отдай, — злилась хозяйка, — ну что за дрянь! Дома корм не ест, а на улице всякую гадость подбирает и тут же глотает. Завтра же позову инструктора и начну учить дурочку.

Я вздохнула. Когда купили ротвейлера и пита, столкнулись с той же проблемой. Щенки воротили нос от заботливо приготовленной каши, сдобренной необходимыми витаминами и минералами. Аркашка буквально впихивал им в пасть геркулес, сваренный на свежайшем телячьем бульоне. Зато стоило ему чуть-чуть зазеваться во время прогулки, как Банди и Снап неслись к помойке. Из мусорной кучи тут же вытаскивались ароматные отбросы, и, пока хозяин, размахивая поводком, бежал к гурманам, «деликатесы» проглатывались без длительного разжевывания. И вообще, в юном возрасте и пит, и ротвейлер питали страсть к несъедобным предметам. Не счесть погибших тапочек, носков и колготок, а изгрызенными пледами можно, наверное, укрыть полнаселения Европы. Особую страсть псы испытывали к косметике.

Стоило оставить в ванной открытую банку с кремом или бросить на столике губную помаду, как все это моментально исчезало в их пастях. Однажды, придя домой, Зайка обнаружила в холле странные темно-зеленые лужи. Цепочка блестящих капель вела в гостиную. Ольга пошла по следу и наткнулась на Банди, мирно доедавшего трехлитровую пластиковую бутыль с дезинфицирующим средством для туалета.

— Кошмар! — завопила невестка, выдирая из клыкастой пасти сжеванную добычу. — Содержит едкий натр! Немедленно едем в больницу.

Но желудок Банди, очевидно, сделан из огнеупорного стекла, потому что отрава никак не повлияла на него. Пес, даже не чихнув, переварил... туалетного «утенка»! Впрочем, Ирка высказала свое мнение на этот счет.

— Всегда была уверена, — бормотала домработница, намывая холл, — их бытовая химия один обман и реклама. Вот выпил бы нашу «Белизну», точно бы в собачий рай отправился.

На семейном совете решили учить собак, и в доме появился инструктор — молодой и чрезвычайно серьезный Вадим. Месяц спустя псов было невозможно узнать. Они послушно садились, давали лапы, лаяли, ползали на животе и прыгали через различные препятствия.

Потом Вадим приказал нам:

— Готовьте падаль!

— Где мы ее возьмем? — удивилась я.

— Сами сделаете, — пояснил инструктор.

— Может, вытащить из помойки, — робко предложил Кеша.

— Ни в коем случае! — возмутился Вадим. — Только свежеприготовленная падаль!

— Как ее делать? — поинтересовалась Маня.

— Берете кусок первосортного мяса, кладете на пару деньков в теплое местечко, и всех делов, — пояснил инструктор.

— Я сделаю, — воодушевилась Маруся.

Вечером к нам в гости приехала одна из бывших моих свекровей, ныне покойная Элеонора, и я забыла про падаль. Прошли выходные. В понедельник Элеонора подергала носом и заявила:

— У вас в столовой запах, как в могильнике для скота.

— Действительно, — заметил Кеша, — воняет изрядно.

— Может, мышь под полом сдохла? — предположила Зайка.

Ясность внесла Маня:

— Падаль готовится!

— Что? — закричал старший брат. — Ты спрятала в столовой кусок протухшего мяса? Ну и вонища, есть невозможно. Немедленно убери.

— Здесь самая теплая комната, — оправдывалась Манюня, вытаскивая из-за батареи плотно перевязанный веревкой пакет, — кажется, в самый раз.

Девочка моментально развернула полиэтилен, и густая вонь проплыла по комнате.

— Ну и гадость! — с чувством воскликнула Зайка, оглядывая кусок черно-зелено-бордового филе.

Я промолчала. Осталось непонятно, зачем для приготовления данной пакости нужно было покупать на рынке кусок свежайшей телячьей вырезки.

Инструктор остался доволен: падаль, на его взгляд, выглядела и пахла восхитительно. К Новому году по дому ходили два неземных существа. Вадим получил гонорар и ушел. Собаки моментально перестали слушаться. Они не понимали команд и вновь самозабвенно охотились у мусорных бачков. Обозленная Зайка вызвала Вадима. Стоило дрессировщику переступить порог, как Банди и Снап превратились в ангелов. Их морды демонстрировали полнейшую покорность и послушание.

— И чего вы хотите? — поинтересовался инструктор, когда после команды «Фу», собаки отвернули носы от обожаемого сыра «Радамер».

Мы заверили Вадима, что абсолютно всем довольны. Дрессировщик уехал. Снап тут же отправился в спальню и недолго думая сожрал большой тюбик тонального крема. Никакие вопли «Фу!», издаваемые хором всей семьей, совершенно не подействовали на негодника.

В полном отчаянии мы снова вызвали Вадима. И собаки опять выказали абсолютное повиновение. Снап отворачивался от «Докторской» колбасы, Банди попеременно подавал лапы. Хоть в цирке выступай.

Ситуация повторилась трижды, пока мы наконец поняли: ум, примерное поведение и отличные манеры пит с ротвейлером демонстрируют лишь в присутствии дрессировщика. Стоит тому шагнуть за дверь, вся наука разом вылетает из собачьих голов.

Татьяне наконец удалось разжать маленькие, но удивительно крепкие челюсти мопсенка. На свет явилась пробка от бутылки минеральной воды.

— Ну, не дура ли ты, Муля! — с чувством воскликнула хозяйка. — Купили тебе кости из жил, специальные палочки, резиновые игрушки... Нет, пластмассу жрешь! Ведь так и подохнуть можно!

Муля молча смотрела на Таню круглыми блестящими глазками.

— Просто чудовище, — вздохнула вдова, — все время нужно на глазах держать! Чуть где затаилась, значит, безобразничает. Позавчера раз-

грызла подушку в спальне, вчера объела компью-
терный стол в кабинете.

Ага, а еще поужинала Маруськиной тетрадкой
по геометрии и закусила моим новым детективом, неосторожно оставленным на диване. Но
сердиться на Мулю нет никакой возможности.
Щенки очаровательны, а мопсята в особенности.
И потом, наказывать существо размером с пачку
соли как-то рука не поднимается. К тому же этот
взгляд с поволокой и вечно несчастное выраже-
ние на морде...

— Смотри, — сказала Татьяна, наглаживая
блестящую шкурку мопсенка, — абрикосовый
отлив появляется. Мать у нее — бежевая, а отец —
персикового цвета, вон, видишь рыжину.

Она принялась ласково теребить золотистые
коротенькие волоски, покрывающие маленькие
кривоватенькие лапки, потом сказала что-то
еще, но я уже ничего не воспринимала. Рыжие
волосы! Рука, которую Костров протянул из ванной комнаты была густо усеяна мелкими рыжи-
ми волосками. Но ведь он темный шатен! У человека с такими волосами растительность на руках
тоже должна быть темной! Значит, мужчина в
ванной был не Костров, а убийца, и я лично отдала ему захоронку несчастного шофера. Так куда подевался Володя? Вернее, где преступник
спрятал тело? И кто знал, что Володя не погиб во
время взрыва?

Глава 9

Дозвониться до Зойки Лазаревой оказалось не
таким простым делом. Автоответчик безукоризненно вежливым голосом сообщал об отсутствии

хозяев. Я оставила, наверное, штук пять сообщений с призывом связаться со мной, но Зоя не спешила откликаться. Перезвонила она только около одиннадцати вечера, и мы договорились о встрече на следующий день, ровно в час у нее дома.

Жила Зоя в огромной квартире на Старом Арбате. Низенький трехэтажный белый домик выглядел снаружи крайне непрезентабельно, но внутри скрывалась просто царская роскошь — мраморные полы и перила, ковровая дорожка на лестнице, огромные кадки с пальмами и крайне обходительный мужчина в милицейской форме, вежливо, но весьма настойчиво поинтересовавшийся:

— Вы к кому?

Услышав фамилию Лазаревой, он позвонил Зое и, удостоверившись, что меня действительно ждут, потребовал паспорт. Изучив документ, дежурный не успокоился и лично довел до нужной квартиры, не забыв, отходя от конторки, с угрожающим щелканьем запереть входную дверь.

— Ну и охрана у вас, — пробормотала я, пока Лазарева подыскивала тапочки.

— В самом центре живем, — вздохнула Зоя, — престижно, конечно, но страшно неудобно. Весь день шум, летом дышать нечем, вместо воздуха чистая отрава, и приезжие норовят в подъезде пописать. Жаль им рубль за туалет заплатить, вот и завели цепного пса.

Она протянула мне пластиковые тапки и велела:

— Надевай.

Я покорно влезла в предложенную обувь, и мы пошли по длинному коридору, выложенному набрным паркетом, мимо бесчисленных, совершенно одинаковых дверей из светлого дерева. В потолке торчали круглые светильники. Пейзаж сильно смахивал на дорогой офис или банк, на худой конец, на приемную модного стоматолога.

Наконец хозяйка притормозила у распахнутой двери и приветливо сказала:

— Прошу в гостиную.

Я вошла и онемела. Абсолютно белые стены украшены картинами с изображениями обнаженных негритянок. С потолка свисает огромный белый шар в хромированной паутине. Черная кожаная мебель и торшер, похожий на сломанную журавлиную ногу. На огромном окне покачивается многоярусная бархатная занавеска цвета ночного неба, пол застелен невероятно белоснежным ковром. По стенам, как солдаты на параде, выстроились шкафы со стеклянными витринами, внутри блестело что-то золотое...

— Недавно ремонт сделала, — пояснила Зоя, заметив, какой эффект произвел на меня весь этот антураж.

— Ты же вроде раньше в районе улицы Демьяна Бедного жила, — пробормотала я.

— Не в этой жизни, — ухмыльнулась хозяйка, — сколько мы с тобой не виделись?

Я призадумалась:

— Вроде после выпускного вечера ни разу не встречались...

— Это тебе так кажется, — продолжала ухмыляться Лазарева. — Сталкивались неоднократно на всяческих мероприятиях, только я к тебе не подходила. Все ждала, узнаешь меня или нет! Но ты на всех приемах с жутко несчастным видом выстаиваешь протокольные полчаса и убегаешь.

Оно конечно! Занята очень, постоянно всякими делами занимаешься... Знаю, знаю про твою дружбу с Дегтяревым и про то, что ты у него во внештатных сотрудниках ходишь!

Я в обалдении уставилась на бывшую сокурсницу. Довольная произведенным эффектом, Зойка торжествующе вытащила «Мальборо» и со вкусом закурила сигарету.

— Вот ведь, — сказала она, — до чего сильны юношеские привычки. Помнишь, как мы в институте гонялись за «Мальборо»?

Я улыбнулась. Конечно, помню. Покупали вожделенные импортные товары в туалете возле магазина «Ванда». Там в семидесятых годах был просто магазин. Мои первые джинсы, красивое белье и туфли на умопомрачительной платформе пришли именно из этого сортира. Иметь в сумочке «Мальборо» считалось во времена моего студенчества большим шиком. Многие из девчонок носили красно-белую пачку месяцами, вынимая ее только по особым случаям, другие перекладывали в упаковку «Яву» или «Пегас», чтобы производить нужное впечатление. Американские сигареты разом поднимали ваш общественный рейтинг на недосягаемую высоту. Но я, к сожалению, никогда не могла их курить из-за кашля.

— Вроде бы сейчас покупай, что хочешь, — продолжала Зоя, — и проблем с финансами никаких, а руки прямо сами к «Мальборо» тянутся. Хотя уже давно следует переходить на «Парламент». А ты ведь только «Голуаз» употребляешь? Во Франции пристрастилась, да?

Я еще раз подивилась осведомленности Лазаревой.

— Все-то ты знаешь!

— Точно, — подтвердила хозяйка, — все и про всех.

— Ну, тогда скажи, кому мог помешать Ванька Клюкин?

— Абсолютно никому, — отчеканила Зоя, — безобидный, как бабочка, правда, бесполезный. Ты про него что знаешь?

— Практически ничего, — пожала я плечами, — двадцать лет не виделись, даже не знала, что он Скоркину уговорил за него замуж выйти.

— Это Райка так рассказывала? — улыбнулась Зоя. — Конечно, стыдно признаваться, как за мужиком бегала. Хочешь, расскажу, что у них на самом деле вышло?

Отметив про себя, что Зойка не предложила кофе и даже не поставила на столик ради приличия каких-нибудь соленых орешков, я плотнее устроилась в удобном кресле и приготовилась слушать.

— Помнишь историю с Райкиным вороватым папашей? — со вкусом принялась выбалтывать сплетни Лазарева.

Я кивнула:

— Конечно.

После кончины отца Раиса первое время приуныла. Шел пятый курс, и ей, не слишком хорошо успевавшей, никакая аспирантура не светила. Вернее, перестала светить. Любящий папенька, безусловно, захотел бы сделать из дочурки кандидата наук и не постоял бы за ценой. Но его смерть перечеркнула все планы Скоркиной. Приближался диплом, а с ним и распределение, скорей всего, преподавательницей иностранного языка в школу, в какую-нибудь жуткую глушь. В столице оставляли только москвичей.

Единственный шанс зацепиться в Москве — получить постоянную прописку. Для этого следовало немедленно выйти замуж. Но на факультете училось не так много мальчиков, к тому же все они были давно разобраны более предприимчивыми студентками. Рая, надеясь на аспирантуру, слишком поздно начала охоту на женихов. Другие девушки из провинции предпринимали атаку чуть ли не на первом курсе. Конечно, можно было оформить фиктивный брак, но весь вопрос упирался в деньги. Когда посадили отца, его имущество таинственным образом куда-то испарилось. Раиса с изумлением узнала, что сберкнижки нет, квартира и дача казенные, в красивом бумажнике из крокодиловой кожи, лежавшем в письменном столе, нашлась всего лишь одна сиротливая десятка. Раечка осталась нищей.

И тут ее взгляд обратился в сторону «местного сумасшедшего» — Ваньки Клюкина. Даже при тотальном дефиците мужчин в инязе, парня никто не воспринимал всерьез. Вечно растрепанный, в очках и с глуповатой улыбкой, он постоянно сидел в библиотеке над толстенными томами немецких литераторов эпохи движения «Буря и натиск».

Казалось, при таком усердии «золотой» диплом обеспечен. Ан нет. На экзаменах и зачетах Клюкин начинал путаться, размахивать руками, плевать слюной в лицо преподавателю и тыкать ему под нос огромные неряшливые тетради, исписанные жутким, неразборчивым почерком. Окончательно губила парня привычка заявлять профессору:

— Вы не правы, в словаре совсем иное написано.

Вздернув брови, наши педагоги моментально ставили ему «неуд».

Не лучше были у бедного Ваньки и отношения со студентами. Имея маму — директора крупного промтоварного магазина, другой стал бы желанным гостем в любой компании. Но Клюкин ухитрился так себя поставить, что поход на склад за остродефицитными зимними сапогами воспринимался всеми как услуга ему, Ваньке. Впрочем, он был добрым, незлобливым, мягким и абсолютно управляемым — словом, идеальный муж, только наши девочки шарахались от него, как от прокаженного.

Раисе понадобилось совсем немного времени, чтобы округлить парня. Гораздо трудней было справиться со свекровью. Несчастный аморфный Ванька оказался меж двух огней: с одной стороны авторитарная, властная мама, с другой — эгоистичная, капризная, упрямая жена. Кое-как он продержался до кончины маменьки. Работал в «Интуристе» гидом-переводчиком, водил по Москве группы туристов, охотно ездил по городам и весям, стараясь пореже бывать дома, где постоянно цапались две стервы.

После смерти свекрови Раиса ненадолго вздохнула полной грудью. Затеяла ремонт, купила машину и бросила работу, намереваясь пожить в свое удовольствие. Но недолго музыка играла. Ванька начал пить. Наверное, это была его форма протеста против окружающей действительности, а может, кончина властной маменьки просто развязала мужику руки.

Из «Интуриста» выгнали сразу. Еще пару лет Клюкин перебивался в разных конторах, потом обработанные алкоголем мозги перестали слушаться хозяина, и пришлось шагать по социальной лестнице вниз — носильщик на вокзале, заправщик на бензоколонке, грузчик, стеклопротирщик... Нигде больше трех месяцев Ванька не задерживался... Раисе пришлось самой выйти на работу. Потом Клюкин принялся пропивать нажитое рачительной матушкой добро...

— Откуда знаешь? — удивилась я.

Зоя загадочно улыбнулась.

— Поверь, что все правда. Ванька мешал на этом свете только одному человеку — Раисе. Только она его не убивала.

— А почему ты так уверена в этом?

Лазарева пожала плечами:

— Думаю, у нее кишка тонка. Человека на тот свет отправить не так легко. Вернее, решиться на такое трудно. И потом, ну не глупо ли травить ненавистного супруга на глазах большого количества народа, да еще в доме Харитонова! Намного проще втихую, в собственной квартире, да никто и разбираться не станет: подумаешь, алкоголик до смерти упился!

Зоя замолчала. Я тоже не произнесла ни слова, похоже, у нас с Лазаревой в голове одни и те же мысли. Но Ваньку все-таки отравили...

— Однако, — завела я, — кто-то подсыпал Ваньке...

— А если не Ваньке? — хитро прищурилась Зоя.

— Как это?

— Да так, — загадочно пробормотала хозяйка и поинтересовалась: — Ты деньги любишь?

Я слегка растерялась от подобного вопроса.

— Уж не знаю, как насчет любви, они мне просто нужны...

— Вот-вот, — удовлетворенно закивала Зоя, — а как нужны, очень?

— Ну, вообще-то, нам вполне хватает...

— Насколько знаю, — процедила Лазарева, окидывая меня с ног до головы оценивающим взглядом, — ты нигде не работаешь.

— Правильно.

— А собственного капитала у тебя нет. Деньги Макмайера принадлежат Наташе, Аркадию и Маше. Только тратишь чужое, можно сказать, живешь из милости, за их счет.

Сказать, что я удивилась, — это не сказать ничего.

— Вдруг они с тобой поругаются, — спокойно продолжала Зоя, — ну, обозлятся на что-нибудь и перекроют деньгопровод, что делать станешь?

Я скривилась:

— Такое вряд ли произойдет...

— А все же!

— Пойду вновь на службу, языком владею в совершенстве, без куска хлеба с маслом не останусь...

— Не понравится небось опять по утрам в метро толкаться...

Я пожала плечами:

— Жизнь полосатая. А к чему весь этот разговор, никак что-то в толк не возьму!

— Просто предлагаю задуматься о будущем, — спокойно ответила Зоя, — приятно, когда на старость отложена тугая копеечка, хорошо ни от кого не зависеть!

— Верно!

— Вот и иди на работу!

— Да куда же?! — в сердцах воскликнула я. — Только и знаю, что французскую грамматику!

— Насколько понимаю, тяготеешь к профессии детектива, — ухмылялась Зоя.

— И что, предлагаешь идти учиться в высшую школу милиции? — обозлилась я. Лазаревой все-таки удалось вывести меня из равновесия.

— Нет, — ответила Зоя, — могли бы работать вместе.

— Преподавать у тебя в институте? — засмеялась я. — Уволь, хотя, судя по твоей квартире, дело весьма прибыльное.

— Кто сказал, что я преподаватель?

— Ты сама, на вечеринке.

Зоя расхохоталась.

— Верно, только на самом деле зарабатываю совершенно в другом месте.

Она легким танцующим шагом подошла к двери.

— Иди сюда.

Мы перешли в небольшую комнатку, обставленную офисной мебелью. На столе высился большой монитор дорогого компьютера. Хозяйка умело защелкала мышью, ввела пароль и велела:

— Смотри.

На экране возникло нечто вроде таблицы: «Харитонов Олег Андреевич, 1949 года рождения...»

Далее шли сведения о женах и Варе. Не были забыты даже домашние животные, перечислены привычки и пристрастия...

Особняком стояло: «Тщательно скрывает факт смерти первой жены от СПИДа, наличие ребенка-дауна, плохое состояние здоровья — камни в желчном пузыре, перенес микроинсульт, имеет геморрой и язву желудка...»

— Зачем тебе все это? — обалдело спросила я.

— Владею агентством, — спокойно пояснила Зоя, — официально являюсь имиджмейкером и пиарщиком.

— Объясни по-русски...

— Специализируюсь на проведении избирательных кампаний, у меня имеется штат сотрудников. Помогаем человеку буквально во всем — подготавливаем депутатскую платформу, пишем речи, одеваем, обуваем, всего и не перечислишь. Морока жуткая, сплошная головная боль, но и оплачивается соответственно затратам. Впрочем, в институте я на самом деле вроде как декан, хотя появляюсь там раз в полгода. Но мало выпестовать депутата, мэра или какого-нибудь губернатора. Надо еще и утопить его противников, а для этого...

— Ты собираешь компромат!

Зоя кивнула:

— Именно. На каждого, кто представляет хоть какой-нибудь интерес. Бывает, что заказывают определенную информацию, но чаще всего моих сведений хватает.

— Где же ты их берешь?

Лазарева закурила.

— Люди рассказывают. Всегда найдется кто-нибудь, знающий тщательно спрятанный секрет. Ну вот, например, Олег Андреевич. Дочка — даун. Это узнать совсем просто. Факт наличия ребенка никто не скрывал, несколько бумажек горничным, и информация о Варе в компьютере. Правда, она никогда не пригодится.

— Почему?

— Обмазывание человека грязью — дело тонкое, — пустилась в объяснения Зоя, — тут нужно найти такое, чтобы общественность поежилась.

Вот если б они бросили больную девочку, отдали в приют, тогда да. Представляешь, заголовочек в каком-нибудь «Мегаполис-экспресс»: «Депутат Харитонов выгнал из дома ребенка-инвалида». А так — ничего интересного. Ну родилась у него не совсем нормальная дочь, так ведь воспитывает, любит. После такого сообщения скорей жалеть начнут. И подобный факт лучше использовать в его избирательной кампании, характеризуя, как отличного отца и семьянина. Вот то, что Валентина умерла от СПИДа, может пригодиться.

— А эти сведения откуда?

— Она в больнице скончалась, по официальной версии от инсульта, — ухмыльнулась Зоя, — дорого Олегу Андреевичу стоило всем рты заткнуть, хотя лежала Валя в спецкорпусе, ухаживали за ней всего трое... Вот через санитарку и вышли... Так, что еще имеем...

Она слегка продвинула текст вверх, возникла строка: «Последний год живет с Ниной Лузгиной, 25 лет, улица Академика Костылева, 19».

— Вот это сообщение могло здорово подгадить Олегу Андреевичу, — вздохнула Зоя, — хотя в нашей стране наличие любовницы при живой жене не слишком осуждается, не в Америке живем. Наоборот, еще скажут: «Вот, молоток, настоящий мужик — двух баб одновременно удовлетворяет, притом молодых». Русскому человеку надо подсунуть финансовый скандал. Наличие тайного счета за рубежом страшно раздражает обывателя, безотказно действуют сообщения о покупке домов, лошадей, драгоценностей... А женщины! Ну, на худой конец, парочка проституток в бане... Впрочем, этим теперь не удивишь. Надо глубоко копать, отыскивая омерзительные секреты, и следует признать, что в случае с Харитоновым мы потерпели сокрушительную неудачу. Все слишком мелко, до серьезного просто не дорылись. Хорошо спрятал, негодник, секретики.

— Может, их и нет, — пробормотала я.

Зоя задумчиво глянула на экран, где начал вертеться бело-синий виртуальный мячик.

— Неправда твоя, у каждого есть глубоко захороненные тайны. Только один в детстве на чердаке кошку повесил, а другой парочку людишек в зрелые годы пристрелил... Чем ты питаешься? — неожиданно спросила она.

— Ну рыбой, овощами, фруктами, еще творог люблю, йогурты...

— Хорошие, качественные продукты?

— Да, — растерянно ответила я, не понимая, куда она клонит.

— А в туалете что из тебя вываливается?

Я только хлопала глазами.

— Дерьмо, — резюмировала спокойно Зоя, — в каждом человеке полно говна. Святых, которые испражняются розами, в природе просто не бывает.

— Не понимаю, — забормотала я.

— Совсем несложно, — ответила Зоя, — ты справишься. Есть кое-какие места, куда мне, честно говоря, не очень легко проникать, а тебя запросто впустят и еще спасибо скажут за то, что пришла. Мы сохраним в абсолютной тайне факт нашего сотрудничества, будешь работать на меня секретно, инкогнито, никому ни гугу. Ни сыну, ни невестке, ни дочери... Деньги начнешь зарабатывать отличные, будешь в чулок складывать, на жизнь-то тебе и так хватает. Ну как, по рукам?

Я помотала головой:

— Спасибо, Зоинька за заботу, но, наверное, не смогу...

— Запросто, — настаивала Лазарева, — только попробуй! Есть у меня одна задумка, правда, к имиджмейкерству это никакого отношения не имеет, но зато сулит отличную выгоду. Следует потрясти одного человека...

— Кого?

Хозяйка улыбнулась.

— Значит, согласна?

— Сначала скажи, что это за дело.

— Денежное дело, — продолжала улыбаться Лазарева.

У нее была на редкость неприятная ухмылка. Сочные губы приоткрывались, обнажая крепкие белые зубы и десны. Улыбка играла на лице, но глаза оставались спокойными, холодными и какими-то злыми. Последний раз я видела подобную гримасу на морде гиеновой собаки, когда повела маленькую Маню в зоопарк.

— Заработаешь кучу баксов, — продолжала соблазнять Лазарева, — невероятные тысячи за сущую ерунду.

— Какую?

— Проследишь в доме Харитоновых за одной гадкой личностью. Если мои догадки верны, то будешь иметь дело с жуткой падлой, только притворяющейся приличным человеком.

— Кто она?

— Так ты согласна?

Я в растерянности вертела в руках невесть откуда взявшуюся шариковую ручку. Ощущение такое, будто вляпалась в кучу дерьма.

Зоя подумала, что я колеблюсь, и добавила:

— Заодно узнаешь, кому понадобилось отравить Клюкина.

— Кому?

Хозяйка вздохнула:

— Знаешь что, давай сейчас подъедем в одно интересное место, увидишь восхитительного человека, журналиста. Кстати, ты его знаешь.

— Кого? — спросила я, понимая, что выгляжу полной идиоткой. — Кого я знаю?

— Его, — откровенно смеялась Лазарева, методично запирая штук семь или восемь фирменных замков.

В подъезде она притормозила возле столика бдительного охранника и командным голосом велела:

— Алексей, знакомьтесь: Дарья, моя двоюродная сестра, будет часто приходить, пропускать беспрепятственно.

— Обязательно, — пообещал мужик, окинув меня цепким взглядом, — всегда готов.

— Поедем на твоей машине, — распорядилась Зоя, — сначала поболтаем с человеком, а потом назад вернемся, я тебе все указания дам, введу в курс дела.

Я отметила, что Лазарева уже разговаривает со мной, как капризная начальница, но ничего не сказала и послушно завела «Вольво».

— Куда едем?

— Майский переулок, — распорядилась Зоя и добавила: — Только аккуратно и не несись в крайнем левом ряду, не выношу быстрой езды.

«В конце концов, ты меня не шофером нанимаешь», — чуть было не выпалила я, но огромным усилием воли сдержалась. Слишком велико было желание узнать правду о смерти Клюкина.

— Так ты знаешь, кто отравил Ваньку? — поинтересовалась я, притормозив у перекрестка.

— Следи за дорогой, — велела Зоя.

Возле «Вольво» устроился красивый темно-зеленый «Фольксваген». За рулем сидел мужчина лет сорока с болезненным цветом лица. Полфизиономии скрывали огромные черные очки, темно-каштановые волосы выглядели странно, как-то мертвенно. Наверное, больной. Внезапно водитель медленно повернул голову и глянул на «Вольво». Отчего-то мне стало не по себе. От головы к ногам побежали мурашки, и я невольно дернулась. Мигнул зеленый огонек светофора, я выскочила первой, «Фольксваген» отстал.

— Конечно, знаю, — неожиданно сказала Лазарева, — причем очень хорошо. Только Ванька тут ни при чем, по ошибке погиб, не на него охотились.

— А на кого?

— Сейчас все поймешь, — снова загадочно ответила Зоя и приказала: — Тормози вон там, у серого дома.

Я покорно припарковалась в указанном месте.

— Посиди минутку в одиночестве, — сказала спутница, — пойду узнаю, где мой человек, пусть сам к нам выйдет, незачем тебе в его конторе светиться.

Она аккуратно спустила на тротуар ноги, обутые в дорогие туфли из змеиной кожи, потом быстро-быстро пошла через дорогу к большому многоэтажному зданию.

«НИИДор» — стояло на вывеске, прикрепленной около входа.

Честно говоря, я ей немного позавидовала.

Уже давным-давно не ношу обувь на высоких каблуках. Спина болит, да и ноги устают. Мадам Помпадур, придумавшая водрузить женщин на «подставки», вообще говоря, была абсолютно права. Банальная «шпилька» разом делает даму стройней, ноги длинней, а походку более загадочной. Только в определенном возрасте начинаешь больше всего любить удобство.

Но Лазарева была готова ради красоты жертвовать собой. Ее сильные, красивые, без всяких признаков варикозного расширения вен ноги ступали по земле легко и ловко. Но не успела она добраться до тротуара, как из-за угла на бешеной скорости вылетел знакомый «Фольксваген». Машина неслась прямо на Лазареву. Зоя попыталась бежать, но автомобиль оказался проворнее. С глухим стуком темно-зеленый капот ударил женщину. Даже не вскрикнув, Зоя, как подкошенная, рухнула под колеса. От неожиданности и ужаса я замерла, вцепившись в руль.

«Фольксваген» резко затормозил, дал задний ход и еще раз проехал по безжизненному телу, а затем, взвизгнув тормозами на повороте, умчался прочь. Я продолжала сидеть в полном остолбенении, глядя, как под головой несчастной женщины медленно-медленно растекается черная лужа.

Глава 10

До приезда милиции и машины «Скорой помощи» я беспомощно стояла возле неподвижного тела, стараясь не смотреть на то, что осталось от лица Зои. Майский переулок невелик, и движение там не слишком оживленное. Собственно говоря, на нем стояло только четыре дома. Все жильцы прилипли к окнам, разглядывая место происшествия. Наиболее любопытные спустились вниз и уставились на труп. И почему людей привлекает вид чужой смерти?!

Несколько гаишников вылезли из машины и принялись лениво разматывать бело-красную ленту. Один подошел ко мне и вяло спросил:

— Каким образом произвели наезд?

— Это не я. Мы приехали вместе, Зоя вышла из машины, и тут откуда ни возьмись «Фольксваген».

— Номерок записали?

Я удрученно покачала головой:

— Все произошло так быстро, я просто растерялась. Он ее специально давил. Сначала сбил, потом дал задний ход и переехал еще раз, а затем газанул и вновь пронесся по телу...

Гаишник медленно обошел вокруг «Вольво», заглянул под колеса, пощупал бампер и капот. Потом, вздохнув, сказал:

— Идите в мою машину. Будем оформлять показания.

Тело Зои прикрыли тряпкой, из-под нее торчали только две красивых ноги, почему-то босые. Дорогие туфли валялись порознь: одна на тротуаре, другая возле трупа.

Начался долгий процесс оформления всяческих бланков. Довольно полная девушка, одетая не по погоде в обтягивающие белые брюки, собирала пинцетом с мостовой какие-то предметы. Подъехала еще одна машина ГАИ, потом другая...

Люди в форме споро делали свое дело. Один

из милиционеров, растягивая рулетку, спросил у девушки:

— Кать, к Женьке пойдем?

— Так подарок надо купить, — ответила коллега, равнодушно обходя то, что осталось от Зои.

— Уже расстарался, — сообщил милиционер, — ща управимся — и по коням, хоть пожрем по-человечески.

Конечно, работая в ГАИ, по-нынешнему ГИБДД, они давным-давно привыкли к смерти, крови и страданиям. Но мне стало совсем нехорошо. Врач «Скорой помощи», тоже быстро и ловко заполнявший непонятные бумажки, глянул в мою сторону, потом со вздохом открыл железный чемодан, вытащил какую-то ампулу, вытряс содержимое в пластиковый стаканчик и довольно ласково предложил:

— Давайте выпьем.

Я покорно проглотила бесцветную, омерзительную на вкус жидкость и рухнула в «Вольво». Голова кружилась, перед глазами прыгали разноцветные мушки. Глаза сами по себе, помимо воли хозяйки регистрировали происходящее. Вот приехала труповозка, появился черный мешок... Следом быстрее молнии исчезли представители доблестной милиции, за ними убралась и девушка-эксперт.

Мне в уши словно воткнули затычки, и я преспокойненько улеглась на заднем сиденье, машинально подсовывая под голову нечто большое и неудобное.

Проснулась от яркого солнца, бившего прямо в лицо. Надо же, забыла задернуть на ночь занавески! Машинально попыталась потянуться, но ноги уперлись в преграду, и тут же глаза наткнулись на низкий потолок.

Я села и обалдело закрутила головой. Хороши, однако, представители закона и медицины. Одни дают выпить сильный транквилизатор, вызывающий сонливость, другие преспокойненько спешат уехать с места происшествия. Можно было поинтересоваться, как я себя чувствую. Оставили спать в машине!

Часы показывали пять. На почти негнущихся ногах я вылезла наружу и огляделась. Ничто не напоминало о недавно произошедшей трагедии, даже асфальт успели вымыть. Кое-как пригладив волосы, я подошла к подъезду, украшенному вывеской «НИИДор». Именно сюда спешила Зоя, где-то в этом помещении находится человек, которого я, по ее словам, хорошо знаю и который сумеет пролить свет на загадочную смерть Клюкина. Интересно, он знает, что случилось с Лазаревой? И где искать эту таинственную личность, я ведь даже не в курсе — мужчина это или женщина? Бедная Зоя говорила загадками. Какая жуткая смерть!

Весь первый этаж здания занимали разнообразные конторы. Я медленно побрела по коридору, читая таблички, авось что-нибудь придет в безумно гудящую голову. Так, оптовый склад кондитерских изделий «Анчар». Классное название для точки, торгующей продуктами, если учесть, что анчар — весьма ядовитое растение. Впрочем, другие наименования тоже впечатляли. Ну за какие грехи на ларек с нитками навесили вывеску «Пандора»? Дама с таким именем принесла людям одни страдания. Впрочем, если хотели обязательно обратиться к классическим мифам, остановились бы лучше на Ариадне. Та хоть имела при себе клубок. А вот и компьютерная фирма «Кора». Вообще, следует знать, что это второе имя Персефоны, которой, увы, пришлось коротать свои дни на троне в царстве мертвых. Совсем неплохо в компанию идиотизмов вписывались магазин велосипедов «Кентавр» и бакалейная лавка «Макбет». И уж совсем непонятно, что имел в виду владелец аптечного киоска, назвав его «Русская рулетка». Впрочем, не буду больше ехидничать. Вот табличка «Редакция газеты «Желтуха» выглядит вполне пристойно. Сразу понятно, для кого и о чем пишут сотрудники заведения.

Я машинально прошла еще пару метров и чуть не стукнулась головой о дверь с буквами «WC». «Желтуха»! Так вот куда шла Зоя, а человек, который мне хорошо знаком, — Никита Павлов, главный редактор данного бульварного листка. Я бегом вернулась назад и ногой пихнула дверную створку. Вместо предполагаемой комнаты перед глазами предстал еще один коридор, по обе стороны которого виднелись бесконечные двери. И вновь таблички, но какие! «Отдел фотогадостей», «Заведующий сектором шантажа», «Гениальный редактор»...

Я толкнула последнюю дверку и в глубине пеналообразного кабинетика увидела большой письменный стол, а за ним взъерошенного Никитку.

— Что там еще? — пробормотал Павлов и поднял начальственные очи.

Вмиг его полное, слегка одутловатое лицо расцвело, как майский ландыш.

— Дашка! Какими судьбами?!

— Вот, — пробормотала я, оглядывая крохотное помещение. — Ты же обещал бесплатную подписку, а как оформить, не сказал...

— В момент сделаем, — пообещал Никитка и вылез из-за стола.

Пухлой рукой, усеянной веснушками, он нажал кнопку селекторной связи и рявкнул:

— У меня дорогой гость, немедленно кофе!

— Хорошо, Никита Вадимович, — раздался девичий голос.

— Значит, любишь мою газетку? — удовлетворенно проговорил Никитка, потирая широкие ладоши. — Сплетенки смакуешь?

— Каждый вечер перед сном просматриваю, — бодро соврала я.

Раздался тихий скрип, и в комнату вступила девушка, при виде которой у меня просто отвисла челюсть.

Высокая, наверное, около метра восьмидесяти, с длиннющими стройными ногами. Красивые бедра просто вбиты в маленькие кожаные черные шортики, коротенькие до неприличия. Верхний «этаж» украшала тонюсенькая черненькая маечка на ниточных бретельках. Талии девочки могла позавидовать оса, а бюсту сама Памела Андерсон. Размер пятый, никак не меньше... Несчастная маечка грозила вот-вот лопнуть. Роскошная грудь плавно перетекала в шею, на ней красовалась очаровательная голова, украшенная целым каскадом искусно взбитых белокурых волос. Лицо красавицы напоминало физиономию куклы — широко распахнутые голубые глаза, в которых не мелькало и тени мысли, крупный рот и абсолютно гладкий, без всяких признаков морщин лоб.

Небесное создание брякнуло поднос на журнальный стол.

— Иди, иди, — велел редактор.

Красавица медленно развернулась и, слегка покачиваясь на километровых каблуках, двинулась к выходу. Ее очаровательная попка почти вываливалась из игрушечных шортиков.

— Да, — крякнул Никитка, когда девчонка исчезла в коридоре, — впечатляет, держу для кляузников. Секретарь не разобралась, что к чему, и прислала Милу, решила, что опять какой-то скандал. Не поверишь, но ругаться в основном приходят мужчины. Как увидят Милочку, так сразу про все забывают. Хороша, каналья, но глупа до остекленения. Еле-еле научил молча улыбаться.

Он сочно расхохотался и принялся сосредоточенно разливать по крошечным чашечкам ароматный напиток. Дорогим гостям в «Желтухе» подавали натуральный, а не растворимый кофе.

Я глянула в окно и увидела унылый, неприбранный двор. Значит, Никитка мог не слышать о несчастье, случившемся раньше.

— Собственно говоря, меня позвала сюда Лазарева...

— Зойка? — Рука мужчины замерла в воздухе. — А зачем?

— Предложила большую сумму денег, если соглашусь проследить за кем-то в доме Харитоновых. Кстати, знаю, как и чем она зарабатывает на кусок хлеба с икрой.

Павлов в сердцах стукнул крохотной чашечкой о кукольное блюдечко.

— Ну а я при чем?

— Зоя сказала, что ты сообщишь, кто объект интересов.

— Вот дура, — заявил Никитка и схватился за

телефон. Пару минут он слушал монотонные гудки, потом пробормотал: — Куда подевалась эта
шалава?! Езжай домой, Дашутка, печенкой кля-
нусь, никак в толк не возьму, о чем речь.

То-то у него желтый цвет лица и нездоровая
отечность! Небось бедная печень не выдерживает
лживых клятв и мстит хозяину.

— Зоя говорила, будто ты знаешь, кто отравил
Ваньку...

— В первый раз слышу, — забубнил бывший
сокурсник. — И откуда мне знать, мы с Клюкиным сто лет не виделись, последний раз на вы-
пускном вечере встречались.

— Хорошо, что Зойке пришла в голову мысль
собрать всех вместе, — решила я временно пере-
менить тему.

Пусть Никитка слегка расслабится, успокоится, может потеряет бдительность.

— Это не ее идея, — неожиданно ляпнул Павлов, с шумом втягивая в себя кофе.

— Разве?

— Танька додумалась, — как ни в чем не бывало сообщил Никитка, — позвонила Лазаревой
и предложила: давай соберемся. И карнавал тоже
она спроворила. Зойка только всех обзвонила...
Надо бы почаще встречаться... — Он слегка улыбнулся и глянул на меня плутоватыми глазами: —
Помнишь, как Сережка Голд женился?

Ну кто такое забудет! Дело происходило позд-
ней весной, мы как раз начали сдавать сессию.
Экзамены следовали один за другим, а Сережке
приспичило расписаться именно 30 апреля.

— Не желаю идти в загс в мае, — пыхтел жених, — всю жизнь маяться будем. Нет, тридцато-
го, и точка.

У невесты-москвички оказалось богатое приданое — собственная однокомнатная квартира, где и устроили торжество. Родители молодой посидели для порядка часок и удалились. После их отхода веселье набрало обороты. Пили все, кроме меня. Закуска давным-давно кончилась, а Сережка все вынимал и вынимал из бара новые бутылки. К девяти вечера на ногах осталась только я. Гости и хозяева рухнули вповалку на полу и смачно захрапели. Громче всех заливался толстый персидский кот. Ошалевший Сергей угостил киску рюмашкой ликера.

Поглядев на валяющихся без рефлексов сокурсников, я вздохнула и засобиралась домой. Но тут произошло непредвиденное. Невеста, а вернее, уже молодая супруга кое-как, собрав ноги в кучку, встала, покачиваясь на плохо слушающихся конечностях, и поковыляла к окну.

— Ты куда, Ленка? — спросила я, насторожившись.

— В тубзик, — икнула новобрачная, — тошнит до жути.

В одно мгновение она навалилась на огромный подоконник раскрытого по случаю теплой погоды окна. До моего слуха донеслись отвратительные звуки. Мне не понравилось, что она так сильно высунулась наружу, и я крикнула:

— Слышь, Ленок, тубзик в коридоре, ты бы поосторожней!

В ту же секунду Лена исчезла за окном. В воздухе мелькнули голые ноги, а на полу сиротливо остались стоять роскошные белые лаковые лодочки производства почти капиталистической Югославии.

Меня словно паралич расшиб. Мозги закипели. Что делать? Вызывать милицию? «Скорую помощь»? Дело происходило на Беговой улице, в огромном доме из желтого камня постройки 50-х годов. Квартира на седьмом этаже... Шансов остаться в живых у счастливой новобрачной не было никаких.

Мощный храп наполнял просторную комнату, молодой муж заливался басом, еще не зная, что успел стать вдовцом.

Только я приняла решение набрать «02», как в дверь позвонили. Так небось внизу собралась вся улица... Еле-еле открыв плохо слушающимися руками тугой незнакомый замок, я увидела... абсолютно живую и здоровую Ленку.

— Это ты? — только и смог вымолвить мой язык.

— Ага, — буркнула Лена, — теперь не тошнит, прям хорошо, просто отлично, даже протрезвела слегка, только очень спать хочу. Где Сережка?

Я сумела только ткнуть пальцем в сторону, где, свернувшись калачиком, мирно почивал в обнимку с котом теперь уже не вдовец, а по-прежнему счастливый новобрачный.

Ленка добралась до муженька, ухватила кису за шкирку и, отшвырнув в сторону слабо мяукнувшее животное, рухнула возле Сережки.

Я продолжала тупо смотреть на нее. Конечно, слышала, будто пьяных господь бережет, но чтобы так?! Сверзиться с седьмого этажа и даже не оцарапаться? Невероятно!

Пока я пребывала в столбняке, ожил Сережка. Словно зомби, он добрел до того же окна и моментально вывалился наружу. Честное слово, я даже не успела испугаться, потому что через пять минут опять раздался звонок, и Сережа вступил в коридор.

«Они бессмертные», — пронеслось в моей голове.

— Нет, когда же прекратится это безобразие? — донеслось с лестницы.

Я осторожненько выглянула за дверь. На площадке стоял весьма сердитый мужичонка в обвислых черных тренировочных штанах.

— Вы мне? — робко поинтересовалась я.

— Конечно, — грозно заявил мужик. — Когда прекратится падеж из окон? Они всё летят и летят, а я вытаскивай? Задолбался уже и спать хочу.

— У нас свадьба, — попыталась я оправдаться, ничегошеньки не понимая.

— Женитьба дело хорошее, — одобрил мужик, — только зачем из окошка сигать? Еще кто-то обвалится, ни за что не помогу, пусть до утра сидит.

Он повернулся ко мне спиной и, бубня что-то себе под нос, двинулся по лестнице вниз. Грязноватая рубашка бугрилась на лопатках, казалось, что там сложены крылья. Архангел Гавриил, решивший помочь молодым влюбленным! Окончательно потеряв от увиденного разум, я пискнула:

— Вы кто?

— Сосед ихний, — пояснил «ангел», — этажом ниже нахожусь, возле сетки, прям хоть меняйся квартирой, ну задолбался вконец...

Шлепая тапками, он медленно побрел к себе. Я вернулась в комнату и высунулась из окна. На уровне шестого этажа тянулась по периметру дома здоровенная сетка. И Ленка, и Сережка, пролетев всего несколько метров, благополучно плюхнулись на ржавые ячейки. Сосед втянул их к себе в квартиру.

Стоит ли упоминать о том, что наутро никто не помнил о происшедшем. Всех, включая кота, трепало жестокое похмелье. И если бы вредный сосед не явился около полудня с выговором, народ пребывал бы в уверенности, что я выдумала эту историю.

Никита тихо засмеялся:

— Ну и идиоты мы были, уму непостижимо...

От приятных воспоминаний его лицо потеряло жесткую настороженность. Глубокие носогубные складки расправились, глаза перестали быть колючими.

Посчитав момент подходящим, я набрала побольше воздуха в грудь и выпалила:

— Слышишь, Кит, Зойку только что убили под дверью твоей редакции.

Глава 11

— Ты чего, с дуба упала? — воскликнул Никитка, подскакивая в кресле. — Нашла чем шутить.

— Это правда, — тихо добавила я, — она привезла меня сюда, велела ждать в машине и пошла к подъезду, а тут откуда ни возьмись темно-зеленый «Фольксваген».

— Ой, и не фига себе, — забормотал Павлов, лихорадочно закуривая, — ну и новости... Говорил ей, ходи аккуратней, так нет, вечно голову вверх задерет и несется не глядя... А сейчас отморозков на дороге, как грязи...

— Ее сбили специально, — настаивала я, — наехав на нее, машина дала задний ход и еще дважды прокатилась по Зое. Можешь представить, чтобы такое проделал водитель, случайно сбивший пешехода?

Никита посерел и полез в карман. На свет появилась упаковка таблеток. Павлов кинул в рот сразу три ярко-красные пилюли и неожиданно спросил:

— Ну, а я здесь при чем?

— При том, что шла она к тебе и меня хотела именно с тобой «познакомить». Сказала, будто знаешь, кто убил Ваньку, а мне нужно проследить за какой-то падлой в доме Харитоновых, только не сказала, за кем именно. Правда, там народа раз-два и обчелся — Таня, горничная Тоня и повар Емельян.

— Еще девочка Варя, — подсказал Никитка.

— Ну, вряд ли она ребенка имела в виду. Значит, ты знаешь, о ком Зоя вела речь?

Павлов молчал, только его маленькие глазки с припухлыми веками быстро-быстро моргали, словно пытались удалить соринку.

— Слушай, Кит, — попробовала я воззвать к логике, — если Зойка проговорилась кому-то — скорей всего убийце Клюкина, что знает всю правду, то ее убил тот же человек, который отравил несчастного алкоголика. Понимаешь меня?

— Ну? — промямлил Павлов.

— И если ты тоже владеешь информацией, угадай с трех раз, чья очередь следующая?

Никитка помертвел.

— Ты хорошо знал Зою? Могла она шантажировать убийцу?

Бывший сокурсник запихнул в рот еще какое-то лекарство и сообщил:

— Господи, да Лазарева за копейку мать продаст! На все ради денег готова, никого и ничего не любит, кроме чистогана. Да если появилась перспектива заработать, она голой в доменную печь войдет! Говорил же ей, осторожней надо, деликатней, — нет, поперла, как всегда, напролом. И ведь советов не слушает. Кричит: «Тебе хорошо, вырос в обеспеченной семье, а мне из грязи вылезать пришлось!» И ведь вылезла: квартира на Арбате, две машины, дача в Снегирях и сын в МГИМО, полный большой джентльменский набор.

— Ты ее так хорошо знал? — удивилась я.

— Как облупленную, — вздохнул Никитка, — мы двенадцать лет вместе прожили, только отношения не оформляли.

Я разинула рот.

Павлов увидел мою реакцию и продолжил:

— После института меня родители в Министерство внешней торговли пристроили, а Зойка решила завербоваться. Мы-то все, как могли, пытались отвертеться, а ей очень уж в свой Зажопинск возвращаться не хотелось, вот и согласилась. Впрочем, не прогадала, ей и квартиру дали, и прописку, и звание... Помнишь этого хмыря, Ивана Ивановича?

Когда мы перешли на пятый курс, в институте появился тихий интеллигентный человек с вкрадчивым голосом. Иван Иванович — так он представлялся тем, кого отбирал для собеседования.

Интересовали его в основном девочки, великолепно владеющие языком. Разговор проходил в кабинете декана. Иван Иванович сулил золотые горы — квартиру, зарплату примерно в четыреста рублей, какие-то пайковые, одежные и санаторные деньги, быстрое продвижение по службе с соответствующим ростом оклада.

— Коллектив в нашем учреждении в основном мужской, — сладко пел Иван Иванович, — вы моментально найдете себе супруга, человека проверенного, во всех смыслах положительного.

На фоне великих благ и радостей маячила одна малюсенькая неприятность. Все это можно было получить, лишь завербовавшись на службу в КГБ, надеть погоны и служить верой и правдой. Причем никто не собирался делать из нас шпионок, террористок или радистов. Комитету требовались переводчицы, трудиться предстояло с бумагами, в милой, почти семейной обстановке.

— Отличный буфет, столовая, заказы, — журчал Иван Иванович, — по субботам кино и танцы в клубе, есть бассейн и несколько санаториев. На море...

На нашем курсе он приглядел шестерых. В том числе меня и Зою Лазареву. Первой для разговора вызвали Майку Глотову. Она вернулась спустя полтора часа потная, красная и безумно злая.

Использовав весь набор увещеваний, интеллигентный Иван Иванович принялся грозить. Майку он пытался испугать распределением в Сибирь. Но та в ужасе от перспективы увидеть себя в погонах твердо заявила:

— Куда угодно, хоть к эскимосам, лишь бы не к вам.

Другие девчонки оказались умнее — одна сослалась на беременность, вторая сообщила, что имеет отчима-еврея, третья запела о крайне хилом здоровье... Только мне ничего достойного не пришло в голову.

Когда Иван Иванович ласково сообщил о головокружительных перспективах, я растерянно молчала. И вдруг в голову стукнула гениальная мысль. Человек — существо странное, если у него что-то отнимать, ни за что не отдаст. А вот если наоборот?..

Сделав восторженное лицо жизнерадостной кретинки, я закричала:

— Очень хочу, просто мечтаю послужить Родине! И не надо ничего, буду трудиться даром!

Иван Иванович тяжело вздохнул.

— А меня пошлют в тыл врага? — не успокаивалась я. — Пистолет с рацией дадут? Кстати, не умею прыгать с парашютом...

— Не надо, — попробовал вставить слово Иван Иванович.

— Как же? — изумилась я. — Во всех книжках про шпионов пишут, как разведчика ночью выбрасывают в темный лес. Кстати, боюсь лягушек, до обморока.

— Такого вам никто не предлагает, — процедил кагэбэшник, разом погасив улыбку.

— Жаль, — пригорюнилась я, — вот приятели удивятся, когда узнают, где работаю.

— Вот что, — стукнул Иван Иванович кулаком по столу, — считайте, что никакого разговора не было.

— Как же так? Очень хочу служить Родине...

— Идите, идите, Васильева, — велел Иван Иванович, — мы подумаем о вашей кандидатуре.

Но больше меня никуда не вызывали. И вот теперь выясняется, что Зойка согласилась. Хотя ничего удивительного. В аспирантуру она, несмотря на сплошные пятерки, так и не попала, а возвращаться домой явно не хотела.

— Зойка и «Желтуху» придумала, — вздохнул Никита, — мы в начале девяностых на волне демократии зарегистрировались. Это уже потом ее агентство оформилось. Мы давно перестали вместе спать, но работать продолжали в паре, хотя постороннему человеку было трудно связать в один узел имиджмейкерское агентство и бульварную газетку.

Схема оказалась проста и сулила Павлову с Лазаревой неплохие барыши. Героями материалов «Желтухи» становились самые разные люди — актеры, писатели, телезвезды, банкиры, политики. Словом, те, кто на виду.

Какой только грязи не лили на них со страниц бульварной газетенки! Незаконнорожденные дети, любовницы, махинации с квартирами, скандалы с супругами, пьянство и стычки с органами власти... Но вот чудо! Многие представители творческой интеллигенции, люди шоу-бизнеса иногда звонили Никите и после ничего не значащего разговора об общих знакомых вскользь, как бы невзначай, осведомлялись:

— Никитушка, мой рейтинг, что ли, упал? Отчего это «Желтуха» больше не поминает?

Павлов заверял, что все о'кей, и публиковал очередной поносный разворот. В редакции держали целый штат пронырливых фотокорреспондентов и наглых до невозможности репортеров. Из номера в номер перекочевывала «шапка»: «Если обладаете интересной информацией — приходите! Вам деньги — нам сведения».

О чем только не рассказывали люди, польстившиеся на гонорар! Двухголовая курица, родившаяся у соседки; мужик, умеющий доставать пальцами иголку из пивной бутылки, инопланетяне, похитившие женщину, привидение, зарезавшее бабушку, — все шло в дело и рано или поздно появлялось на страницах. Журналисты «Желтухи» прослушивали волну милиции и подчас оказывались на месте происшествия раньше сотрудников правоохранительных органов...

Но был и совсем тоненький ручеек, можно сказать прерывистая струйка, другой, тайной информации. В нашей стране есть люди, предпочитающие оставаться в тени, те, кто по долгу службы обязаны быть чистым, не измазанными. Для таких индивидуумов появление «жареных» фактов смерти подобно. Получив в свое распоряжение некие сведения, которые могли сильно подпортить карьеру, например, какому-нибудь политику, Никита связывался с «объектом».

Далее события, как правило, развивались по одному сценарию. Заплатив внушительную сумму приятными зелеными бумажками, клиент получал в конфиденциальной обстановке письма, негативы или видеозаписи. И основной свой доход Зоя с Никитой черпали из этого зловонного колодца.

— Такого жадного человека свет не видывал, — рассказывал Никитка, — если объект отказывался платить, она непременно требовала опубликовать все. Даже я иногда не хотел. Помнишь скандал с Егоровичем?

Я кивнула. Егорович Сергей Филиппович, один из замминистров, лишился своей должности после публикации в этой газетенке. Его обвинили в использовании служебных средств на личные нужды. Дочь Егоровича Катя стала наркоманкой, и отчаявшийся отец отправил ее за госсчет в Швейцарию, в клинику всемирно известного нарколога доктора Фазера. Особая пикантность состояла в том, что Кате оформили визу, как одной из жертв террористических взрывов в Москве, которой якобы требовалась срочная помощь. Возмущенная общественность загудела, сообщение принялись обмусоливать другие издания.

— Честно говоря, мне жаль Егоровича, — вздохнул Никита, — предложил Зойке оставить мужика в покое. Там была настоящая семейная драма — мать погибла в катастрофе, а девка подсела. Для нее клиника Фазера — последний шанс. Кстати, Катя все равно умерла, и Швейцария не помогла. Ну зачем такого мужика добивать? Но Зойка страшно разозлилась, что Сергей Филиппович нам платить отказался, и настояла. А Егорович возьми и застрелись потом. Думаешь, она переживала? Да ничуть!

— Послушай, Кит, она знала, кто убил Клюкина? Может, Лазареву придавил один из недовольных клиентов, и Ванька тут ни при чем?

Редактор вновь сыпанул в рот пилюли.

— Видишь ли, Зоя отлично зарабатывала в своем агентстве. У нее талант склочницы, а там это очень к месту пришлось! Да и на протяжении полугода у нас не было таких объектов. Последний — Егорович, но там и мстить некому, все давным-давно покойники. А Клюкин...

Он замолчал и уставился в окно, где, несмотря на вечерний час, ласково играло апрельское солнце.

— Что Клюкин? — поторопила я его.

— Слушай, — ожил Павлов, — ты любишь деньги?

Я только вздохнула, сейчас начнет склонять к сотрудничеству и предлагать отличное вознаграждение.

Но Никитка не успел продолжить. Дверь кабинета с грохотом распахнулась, и на пороге возникла рослая черноволосая девушка, одетая самым непостижимым образом.

Довольно кривоватые ножки украшали яркосиние лаковые сапоги с карикатурно узкими носами. Зеленые бриджи прикрывали часть голенища. Там, где у мужчин находится ширинка, торчали блестящие хрустальные пуговицы. Из-под коротенькой, обтягивающей «вафельной» маечки цвета морской волны выглядывал пупок с продетым в него золотым колечком. Облик довершало длинное, в пол, белое лайковое пальто, расстегнутое и слегка волочащееся по не слишком чистому редакционному ковру.

Отработанным манерным движением девушка отбросила с лица спутанные кудрявые пряди и, сверкнув многочисленными перстнями и кольцами, сказала густым басом:

— Ну, Никита, просто хамство с твоей стороны!

В ту же секунду я поняла, что она — мужчина.

— Извини, Вольдемар, — попробовал вывернуться редактор, — занят сейчас.

— А мне положить с прибором на твои занятия, — прогудел парень и плюхнулся в кресло, — вели кофе подать.

Никита безнадежно взял телефонную трубку.

— Ты почему третий номер подряд про Свету Кикс пишешь? — принялся свариться мужик.

— Ну и что? — отбивался Павлов. — Она публике нравится, поет хорошо...

— Светка визжит, как кошка, которой прищемили яйца, — завопил Вольдемар, тряся кудрями, — правильно?

Его взгляд неожиданно остановился на мне.

— Нет, — сказала я.

— Почему? — искренне удивился бесцеремонный гость.

— У кошки нет яиц, — пояснила я, — на худой конец, можно прищемить ей голову, хвост, лапы, но никак не яйца.

— Умная какая! — взвизгнул мужик.

— Ну, что мне про тебя писать, — осмелел Никитка, — информационного повода нет.

— Ща будет, — пообещал представитель модного течения унисекс и, ухватив со стола редактора монитор, жахнул его об пол.

Раздался звук, похожий на взрыв.

— Совсем сдурел? — завопил Никитка, кидаясь к погибшему компьютеру.

— Вот тебе и информационный повод, — удовлетворенно заметил мужик, — вызывай своих говносъемщиков и кропай статью — «Известнейший рок-певец Вольдемар разгромил редакцию газеты».

— Да пошел ты! — рявкнул Никитка.

Шоумен ловко швырнул на пол клавиатуру.

— Стой, стой! — завопил редактор.

— Как бы не так, — заверил парень и принялся бить лаковым сапогом по клавишам, — а где системный блок? И картина неплохая...

С этими словами он ловко подбежал к акварели, висевшей на стене, содрал ее и швырнул в окно.

— Господи, — устало вздохнул Павлов, — сейчас фотокорреспондентов вызову.

— Ладушки, — кивнул буян и вновь плюхнулся в кресло, — а где мой кофе?

— Сейчас все будет, — заверил Павлов, быстро водя ручкой по бумаге, — секунду погоди.

Поставив точку, он протянул мне листок.

«Завтра приезжай к десяти утра на Косовский, дом 8, квартира 90».

— Здесь не поговоришь, — пояснил Никита.

В кабинет вновь вплыла голозадая девица. Вольдемар уставился на нее во все глаза, потом ущипнул красотку за ляжку.

— Ой-ой-ой! — весьма довольным голосом отреагировала мадемуазель.

Я пошла к двери. Похоже, Кит прав, тут просто не дадут побеседовать по душам.

— Слышь, Дашка, — пробормотал редактор, — ты это осторожней, ну там, где сейчас живешь.

Я притормозила.

— Что имеешь в виду?

— Ну, не очень рассказывай всем, что встречалась с Зойкой и со мной...

Быстрым шагом я вернулась назад, подошла вплотную к Никитке и прошептала:

— Немедленно скажи, кому особо не следует ничего говорить, имя назови!

В кабинет без всякого стука влетел вертлявый паренек в грязных джинсах и весьма потрепанной рубашонке. На шее у него болталось несколько фотоаппаратов.

— Привет, Вольдемар, — закричал корреспондент, — ну и разгром!

— Снимай давай, — велел рок-певец.

— Ага, — кивнул репортер, — давай становись у компьютера.

— Нет, — уперся шоумен, — лучше возле стола...

И они яростно заспорили, часто и смачно посылая друг друга по матушке.

— Так кого следует опасаться, Кит? — вновь тихо спросила я. — Ты же знаешь правду, скажи!

Но Павлов не раскололся.

— Иди, Дашутка, — устало проговорил он, — завтра с утречка все обсудим. А у Харитоновых соблюдай предельную осторожность. Там вокруг покойного Олега Андреевича такая одна приближенная особа вертелась, не поверишь, когда все узнаешь... Ну иди, иди, завтра действия обговорим. Большими денежками пахнет. Видишь ли, тут сейчас не побеседовать, а в семь у меня совещание, потом в десять иду на журфикс к Адониным... Завтра, завтра...

Заинтригованная до крайности, я отбыла домой.

В столовой у большого стола в полном составе восседали все мои домашние, здесь же оказались и Таня с Варей.

— Мусечка! — завопила Маруся, резко вскакивая.

Слегка выпирающим животиком девочка задела тарелку с бараниной.

— Марья, — строго велел брат, — сядь и веди себя прилично.

— Так ведь мама пришла! — заорала дочь.

— Действительно, — хмыкнул сын, — редкое явление. Впору заказывать праздничный ужин.

— Здравствуйте, — вежливо сказала я и быстренько села.

Присутствующие выглядели не лучшим образом. Хозяйка бледная, даже зеленая, перед ней на тарелке лежит одинокий лист салата. Варя, надувшаяся, со сдвинутыми бровями, сердито ковыряет вилкой пюре. Аркашка синий от усталости, Зайка сверкает чересчур накрашенными щеками, наверное, только что приехала со съемки... Только Машка весела и свежа, как майская роза. Рот у нее не закрывался ни на минуту. Новости лились нескончаемым потоком.

Значит, так. Она сегодня получила сплошные пятерки — по алгебре, геометрии, французскому и химии. А вот по истории всего лишь «четыре», потому что учительница сама не знает, чего хочет. В столовой давали на завтрак пирожки с капустой, а на обед цыпленка-табака, но шоколад не привезли и какао развели слишком жидко. Лучший друг Кирюша Когтев оказался жутким гадом и сначала стукнул по голове учебником, а потом толкнул в коридоре. Но она его пнула в ответ, о чем совершенно не сожалеет. У голубых джинсов лопнула «молния», а купленные позавчера туфли уже малы...

— Надень завтра другие брюки, — попробовала я вклиниться в поток информации.

— У всех «молнии» испортились! — радостно сообщила девочка и потянулась за третьей порцией мяса.

— Если будешь столько жрать, — вздохнул ласковый брат, — придется тебе брючата в магазине для беременных покупать. Знаешь, такие — с резинкой на пузе.

— Молчи уж, глиста в корсете, — моментально отреагировала сестрица.

— Маша! — возмутилась Ольга.

— А чего, — заныла девочка, — он первый начал, разве я виновата, что все время есть хочу!

— Вот-вот, — не успокаивался братец, — скоро ходить не сможешь, придется тебя на тачке возить.

— Идиот, — в сердцах выкрикнула Маруся, — урод тощий!

Варя, приоткрыв рот, с восхищением наблюдала за перебранкой. Таня решила возобновить воспитательный процесс:

— Варвара, возьми вилку в левую руку, а нож в правую.

— Мне удобней есть пюре без ножа, — откликнулась девочка.

— Речь идет не о твоем удобстве, а о правилах поведения за столом, — отрезала мать.

Варя окинула Татьяну холодным взором и сообщила:

— Вот ты их и соблюдай! Нечего мне при всех замечания делать. Кстати, я не виновата, что у тебя опять голова болит. А есть стану так, как хочу, и ничего ты не сделаешь. Гляди!

Она отложила вилку, сунула указательный палец в пюре и принялась со смаком облизывать его, громко причмокивая.

Татьяна онемела. Маруська громко захохотала.

— Марья! — крикнули мы хором.

— А чего? — вновь занудила девочка. — Просто смешно.

— Хватит! — рявкнула Ольга. — Есть более серьезные темы для разговора, чем детские шалости. Следует решить, какую черепицу покупать для крыши.

— Да, — явно обрадовался новой теме Кеша, — какую?

— Ее сто видов, — принялась рассказывать Зайка, — но мне показались подходящими только два. Один называется «Египетская», двадцать два сантиметра шириной и двадцать семь рублей стоимостью.

— На всю крышу за двадцать семь рублей? — изумилась я.

— Повторяю для тех, кто не понял, — железным голосом отчеканила невестка. — Двадцать два сантиметра шириной! И двадцать семь рублей за штуку! Одной черепичинки хватит лишь на домик для жабы Эльвиры, нам надо намного больше.

Я согласно кивнула. Вот теперь, когда подробно объяснили, стало ясно.

— Другая разновидность носит имя «Клеопатра», — продолжала Ольга, — двадцать семь сантиметров ширина и двадцать два рубля цена.

— Постой, постой, — опять не врубилась я, — они что, одинаковые?

Зайка, не мигая, уставилась на меня безупречно подкрашенными карими глазами.

— Мать! — возмутился Аркадий. — Кончай ваньку валять.

— Никого не валяю, просто удивляюсь.

— Они разные, — принялся пояснять сын, — «Египетская» — двадцать два сантиметра шириной, а ее цена — двадцать семь рублей, а «Клеопатра» двадцать семь в ширину, зато стоит двадцать два! Усекла?

Уж не знаю, что будет с крышей для ложкинского дома, но моя начала потихоньку съезжать.

— Возьмем по двадцать семь!

— По двадцать семь чего? — осведомилась Зайка. — Сантиметров или рублей?

— Рублей, — сказала я.

— Сантиметров! — одновременно выкрикнула Маня.

— Хватит! — разъярилась Зайка.

— Надо написать на бумажках названия и сунуть в шапку, — предложила Варя.

— Ты гениальна! — воскликнула Зайка.

Минут через десять, предварительно слегка поспорив, кто будет тянуть жребий, и решив предоставить торжественную миссию Тане, мы сунули хозяйке под нос бежевую шапочку с помпоном.

Таня вытащила записочку и оповестила:

— «Клеопатра».

— Отлично, — приободрилась Зайка, — теперь посчитаем, сколько надо штучек. Манюня, сбегай за калькулятором.

— Почему всегда я? — заныла девочка. — Столько народа сидит, а бежать мне?

— Сейчас принесу, — вздохнула Таня.

— Нет уж, я сбегаю, — ответила Маня.

Наконец появилась и счетная машинка.

Кеша потыкал пальцем в кнопочки.

— Неровное число выходит, — бормотал Аркадий, — 1818 и остаток.

— Дай сюда, горе луковое, — выкрикнула Маня, выхватывая у брата калькулятор, — у тебя всегда по математике двойка стояла!

Она азартно принялась нажимать кнопки.

— 1481 получается.

— Вот и неправда, — стоял на своем наш адвокат, — 1818!

— Гляди, — обозлилась Маня, — четыреста

метров умножить на сто, получаем сорок тысяч сантиметров, потом делим на двадцать семь!

— Я делил на двадцать два, — заявил Аркадий.

— Почему?

— «Клеопатра» двадцать семь рублей, а ширина двадцать два сантиметра.

— Наоборот, — завопила Маруська — двадцать семь ширина!

— Нет, цена!

— Говорю же, ширина! Зайка, подтверди!

Ольга замахала руками:

— Вы оба неправильно считали. Брали погонные метры, а следовало квадратные.

«Математики» разинули рты.

— Ох и дура же ты, Машка, — первым очнулся Кеша, — а еще отличница.

— Сам хорош!

— Ты уроки, смотри, до ужина делай, а то после еды ничего не соображаешь, — не успокаивался братец.

— Прекрати, — разозлилась на него жена, — отвяжись от ребенка!

— Ничего себе ребеночек, с полтонны теленочек, — вздохнул Кешка.

— Слушай, — злобно прошипела Маня, — ты лошадь Пржевальского видел?

— При чем тут лошадь? — искренне удивился задира.

— А при том, — заорала Маня, бросаясь на обидчика, — она очень здорово лягается и кусается!

Раздался звон разбившейся чашки. Таня ухватилась за виски:

— Нет, все, ложусь в кровать, опять мигрень!

Постанывая, она вышла из комнаты.

— Сейчас же прекратите, — велела я, — как не стыдно, в конце концов, вы не дома.

— Она меня укусила, — плачущим голосом заявил Аркадий, — вот, за шею! А мне завтра в суде выступать! Явно синяк появится!

— Подумаешь, — фыркнула, чувствуя себя победительницей, Маня, — скажешь, жена в порыве страсти разошлась!

Не дожидаясь нашей реакции, она вылетела за дверь.

— Во, блин, — пробормотал Кеша, — выросла детка!

— Нечего к ребенку приматываться, — резюмировала Зайка.

— Ой, весело как, — радостно сообщила Варя, из подросткового упрямства продолжавшая есть пюре посредством пальца, — у нас никогда до сих пор так весело ужин не проходил!

— Так сколько же брать черепицы? — забормотала Ольга.

Поняв, что сейчас все начнется сначала, я тихонько выскользнула за дверь и позвала собак.

Где-то с полчаса мы погуляли в саду, а когда вернулись, из столовой неслись гневные крики. Дети никак не могли подсчитать, сколько нам понадобится черепицы. Стараясь остаться незамеченной, я проскользнула в спальню. Ну почему у других людей по вечерам тишина и покой? У нас же вечно крик, гам и скандал.

Голова гудела, и мысли путались. Думать совершенно ни о чем невозможно. Ладно, утро вечера мудренее. Забыв задернуть занавески, рухнула в кровать и мигом отбыла в царство Морфея.

Сплю крайне чутко. Достаточно одной из наших кошек, нежно ступая на бархатных лапках, пройти мимо двери спальни, как мигом проснусь. Любой шорох, скрип, писк тут же возвращает к действительности. Но на этот раз разбудил свет. Сквозь закрытые веки проникла яркая вспышка, и послышалось тихое урчание. Все ясно: по шоссе проезжала машина, и свет фар мелькнул в окне с раздернутыми портьерами.

Я села, потрясла головой и глянула на будильник: три часа. Сон улетучился. Включив ночник, принялась перелистывать детектив, но скоро дремота начала закрывать веки. Натянув повыше мягкое, теплое одеяло, я спокойно заснула.

До слуха долетела знакомая мелодия. Сон вновь испарился. Я опять села в кровати и затрясла головой. Звук шел из сумочки. Мобильный! Взгляд машинально отметил время — пять утра. Господи, что стряслось, а главное, с кем? Слава богу, дети дома, но, кроме родственников, есть еще тьма подруг... Если тревожат в такой час, дело серьезное.

— Алло! — чуть не закричала я.

Но в трубке стояла тишина, раздавалось лишь легкое потрескивание — наверное, садится батарейка.

— Говорите!

— Дашка, — послышался прерывистый, какой-то сдавленный шепот, — умираю, помоги...

— Кто это? — окончательно испугалась я. — Что случилось?

— У-би-ли, — как-то по слогам произнес мужчина, — меня, Никиту... не могу... найдешь... бойся... у Харитонова...

Речь прервалась, послышался тяжелый хрип.

— Нет, — завопила я, одной рукой натягивая слаксы, — еду, держись, ты где?

— Косовский, — зашептал Павлов и вновь захрипел.

— Поняла, поняла, — твердила я в трубку, выносясь во двор, — еду, жди, Кит, слышишь, жди!

Но из мембраны больше не раздавалось ни звука, только звенящая, страшная тишина.

Боясь отключить телефон и время от времени выкрикивая в «Эриксон»: «Еду, еду!» — я неслась по почти пустынным проспектам и улицам.

Хорошо, хоть знаю, где находится Косовский. Пропетляв по узким улочкам и чуть не протаранив вонючий мусорный бачок, я стукнулась бампером о непонятную железку и, выскочив из машины, понеслась в подъезд. Ни кодового замка, ни лифтера, самый обычный кирпичный дом.

Дверь девяностой квартиры оказалась незапертой. Я внеслась в темный холл и завопила:

— Кит!

В ответ — ни звука. Полная самых дурных предчувствий, я щелкнула выключателем и увидела большой захламленный холл. Дешевые обои свисали клоками, под потолком болталась на проводе голая, казавшаяся ужасно яркой лампочка.

От холла отходил узкий коридорчик, в конце виднелась дверь с разбитым стеклом. Я подлетела к ней и оказалась в комнате.

Убогая мебель, на колченогом столе расстелена газета. На ней в беспорядке навалены куски грубо накромсанного хлеба. В надколотой тарелочке сложено несколько ломтиков обветренного сыра. Похоже, он находится тут не один день.

На углу красуется вызывающе роскошная короб-ка дорогущих конфет «Моцарт».

— Никита! — позвала я.

И вновь в ответ ни звука. В полном отчаянии пошла на кухню и тотчас же увидела бывшего однокурсника.

Павлов лежал на животе между подоконни-ком и дешевым столом, покрытым голубым плас-тиком. Его крупное тело, одетое в роскошный костюм от «Хьюго Босса», нелепо выглядело на грязном светло-бежевом линолеуме.

— Кит, — пробормотала я, пытаясь перевер-нуть стокилограммового приятеля на спину. — Кит, что с тобой?!!

Через секунду ответ стал ясен. Павлов оказал-ся на боку, и я увидела на безупречном пиджаке, с левой стороны, аккуратное, словно нарисован-ное темно-красное отверстие. Крови почти не было. Я потрясенно замерла над трупом. В ту же секунду Павлов разлепил веки, вздохнул. На гу-бах запузырилась черно-розовая пена.

— Господи, — завопила я, — Никитка, живой! Лежи, лежи, не шевелись, все в порядке! Сейчас приедет «Скорая помощь», и тебя обязательно спасут!

Глава 12

До приезда врачей я аккуратно перевернула Кита на спину. Подсовывать ему под голову по-душку побоялась. Моя лучшая подруга Оксана, хирург по профессии, твердо вдолбила мне в го-лову несколько истин. А именно — никогда не клади грелку, если болит живот, и не поднимай голову пострадавшему.

Наконец прибыли медики и милиция. Никиту положили на носилки.

— Он выживет? — с робкой надеждой спросила я.

Хмурая женщина с утомленным лицом равнодушно уронила:

— Сделаем все возможное.

Санитары и один из милиционеров, крякая от тяжести ноши, подняли носилки.

— Как выносите?! — рявкнула докторица. — Не ногами, а головой вперед тяните!

— Тяжелый, зараза, — выдохнул санитар, ворочая носилки.

Оставшиеся служители закона приступили к моему допросу. Но я только блеяла нечто, на их взгляд, невразумительное.

— Не слишком похоже, что он тут постоянно живет, — вздохнул один из дознавателей, окидывая взором убогую обстановку, — все-таки редактор популярной газеты, небось хорошо зарабатывал, а такое свинство кругом.

Я была с ним абсолютно согласна. Насколько знаю, у милиционеров существуют оперативные квартиры. Сдается, что эта из таких. Кое-кого из своих информаторов Павлов не мог позвать в редакцию и не хотел приглашать домой, вот и снял убогую жилплощадь для встреч с такими людьми. Естественно, он тут не жил. Скорей всего, завершив все свои дела, поехал на встречу с «агентом». Впрочем, если учесть коробку конфет «Моцарт», то на стрелку должна была явиться женщина.

Задав мне еще кучу вопросов, милиционеры велели отправляться «по месту прописки». Я не стала спорить и быстренько покатила к Харитоновым.

Начинался чудесный апрельский денек. Ласковое солнышко весело поднималось из-за горизонта. Кое-кто из ранних прохожих, почувствовав приближение жары, снял с себя курточки и плащи. Даже гаишник на посту неожиданно улыбнулся во весь рот.

Но мне было тошно. Две смерти за одни сутки — это слишком для простого человека, не работающего в больнице или морге.

Во дворе дома Харитоновых машин не было. Ни Кешкиного джипа, ни Ольгиного «БМВ», домашние уехали на работу. Зато прямо у подъезда скучало такси.

Не успела я удивиться, кому в доме, где на каждого члена семьи, включая грудных младенцев, приходится по автомашине, мог потребоваться наемный экипаж, как из дверей выскочили Маша и Варя. Манюня была одета в форму своего колледжа — клетчатая юбка в складку, белая блузка и темно-синий пиджак с золотой эмблемой учебного заведения. Варя тоже в клетчатой юбочке, но пиджачок черненький, впрочем, издали ее наряд можно было принять за форму.

Увидав меня, девицы присмирели. Первой, естественно, опомнилась Маня.

— Мусечка, — прошептала она, — а мы думали, ты еще спишь!

— Куда собрались?

— Да вот, — зачастила девочка, — Кешка с Зайкой опаздывали на службу, меня везти в колледж некому, пришлось такси вызывать!

— Мне почему не сказали? — усмехнулась я.

— Зачем, думаю, мулечку будить, — выкручивалась Маруся.

— Ладно, а Варя куда?

— Со мной съездит, — затарахтела Маня, — сидит целый день дома, с ума сойти можно, у нас ребята хорошие. Представляешь, она ни разу в школе не была!

Я минутку глядела на их виновато-возбужденные лица, потом велела:

— Идите в «Вольво», доставлю в лучшем виде. Девчонки, толкаясь, полезли в салон.

— Таня знает? — спросила я, после того как расплатилась с шофером такси.

— Знает, — сообщила Варя.

— И отпустила? — изумилась я.

— Да, — решила не пускаться в объяснения дочь Харитоновых, — у нее мигрень.

— Что же ты ей сказала?

— Ну, — замямлила Варя, — сунула голову в спальню и спрашиваю: «Мамочка, можно позаниматься русским и алгеброй?» А она: «Конечно, доченька».

Я засмеялась. Ну, хитрюги. И разрешение получила, и правды не сказала. Какая же мать запретит ребенку учиться!

Манина школа находится в самом центре, недалеко от гостиницы «Минск». Директорствует там совершенно замечательная дама, подобравшая великолепный состав педагогов. И дело даже не в том, что учителя хорошо знают свой предмет. Маруся, например, говорит по-французски лучше тамошней преподавательницы. Но все женщины интеллигентны, терпеливы, любят детей и получают удовольствие от своей работы.

Я завела Варю в класс и пошла в учительскую. Милые дамы сочувственно поохали, узнав о девочке, и, пообещав поставить ей сплошные пятерки, велели не волноваться.

Я отъехала на улицу Чехова и огляделась. Смертельно хотелось кофе и чего-нибудь съедобного. Но на длинной магистрали попадались лишь какие-то непищевые заведения: банк, химчистка, магазин «Обувь из Италии». Со вздохом я повернула направо. Улица Академика Костылева! Может, здесь повезет! И точно, в доме девятнадцать на первом этаже уютно устроилось маленькое кафе. Я вылезла и пошла к входу. Вдруг неожиданная мысль заставила притормозить. Академика Костылева, 19! Да ведь именно здесь проживает некая Нина Лузгина. Хорошо помню адрес, возникший на экране компьютера, когда Зоя стала двигать текст. Нина Лузгина, двадцати пяти лет от роду, с которой якобы жил последнее время Олег Андреевич Харитонов. Может, это она та самая «падла», которой следовало опасаться?

Часы показывали десять утра. Так и не глотнув кофе, я побежала искать семьдесят вторую квартиру.

Говорят, у каждого мужчины существует определенный типаж женщины. Например, мой третий муж, Макс Полянский, неуправляемый бабник и потаскун, западает лишь на субтильных дамочек с ярко-рыжими волосами. Другому подавай грудастых блондинок, третьему — хищных брюнеток, но, очевидно, покойный Олег Андреевич не имел четко определенных пристрастий.

Дверь мне открыла девушка, совершенно непохожая на элегантную Таню. Невысокого роста, довольно полная, она куталась в простой байковый халат серо-буро-малиновой окраски. На бесформенном носу красовались очки. Довольно высокий лоб украшала россыпь мелких прыщиков, нос испещрен черными точками. Похоже, девчонка никогда не умывалась с мылом, а о существовании всяческих «скрабов» и «пилинг-масок» даже не слышала. Впрочем, о дезодорантах она не знала тоже. В воздухе витал явственный запах пота.

— Вы ко мне? — спросило небесное создание.

— Нина Лузгина?

Девица кивнула головой и, совершенно не смутившись, провела меня в комнату.

Бардак там стоял невозможный. Сама я не слишком аккуратна и не склонна осуждать других за брошенные на пол носки. Но такое?..

Большой диван разобран и бесстыдно выставляет наружу не слишком свежее постельное белье. На креслах выставка разнообразной одежды, а письменный стол завален горами бумаг и книг. Впрочем, тома самой разнообразной литературы были навалены повсюду. Стопки громоздились на подоконнике, валялись на полу, лежали на табуретках... На ковре налипли бумажки и комья шерсти...

Вспомнив безупречную прическу Тани и роскошные, светло-желтые шелковые простыни на ее кровати, я вздохнула и сказала:

— Скажи, деточка, что за отношения связывали тебя с господином Харитоновым?

Девушка покраснела неровными пятнами и от этого стала выглядеть еще гаже.

— Вы кто?

Решив проигнорировать вполне уместный вопрос, я села в кресло, прямо на разложенные вещи и сообщила:

— Знаете, что Олег Андреевич погиб?

Девчонка шмыгнула носом и кивнула.

— Будут похороны, и членам семьи не хочется каких-нибудь неприятностей — скандалов, ненужных разговоров, сплетен. Меня прислали сообщить: вам не следует появляться на кладбище.

Девица попятилась и плюхнулась в другое кресло, подминая необъятным задом валяющееся на сиденье не слишком чистое нижнее белье.

— Господи, кто же узнал! Ведь так тщательно скрывались!

Потом она вытянула из кармана халата пачку сигарет «Рок» — все они курили эту марку — и принялась щелкать зажигалкой. Я не утерпела:

— Хорошие сигареты?

— Очень, — ответила Нина, — только крепкие, из сигарного табака. Их в Москву не поставляют, но для Олега Андреевича привозили с Кубы. Вот осталась последняя пачка, придется переходить на другие.

И она внезапно тихо заплакала. Секунду я молча глядела на нее. Не понять — то ли о любовнике сокрушается, то ли о том, что лишилась возможности курить любимый сорт...

Нина стащила с носа оправу, промокнула слезу рукавом халата и тихо сказала:

— Он был для меня всем, просто и не знаю, как жить теперь.

Без очков ее глаза стали больше, а лицо — беззащитным и совершенно детским.

— Где же вы познакомились? — в тон ей тихо поинтересовалась я.

— В суде, — ответила Лузгина, — он адвокатом на процессе сидел, а я секретарем, протокол вела.

Ниночка училась на вечернем отделении юридического, а днем работала. Как-то раз судья Виноградова, листая дело, меланхолично заметила:

— Ну, завтра всем мало не покажется, уведут шельмеца из зала суда.

— Кто? — изумилась наивная Нина.

— Дед Пихто, — сердито рявкнула Виноградова. — Адвокатом Харитонов выступает! А он дела никогда не проигрывает. Все с головы на ноги поставит, к каждой букве придерется, свидетелей притащит...

Так и вышло. Улыбающийся обвиняемый, получивший свою статью и мгновенно попавший под амнистию, выбрался из «клетки» и кинулся к рыдающим родственникам. Судья Виноградова величаво удалилась, не забыв при этом основательно стукнуть дверью о косяк.

Услышав этот звук, собиравший свои бумаги Харитонов поднял взор и подмигнул Ниночке:

— Кажется, мадам разгневана. Но ничего не могу поделать. Dura lex, sed lex: закон суров, но...

— Это закон, — докончила машинально Лузгина.

— Знаете латынь? — удивился адвокат, окидывая девушку взглядом.

Смущенная столь откровенным разглядыванием, девчонка пролепетала:

— Заканчиваю юридический, мечтаю стать таким же блестящим специалистом, как вы.

Польщенный наивным восторгом секретаря, Харитонов расхохотался и предложил довезти Лузгину до дома. Так начался их странный, непонятный роман. Вернее было назвать отношение Харитонова к Нине отеческим, потому что близость у них случалась редко и как-то впопыхах.

Олег Андреевич приезжал днем. С радостью

сбрасывал галстук, строгий костюм и белую рубашку. Облачившись в халат, адвокат обедал, а потом садился за работу. Готовился к процессам, писал речи... Иногда просто валялся на диване, бесшумно щелкая пультом.

— Ох, Ниночка, — вздыхал Харитонов, — кабы не Варька, тут же развелся бы с Татьяной и женился на тебе. Дома жить просто невозможно!

— Что плохого происходило у него дома? — не утерпела я.

— Таня очень холодный человек, — спокойно ответила Нина, — абсолютно правильный и жутко занудный. Бедный Олег Андреевич жил словно в витрине магазина. К завтраку полагалось спускаться в костюме, к обеду надевать галстук. Вы не поверите, с каким удовольствием он ел у меня жареную картошку прямо со сковородки, а огурцы вылавливал пальцами из банки. Дома еду подавали только на фарфоре и точно по часам.

Пойти на кухню после одиннадцати вечера бедняга Харитонов не мог. Тут же за спиной возникала Татьяна и начинала вещать о непоправимом вреде, который ночной обжора наносит своему организму. Если усталый депутат, сняв ботинки, бросил их у входа, заботливая Татюша, качая головой, тут же засовывала небрежно брошенное в специальный шкафчик. Пиджак, повешенный на спинку стула, моментально водружался на плечики, для брюк существовали специальные зажимы.

— У меня он швырял одежду в угол, — грустно улыбалась Ниночка, — и страшно жалел, что не может остаться на ночь.

Варя привыкла, что отец рассказывал ей перед сном сказку. Не мог он бросить и Таню. Во-первых, у нее слабое здоровье, во-вторых, она посвятила ему и больному ребенку много лет жизни. Было бы страшно непорядочно подать в такой ситуации на развод.

Она замолчала. Я вытащила «Голуаз» и тоже молча закурила. Что ж, знакомая история. Сама побывала четыре раза замужем и, кажется, знаю все типы мужской психики. Первый супруг, Костик, художник по профессии, был жутко ленив. Сидел в мое отсутствие целый день голодным у забитого кастрюлями холодильника. Просто не мог заставить себя вынуть готовый обед и подогреть. Хорошо, хоть Аркадию не досталась в наследство от отца патологическая лень. Впрочем, кое-какие черты в характере сына ставят меня в тупик. Ну, в кого он такой тихий? Может, в мать? Я с ней никогда не встречалась. Костина первая жена Фаина, родив мальчишку, испарилась в неизвестном направлении. Когда я, восемнадцатилетняя идиотка, боящаяся остаться старой девой, вылетела замуж за Константина, Кешке только-только исполнилось четыре, и он охотно принялся звать меня мамой. С художником мы прожили всего год. Холодным декабрьским вечером я ретировалась в свою двухкомнатную «хрущобу» в Медведкове. В качестве компенсации за развод мне и был отдан Аркадий. Поэтому в нашей жизни частенько случаются казусы.

Первый произошел, когда я стала записывать сына в школу. Мальчик был усыновлен мной по всем правилам, но носил фамилию отца — Воронцов. Я по наивности надеялась, что Костик начнет платить алименты. К слову сказать, денег от него не получила ни разу, да и черт с ними, мы с Наташкой оказались вполне способны прокормить, одеть и выучить парня.

Полная директриса, поджав губы, глянула в метрику и процедила:

— Заявление принимаем только от родителей.

— Я его мать, — радостно подтвердил мой язык.

Директорские брови поползли вверх. Она взяла паспорт, глянула на год рождения и на всякий случай переспросила:

— Мать? Сколько же вам лет?

— Двадцать один, — все так же радостно сообщила я.

Педагогиня хмыкнула, полистала серую книжечку и весьма недовольно сказала:

— Рожать в четырнадцать лет слишком рано. Впрочем, прописаны в нашем микрорайоне и, к сожалению, не нахожу никаких причин, чтобы отказать вам в приеме.

Второй муж, Кирилл, оказался полной противоположностью Косте. Отличный семьянин, нежный отец, рачительный хозяин, к тому же зарабатывал совсем неплохо. Мы с Кешкой катались как сыр в масле. Кирюшка железной рукой взялся за воспитание мальчика — музыкальная школа, секция борьбы, репетитор по русскому, математику он всовывал в неподатливую детскую голову сам. Во всей массе неоспоримых достоинств существовало лишь одно «но». Милый, нежный Кирилл был патологически ревнив. Время на дорогу от института до дома выверялось до секунды. Стоило мне заболтаться с приятельницами или застрять в магазине, как начинал разыгрываться жуткий, невозможный скандал.

— Знаю, — орал Кирка, швыряя об пол чашки, — знаю, изменяла мне! Говори, с кем?

Один раз, чтобы поспеть вовремя, схватила такси и, в ужасе поглядывая на наручные часы, перевела дух лишь у подъезда. Фу, успела. Не тут-то было. Кирюшка вылетел на заснеженную улицу во вьетнамках на босу ногу.

— Ага, — завопил он, распахивая дверцу водителя и пытаясь ткнуть ничего не понимающего мужика кулаком в нос, — понятно теперь, кто любовничек!..

— Ты офигел? — изумился шофер.

Завязалась драка, в пылу которой Кирюшке выбили зуб, и он попрекает меня этим фактом до сих пор. Однажды он уехал в командировку, а Наташка внезапно заболела. Я спешно поехала к подруге и осталась ночевать. Около полуночи шаткая дверь затряслась и с громким гулом рухнула в коридор. В комнату влетел озлобленный Кирилл и, вертя головой по сторонам, взвыл:

— Ну, где он, показывай!

— Кто? — простонала Наталья, которую только что отпустила жестокая почечная колика. — Кто?

— Дашкин хахаль! — заорал Кирка и принялся заглядывать под диван.

Он без остановки обежал квартиру, сунул нос во все шкафы, изучил ванную...

— Ну? — прошептала Наталья. — Удостоверился?

— Все понял, — пробормотал Кирилл, серея на глазах, — теперь ясно!

— Да? — усмехнулась через силу Наталья. — И что тебе ясно?

— Все, — завизжал Кирюшка, — все, знаю, с кем мне Дарья изменяет, с тобой! Вы лесбиянки.

Развод последовал незамедлительно. Абсолютно неуправляемый бабник Макс Полянский и горький пьяница Генка завершали череду моих супругов.

Так вот, Максик начал заводить дам сердца буквально на следующий день после нашей свадьбы. Бороться с ним оказалось невозможно, жить тоже, но развода Макс не давал.

— Дашунечка, — бормотал он, нежно обнимая меня, — ну погоди немного, перебешусь и брошу. Люблю тебя одну, остальные так, просто для тонуса.

Какое-то время я верила. Тем более что Макс оказался замечательным партнером — добрым, спокойным, щедрым и совершенно нетребовательным. А его мама — единственная из всех моих многочисленных свекровей, о которой вспоминаю без дрожи в коленях и холодного пота на спине. Жить бы нам да радоваться. Но однажды меня у подъезда поймала наглая девица и, потряхивая кудрями, заявила:

— Отпустите Макса!

— А я его и не держу!

— Тогда скажите ему, что вы якобы вылечились. Нехорошо привязывать к себе мужика. Максик живет с вами только из порядочности, знает, что при вашем заболевании стресс губителен!

В те годы я в случае поломки лифта, не запыхавшись, взлетала по лестнице на десятый этаж, неся в каждой руке по пять килограммов картошки, а на спине маленького Аркашку в шубке, валенках, шапочке да еще и с салазками. Поэтому сообщение о какой-то моей мнимой болезни поразило меня до глубины души.

— Что имеете в виду? — осведомилась я.

— Макс рассказал правду, — проквакала девица, — у вас рак женских органов, и он давно с вами не спит, а видимость семьи поддерживает из христианского милосердия.

Багровая от злобы, я вломилась в квартиру и устроила супружнику допрос с применением пыток. Макс стойко сопротивлялся, но потом признался. Да, правда, говорил.

— Ну не виноват, — отбивался потаскун, — все эти бабы мечтают за меня замуж выйти, просто охотятся. А так всем известно — место занято, надежд никаких. Забудь. Дашунчик, люблю лишь тебя одну. Ну не станешь же ты ревновать меня к клизме?

Вот и Олег Андреевич Харитонов, очевидно, придерживался тех же взглядов. Только в качестве предлога выставлял болезнь не жены, а дочери. Выглядит так благородно, что слеза течет по щеке. Но, судя по всему, не слишком далекая при всей своей образованности Нина Лузгина верила любовнику.

— Он очень меня любил, — грустно рассказывала она, вертя очки пальцами с обломанными ногтями, — говорил: Таня вся деланная, фальшивая, а ты естественная. Очень ему не нравилось, если я красилась или прическу делала...

Она помолчала.

— Чем же больна Татьяна? — поинтересовалась я.

Ничуть не удивившись странной неосведомленности родственницы, Лузгина спокойно ответила:

— Белокровие, лейкоз по-научному. Можно за три месяца убраться, а можно годами жить. Кстати, Таня совсем неплохо выглядит. Да оно и понятно. Олег Андреевич постоянно из-за границы ей все новые и новые препараты привозил... Мы поэтому так тщательно и скрывались...

Девушка вновь примолкла, потом совсем тихо добавила:

— Понимаете, я ни на что не рассчитывала. Красотой особой не отмечена, умом, впрочем, тоже... Наш роман не мог длиться вечно... Таня казалась ему хорошей женой, только мне иногда бывало обидно...

— Когда соглашаешься на положение любовницы, будь готова к пинкам по самолюбию, — решила я поставить девчонку на место.

— Вы не поняли, — медленно пробормотала Нина, — мне было обидно не за себя, а за него...

— Почему?

— Он мучился из-за того, что не может бросить жену, хоть и жить с ней ему было трудно!

Я хмыкнула. Скорей всего, милейшего Олега Андреевича устраивало такое положение вещей. Наверное, рассчитывал попасть на следующий срок в Думу, выборы на носу! Бракоразводный процесс во время избирательной кампании — это как-то не с руки!

Нину, очевидно, обозлила моя усмешка, потому что она неожиданно зло сказала:

— Только вот сверхположительная женушка наша хвостом крутила. Больная, больная, а ухитрилась муженьку рога наставить!

— Что вы имеете в виду? — изумилась я.

Неожиданно Нина заплакала, по-детски размазывая слезы по пухлым щекам.

— Дрянь, дрянь, дрянь, — бормотала она, всхлипывая, — нет, какая дрянь!

— По-моему, вы что-то путаете, Таня была отличной женой, великолепной хозяйкой и матерью, — подначила я девчонку.

— А вот и нет, — взвизгнула Лузгина, — проститутка она! Шалава вокзальная...

Из перекошенного злобной гримасой рта полилась страстная речь, прерываемая всхлипываниями и хлюпаньем.

Глава 13

При всей своей внешней простоватости Ниночка оказалась жутко ревнивой особой. Стоило лишь Олегу Андреевичу со вздохом упомянуть о «бедной Танечке», как любовница начинала задыхаться от злобы. Желание увидеть соперницу оказалось столь велико, что Лузгина решила проследить за ней. Аккуратненько порасспросив Харитонова, она узнала, что милая Танюша увлекается шитьем и посещает курсы.

За полчаса до начала занятий Лузгина заняла место в холле и притворилась одной из дам, желавших записаться в кружок.

Вскоре у двери притормозила машина. Красивая элегантная женщина в шикарном темнокрасном костюме быстрым шагом вошла в тесноватое помещение. Нина жадно оглядывала соперницу. Она сразу узнала ее — Олег Андреевич носил в бумажнике фото жены и дочери. Харитонова вошла в класс, занятия начались. Нина решила подождать конца лекции и еще раз «полюбоваться» на мадам. Но примерно через полчаса дверь распахнулась, и Таня быстрым шагом пошла в противоположный от входа конец коридора. Нина решила, что дама отправилась в туалет, но Харитонова неожиданно открыла дверь и ужом выскользнула через запасный ход на оживленную улицу. Нина опрометью кинулась за ней.

Очевидно, Таня не ожидала преследования, потому что спокойно поймала такси. Лузгина также схватила машину. Минут через десять Харитонова высадилась возле больницы Раевского и почти побежала по запутанным дорожкам. Затем исчезла в маленьком сером двухэтажном домике, притулившемся у самого забора. Нина рванула было за ней, но была остановлена бдительным охранником.

— Здесь помещение только для врачей, — сообщил секьюрити, — посторонним вход запрещен.

— Сюда только что вошла женщина, почему же меня не пускаете, — налетела Нина на мужика.

Тот сначала нахмурился, а потом рассмеялся:

— А! Татьяна Михайловна! Так у нее тут брат работает, наш психиатр-консультант, а вам не положено.

Задыхаясь от негодования, Нина проторчала во дворе около часа и наконец дождалась своего. Из домика вышли Таня и симпатичный молодой человек в белом халате. Они о чем-то оживленно переговаривались, но до ушей Лузгиной не долетало ни звука. Потом Харитонова кивнула головой и пошла по дорожке. Парень повернулся к двери, и тут Таня притормозила и крикнула:

— Артем, в четверг не приду!

Парень помахал рукой и исчез внутри домика. Примерная жена вновь поймала такси, вернулась на курсы и, отсидев там два часа, преспокойненько села в машину, крутанула рулем и покатила домой.

Лузгина, кипя от негодования, вернулась к себе.

— Ну не сволочь ли! — возмущалась Нина. — Обманывать такого мужа, как Олег Андреевич!

— Вы рассказали об этом Харитонову? — тихо спросила я.

Нина помотала головой.

— Не успела. Два дня мучилась, как лучше информацию поднести, а тут этот взрыв.

И она снова тихо заплакала. Я с сомнением поглядела на нее: неаккуратная, глуповатая, абсолютно некрасивая, но на стерву не слишком похожа. Очевидно, Харитонов нуждался в таком человеке — без особых амбиций и запросов. Таня-то удачно занималась бизнесом, отлично зарабатывала, мало у какого мужа не разовьется в подобной ситуации комплекс неполноценности.

— Странно, что в качестве алиби она выбрала курсы кройки и шитья, — пробормотала я, наблюдая, как Нина вытирает красный нос рукавом халата. — Насколько слышала, она великолепно моделирует одежду и даже владеет фирмой...

Лузгина с удивлением глянула на меня:

— Кто? Татьяна? Откуда вы это взяли?

— Да она сама рассказывала.

Нина презрительно фыркнула:

— Сама рассказывала! Если сообщу вам, что имею в родственницах английскую королеву, вы поверите?

Да, в ее словах был определенный резон. Нина продолжала злиться:

— Таня не работала, а дни проводила самым приятным образом — парикмахерская, солярий, массаж, модные бутики... Олег Андреевич ее целиком и полностью содержал, давал деньги на всяческие прихоти и причуды. Кстати, он был патологически щедрый человек. Никогда не считал денег, порой даже не помнил, сколько их у него в кошельке. Мне помогал: компьютер купил, машину маленькую, «Ниву» двухдверную, цвета баклажан.

И она опять заревела.

Я в глубокой задумчивости села в «Вольво» и принялась бездумно разглядывать радующихся теплому апрельскому дню прохожих. Если кого и следовало опасаться в окружении Харитонова, то только не Лузгину, или я ничего не понимаю в людях. Да и смерть Олега Андреевича была ей невыгодна. Как бы Нина ни прикидывалась бескорыстной бессребреницей, и без лупы видно, что она надеялась стать мадам Харитоновой. Ну пусть не сейчас, не сразу, но надежды не теряла...

Часы показывали около трех, я медленно поехала в колледж. Заберу девчонок и доставлю домой, а то Татьяна небось от тревоги места себе не находит.

Я оказалась права. Не успели мы войти, как хозяйка выскочила в холл и закричала:

— Варвара! Ты где была? Уже хотела в милицию обращаться...

— Незачем так орать, — дернула плечом Варя, — ходила, как все дети моего возраста, в школу!

— Куда? — оторопела Таня.

— Только не ругайся, — быстренько влезла я в диалог. — Варенька ездила с Маней на занятия.

— Между прочим, — отчеканила девочка, — получила кучу пятерок. Так что извини, мама, сейчас быстренько чайку глотну и за уроки. Назадавали, жуть! Нужно успеть до шести все сделать.

— Почему обязательно до шести? — изумилась мать.

— В семь начнутся занятия в Ветеринарной академии, мы с Машей не хотим опаздывать!

Она швырнула куртку на стул и побежала вверх по лестнице.

— Господи, — вымолвила Таня, опускаясь на куртку.

Варя замерла, потом повернулась к матери и заявила:

— Кстати, меня никто в школе не дразнил и не обижал. Наоборот, когда показала, как фенечки плету, сразу попросили браслеты сделать. Ты, мама, зря моей внешности так стесняешься, я, конечно, не красавица, но ведь и не чудовище!

И она вновь понеслась вверх по лестнице, перепрыгивая через ступеньки.

— Что же это такое? — растерянно пробормотала Таня, глядя мне в глаза. — Что?

Хитрая Машка предпочла потихоньку испариться, и мы с подругой остались в огромном холле совсем одни.

— Боюсь, тебе придется отпустить ее и в школу, и в академию, — тихо сказала я. — Варю больше не удержать дома.

— Боже, — всплеснула руками Таня, — ты же видишь ее лицо! Ну за что нас так бог наказал —

лицо дауна, а ум нормальной. У нас в доме ведь даже зеркал нет, ты заметила?

Я кивнула. Конечно, сначала удивилась, обнаружив, что во всем здании нет ни одного зеркала, потом поняла, чем это вызвано.

— С трех лет учим, — продолжала растерянно рассказывать Таня, — математика, русский, английский... Думали, не пойдет, а Варька просто хватает все на лету. Но вот внешность! Врачи лишь руками разводят, первый раз с подобным сталкиваются... А пластическую операцию пока не советуют делать, что-то там в лице еще не сформировалось. Неужели ребята над ней не издевались?

Я покачала головой:

— Нет, там хорошие дети. Впрочем, через три-четыре дня все забудут про ее внешность.

Таня махнула рукой:

— Скажешь тоже!

Я вздохнула. На кафедре, где я в свое время работала, трудилась милейшая сотрудница — Анна Лапшина. Когда впервые увидела ее лицо, основной мыслью было — только бы бедняжка не заметила моего испуга. Внешне девушка выглядела ужасающе. Через всю правую щеку шел отвратительный, неаккуратный шрам. Потом коллеги рассказали, что ее в детстве укусила собака. Анечка обладала замечательным, легким, светлым характером. Спустя неделю я перестала замечать шрам, зато увидела ясные глаза и добрую улыбку. Анюта совершенно не комплексовала по поводу своей внешности, хорошо одевалась, и никто не удивился, когда она весьма удачно вышла замуж за молодого дипломата и отбыла с ним строить в Африке социализм. Насколько знаю, у них то ли двое, то ли трое детей...

— Мне кажется, — осторожно завела я, — Варе следует вместе с Машей походить в лицей, вот только...

— Что? — насторожилась Таня.

— Школа дорогая, если у тебя сейчас финансовые затруднения...

— Ах, оставь, — отмахнулась хозяйка, — с деньгами полный порядок, магазины приносят хорошую прибыль. Ладно, подумаю. Интересно, что сказал бы на все это Олег? Кстати, похороны завтра, в одиннадцать.

И, не дожидаясь моей реакции на сообщение, она пошла в гостиную. Я осталась стоять в холле. Потом машинально повесила детские куртки, кликнула собак и пошла во двор. Банди и Снап носились по саду, радостно лая. Им вторила пуделиха. Даже тихие Жюли и Хучик страшно радовались солнышку и первой травке. Я тихо пошла вдоль забора. Странно, Таня сообщила о похоронах как-то вскользь, между прочим. Конечно, она здорово держит себя в руках, но ведь не до такой же степени?

Часы в доме громко пробили пять, я пошла назад. Ну и что теперь делать? Кто эта «падла», которой следует опасаться? Может, тот самый Жок, за которым безуспешно охотятся Дегтярев и Крахмальников? Из их рассказов выходило, что таинственный Жок отвратительная личность, собирающая дань с сутенеров, бандит и негодяй. Только маленькая загвоздка — я изучила весь дом вдоль и поперек и готова поклясться — никаких потайных комнат тут нет. Да и посторонних в здании никаких, а из мужчин только Кеша да повар Емельян. Но Аркадий тут ни при чем, а Емельян безвылазно торчит на кухне, уходит от плиты около одиннадцати вечера, а в шесть утра уже снова гремит кастрюлями! Кто же Жок?

Внезапно я вздрогнула. Господи, как просто! Нина Лузгина насплетничала, будто у Тани есть любовник, вдруг это правда? Тогда калиткой мог пользоваться этот врач, Артем, пробираясь тайком в спальню хозяйки. Наверное, они были осторожны и позволяли себе подобные свидания лишь в отсутствие Харитонова... Артем этот небось по совместительству Жок, а бедная Танюшка и не подозревает о двойном дне рыцаря сердца...

Я лихорадочно хлопала себя по карманам, разыскивая ключи от «Вольво». И ведь как все хорошо совпадает. Жок явная падла, а Таня так спокойно воспринимает все произошедшее с Харитоновым, потому что давным-давно его не любит...

Ключи нашлись отчего-то в обшлаге слаксов. Ладно, поеду погляжу на этого Ромео вблизи. Сейчас еще нет шести, но врач, скорей всего, освободился от служебных обязанностей и отбыл домой. Тем лучше, порасспрашиваю медсестер...

Больница Раевского расположена в старом здании противно-желтого цвета. Насколько знаю, здесь еще в царские времена находился госпиталь. Поплутав немного по узким дорожкам между корпусами, я вырулила на широкую аллею и доехала до забора. Справа виднелось невысокое здание.

Я вошла внутрь и тут же наткнулась на бдительного стража.

— Простите, — вежливо, но весьма твердо

сказал мужчина, — сюда посторонним нельзя. Здесь помещение для врачей.

Я попыталась изобразить из себя полную и окончательную идиотку.

— Знаю, знаю, сюда-то мне и надо, подскажите, где найти Артема?

— Федотова? — спросил охранник. — Психиатра-консультанта из абдоминального?

На всякий случай я кивнула. Имя Артем все-таки довольно редкое, надеюсь, что двух Артемов тут нет.

— Зачем он вам? — не успокаивался охранник.

Надо же, какой настырный. Хорошо бы еще знать, что за зверь такой это абдоминальное отделение, а то совру, будто там делали операцию моему мужу, а окажется, что так тут называют гинекологию. Решив не пускаться в объяснения, я смущенно затеребила в руках крохотную сумочку.

— Ну это, понимаете, как бы сказать, консультировал он тут, вот решили, надо же, понимаете...

Охранник хмыкнул:

— Артем Владимирович в отделении, там и ищите.

Пришлось отлавливать во дворе страшно серьезного парня в голубом халате и узнавать, где находится неизвестное мне доселе абдоминальное.

«Хорошо, что не соврала про мужа», — подумала я, аккуратно обходя еле-еле двигающихся по коридору растрепанных теток. Почти у каждой на поясе болталась стеклянная банка, от которой отходила резиновая трубка.

— Где найти Артема Владимировича? — поинтересовалась я у хорошенькой медсестрички, тащившей куда-то лоток с градусниками.

— Здесь бегает, — ответила девица, поправляя накрахмаленный колпачок, — в ординаторской смотрели?

Из ординаторской меня отправили в перевязочную, оттуда в смотровую, наконец пожилая медсестра крайне усталого вида сказала:

— Только что ушел, бегите к двери, если хотите поймать.

Я побежала вниз. Высокий мужчина быстрым шагом двигался по направлению к общежитию. Я тихо пошла за ним, обдумывая, с чего лучше начать разговор. Наконец приготовилась окликнуть психиатра, но он в ту же секунду остановился возле новенькой, сверкающей красным лаком «десятки» и принялся отпирать дверцу. Я тут же села в «Вольво». Погожу пока интервьюировать Таниного любовника, сначала посмотрю, куда он направится.

Глава 14

«Десятка», ловко перескакивая из ряда в ряд, неслась в сторону Щелковского шоссе. Я вся вспотела, пытаясь повторить маневры преследуемого. Вожу машину несколько лет и, честно говоря, не слишком преуспела в шоферском искусстве. Артем же, очевидно, сидит за рулем давно, вон как ловко катит в левом ряду, я туда и не суюсь никогда, ну разве что в редких случаях...

Наконец мы выехали из Москвы. «Десятка» вынеслась на шоссе и полетела вперед. В ужасе поглядывая на спидометр, я выжимала педаль газа. Послушный «Вольво» бежал, как застоявшийся конь. Вот небось удивляется бедный! До сих пор ему не удавалось показывать такую прыть... Я поднажала посильней и услышала над ухом:

— «Вольво» 625 KE, немедленно остановитесь.

Послушно припарковавшись, я от злости треснула рукой по рулю.

— Куда так спешим? — поинтересовался приятный голос.

Повернув голову вбок, увидела прехорошенькую девицу в милицейской форме. Надо же, дама на службе в ГИБДД, первый раз встречаю.

— Ну? — поторопила девушка. — Документики попрошу.

— Черт бы тебя побрал, — сказала я, роясь в бардачке.

— Вы мне? — изумилась прелестная служительница закона.

— Нет, — пробормотала я, — следила за красной «десяткой», а она укатила, вон, глядите, теперь не узнаю, куда он так спешил! Поэтому и правила нарушила!

— Зачем же вам красная «десятка»? — между делом поинтересовалась девушка, вертя в руках техпаспорт.

Решив не открывать правду, я вдохновенно соврала:

— Да мужик у меня жуткий бабник. Чуть что, сразу налево линяет. Вот и хотела его сегодня прищучить, да, видно, не судьба!

Девушка схватила рацию и забормотала:

— Седьмой, седьмой, как слышишь, прием!

Раздался треск и бодрый мужской голос:

— Ну, говори.

— Красная «десятка», — начала было девушка и повернулась ко мне, — номер машины супруга подскажите.

— Не знаю, — растерялась я и, поняв глупость ситуации, быстренько добавила: — Он в целях конспирации у кого-то из коллег автомобиль одолжил.

Начавшее хмуриться лицо девчонки разгладилось, и она сказала:

— Красная «десятка», за рулем мужчина. Тормозни его, пока мы не подъедем. Хотя нет.

Она снова глянула на меня:

— Муж, конечно, знает, какой у вас «Вольво»?

Я кивнула.

— Вот что, — вынесла решение неожиданная помощница, — тормозни да расспроси, куда едет.

Она ткнула пальцем в кнопку, бросила мне в окошко документы и сообщила:

— Хорошо, просто очень хорошо вас понимаю. Сама позавчера с таким же кобелем развелась. Ну трахал все, что шевелится, сколько подруг из-за него потеряла. А уж когда к младшей сестре подобрался, тут, извините, пинка под жопу дала. И вы ему не спускайте, все мужики — говно и дрянь.

Выпалив эту фразу, она села в милицейский «Форд» и велела:

— Ехай за мной.

Я выполнила приказ с радостью. Женская солидарность — страшная сила.

Веселый, улыбающийся во весь рот постовой бодро доложил моей провожатой:

— Федотов Артем Владимирович, врач, направляется в Ромашино. Говорит, в больницу.

— Чего еще говорил? — поинтересовалась дама-начальница.

— Да ничего, — пожал плечами постовой, — только пошутил, неужели на лицо кавказской национальности похож? Вроде ничего не нарушил, а тормознули...

— Шутник, — вздохнула гаишница и велела: — Обстановку поняла? Действуй, Дарья Ивановна.

— Спасибо, — пробормотала я.

— Первый поворот налево, потом направо и вновь налево, — не успокаивалась добрая самаритянка, — там и Ромашино.

— Спасибо, — вновь сказала я и захлопнула дверцу.

— Слышь, Васильева, — окликнула меня девушка, — вломи там своему благоверному от нас всех, чтоб мало не показалось!

— Ладно, — пообещала я.

Ромашино оказалось самой обычной деревней. Три колдобистых улочки. Покосившиеся деревянные домишки, несколько довольно приличных кирпичных коттеджей, магазинчик и огромная помойка, в которой с карканьем рылась туча взъерошенных ворон, благополучно переживших зиму. Ничего даже близко похожего на больницу тут не наблюдалось. Возле одной из убогих избушек топтался мужичонка в драном ватнике и валенках. Немного странный наряд для теплого апрельского вечера.

— Здесь есть больница, не знаете где?

Селянин задумчиво поскреб черными ногтями давно не чесанную голову и пробормотал:

— Нам это без надобности, живем тихо, туды не ходим...

— Тетенька, — раздался за спиной бойкий детский голосок, — а машина ваша?

— Моя, — ответила я, разглядывая тощенькую девочку, на вид лет пяти, одетую в теплую куртку и войлочные сапожки. Наверное, в Ромашине модно упаковываться в апреле как в декабре. Девчоночка помолчала секунду и добавила:

— Дадите двадцать рублей, скажу, как проехать в санаторию.

— Куда? — удивилась я.

Нет, скорей всего, ребенку больше пяти лет.

— Больницу спрашивали? — улыбнулась деньголюбивая аборигенка. — Так тут санатория, для психов богатых. У меня мама там коридоры моет. Ей на кухне вкусного дают! Лучше всех в деревне едим! Туда многие хотели на работу пойти, а взяли лишь мою мамоньку, потому что она не пьет и не курит, во всех смыслах положительная...

Весь этот монолог ребенок выпалил на одном дыхании, с серьезной миной. Я вытащила из кошелька пятьдесят рублей. Мельче бумажки не было. Девочка ухватила крошечной, совершенно кукольной ручкой банкноту и предложила:

— Откройте дверь, сяду и покажу, раз такие деньжищи не пожалели.

Она влезла в «Вольво» и скомандовала:

— Прямо до конца и налево.

Мы докатили до леса, и я увидела широкую дорогу из бетонных плит.

— Давай вперед, — махнул рукой ребенок.

Мы запетляли по бетонке. Внезапно деревья

раздвинулись, и между ними мелькнула ярко-красная крыша.

— Тормози, — крикнула девочка, — ну я домой побегла!

— Не боишься одна в лесу?

— Чего я, маленькая?

— Сколько тебе лет?

— Десять, — сообщила провожатая и хлопнула дверью. — Ехайте прямо, в ворота и упретесь, — сообщила она напоследок.

Я тронулась вперед. Если русский народ не перестанет пить, то у населения скоро вместо детей будут рождаться мыши. Виданное ли дело — выглядеть в десять лет на пять! Да она ростом с нашего мопса Хуча, а весит явно меньше. Покачивая головой, я добралась до ворот и присвистнула. Однако странная больница! Ни вывески, ни таблички, зато высоченный кирпичный забор с колючей проволокой поверху, глухие железные ворота, проходная как на предприятии оборонной промышленности, и парочка телекамер, моментально угрожающе развернувшихся в мою сторону. Не хватало только зенитной установки и самонаводящихся крылатых ракет с атомными боеголовками.

Помня о том, что какой-то охранник сейчас наблюдает за мной в телевизор, я попыталась со всей возможной грацией выпорхнуть из «Вольво». Палец ткнулся в чернеющую кнопочку, и ухо незамедлительно услышало:

— Вам кого?

— Артема Владимировича.

— Фамилия?

— Федотов.

— Не его, а ваша, — любезно переспросил невидимый секьюрити.

Секунду задумавшись, я прощебетала:

— Таня, Татьяна Иванова.

Воцарилось молчание. Затем ворота мягко, без всякого визга и скрежета раздвинулись. Полный лысоватый парень в черном комбинезоне, стянутом на неожиданно тонкой талии ремнем, сообщил:

— Он вас у основного корпуса ждет.

Сказав это, он потянул какой-то рычаг, створки сомкнулись. Я увидела, как под тонкой тканью забугрились бицепсы, и поняла: он не толстый, а невероятно накачанный.

Дорога была одна, совершенно прямая, и я издали увидела большое трехэтажное здание из красного кирпича и стройную фигуру Таниного любовника. Не успел «Вольво» замереть, как Артем резко наклонился, распахнул дверь и спросил:

— Что стряслось?

Через секунду он понял, что видит незнакомую женщину, и резко, почти в полный голос вскрикнул:

— Вы кто?

Его красивое породистое лицо с тонким аристократическим носом и безупречным по форме ртом было удивительно привлекательно. Свежая, чистая кожа, щеки покрывал нежный девичий румянец. Только глаза смотрели жестко. Они были льдисто-голубые, почти прозрачные и походили на леденцы.

— Кто вы? — повторил парень.

Я решила валять ваньку и ответила:

— Как кто? Таня Иванова, разве вас не пред-упредил охранник?

Самая лучезарная улыбка заиграла на моем лице. Всем своим видом я излучала радость и счастье от встречи. Но Артем не пошел на кон-такт:

— Таня Иванова?

— Что же тут страшного? — продолжала я ис-точать мед. — Имя крайне распространенное, да и фамилия тоже. Вот назвалась бы Евлампией Убийветерсморя, тогда бы еще поняла ваше изум-ление. А так: Таня, просто Таня Иванова.

Артем хмыкнул:

— И что хотите от меня?

Я оглядела аккуратный домик, окна которого оказались забраны решетками, тяжелую желез-ную дверь без ручки, с одним отверстием для ключа... Так выглядят либо тюрьмы, либо сума-сшедшие дома. Окончательная ясность возникла, когда увидела у Артема в левой руке аккуратный железный ключик, похожий на те, которыми про-водник открывает купе. Все сразу встало на свои места. Психиатрическая лечебница, скорей всего частная, дорогая и тайная. Что ж, вот и повод по-болтать с доктором.

— Меня прислала Таня Иванова, жена депу-тата Харитонова.

Артем уставился своими «леденцами» в мои глаза.

— Что-то никак в толк не возьму. Вы Таня или вас прислала Таня?

Я радостно рассмеялась:

— Мы обе Тани Ивановы, полные тезки. Толь-ко я — бывшая жена редактора «Желтухи» Ники-ты Вадимовича Павлова, а Таня — жена, вернее, теперь уже вдова Олега Андреевича Харитонова. Собственно говоря, я с ней близко не знакома. Таня училась вместе с моим бывшим супругом в инязе, но все никак не получалось встретиться... А когда с моей сестрой случилась беда, я обратилась к Киту, а тот перезвонил Ивановой. Вот так по цепочке до вас и добралась. Понятно объясняю?

Артем вздохнул:

— Теперь начинаю понимать. Хотите поместить сюда родственницу?

— Именно, — закивала я головой, — родную сестру.

— Пойдемте, — приказал врач.

Он молча и как-то сердито ждал, пока я вылезу из-за руля.

В просторной комнате, обставленной элегантной офисной мебелью, психиатр сел за письменный стол. Мне было предложено глубокое кресло.

— Что вы знаете о нашем заведении? — поинтересовался Артем, закуривая длинную, толщиной в мою ногу сигару.

— Ну, — напряглась я, — как рассказывали, место хорошее, но дорогое и только для своих...

— Правильно, — сообщил Артем, — мы принимаем пациентов по рекомендации, и пребывание вашей сестры влетит в копеечку.

— Сколько? — решительно спросила я.

— Ну, смотря что понадобится с ней делать, — усмехнулся Федотов, — кстати, отчего решили поместить ее в клинику, шизофрения?

— Нет, — покачала я головой, — хуже.

— И что же?

— Сестра старше меня на пятнадцать лет, в

прошлом году вышла на пенсию. До этого преподавала математику, ясный, четкий, логичный ум... Но стоило бросить работу, начались странности. Сначала легкая забывчивость. Уйдет из дома, ключи забудет, может чайник без воды на газ поставить. Мы еще посмеивались — склероз подкрался незаметно. Но, как оказалось, смеялись зря. Дальше положение стало резко ухудшаться. Пару раз ее приводили соседи с улицы — не могла найти родной дом, потом забыла, как меня зовут, а там и вообще перестала узнавать, на свое имя не откликается...

— Болезнь Альцгеймера, — пробормотал Артем, — тяжелое испытание для близких, коварный, неизлечимый недуг...

— Мы живем вдвоем, — продолжала я врать, — у меня большая фирма, целый день на работе, кручусь как белка в колесе. Наняла сначала сиделку, но, честно говоря, жить с сестрой больше не могу. То посреди ночи проснется и кричит, то вдруг выть начнет, а пару дней назад как-то обхитрила медсестру, вышла во двор и исчезла. Я чуть с ума не сошла. Хорошо, что соседи ее знают, привели назад... Боюсь, когда-нибудь под машину попадет, а у вас охрана, решетки... Ну не поверите, как измучилась!

— Отчего же, — неожиданно улыбнулся Артем, — очень даже поверю.

— Бога ради, — молитвенно сложила я руки, — возьмите ее. Анна тихая, практически никогда не буянит, ну разве что по ночам иногда покрикивает, а так сидит весь день на одном месте...

Артем глянул на часы:

— Вот что, пойдемте, покажу комнату и наши

помещения, если сочтете подходящими, поговорим о финансовой стороне вопроса.

Он, очевидно, поверил мне, потому что стал крайне приветливым, даже ласковым.

В просторный коридор с укрытыми ковролином полами выходило несколько плотно закрытых дверей. Стояла пронзительная тишина, казалось, в доме нет никого, кроме нас. По большой лестнице мы поднялись на третий этаж.

Артем распахнул одну из дверей:

— Здесь помещение для занятий. Вообще мы приветствуем, когда пациенты в фазе ремиссии занимаются творчеством — рисуют, лепят, вышивают.

Я оглядела просторный зал и вздохнула:

— Ну навряд ли Анна сюда придет.

— Дальше библиотека, — перечислял Артем, — столовая, кинозал... Как только пациент начинает хоть чуть-чуть адекватно воспринимать действительность, мы сразу стараемся вывести его «в люди», по нашим наблюдениям, хорошо помогает.

— Сколько у вас больных? — спросила я, пока мы спускались на второй этаж.

— Сейчас пятнадцать, — спокойно ответил Артем.

— Женщин?

— Не только, — не удивился врач, — мужчины тоже есть.

В холле второго этажа на просторном диване вольготно раскинулись три кота.

— У вас животные в больнице? — изумилась я.

— Ну, у нас все-таки не совсем обычная клиника, а Матильда, Щучка и Ронни очень хорошо влияют на пациентов. Многие сразу успокаиваются, поглаживая кошку. Нам сюда.

Он толкнул дверь. Перед глазами предстала большая, светлая комната, обставленная красивой мебелью. Просторная кровать, покрытая пушистым пледом, тумбочка с настольной лампой, несколько кресел, диван, овальный стол под кружевной скатертью, темно-бордовый шерстяной ковер.

— А где же шкаф? Вещи в чемодане держат?

Артем вздохнул:

— Носильные вещи хранятся в специальном помещении. Утром медсестра одевает больных сама. В номере пациенты держат только халат, ночную рубашку или пижаму. Вот здесь, в ванной.

Он приоткрыл почти незаметную дверцу, и я увидела душевую кабину, туалет и биде.

— А как же вы за ними следите? Ни одной медсестры не увидела!

— Ну, во-первых, у каждого больного своя личная дневная сиделка, она не отходит от него ни на шаг — гуляет, одевает, кормит... Ночью за всеми следит дежурный.

— Как?

Артем поманил меня:

— Пойдемте на первый этаж.

Возле кабинета, где он принимал меня, обнаружилось просторное помещение и пульт. В большом круглом кресле сидела женщина лет сорока.

— Все в порядке, Алена Сергеевна? — поинтересовался врач.

— Пока да, — ответила та.

На экранах тихо передвигались люди.

— В номерах установлены камеры, так что си-

туация постоянно под контролем, — пояснил
Артем, уводя меня вновь в кабинет.

— Сколько стоит месяц в вашей клинике?

— Пять тысяч, — спокойно ответил Артем.

— Долларов? — глупо спросила я.

— Естественно, — подтвердил Федотов. —
Плата вперед.

— Ну что ж, вполне подходит, — забормотала
я, — только хочу посоветоваться с мужем.

Врач усмехнулся:

— А я понял, будто проживаете с сестрой
вдвоем!

Вот всегда со мной так! Сначала совру, а потом забуду, что нафантазировала...

— Хочу спросить совета у супруга Анны, —
принялась я выкручиваться изо всех сил, — он
хоть и бросил ее, но официально развода нет...

— Конечно, — равнодушно обронил Артем, —
только имейте в виду, лучшего места, чем моя
клиника, не найдете.

— Это ваша частная лечебница?

— А вы думали, государственная? — вновь ухмыльнулся психиатр.

— Как оформлять больную?

— Очень просто, привезите сестру с вещами.
Если есть, прихватите врачебную карту. Нет — не
надо. Но предупреждаю — больных СПИДом, ге-
патитом и венерическими заболеваниями я не
принимаю. Необходимые анализы делаем на
месте. И пока не получен результат, пациентка
находится в боксе. Лишь по истечении карантина
переводим в палату. Не слишком приятная мера,
но необходимая.

— Бокс вы мне не показали! — возмутилась я,
цепляясь за любую возможность побыть еще воз-

ле Артема и попытаться перевести разговор на Таню. Честно говоря, пока не было еще такой возможности...

— Действительно, — покачал головой Федотов, — забыл!

Мы вышли из основного здания и двинулись к маленькому, одноэтажному домику. Артем отпер дверь и, войдя внутрь первым, пояснил:

— Здесь содержатся вновь прибывшие и те, кто подцепил инфекцию. Грипп, например, родственники принесли или, был случай, ветрянку получили...

Из глубины коридора вышла полная дама в голубом костюме.

— Все в порядке? — осведомился врач.

— Все в порядке, — в тон ему ответила дама.

— Какой бокс свободный? — поинтересовался Артем.

Женщина покачала головой.

— В трех новенькие, во второй Никитин с кишечной инфекцией, прямо напасть! Да еще утром Костину в бокс перевели. А вы знаете, какая она трудная.

Артем развел руками.

— Значит, бокс не увидите!

Но я решила вести себя так, как положено богатой и, соответственно, капризной даме. Мои подруги во Франции не раз преподавали мне уроки. Например, Аннет Лерой — жена одного из крупнейших торговцев вином, спрятав в портмоне платиновую кредитную карточку, всегда велит официанту:

— Этот недоеденный кусок торта заверните мне с собой, им еще можно поужинать!

Франсуаза, младшая представительница семьи

миллионеров Дюпон, небрежно сбрасывая с плеч леопардовое пальто, моментально снимает в прихожей колготки.

— Ужасно, дорогая, — щебечет она, пряча чулки в сумку, — эти мерзкие штуки моментально рвутся, мы ведь свои люди, так что посижу с голыми ногами...

И та и другая, не задумываясь, покупают драгоценности и меняют машины. Но не стесняются заглядывать воскресным утром на дешевые распродажи, чтобы купить одежду подрастающим детям.

— Если плачу такие деньги, то желаю видеть все, — отрезала я.

Артем вздохнул:

— Ладно, Галина Николаевна, откройте комнату Костиной.

Женщина послушно отперла одну из дверей, мы вошли внутрь.

Большое помещение ничуть не отличалось от комнат в основном доме — красивая, удобная мебель, пушистый ковер. У окна в глубоком кресле сидела худенькая, почти высохшая женщина.

— А мы к вам в гости, Елена Никаноровна, — весело сказал Артем — примите незваными? Что же это вы приболели...

— Меня зовут по-другому, — вяло протянула женщина, — не Лена, а как, не помню, но только не Лена...

— Хорошо, — согласился врач, — как прикажете.

— Не Лена, — протяжно бормотала больная, — не Лена, не Лена, не Лена...

— Хорошо, хорошо, — закивал Артем.

Но женщина никак не хотела успокаиваться.

Ее маленькое личико, похожее на мордочку больной обезьянки, сморщилось, и частые слезы горохом посыпались из блеклых голубых глаз. Мне показалось, что она похожа на кого-то, с кем я раньше встречалась, но на кого именно, вспомнить никак не могла.

— Пойдемте, — вздохнул Артем, — больная возбудилась, мы ее нервируем.

— Нет, нет! — вдруг громко вскрикнула сумасшедшая, пытаясь встать.

Она протянула ко мне исхудалые бледные руки и по-детски попросила:

— Возьмите меня отсюда, ну, пожалуйста, возьмите. Они меня бьют, морят голодом, а еще колют какие-то лекарства, я от них дурею.

Мне стало не по себе. Женщина-врач попыталась успокоить пациентку:

— Елена Никаноровна, сегодня на ужин ваше любимое творожное суфле...

— Я не Елена, — вновь завела тетка, мерно покачиваясь, — не Елена.

— Пошли, — потянул меня за руку Артем.

— Велите им отдать мои драгоценности, — выпрямив спину, протянула дама, — они у меня забрали кольцо.

— Милая Елена Никаноровна, — ласково проговорил Федотов, беря Костину за руку, — посмотрите внимательно сюда, вот они ваши украшения.

Больная растопырила пальцы. Они были густо унизаны перстнями.

— Действительно, — забубнила она, — вернули. Ожерелье исчезло!

Все так же ласково психиатр расстегнул верхнюю пуговицу на кофточке больной:

— Да вот оно, пощупайте.

В ту же секунду я почувствовала, как по спине пробежала дрожь. На жилистой шее болталось колье — имя «Валентина», выполненное из сапфиров...

— Вас зовут Валя, — вырвалось у меня неожиданно.

Костина напряглась:

— Не помню, не помню...

Она схватилась пальцами за виски.

— Голова болит, только что ударили по голове...

Артем решительно подтолкнул меня к двери:

— Пошли отсюда.

В кабинете он сказал:

— С чего в голову пришло, будто Елену Никаноровну зовут Валей?

Мысленно ругая себя на все корки за несдержанность, я пробормотала:

— Можете представить женщину, которая носит на груди ожерелье баснословной стоимости с чужим именем?

Артем вздохнул и вновь закурил вонючую сигару.

— Елена Никаноровна служила актрисой в театре «Луна на подмостках». Никогда не была особо популярна, главных ролей не исполняла, но такие, как она, тоже нужны в коллективе... Потом случился инсульт, а как следствие — то, что вы сейчас наблюдали. Ее поместила ко мне мать. Единственно, что осталось от прежней личности, — любовь к украшениям. Естественно, все они — бижутерия. Она их прячет в комнате, теряет, мы покупаем новые... Колье стоило, по-моему, рублей двадцать, от силы пятьдесят. Будет время, поглядите в киоске «Союзпечать», там таких множество... Просто, наверное, сотрудница, покупавшая «ожерелье», не нашла с именем «Лена», вот и посчитала, что Костиной все равно, читать-то она не может...

— Но она так убедительно говорила про мучения, — залепетала я, — вы ведь не бьете больных?

Федотов терпеливо ответил:

— Естественно, нет. Елена Никаноровна глубоко больной человек, просто не понимает, что говорит.

— Ну ладно, — покачала я головой, — подумаю до среды и, если решу доверить Анну, то свяжусь с вами, подскажите телефончик.

— Рисковали, приезжая сюда без предварительной договоренности со мной, — сказал Артем, протягивая визитную карточку.

— Таня сказала, будто вы всегда на месте...

— Откуда ей знать? — искренне удивился психиатр. — Татьяна Михайловна тут никогда не бывает!

Я хитро прищурилась и кокетливо погрозила пальцем:

— Не забывайте, что мой бывший муж главный редактор журнала «Желтуха»!

— Не понимаю! — изумился Федотов. — Это тут при чем?

— А при том, — корчила я из себя бесцеремонную идиотку, — Никита рассказывал про ваши особые взаимоотношения. Да теперь и скрывать не надо, Танюша вдовой стала.

Федотов спокойно смотрел на меня. Профессия психиатра предполагает умение владеть собой, а положение владельца частной клиники обязывает к крайней вежливости с родственниками больных.

— Боюсь, господин редактор ошибся, — произнес он наконец, — нас с госпожой Ивановой связывают только деловые взаимоотношения. Вы знаете о болезни ее дочери?

— Ну, по-моему, серьезного заболевания как раз нет, — ответила я, — только внешне девочка отличается от других детей, но с головой у нее все в порядке.

— Я того же мнения, — подтвердил Федотов, — но мать постоянно тревожится и по каждому поводу советуется со мной. Сейчас у подростка начался пубертатный период, возникли проблемы с поведением дома. Обычная вещь для подобного возраста, но Татьяна Михайловна крайне остро воспринимает любое отклонение, так сказать, от середины. И мы довольно часто обсуждаем данные проблемы. Мои консультации платные, и, если родственникам удобно приезжать в больницу Раевского, бога ради. Думаю, кто-то из сотрудников клиники и запустил гнусную сплетню. Я не особенно боюсь слухов, у Татьяны Михайловны другое положение. Что же касается «Желтухи», мне не хотелось бы при вас озвучивать мое мнение об этом издании.

И он, давая понять, что разговор окончен, резко встал.

Глава 15

Утром мы все собрались в холле. Таня, одетая в глухое черное платье, аккуратно пристроила на голове элегантную шляпку с полупрозрачной вуалью и спросила:

— Все готовы?

Я оглянулась:

— Вари нет.

— И Маши, — добавила Ольга.

— Они в школе, — преспокойно заявила вдова, — детям незачем участвовать в этой церемонии.

Мы промолчали.

Прощание проходило в морге Центральной клинической больницы. Возле закрытого гроба стояли несколько человек. Таня села посередине. Мы пристроились по бокам. Толпа народа с цветами, десятка два журналистов с камерами... Потом церемония передвинулась в Донской крематорий.

— Я думала, будут хоронить в землю, — шепнула Зайка.

Но Таня услышала и пояснила:

— Он хотел после смерти превратиться в пепел, говорил: «Какой прекрасный обычай существует в Индии — развевать прах над рекой Ганг». Но у нас такое невозможно. К тому же на Донском их семейное место — отец, мать, брат.

Поминки устроили в ресторане «Прага». С каждой минутой похороны Олега Андреевича делались похожими на фарс. Ну кто додумался до того, чтобы поминать покойного в кабаке? Огромный дом Харитоновых запросто мог вместить не один десяток человек.

Таня сидела во главе стола, уставленного деликатесами. Ее тарелка оставалась почти пустой на протяжении всего вечера. Сначала выпили по одной, не чокаясь, потом опрокинули еще и еще... В соседнем зале гуляла свадьба, оттуда доносились звуки музыки, взрывы смеха и бодрые крики «Горько!». Спустя некоторое время кое-кто в нашем зале начал отбивать ногой такт, потом народ разошелся совсем. Бутылки все появлялись и появлялись, беспрестанно подносили новые блюда...

Мне стало совсем не по себе, такое ощущение, будто проглотила крысу. Официанты начали разносить пирожные. Внезапно Таня наклонилась и тихо прошептала:

— Олег хотел, чтобы на поминках было весело. Он не переносил театральных, напыщенных речей и официальных проводов. Веселый, радостный... Как теперь без него!

Внезапно она замолчала, в глазах начали закипать слезы, но огромным усилием воли вдова сдержалась и не заплакала.

Я глянула на нее с глубоким уважением — всегда восхищалась людьми, умеющими в любой ситуации «сохранить лицо».

Из «Праги» мы прибыли около часа ночи.

— Отвратительно, — сказала Зайка, заглядывая ко мне в спальню, — когда умру, пожалуйста, не устраивай поминки в ресторане.

— Типун тебе на язык, — в сердцах вскрикнула я, — надо же такую глупость ляпнуть!

— Хорошо, хорошо, — замахала руками Зайка и велела: — Ложись спать, вон бледная какая.

Я послушно залезла под одеяло, и к моим ногам моментально прижался Хучик. Ольга ушла, потушив свет. Я лежала тихо-тихо, но сон не шел. В голове, как ежи, ворочались мысли. Казалось, что из-под кожи, как у Страшилы, сейчас вылезут иголки. Наконец я села и, поглаживая мопса, решила: попробую систематизировать известную информацию.

Значит, так. Некто отравил на вечеринке абсолютно безвредного Ваньку Клюкина. Зачем было делать это прилюдно? Потом погибает Зоя Лазарева... Нет, сначала подрывают машину Харитонова, затем таинственный рыжеволосый мужчина убивает шофера Володю и присваивает себе красный мешочек с чем-то ценным, и только потом сбивают Зою, а вечером стреляют в Никиту... Почему? Как связана смерть Олега Андреевича с гибелью Ваньки? Отчего и Зоя, и Никита утверждали, будто его убрали по ошибке? Кого тогда хотели уничтожить? Харитонова? И что лежало в алом мешочке? Небось камни или золото...

Тут неожиданная мысль пришла в голову, и я слезла с кровати.

Дом спал. Из-под дверей не пробивались полоски света. Даже многочисленные собаки ни разу не гавкнули, когда я босиком прокралась в кабинет. Руки начали нажимать на паркетины. Ну где этот тайник! Наконец ниша нашлась, но она была абсолютно пуста.

Я тупо смотрела в дверку. Где же кольца, цепочка, браслет и колье из сапфиров?

Утром Ольга попросила холодного молока.

— Что случилось? — удивилась я.

— У нее на языке прыщ вскочил, — хихикнул Кеша, — на самом кончике, наверное, раздваиваться начинает...

Зайка тяжело вздохнула.

— Не поверит ведь никто, такая совсем маленькая штучка, а говорить и есть больно.

Кешка уткнулся носом в чашку. Жена подозрительно глянула на него и спросила:

— Смеешься?

— Что ты, малыш, — отозвался сын, старательно пряча ухмылку, — очень тебя жалко!

Зайка с сомнением посмотрела на мужа и промолчала.

— Чего вы такие грустные? — завопила Маня, влетая в столовую.

— У Ольги язык болит, — пояснила я, — прыщ вскочил.

— А, ерунда, — отмахнулась Машка и велела: — А ну высуни.

Невестка покорно разинула рот.

— Конечно, я не врач, — вынесла вердикт Маня, — но подобное явление встречается у приматов. Людская разновидность называется просто — типун. Ну поговорка такая еще есть — типун тебе на язык!

Зайка отставила в сторону стакан и глянула на меня.

— Что же теперь делать? Говорить больно, а через три часа эфир.

— Не знаю, — с сожалением ответила Маня.

— Обезьян как лечат? — поинтересовался Кеша.

Маруся нахмурилась.

— Полощут больной орган марганцовкой, смазывают люголем, ну еще не дают кислого или острого в пищу.

— Поняла? — повернулся сын к Ольге.

— Ты намекаешь на то, что я похожа на мартышку? — оскорбилась Зайка.

— Ну, положим, языки у вас одинаковые, пойди и сунь в марганцовку.

— Ах, я шимпанзе! — обозлилась Ольга. — Ну спасибо за комплимент.

— Ты больше смахиваешь на зеленую макаку, — сообщила Маня, — шимпанзе крупное животное.

Зайка вскочила и кинулась к двери. На пороге она остановилась и грозно заявила, тыча в меня пальцем:

— Дети все пошли в маменьку...

— При чем тут я?

— А кто вчера ночью сказал: «Типун тебе на язык?» — зашипела Зайка. — Кто пожелал мне дурацкую болячку? Ты, Дарья. Из-за тебя теперь страдаю.

И она выскочила в коридор, столкнувшись с Таней.

— Ольга заболела? — поинтересовалась хозяйка, накладывая в тарелку творог.

Маша захихикала, и тут зазвонил телефон. Таня включила мобильник:

— Да.

Слышно было, как мужской голос неразборчиво бубнит в мембране.

— Ладно, — ответила Иванова, — успеешь к двенадцати?

Собеседник продолжал бормотать.

— Извини, Артем, — прервала его женщина, — давай в час в «Доске».

И она преспокойненько начала есть. Я еле-еле дождалась конца завтрака и ринулась в спальню одеваться.

Значит, доктор обманул меня! Их связывают особые взаимоотношения. Навряд ли у Татьяны есть еще один приятель с таким именем. Поеду-ка на их «стрелку» да попробую подслушать, о чем голубки будут трепаться.

Скорей всего, Артем и есть таинственный Жок, а во время вечеринки пытались отравить

Харитонова. Бедный Ванька схватил чужой бокал. Наверное, Олег Андреевич мешал любовникам, за что и получил тротил в багажник, или куда там засовывают взрывчатку... То-то милая Танюша совершенно не горюет. Боже, да она убийца!

От неожиданной мысли у меня просто затряслись руки. Ну конечно, это все объясняет. Осталось только собрать доказательства. Перед тем как уехать из дома, я позвонила в больницу и с радостью узнала, что Никита жив. Правда, не все новости были утешительны. Врач сказал, что он проведет в реанимации не один день и ближайшие две недели не сможет разговаривать.

«Доской» люди моего поколения называют кафе на Старом Арбате. Когда-то там располагался шахматный клуб, потом открыли небольшой буфетик, где подавали мороженое, коктейль «Вечерние огни» и блинчики со взбитыми сливками. Стоило все недорого, по вечерам играл оркестрик, и зал заполняли полунищие студенты. Кто побогаче, ходил в «Космос», «Московское» и «Север». Мы же, живущие на стипендию, толкались в «Доске».

Ровно без десяти час загнала «Вольво» в переулок, натянула на голову кудлатый темно-каштановый парик, нацепила очки, ярко-ярко намазала губы и осталась довольна собой.

В «Доске» царил полумрак. Кафе расположено в подвале, дневной свет не проникает в него никогда. Мы еще и за это любили данное место. Даже в ясный солнечный полдень у посетителей «Доски» создается полное впечатление интимного вечера.

Подвальчик оказался почти полон. Он не сильно изменился за те годы, что я не бывала здесь. Только пластиковые столы поменяли на дубовые, а вместо стульев поставили лавки. Но верхнего освещения по-прежнему нет, лишь на столиках мерцают небольшие лампочки под абажурами. Лица присутствующих тонут в тени. Мне это было на руку, и я, пробившись сквозь толпу к стойке, заказала кофе и булочку.

Таня с Артемом сидели в самом углу, у стены, почти вплотную друг к другу. Слева за соседним столом было свободное место. Я пристроилась на неудобной лавке и вся обратилась в слух.

— Говорю же, — сердито цедила Таня, — никого не посылала, Никиту Павлова знаю, вместе учились, а про жену его первый раз слышу, да и с ним не поддерживала отношений. Тебя обманули. Она на машине приезжала?

Артем кивнул.

— Номер записал?

— Нет.

— Что за марка?

Психиатр хмыкнул:

— Не разглядел, иномарка.

— Идиот, — припечатала Таня, — а если это из-за Костиной? Уверен, что та ничего не расскажет?

— На таких препаратах? — хмыкнул Артем. — Да она совсем не соображает. Нет, тут не волнуйся, полный порядок. Ума не приложу, кому надо меня дурить! Может, налоговая инспекция старается?

— Ха, — выдохнула Таня, — станут они тебе спектакли устраивать, в случае чего явятся в черных масках и двери ногами выбьют. Нет, это кто-то докопался до правды. Только кто? Вдруг бабка Костиной протрепалась?

— Маловероятно, — забормотал Артем, — и

потом, кто станет расспрашивать старуху? Никому она не нужна, тогда просто повезло, что Костина в палате оказалась, заранее ведь никто не планировал... Нет, тут чисто. Ума не приложу!

Они замолчали.

— Слушай, — оживился врач, — а вдруг все очень просто? Ну чего мы испугались! Позвони этому Никите и спроси, отправлял ли он ко мне свою бывшую жену. В конце концов, клиника пользуется популярностью, кого ко мне только не присылают, вдруг и правда клиентка?

— Идиот, кретин, — злилась Таня, — ну какого черта ты ее впустил?!

— Так охранник позвонил и сказал, будто ты приехала, — оправдывался врач, — думал, случилось что-нибудь.

— Я бы позвонила на мобильный!

Артем тяжело вздохнул:

— Все так неудачно сошлось. Аппарат посеял. Утром оставил в отделении, и все, кто-то прихватил, не было телефончика! Вот и решил, что нужен очень, а найти не можешь.

— Болван, — вскрикнула Таня, — прибей трубку гвоздями к животу, недоумок! Такое дело испортишь.

— Ладно, ладно, — забубнил психиатр, — ну не ругайся так... Давай подождем.

— Чего?

— Она обещала в понедельник перезвонить и сказать, доставит сестру или нет...

— Ну, не понимаю, — продолжала злобиться Таня, — почему ты не выгнал эту тетку, какого черта принялся ей клинику показывать?

Федотов молчал, потом тихо вымолвил:

— Ну, думаю, может, и правда пациентка. У меня сейчас дела не слишком хорошо идут...

— На денежки позарился, — резюмировала Таня, — долларов захотел! Мало я тебе давала! Теперь, когда все наше, ты ставишь затею на грань провала! Урод! Из-за каких-то паршивых копеек рисковать будущим! Да еще отвести бабу к Костиной в комнату!

Собеседник сосредоточенно сопел.

— Вот что, — твердо сказала Таня, — ждем до вторника, ну, в крайнем случае, до среды. Если мадам не появится, придется перепрятывать Костину! Целое дело! Ладно, не расстраивайся, обойдется.

— Ты от своих гостей еще не обалдела? — спросил Артем.

Таня ухмыльнулась:

— А куда деваться, сам знаешь, они нужны. Дашка на курсе самой кретинкой слыла, впрочем, такой и осталась. Сын с невесткой ничего, тоже придурковатые. Дочка мне ее только не нравится — бойкая, говорливая и Варьку с толку сбивает, девка совсем слушаться перестала!

— Так выгони их!

Таня быстро возразила:

— Не могу, они мне пока нужны. Только не спрашивай зачем, просто поверь, что я нуждаюсь в их присутствии.

Послышался звук отодвигаемого стула. Я пониже наклонилась над чашечкой жидкого кофе. Легкий стук каблуков, шорох шелковых брюк — Таня и Артем ушли.

Я осталась сидеть, пытаясь переварить информацию. Ничего не понимаю! Они опасаются какой-то, судя по разговору, пожилой родственницы Костиной, да и сама больная представляет для них опасность.

Потом постепенно подкрался гнев. Я была самой большой кретинкой на курсе? Я такой и осталась?

Значит, домашние вызывают у Тани лишь раздражение... Кешку с Зайкой милая хозяйка обозвала придурками, Маню — говорливой нахалкой... А нас держит в доме лишь потому, что не желает по каким-то таинственным причинам оставаться в одиночестве...

Внезапно мне стало холодно, потом жарко. Щеки загорелись изнутри, во рту пересохло. Никогда до сих пор я не испытывала подобной злобы. Ну погоди, Иванова! Очень зря ты решила манипулировать мной. Теперь я просто обязана раскрыть твои подлые тайны!

Глава 16

Часы показывали три, когда «Вольво» замер у входа в театр «Луна на подмостках». Оказалось, это не лучшее время для сбора информации. Гулкое здание бывшего кинотеатра было практически безлюдным. Зрительный зал закрыт, за кулисами сплошь пустые грим-уборные...

Без толку пошатавшись по путаным коридорам, я набрела на дверь с табличкой «Литературная часть» и заглянула внутрь.

Маленький, размером со спичечную коробку кабинетик вмещал лишь письменный стол и два стула.

— Вы ко мне? — радушно спросила довольно

молодая худощавая блондинка, читавшая рукопись.

— Право, и не знаю, — проблеяла я, втискиваясь бочком в комнатку.

Блондиночка со вздохом сообщила:

— Если принесли пьесу, давайте, только имейте в виду — никаких рецензий.

Я приосанилась, ну надо же, приняли за писательницу! Жаль лишаться подобного имиджа, но делать нечего, придется говорить «правду».

— К сожалению, не имею никакого отношения к драматургии!

— Прекрасно, — воодушевилась дамочка.

Счастливая улыбка заиграла на ее лице.

— Почему? — удивилась я.

Блондинка ткнула пальцем в сторону разномастных полок, громоздившихся у стены.

— Вон, видали, сколько добра графоманы натащили! Жуть, какие писучие. Каждый мнит себя Шекспиром или, на худой конец, Михаилом Рощиным. Скоро попрошу у начальства пулемет — стану отстреливаться.

Я засмеялась.

— Вот уж не думала, что театры страдают от наплыва пьес.

— Где же тут пьесы? — искренне удивилась дама и вздохнула. — Просто набор слов и не более. А у вас что за проблема?

Я секунду поколебалась.

— Ищу домашний адрес вашей бывшей актрисы Елены Костиной.

— Зачем?

— Видите ли, — сказала я, вынимая из сумочки французский паспорт, — работаю у мэтра Кассиса, известного парижского адвоката. Одна из клиенток завещала свое имущество госпоже Костиной. Но адреса она не знала, только место работы...

— Надо же, — всплеснула руками дама, — как в кино! Значит, вы приехали...

— Именно, — подтвердила я, — с самолета сразу к вам.

— Сейчас, сейчас, — забормотала собеседница, роясь в ящиках, — вообще-то, нужно в отдел кадров, но там сейчас никого. Ага, вот оно!

С торжествующим видом дама вытащила весьма потрепанную телефонную книжечку и принялась накручивать диск допотопного аппарата.

— Алло, Анна Ромуальдовна? Здравствуйте, как поживаете, душечка? Света Крылова беспокоит.

Я устроилась поудобней на стуле и с тоской отметила, что нигде и в помине нет пепельницы, а на письменном столе не валяется пачка сигарет. Значит, не курит, и, скорей всего, придется терпеть и не вынимать «Голуаз».

Света продолжала мило чирикать с неведомой Анной Ромуальдовной. Они обсудили новую постановку «Гамлета», посетовали на погоду, потом перекинулись на домашних животных. Из разговора стало ясно, что кошка Анны Ромуальдовны вот-вот должна произвести на свет потомство. Наконец, спустя, наверное, полчаса, Света очнулась и пропела:

— А у меня к вам дельце пустяковое. Подскажите адресок Елены Костиной.

Воцарилась тишина, потом Света вскрикнула:

— Ну надо же, не знала, нет, слышала, конечно, о болезни, но чтобы так...

Она прикрыла рукой мембрану и сообщила:

— Елена Никаноровна после инсульта лишилась рассудка.

Я сочувственно покачала головой и шепнула:

— Адрес все равно возьмите.

Жила Костина на Старом Арбате. Ее дом стоял впритык к тому, где обитала убитая Зоя Лазарева. Странное, мистическое совпадение.

Хотя здания помещались рядом, подъезды их отличались, как замарашка от принцессы. У Костиной не было ни кодового замка, ни домофона, ни грозного охранника. Лифта, впрочем, тоже. Прямо от входной двери дыбилась вверх грязная широкая лестница. Я полезла на второй этаж, разыскивая нужную квартиру. Естественно, апартаменты оказались под крышей. Звонка не было, цифра «9» была написана мелом на коричневой двери.

Я постучала кулаком. Внутри моментально залились лаем собаки. Их было по меньшей мере две.

Створка распахнулась, и в темноватом коридоре я увидела тощенькую, почти бестелесную старушку.

Не давая мне раскрыть рта, бабуленция хорошо поставленным, неожиданно сильным для щуплого тельца голосом произнесла:

— Вы ведь по поводу квартиры?

На всякий случай я кивнула.

— Входите, ангел мой, — пригласила бабуся, — сейчас покажу свои хоромы. Видите, это коридор!

От порога действительно змеилось длинное пространство, теряющееся в темноте.

Бабушка щелкнула выключателем. Под почти

пятиметровым потолком вспыхнула яркая лампа. Сразу стало видно множество дверей.

— С чего начнем? — поинтересовалась хозяйка и церемонно представилась: — Олимпиада Евгеньевна.

— Дарья Ивановна, — ответила я, разглядывая ее, как музейный экспонат.

Посмотреть было на что. Старушка была одета в темно-синее шелковое платье с белой кружевной вставкой. У горла красовалась антикварная розовая камея. Крохотные ушки Олимпиады Евгеньевны украшали также весьма непростые серьги. Круглые, скорей всего платиновые, с эмалевой вставкой. Совершенно седые волосы отдавали розовым цветом и были безупречно подстрижены. Голубые яркие глаза окружены черными ресницами, на щеках легкий румянец. Тут, по-видимому, не обошлось без помощи косметики.

Размером хозяйка напоминала девочку-подростка. Хотя Маша намного толще и выше. Талию Олимпиады Евгеньевны можно было обхватить двумя ладонями, а щиколотки у нее были такие тоненькие, что страшно смотреть — вот-вот переломятся. И при этом абсолютно прямая спина, длинная шея и гордо посаженная голова.

— Что это, дорогуша, вы так на меня уставились? — поинтересовалась хозяйка.

Я спохватилась и сказала:

— Любуюсь на вашу фигуру, просто удивительно...

— Как сохранила ее в столь преклонном возрасте? — усмехнулась бабуля. — Секрет прост. Каждый день — к станку.

— Вы работаете на заводе? — изумилась я.

Олимпиада Евгеньевна расхохоталась.

— Однако вы шутница. Всю жизнь протанцевала в ансамбле «Русские узоры». Станком называется палка, возле которой в классе трудятся балерины. Ну еще диета, холодные обливания. Если хотите, могу подробно рассказать.

Я поежилась. Какой ужас! Морить себя голодом, принимать ледяные ванны, да еще заниматься гимнастикой, и весь этот кошмар ради тонкой талии? Нет, категорически не способна на такие пытки.

— Молодежь так ленива, — резюмировала хозяйка, увидав мою вытянувшуюся морду, и мы пошли рассматривать квартиру.

Завершилась процедура на огромной кухне, где мне предложили растворимый кофе без кофеина и твердокаменные, страшно полезные для желудка, но отвратительные на вкус хлебцы. Когда мы с Зайкой попытались подсунуть на завтрак домашним нечто подобное, Кеша со вздохом сказал:

— Не употребляю в пищу упаковку для телевизоров.

— Это хлебцы, — оскорбилась Ольга.

— Надо же, — заметил сын, — перепутал. Помнишь, когда покупали телик в гостиную, он был обложен со всех сторон такими белыми толстыми зернистыми штучками. По виду точь-в-точь твои хлебцы!

Больше мы их не покупали.

Но Олимпиада Евгеньевна с отменным аппетитом принялась откусывать слишком белыми и ровными для того, чтобы быть настоящими, зубами большие куски «упаковки».

— Ну, так как, душечка? Нравится квартира?

Я кивнула.

— Согласны?

Эх, знать бы на что! В процессе экскурсии по бесконечным помещениям, так и не выяснилось: продает она апартаменты, меняет или просто подыскивает жиличку.

— Хорошие собачки, — сказала я, поглаживая трех одышливых, толстых и почти лысых болонок.

Олимпиада Евгеньевна улыбнулась.

— Это мои детки. Старые совсем стали. Вот только об одном господа прошу, чтобы они умерли раньше меня, а то выбросят старушек на помойку... Да вы не волнуйтесь, они тихие, не помешают, только на стук лают. Так какую комнатку выбрали?

Я помялась.

— Подумаю еще...

— Конечно, душечка, — ласково ответила Олимпиада Евгеньевна, — только долго не тяните.

— Вы одна живете?

Старушка кивнула.

— Неужели никто не помогает?

— Некому. Муж давно умер, а дочка Леночка... ну да бог с ней!..

— Ужасно, — вполне искренне сказала я, — все-таки дети бывают так жестоки! Воспитываешь их, растишь, во всем себе отказываешь, а когда делаешься пожилой, никакой помощи не окажут!

— Ах, ангел мой, — вздохнула собеседница, — у меня-то все не так. Жизнь была похожа на праздник. Там, в коридоре, на шкафу чемодан, если откроете, ахнете. Весь забит любовными письмами. Какие только люди не признавались мне в чувствах! Не поверите — писатели, поэты, композиторы, генералы. Знаете, я была уникальной, удивительной красавицей. Хотите, фотографии покажу?

Не дожидаясь ответа, она распахнула резные дверки старинного буфета, и на свет явился кожаный альбом с блестящими заклепками.

Хозяйка указала на фото:

— Смотрите, это я.

И правда, хороша. Фотограф запечатлел молоденькую девушку с розой в руке. Огромные глаза, море кудрей, упрямый подбородок и милые ямочки на щеках.

Рукой, покрытой старческой «гречкой», балерина перевернула страницу:

— Вот, это я и Корней Иванович Чуковский, здесь мы с Лилей Брик, а тут Никита Богословский и Иосиф Прут...

Мелькали известные всей стране лица, преимущественно мужские. И со всеми Олимпиада — кудрявая, веселая, стройная.

Потом появились снимки военных.

— Мой муж служил генералом, — пояснила дама.

Заканчивался альбом фотографией не слишком красивой, слегка угрюмой женщины лет сорока. Сбоку был приколот черный бантик.

— Кто это? — бесцеремонно спросила я.

Олимпиада Евгеньевна вздохнула:

— Ах, дорогуша, настоящая трагедия. На этом снимке вы видите мою дочь, безумно талантливую актрису, к сожалению, ее, можно сказать, уже нет!

— Умерла? — спросила я, разглядывая траурную ленточку.

Хозяйка вытащила из недр платья кипенно белый кружевной платочек и картинно всхлипнула.

— Хуже.

— Что может быть хуже смерти? — изумилась я.

— Леночка трагично заболела, — сказала Олимпиада Евгеньевна, — инсульт. Ужасно. Молодая, здоровая и разом превратилась в бессловесное, лишенное разума существо. Конечно, врачи виноваты. Я-то растерялась, когда утром к ней в комнату вошла. Думаю, уж полдень, вставать пора! Раздергиваю шторы и ну ее ругать: «Просыпайся, небось репетицию проспала!»

Но в ответ не раздалось ни звука. Мать повернулась к кровати и увидела, что по щекам дочери льются слезы.

— А, у-а, — донеслось из перекошенного рта.

Перепуганная балерина вызвала «Скорую помощь». Леночку моментально госпитализировали в 1247-ю больницу. Олимпиада Евгеньевна сначала немного растерялась, и Лена оказалась в общей палате, среди десяти таких же несчастных. Потом врачи говорили, что, если бы в первые часы провели интенсивную терапию, Костина могла бы выкарабкаться из болячки. Так это или нет, не знает никто, но время было упущено.

Через неделю балерина подключила все свои связи, и Леночку перевели в «блатной» корпус, в одноместную палату, начали активно лечить, но, увы и ах!

— И где она сейчас?

— В Кащенко, — вздохнула Олимпиада Евгеньевна, — речь так и не вернулась, более того, исчез рассудок. Навещаю иногда, но бесполезно — не узнает! Такой вот крест послал господь!

— Когда же случилась эта страшная история?

— Почти три года тому назад, 15 июня, — пояснила хозяйка и спросила:— Ну, так что, снимаете комнатку?

Я покачала головой:

— Пока не могу ответить. А у вашей дочери дети есть?

— Нет, ни мужа не было, ни деток, — сообщила балерина и прибавила: — Даю срок до пятницы, а там не обессудьте, других пущу.

Мы церемонно раскланялись. Я села в «Вольво» и принялась барабанить пальцами по рулю. Милейшая Олимпиада Евгеньевна врала как сивый мерин. Ее дочь содержится не в государственной психиатрической лечебнице, а в частной и страшно дорогой клинике Федотова. Это лечебное заведение явно не по карману пенсионерке, несмотря на ее серьги, камею и дорогого парикмахера. Кто же оплачивает пребывание Костиной? И потом, вчера видела, безусловно, не совсем нормальную, но крайне говорливую даму. К тому же этот черный бантик в альбоме!

Конечно, Олимпиада Евгеньевна, как все люди сцены, склонна к театральным жестам, но прикреплять траурную ленточку на фотографию живого человека это как-то уже слишком! К тому же лицо... Дама на фотографии была мало похожа на женщину, плакавшую в кресле. Безусловно, болезнь меняет, но цвет радужки недуг не изменит никогда. На снимке угрюмая тетка глядела на мир карими очами, а Костина из клиники Федотова смотрела на меня голубыми, даже синими, очень красивыми, необычными глазами.

Ладно, сейчас поеду домой, а завтра с раннего утра отправлюсь в 1247-ю больницу.

В столовой сидела Таня.

— Садись, садись, — радушно принялась она приглашать меня, — Емельян пирожки испек, пальчики оближешь.

С трудом преодолев желание сказать ей какую-нибудь гадость, я мило прочирикала:

— Обожаю выпечку, сейчас поем, только переоденусь.

В спальне я достала мягкие фланелевые брюки и тонкий свитер. Но не успела стащить джинсы, как в комнату влетел Кеша.

— Мать, иди скорей!

— Погоди, — отбивалась я, — дай штаны натяну.

— Слушай, у нас несчастье, — выпалил сын и поволок меня к себе.

На большой кровати лежала, отвернувшись к стене, Зайка.

— Что случилось? — испугалась я. — Ольга, отвечай немедленно!

Невестка повернулась, и из ее рта вырвались нечленораздельные звуки:

— О-у-у...

Я почувствовала, как у меня между лопаток зазмеилась струйка пота. Нет, только не это! Ну за что ей такая страшная болезнь?

— Покажи язык, — велел муж.

Девушка покорно разинула рот, и я чуть не рухнула без чувств. У Зайки был фиолетово-черно-синий язык.

— У-у-убью Машку, — кое-как пробормотала Ольга.

— При чем тут Маня? — оторопела я, лихорадочно соображая, в какую больницу следует обращаться.

— Так она велела Ольге язык марганцовкой полоскать, — всплеснул руками Кеша, — ты видишь результат?

— Так это от марганцовки? — с облегчением спросила я. — Какое счастье!

— Ничего себе радость! — зашипел Аркадий. — Просто Новый год. Знаешь, какие порядки в этом бассейне с крокодилами!

— Где? — удивилась я.

— Да на ее телевидении, — пояснил сын, — сегодня вечером Зайку в эфире заменит другая девушка, а завтра Ольга обязана выздороветь!

Внизу послышался бодрый голос Маруси.

— Ну, сейчас ей мало не покажется, — пообещал добрый брат и крикнул: — Машка, сюда, бегом!

— Чего? — сунула Маруська в комнату растрепанную голову. — Очень тороплюсь...

— Куда это? — тоном, не предвещавшим ничего хорошего, осведомился братец.

— В академию, — выпалила бесхитростная девочка.

— Ах, в академию, — протянул Аркадий и снова отдал приказание: — Зайка, продемонстрируй!

Ольга покорно вывалила язык.

— Ох, ни фига себе, — взвизгнула Маня, — ну вылитая чау-чау! Мусик, видела, какие у чау-чау синие языки?

— Меня уволят, — еле-еле пробормотала Зайка.

— Какого черта велела полоскать Ольге рот марганцовкой? — надвинулся брат на сестру.

Но ту не так-то легко сбить с толку.

— Покажи раствор, — спокойно попросила Маня.

Невестка ткнула пальцем в белую кружку, в которой плескалась иссиня-черная жидкость.

— Идиотка! — завопила Маня, хватая емкость. — Дура рогатая! Ты себе все сожгла! Раствор марганцовки следовало развести светло-розовым, ну кто додумался высыпать в двести миллилитров воды полпачки кристаллов!

Ольга ткнула пальцем в Кешу.

— Ты? — изумилась я. — А, правда, зачем так крепко сделал?

Аркадий забормотал:

— Думал, лучше подействует, понадежней...

— Пожирней, погуще, — вздохнула я.

— Надо же быть таким кретином, — кипятилась Маруся, — если врач прописывает таблетки, ты что, сразу сто штук глотаешь?

— Скажешь тоже, — принялся отбиваться Кеша, — то лекарство, а это дрянь какая-то, марганцовка!

— Ну по твоей логике следует разом все пилюли сожрать, — пыхтела Маня, — знаешь старую истину — в ложке лекарство, а в чашке яд!

— Что делать теперь? — решила я направить разговор в позитивное русло. — Как язык вылечить?

— Сам пройдет недели через две, — резюмировала Маня, — раньше и надеяться не стоит.

Зайка метнула в муженька гневный взгляд. Если бы взор был способен убить, от Кешки осталась бы маленькая кучка золы!

— Ужинать идите, — донеслось снизу.

Мы с Маней поспешили на зов. Ольга простонала:

— Есть не могу, больно очень.

— Во всем плохом есть что-то хорошее, — заявила Маня, — представляешь, сколько килограмм скинешь!

Моя невестка, если смотреть на нее сбоку, не толще лезвия ножа. При росте примерно метр семьдесят пять она весит чуть больше пятидесяти килограмм. Однако примерно раз в три дня с криком: «Кошмар, опять прибавила полкило!» — девушка садится на очередную диету. Каких только рецептов для похудания бедняжка не испытала на себе! Французский вариант — пол-литра сухого красного вина и два крутых яйца в день, русский — восемь запеченных в фольге картошек, болгарский — кастрюлька овощного супа... То несчастная ест раздельно мясо, картошку, зелень и хлеб, то пьет один кефир... По мне, так она смахивает на узника лагеря смерти, но сама Ольга страшно недовольна и категорически запрещает себе даже думать о мучном, жирном и сладком. Ей-богу, наша кошка Клеопатра ест намного больше!

В столовой мы чинно уселись вокруг изумительно пахнущего кролика. Но не успела Таня спросить у Маруси, какую часть положить ей на тарелку, как в комнату вошла незнакомая девочка.

Блестящие, красиво переливающиеся волосы ребенка были подстрижены «под пажа». Густая, завитая челка скрывала лоб. Очевидно, девочка страдала близорукостью, так как на лице у нее красовались элегантные, большие, слегка затемненные очки. Аккуратную фигурку обтягивал свитерок, а коротенькая юбочка открывала стройные длинные ножки, засунутые в элегантные ботиночки на довольно высоких каблуках.

— Простите, — удивилась Таня, — вы к кому?

Девочка запищала:

— Меня зовут Катя, я подруга Маши...

Потом вдруг громко расхохоталась и спросила голосом Вари:

— Ну как, мам?

— Ага, — завопила Маруська, опрокидывая стакан с минеральной водой, — говорила же — не узнают!

— Не понимаю, — совершенно растерялась хозяйка.

— Все очень просто, — затараторила Маня, — мы с Варькой поехали к господину Шлыкову. Ну, к тому самому, вы его знаете!

Конечно. Костя Шлыков один из самых модных и талантливых стилистов. Со своих клиентов мастер дерет бешеные деньги, но игра стоит свеч. Парочка моих подруг изменились до полной неузнаваемости, сменив по его приказу макияж. Записываются к Шлыкову за полгода, но ради Маруси Константин, конечно же, сделал исключение. Он обожает мою дочь и повторяет:

— Эх, Манька, будь я помоложе, точно б женился на тебе.

Но дочь тихо хихикает, слыша подобные признания.

Яркая голубизна Шлыкова хорошо известна в нашем кругу. Просто Машка раз и навсегда купила его сердце своей непредсказуемой правдивостью. Произошло это пару лет назад на моих глазах.

В тот день я привела к Косте одну свою провинциальную родственницу, которую требовалось срочно выдать замуж. Мы вошли в салон ровно в три. Шлыков терпеть не может, когда клиенты опаздывают, и безжалостно отказывается заниматься с теми, кто не слишком точен. Вот и постарались явиться загодя.

В салоне бушевал скандал. Весьма пожилая морщинистая дама, вся в жемчугах и бриллиантах, гневно выговаривала Косте:

— Просто безобразие! На кого я похожа?

— По-моему, очень мило, — тянул Костя, слегка поправляя расческой пышно начесанные кудри. — Элегантно, лаконично...

— Хотела краску в три цвета, — не успокаивалась клиентка, — каштановый, золотистый и розовый колер.

— Вам не пойдет, — вздохнул Шлыков, — слишком молодежный вариант.

— Намекаете на возраст! — взвилась тетка, угрожающе краснея.

— Что вы! — воскликнул мастер. — Ну не наденете же вы кожаную куртку-косуху и башмаки «танки».

— Почему бы и нет? — возразила дама.

Шлыков растерялся. Пока он думал, как лучше ответить, в разговор влезла Маня:

— А помните фильм показывали, комедию с Пьером Ришаром? Там еще одна женщина, тоже старушка, на роликах каталась, а ее в сумасшедший дом забрали!

Клиентка побледнела и принялась беззвучно открывать и закрывать рот. Я дернула Марусю и краем глаза заметила, как маникюрша Наденька отвернулась к окну, еле-еле сдерживая смех. Но Маша ничтоже сумняшеся вещала дальше:

— Вот так и вас, бабушка, с розовой головой и рокерской курткой могут...

— Марья, — зашипела я, — захлопнись.

— А чего? — удивилась Маня.

— Безобразие, — четко произнесла престарелая кокетка, — больше ни ногой в этот вертеп! И платить не стану.

Резко повернувшись, она вылетела за дверь.

— Извините, — залепетала я, — дочка не всегда умеет сдерживаться. С удовольствием оплачу работу, вы ведь из-за нас лишились денег...

Но Шлыков отрицательно покачал головой и захохотал так, что в салоне задрожали стекла. Переставшая сдерживаться Наденька вторила ему тонюсеньким дискантом.

— Ой, не могу, — утирал Костя слезы, — ну, Машка, иди сюда, дай я тебя поцелую! Сколько лет мечтал сказать старой жабе правду и не мог! Сначала интеллигентность душила, потом жадность! Ну спасибо, уважила.

— А Шлыков, — тарахтела Маня, подпрыгивая от восторга, — поглядел на Варьку и сказал: «Совсем не обязательно делать операцию. Можно спрятать недостатки». И вот — глядите. Лоб скрыли под челкой, на нос очки нацепили, обувь велел на каблуках носить, чтобы ноги казались длинней. И вообще, юбки ей следует носить короче некуда!

— Почему? — спросила тихо Таня.

Я угрожающе подняла палец, но Машка, не останавливаясь, ляпнула:

— Потому что все станут на коленки пялиться и никто морды не заметит.

В столовой повисла тишина.

— Это Костя так сказал, — влезла в разговор Варя, — кстати, вот...

И она сунула матери под нос розовую бумажку с вензелем КШ.

Таня принялась разглядывать счет, я воспользовалась моментом и, подмигнув Мане, пошла в спальню.

Глава 17

1247-я больница выглядела крайне убого: масса неказистых домиков, разделенных узкими дорожками. Решив, что больную с инсультом, скорей всего, должны были положить в неврологию, я пошла искать нужный корпус. На пути пришлось преодолеть целую полосу препятствий: пролезть в щель между прутьями забора, пробраться по узкой доске через довольно глубокую канаву, пройти на третий этаж по ужасающе скрипящей лестнице без перил... Словом, когда взор уперся в приколотую табличку «Неврология», мне смело можно было вручать значок «ГТО».

Внутри корпус выглядел не лучше, чем снаружи. Клинику строили в тридцатые годы и, очевидно, с той поры ни разу не ремонтировали. Широкий коридор радовал глаз «бодрящим» темно-зеленым колером стен. Двери палат стояли открытыми настежь, и виднелись тесно поставленные железные койки. Где-то метров через пятьдесят коридор расширялся, превращаясь в некое подобие зала.

У окна громоздился длинный стол-конторка с компьютером. Две медсестры сосредоточенно раскладывали по пластмассовым лоточкам разноцветные пилюли.

— Здравствуйте, девочки, — бодро сказала я.

Они даже не повернулись.

— Скажите, где можно узнать, у какого врача лечилась Елена Костина?

Медсестры молчали.

— У вас есть справочное бюро?

Одна из медичек отмерла и, смерив меня с ног до головы уничтожающим взглядом, процедила:

— Во всяком случае, мы там не работаем.

Я покосилась на компьютер.

— Может, информация в машине?

— Умные все какие стали, — вздохнула другая девица, — прямо Сократы.

— А уж наглые! — подхватила другая. — Тут рук не хватает, так нет, давай этой искать информацию!

Они вновь занялись таблетками. Из палаты, расположенной напротив, вылетела еще одна девчонка в кургузом, колом стоящем на теле халатике. Я демонстративно вытащила из кошелька двадцать долларов и пропела:

— Подскажите, как найти доктора, лечившего Елену Костину?

Медсестра взяла зеленую купюру и вежливо осведомилась:

— Знаете, когда она у нас лежала?

— Почти три года тому назад, в июне.

«Подвижница» схватила мышку и начала поиск.

— Тебе делать нечего? — хором спросили нелюбезные товарки.

Не отрываясь от экрана, девушка продемонстрировала им купюру. Нахалки моментально бросили пилюли и ринулись к конторке.

— Чего же нас не попросили? — укорила одна.

— Делов-то, файл открыть, — с сожалением добавила другая.

— Костина Елена Никаноровна? — спросила моя помощница.

— Да, — обрадовалась я.

— А ее от нас в одиннадцатый корпус перевели, там и лечили, — пояснила сидевшая у монитора.

Пришлось отправляться в обратный путь.

Одиннадцатый корпус выделялся среди своих собратьев, как элитный доберман в своре беспородных дворняжек.

Аккуратно выкрашенное, похоже, только что отремонтированное здание цвета качественного сливочного масла. Палаты тут были на двоих, вернее, огромную комнату разделяла стена из непрозрачного стекла. В каждом отсеке по кровати, а душ и туалет общие, почти европейские условия. На подоконниках буйно пылала герань, новенький линолеум блестел, в воздухе пахло хорошей косметикой и еле уловимо больницей, а сидящая на посту медсестра расплылась при виде меня в самой сладкой улыбке.

Я вновь раскрыла кошелек и через пару минут узнала необходимые сведения — лечащим врачом Костиной оказалась Яковлева Надежда Викторовна. «Она в ординаторской, — щебетала девушка, — последняя дверь по коридору».

Надежда Викторовна самым спокойным образом пила довольно дорогой растворимый кофе «Карт нуар».

Одна из моих лучших подруг Оксана, хирург по профессии, как-то сказала, что самое подходящее время для разговора с врачом — два часа дня.

— Понимаешь, — объясняла подруга, — с утра все носятся как черти. Больные анализы сдают, кое-кого оперируют, процедуры всякие, перевязки... Ну ни секундочки свободной. С четырех тоже не слишком удобно — начинаются вечерние заботы — уколы, клизмы. А вот с двух до шестнадцати чудное время, тихий час после обеда. Все в кайфе, поели и балдеют. Врачи — от того, что перерыв наступил, больные — потому, что их временно лечить перестали.

Надежда Викторовна не была исключением. Проведя в хлопотах утро, она вознаграждала себя чашечкой ароматного напитка.

— Вы ко мне? — улыбнулась докторица. — Проходите, пожалуйста.

Сев на любезно предложенный стул, я решила сразу брать быка за рога и спросила:

— Два года назад, летом, у вас лечилась Елена Никаноровна Костина, помните такую?

Реакция на этот вообще-то совершенно обычный вопрос оказалась сногсшибательной. Женщина сравнялась цветом с халатом, в глубоко посаженных карих глазах заплескался откровенный ужас. Красивая рука с аккуратно сделанным маникюром задрожала, кофе пролился на стол. Удивленная таким поведением, я осведомилась:

— Так как?

— Не было здесь Костиной, — пробормотала Надежда Викторовна еле слышно.

— Ну ничего себе, а компьютер выдает ваше имя.

— Давно происходило, не помню, — отбивалась Яковлева, — тут больных много. Поток идет, разве всех упомнишь!

Но ужас в ее глазах стал еще больше, к тому же мелко-мелко задергалась щека.

— Очень странно, — отчеканила я, — собственно говоря, меня направила сюда Олимпиада Евгеньевна, мать Лены.

— Не помню, — помертвевшими губами пробормотала терапевт.

— У меня проблема с сестрой, — решила я слегка успокоить нервную даму, — такая же, как у Олимпиады Евгеньевны с Леной. Кстати, старшая Костина сказала, будто вы замечательный доктор и обязательно мне поможете!

Внезапно пальцы Яковлевой разжались, керамическая кружечка шлепнулась об пол. Раздался звон, коричневая лужица растеклась у моих ног.

— Нет, — вскрикнула Надежда Викторовна, — и не просите! Ни за какие деньги не возьмусь!

— За что не возьметесь? — тихо спросила я, вплотную придвигаясь к столу. — За что?

Яковлева прикусила губу.

— Так как? — продолжала я настаивать. — Если предложу, к примеру, много тысяч долларов, откажетесь?

— Господи, — зашептала врач, — господи...

— Она ведь умерла, правда? — глядя в ее испуганные глаза, спросила я.

Надежда Викторовна медленно, словно сомнамбула, кивнула.

— Милая, — ласково прочирикала я, беря ее за потную, вялую руку, — вам совершенно не следует меня бояться, наоборот, расскажите правду, станет легче.

— Кто вы? — прошептала Яковлева. — Из милиции?

— Нет, нет, — поспешила я разуверить собеседницу, — работаю частным детективом, к органам никакого отношения не имею, ваша тайна умрет между нами. Но если вы сейчас не раскроете ее, не исключена возможность, что придется давать показания в кабинете у следователя. А там очень неприятно — протокол, мебель, привинченная к полу, на окнах решетки... Сколько вам заплатила Олимпиада Евгеньевна?

— Ничего, — проблеяла потерявшая остатки разума дама, — ничего.

— Как так? — изумилась я.

Надежда Викторовна вытащила из кармана марлевую салфетку, тщательно высморкалась и сказала:

— Уж как потом мучилась, что согласилась, одному богу ведомо. Иногда по ночам слышу шорох на лестнице и думаю: «Ну все, за мной идут». У вас дети есть?

— Двое.

— Значит, поймете меня. Если б не Чечня проклятая...

— Давайте по порядку, — попросила я.

Надежда Викторовна пробыла замужем всего год, потом благополучно развелась и никогда не сожалела о разрыве с мужем. Всю любовь, нежность и верность женщина отдала сыну Васеньке.

Вася рос замечательным, беспроблемным мальчиком. Не ребенок, а коробка шоколадных конфет. Отлично учился, помогал по хозяйству, никогда не спорил с матерью, не требовал дорогих игрушек и одежды... Милый, спокойный, он больше всего любил рисовать.

После школы он с легкостью поступил в институт. Беда грянула в начале второго курса. Пришла повестка в армию. Надежда Викторовна ринулась в военкомат со справкой из деканата, но сурового вида полковник объяснил встревоженной матери:

— Военной кафедры в вузе нет, сын подлежит призыву.

— Ему положена отсрочка на время учебы! — возразила Яковлева.

— Сейчас идет война в Чечне, — пояснил чиновник, — президент отменил льготы.

Представив себе близорукого, абсолютно беспомощного Васеньку в прицеле чеченского боевика, Надежда Викторовна чуть не лишилась рассудка. Спасибо, помогли коллеги.

Положили парня в отделение и дали справку о госпитализации. Дамоклов меч временно перестал висеть над головой сына. Но мать понимала, что это всего лишь короткая передышка. Васе следовало выправить белый билет. Ругая себя на все корки за то, что не докумекала до этого раньше, Яковлева принялась искать выход, и он нашелся.

Ее свели с одним пронырливым человечком, берущимся освободить Васеньку подчистую от воинской повинности. Проблема оказалась только в одном — жадный самаритянин хотел за «доброту» десять тысяч долларов, и ни копейкой меньше.

Работая врачом в «блатном» корпусе, Надежда Викторовна не бедствовала, но запрошенных денег отродясь в руках не держала. Яковлева потеряла покой — один призыв они проскочили, но ведь будет следующий. Кое-как поскребла по сусекам, наодалживала у друзей и собрала ровно половину — пять тысяч. Где взять остальные, она просто не представляла.

Настал июнь. Второго числа к ней положили молодую, очень «тяжелую» женщину — Елену Костину. Надежда Викторовна была хорошим, добросовестным специалистом, но в данном случае поделать ничего не смогла. Рано утром, около четырех часов, Костина скончалась.

Яковлева села в ординаторской и принялась оформлять необходимые бумаги. На душе скребли кошки. Впрочем, подобное случалось с ней всегда, когда умирал пациент.

Наверное, каждый врач изредка испытывает подобные чувства, задавая себе вопрос: все ли сделал для несчастного человека?

Неприятные раздумья прервало тихое царапанье в дверь.

— Войдите, — сказала Надежда Викторовна.

В дверь вдвинулась симпатичная сиделка, нанятая мужем другой пациентки — Харитоновой Валентины, тоже молодой, очень тяжело больной женщины. После инсульта ее парализовало, но спустя некоторое время к бедняжке вернулась речь. Пусть не слишком внятно, но она могла кое-как объясняться с врачом и мужем. Впрочем, последний, блестящий адвокат и политик, не слишком баловал жену посещениями. Хотя формально упрекнуть его было не в чем.

Валентина лежала в отличных условиях, и, кроме больничной обслуги, за ней ухаживала специально нанятая супругом сиделка — хорошенькая Сонечка.

Увидав Сонечку, возникшую на пороге с по-
бледневшим личиком, Яковлева испугалась. Само-
чувствие Харитоновой считалось, как говорят
врачи, стабильно тяжелым без отрицательной ди-
намики. То есть ей просто было плохо и с каждым последующим днем не становилось лучше,
впрочем, хуже тоже. Валентина словно замерла на нулевой отметке оси координат жизнь —
смерть.

— Что? — спросила Яковлева. — Что стряслось?

У нее в голове моментально мелькнула картина — два трупа в одном помещении. Валя и Лена,
лежавшие на койках, разделенных непрозрачной
стеклянной стеной, считались соседками по палате.

Сонечка мягко улыбнулась и попросила:

— Погодите бумаги оформлять.

— Почему? — изумилась Надежда Викторовна.

Соня села перед ней и ровным, спокойным голосом произнесла:

— Тут девчонки шептались, вам деньги нужны, сына от армии отмазать?

Доктор отложила ручку. Никакого особого
секрета не было, коллеги, естественно, обсуждали ситуацию в ординаторской. Впрочем, отношения в коллективе сложились отличные, все жале-
ли Надежду Викторовну, даже открыли для нее
свои кубышки.

— Могу помочь, — вкрадчивым голосом завела сиделка, — ровнехонько десять тысяч получите.

— А процент какой? — поинтересовалась Яковлева.

Несколько дней тому назад ее свели с ростовщиком, но наглый парень поставил просто невыполнимые условия — вернуть через три месяца в два раза большую сумму.

— Никакой, — пояснила Сонечка, — так дадут, и возвращать не потребуется.

Помня поговорку о бесплатном сыре в крепкой мышеловке, Надежда Викторовна спросила:

— Кто же и за что облагодетельствовать хочет?

— Один добрый человек за сущую ерунду, — в тон ей ответила Соня, — вы послушайте, да сразу не отказывайтесь.

Сиделка приблизилась к врачу и принялась излагать суть дела. Когда она закончила монолог, в комнате повисло молчание. Надежда Викторовна не знала, как отреагировать на услышанное. Ей иногда приходилось нарушать закон. Пару раз она укладывала в отделение абсолютно здоровых мужчин, явно прятавшихся от сурового меча Фемиды, но то, что предлагала Сонечка, не лезло ни в какие рамки.

Милая девушка обещала столь необходимую услугу за «ерундовую» операцию. Умершую Костину следовало оставить в живых, а документы о смерти выписать на... Валентину Харитонову. Всего несколько строк, и десять тысяч в кармане.

Видя колебания Яковлевой, Соня принялась «дожимать» доктора:

— Абсолютно никто не узнает, сейчас еще пяти утра нет. Если спустим сразу в морг, никому в голову не придет. В отделении только вы, я и Катя. Да она спит без задних ног в сестринской.

— Но мать Костиной, — попробовала возразить Надежда Викторовна.

— Олимпиада Евгеньевна согласится, естественно, за мзду, — сообщила Сонечка.

— Придет Вениамин Александрович, — отбивалась доктор, — и все раскроется!

Соня продолжала улыбаться.

— Считайте, что вам повезло. Сейчас только суббота начитается, заведующий раньше понедельника не явится. А Харитонову заберут сегодня вечером.

— Куда? — испугалась доктор.

— Не волнуйтесь, — успокоила сиделка, — никто не хочет ей зла, отвезут в частную лечебницу. Великолепный уход, чудные условия, лучшие лекарства.

— Но Харитонов поймет, что в гробу не его жена!

Соня ухмыльнулась:

— Не думаю, во-первых, женщины похожи, во-вторых, смерть меняет, ну а в-третьих...

Она замолчала, но Надежда Викторовна мысленно докончила невысказанное — муж Харитоновой знает обо всем и, скорей всего, сам заказал «смерть» жены.

— И еще ведь есть Павел, — добавила Соня.

Павел Филонов работал в местном морге и слыл настоящим кудесником. Под его ловкими руками лица покойных преображались. Пулевое ранение в голову, черепно-мозговая травма, сильный ожог — ничего не смущало специалиста. Не поскупившиеся родственники получали своих покойных мирно спящими со спокойными лицами. Следы увечий и тяжелых страданий исчезали без следа. Врачи поговаривали, что из Павла мог получиться отличный хирург, специалист по пластическим операциям. Мужика сгубила любовь к бутылке. Раз в три месяца он уходил в глухой запой и почти терял человеческий облик.

— Но как осуществить такое практически? — тихо спросила Надежда Викторовна.

— Очень просто, — ответила Соня, — сначала надо переложить Валю на кровать Лены, а Костину отправить в морг. Вам придется помочь, одной мне не справиться.

С трудом перенеся тяжеленные тела, Надежда Викторовна чуть не потеряла сознание.

— Идите отдохните, — велела Соня, — остальное не ваша забота.

Яковлева доплелась до ординаторской и плюхнулась на топчан. Сон пришел сразу, навалился камнем. Очнулась женщина в восемь. Отделение ожило. Кровать Харитоновой оказалась застелена чистым бельем, возле «Костиной» сидела Соня.

Но в субботу вечером неожиданно прибыла Олимпиада Евгеньевна и устроила скандал. Она с воплем накинулась на Надежду Викторовну, обвиняя ту в некомпетентности.

— Я вам категорически не доверяю, — кричала бывшая балерина, — завтра же увезу дочь!

В воскресенье она действительно прибыла с машиной и, оставив дежурному врачу расписку, забрала «Лену».

В понедельник за телом «Харитоновой» прибыл муж в окружении кучи людей. Надежда Викторовна спустилась вместе со всеми в приемную морга и ахнула. Павел расстарался на славу. Почти все лицо несчастной покрывал огромный бордово-фиолетовый синяк, нос слегка съехал набок, рот искривлен. Волос на голове не оказалось, бритый череп прикрывал чепчик.

— Боже, — только и сумел вымолвить Олег Андреевич, отворачиваясь, — боже...

Павел подошел к вдовцу и протянул конверт.

— Простите, ничего не сумел поделать, вот ваши деньги. Иногда вследствие сильного мозгового кровотечения возникает жуткая гематома на лице и меняются черты.

— А волосы, — прошептал Харитонов, — где ее чудесные волосы?

— Реаниматологи пытались вернуть вашу жену, — пояснил Павел, — использовали все средства. Ведь правильно говорю? — спросил он вдруг у Надежды Викторовны.

Яковлевой было некуда деваться, пришлось подтвердить весь этот бред. Впрочем, Харитонов не слишком слушал их объяснения, и, когда Павел предложил закрыть гроб и не открывать его в крематории, Олег Андреевич сразу согласился.

Потом гример протянул безутешному мужу полиэтиленовый пакетик.

— Тут все ее драгоценности — кольца, перстни, ожерелье. Откройте и пересчитайте. Вещи дорогие, чтобы потом претензий ко мне не было.

Но адвокат замахал руками:

— Нет, нет, наденьте на покойную. Она так любила цацки, пусть в них и похоронят.

— Хорошо, — согласился Павел, — только при вас надену, и тут же гроб закроем, чтобы потом без претензий.

Харитонов закивал. Гример принялся насаживать золотые ободки на негнущиеся пальцы покойной. Когда он чуть приподнял голову, чтобы застегнуть ожерелье, правый глаз Костиной, очевидно плохо заклеенный, чуть приоткрылся, а из груди вырвался вздох.

Олег Андреевич начал тихо сползать на пол. Охранник подхватил его и растерянно глянул на Надежду Викторовну.

Харитонова уложили на кушетку и сделали укол. Придя в себя, он схватил Яковлеву за руку и почти закричал:

— Валя жива!

— Нет, — качнула головой врач.

— Но я слышал, — настаивал вдовец, — она вздохнула.

— Выдохнула, — машинально поправила женщина и, стараясь подобрать самую мягкую формулировку, сообщила: — Так иногда случается, продукты распада скапливаются и, если тронуть труп, вырываются наружу.

Харитонов молча закивал. Глядя в его почти безумное лицо, Надежда Викторовна подумала: «На сцену тебе идти, артист».

Впрочем, когда сгорбившегося и разом постаревшего Олега Андреевича охранник аккуратно усаживал в шикарный автомобиль, в голову Яковлевой неожиданно пришла простая мысль: а что, если Харитонова обманули, и он совершенно искренне горюет о супруге?

Глава 18

Я вылетела на улицу в невероятном волнении. Так, конец нити держу в руках, осталось лишь потянуть, и мерзкий клубок размотается до конца. Значит, интуиция не подвела — в лечебнице действительно запрятана первая жена Харитонова! Я присвистнула, представляя себе, какие последствия это открытие влечет для Тани. Ее брак с депутатом будет признан недействительным, следовательно, она потеряет все права на имущество — дом, сбережения, машины...

Останется голая и босая! Вот только страшно интересно, кто задумал эту аферу? Ответ на непростой вопрос знает сиделка Сонечка, грамотно обработавшая доктора Яковлеву. Только никаких ее координат в больнице не было, я даже не поленилась зайти в отдел кадров.

Сейчас, когда за окном вовсю торжествует демократия, родственники вольны приводить к больным кого угодно, если лечащие врачи не против. Но, как правило, люди нанимают местных медсестер, согласных ради приработка на все. Но Харитонов привел Соню. Значит, знал, что она может понадобиться.

Бесполезно проведя полчаса в расспросах, я решила атаковать крепость с другой стороны и поинтересовалась, в какую смену работает Павел-гример.

— Санитар, — вежливо поправила меня кадровичка, — Павел Филонов уволен полтора года назад. Хороший работник, руки волшебные, но запойный пьяница. Мы терпели, терпели, потом выгнали, хотя, честно говоря, жаль.

— Где он сейчас? — поинтересовалась я.

Женщина пожала плечами:

— Могу только дать адрес, который он указывал в анкете, — улица Усиевича...

Горя от нетерпения, я понеслась в указанном направлении.

«Вольво» пролетел по Ленинградскому шоссе, свернул вправо и запетлял по улочкам и переулкам. Район метро «Аэропорт» украшали отличные дома из светлого кирпича. Здесь, на улицах Усиевича и Черняховского, живет творческая интеллигенция, элита российской культуры — писатели, актеры, композиторы. Цены в магазинах тут выше, Ленинградский рынок самый дорогой, а супермаркеты роятся на небольшом пятачке, словно пчелы. Весьма странное место для проживания запойного алкоголика, работавшего в морге санитаром. Да и дом, возле которого я притормозила, выглядел весьма богато — многоэтажная кирпичная башня, на двери домофон.

Потыкав пальцем в кнопки и не услышав ответа, я дождалась, пока кто-то из жильцов открыл дверь ключом.

В нужную квартиру трезвонила так долго, что распахнулась дверь соседней квартиры, и милая женщина неопределенного возраста вежливо сказала:

— Извините, пожалуйста, у Филонова никого нет дома. Павел, очевидно, на работе. Если хотите, можете написать записку.

Тронутая столь редкой в наше время любезностью, я вошла в просторный холл и спросила:

— Не знаете, он один живет?

— Сейчас да, — спокойно ответила соседка, — один-одинешенек, как перст. Впрочем, ему грех пенять на судьбу. Павел своими руками уничтожил собственное счастье. А зачем он вам?

Я вытащила из сумочки французский паспорт, показала его даме и спела вдохновенную историю.

Значит, так. Мои предки, эмигранты первой волны, бежали в конце 1917 года, опасаясь красного террора. Я никогда не видела Россию. Но сейчас времена изменились, и мне хочется иметь квартиру в Москве. Вот в агентстве дали адрес Филонова, вроде он желал сменить жилплощадь. Созвонились, договорились, приехала, а его нет!

По моим наблюдениям, при виде документа, выданного властями Франции, москвичи сразу становятся удивительно любезными. Очевидно, преклонение перед иностранцами у нас в крови. Приятная дама не стала исключением. Всплеснув руками, она сказала:

— Ну надо же, а я специалист по театру Франции, только мой французский, скорей всего, покажется вам корявым.

— Что вы, — улыбнулась я, и мы перешли на язык Бальзака и Золя.

Обсудив новые постановки «Комеди Франсез», Бежара и Мориса Винера, хозяйка вздохнула и сказала по-русски:

— Простите, не представилась, Елизавета Корниловна, можно просто Лиза. — И без всякой паузы добавила: — Только знаете, уж извините за совет, но вы человек в нашей действительности неопытный, живо облапошат.

— Кто?

— Да все, — вздохнула Лиза, — и агентство, и Филонов. Не покупайте у него жилплощадь, лучше поищите другой вариант.

— Почему?

Елизавета Корниловна побарабанила красивыми пальцами по скатерти.

— Наверное, в агентстве сказали, что Павел проживает в огромной квартире совершенно один. А продает потому, что холостяку четыре комнаты ни к чему?

— Именно, — закивала я головой, — точь-в-точь такими словами.

Лиза слегка покраснела и с небольшим усилием продолжила:

— Неправда. Тут еще прописан его младший брат. Он просто живет у своей жены. Если согласитесь на сделку, она может быть опротестована в суде. А Павлу с его привычками все равно, лишь бы деньги на водку были.

— Он алкоголик?

Хозяйка покраснела еще сильней и кивнула:

— Запойный. Господи, сколько он горя своим родителям принес.

— Они не употребляли? — решила я выжать из словоохотливой дамы все.

— Что вы, — замахала руками Лиза, — мы полжизни рядом прожили. Его отец был крупнейшим хирургом. Доктор наук, светило, а мать была известна как отличный гинеколог, «бархатные руки». А Пашка получился совершенно отвратительным. Знаете, его выгнали почти из всех учебных заведений. В восьмом классе родители были вынуждены перевести сына в школу рабочей молодежи и устроить санитаром в больницу.

До этого Павлик всего лишь не хотел учиться, прогуливал занятия, грубил учителям, избивал одноклассников, но в больнице он начал пить.

К десятому классу Филонов превратился в алкоголика. Отец и мать, решив не сдаваться, пристроили сына в Первый медицинский институт. Там он проскрипел до летней сессии. Но даже глубокое уважение, которое ректор испытывал к родителям Филонова, не помогло. Павла с треском выгнали.

Любящие папенька и маменька отвели его во

Второй мед, следом в третий, а в конце концов в Военно-медицинскую академию. На этом учебные заведения, на которые распространялись связи старших Филоновых, кончились. Тогда сосед по дому, скульптор, посоветовал отправить мальчишку в художественное училище, где готовили гримеров и парикмахеров. Неожиданно дело пошло.

Павел увлекся учебой и даже стал меньше пить. Родители в полной эйфории рассказывали всем о таланте сыночка. Павлику удалось закончить ПТУ и получить аттестат.

Тут с отцом случился сердечный приступ, и он скончался. Жена пережила его всего на полгода.

— Вовремя умерли, — вздыхала Лиза, — всего позора не увидели.

И верно, родителям, наверное, повезло. Потому что крутой спуск вниз по социальной лестнице сын совершал уже без них.

— Ведь он талантлив, — удивлялась соседка, — знаете, один раз меня пригласили во французское посольство на прием. Я оделась, накрасилась, а тут Паша заходит: «Дай денег». Он вечно у всех стрелял.

Филонов увидел принарядившуюся соседку и захихикал:

— Куда собралась?

Лиза поправила перед зеркальцем прическу и спросила:

— Нравится? Во французское посольство.

— Да уж, — хмыкнул Павел, — красота — это страшная сила. Иди быстро в ванную.

— Зачем? — попробовала сопротивляться женщина.

— Давай, давай, — велел друг детства, — сделаю из тебя человека.

Почти час он колдовал над лицом и волосами, потом подвел Лизу к зеркалу. Женщина онемела. Непостижимым образом она похорошела и помолодела лет на десять.

— Как ты такое делаешь? — только и сумела вымолвить Лиза.

— Секрет фирмы, — прищурился Филонов.

Женщина не удержалась и рассказала соседкам об удивительном умении.

— Да если б захотел, — вздыхала Елизавета Корниловна, — разом отличную клиентуру получил бы. Наши бабы просто ломились к нему в дверь.

Но, очевидно, Павла интересовала не только водка. Его стали встречать покачивающимся, со страшным, остановившимся взглядом, но без запаха алкоголя.

— Колоться начал, — грустно пояснила Лиза, — или таблетки глотать.

— Надо же, — подстегнула я фонтан воспоминаний, — «дурь» больших денег стоит, вот небось почему квартиру обменять решил!

Лиза махнула рукой.

— Я, конечно, не могу со стопроцентной уверенностью утверждать, но, думается, он получает отраву бесплатно.

— Да ну?

Соседка вздохнула:

— У него есть младший брат. Вот уж кто в отличие от Павла абсолютно положительный. У них разница всего в два года, родители одни и те же, внимания и ласки досталось обоим одинаково, а вот поди же ты! Словно позитив и негатив.

Я молча слушала бесхитростные рассуждения женщины. Что ж, так частенько бывает в жизни, впрочем, и в сказках тоже. Помните? «У старинушки три сына: старший умный был детина, средний сын ни так ни сяк, младший вовсе был дурак». Но Елизавета Корниловна, очевидно, не читала знаменитую сказку Ершова, потому что от души удивлялась:

— Просто родительская отрада. Школу окончил с золотой медалью, потом институт с красным дипломом, работает врачом. Женился, вот только...

— Что?

— Супруга его, Сонечка, медсестра. С виду милая, интеллигентная, ласково всем улыбается. Но иногда в лице у нее нечто такое мелькает... Ну не передать словами. Знаете, у моих родителей жили попугай и кот. Так вот, кот так на птичку поглядывал, потом съел в конце концов...

— Просто она вам не нравилась, — решила я разозлить Лизу.

Но она неожиданно охотно согласилась:

— Точно, никак не пойму, почему. Мне кажется, Сонечка приносит Павлу таблетки. В больнице ведь есть наркотики.

— И зачем ей рисковать? — резонно заметила я.

— Господи, — воскликнула Лиза — так квартира же! Отличная, четырехкомнатная, в престижном доме. Целое состояние. Артем не смог с Павлом ужиться, да и понятно. Кому понравится жить с алкоголиком на одной жилплощади! Вот и съехал к Соне, но не выписался. Думается, Сонечка решила потихоньку свести шурина в могилу... Но это так, пустые домыслы.

— Как зовут брата Павла? — медленно спросила я.

— Артем, он хороший психиатр, — спокойно пояснила Лиза.

— Его фамилия тоже Филонов? — решила я уточнить до конца.

— Нет, Федотов, — пояснила Лиза.

— Странно-то как, — медленно протянула я, — два брата, а фамилии разные.

Елизавета Корниловна улыбнулась:

— И не говорите! Это их отец страшно разозлился на Павла, когда его подобрали пьяным на улице и забрали в отделение. Вроде дрался или просто буянил. А тут как раз ему паспорт получать, шестнадцать исполнилось. Ну Владимир Петрович и расписховался, на весь подъезд кричал:

— Не позволю честную фамилию Федотовых позорить! Никогда никто из нас хулиганом и бандитом не был! Не желаю иметь в роду алкоголика и негодяя! Записывайся на фамилию матери или вообще живи без фамилии — просто Павка-уголовник! Да и зачем тебе Федотовым быть? Скоро по этапам пойдешь! Друзья-урки кличку дадут!

Павел побледнел и вылетел за дверь. Через пару недель он сунул отцу новенький паспорт:

— На! Доволен теперь?

Владимир Петрович, успевший забыть о скандале, так и сел. В документе, в графе фамилия, каллиграфическим подчерком оказалось выведено — «Филонов».

В этот момент раздался громкий стук в стену.

— Павел вернулся, — сообщила Лиза.

— Откуда знаете? — удивилась я.

— Он всегда башмаки в угол швыряет, — улыбнулась соседка, — слышали стук?

Павел оказался щуплым, почти прозрачным парнем. Копна спутанных грязных волос падала ему на лоб, лицо выглядело изможденным, серым, совершенно больным. Несмотря на теплый апрельский вечер, он кутался в огромный свитер. Мешковатый трикотаж висел складками, и казалось, будто внутри пуловера вовсе нет тела.

— Вам кого? — хрипло спросил мужик, отступая внутрь грязного холла.

Его явно ломало. Лоб внезапно покрылся каплями пота, тонкая жилистая шея странно задергалась.

— Павел Филонов? — спросила я, входя внутрь захламленной квартиры.

Контраст с апартаментами Елизаветы Корниловны оказался разительным. Обои свисали грязными лохмотьями, в когда-то сверкающей хрустальной люстре горела всего лишь одна лампочка, на полу кучи грязи, и запах стоит соответственный. Просто нора, а не жилье человека. Впрочем, говорят, звери соблюдают в берлогах чистоту. Кстати, мне всегда были непонятны таблички на дверях магазинов «С собаками вход воспрещен». Значит, я не могу войти в булочную с Банди или Снапом, а грязный, вонючий, вшивый бомж, распространяющий вокруг себя запах мочи, дорогой гость? Ну и где справедливость? Мои псы регулярно принимают ванну, всегда после прогулки моют лапы, принимают таблетки от глистов и пахнет от них, как от маленьких детей — молоком, геркулесовой кашей и хорошим шампунем. И вообще, собаки намного лучше людей. Скажите, когда-нибудь видели ротвейлера, напившегося в дым и избивающего хозяев? А болонку-наркоманку? Или пуделя-убийцу? Да ни одно животное не кинется на другое без всяких причин, люди же...

— Чего надо? — просипел хозяин, ежась.

— Меня прислала Катя Котова, — сообщила я с серьезным лицом.

Павел поднял руку, похожую на сухую ветку, и взъерошил волосы.

— Не помню такую...

Ну и не удивительно, я сама с ней не знакома, но должен же у меня быть повод для визита.

— Вы гримировали ее сестру, жертву автомобильной катастрофы.

— Вполне вероятно, — легко согласился Филонов.

— Вот теперь я хочу пригласить вас. Сколько стоит грим?

— Ну смотря чего делать, — задумчиво забормотал Павел, стараясь унять дрожь в руках, — ежели еще причесывать... Долларов сто, а там поглядеть надо.

— Ладно, — легко согласилась я.

Филонов с надеждой поглядел на мою сумочку и спросил:

— Авансик не дадите?

— Пожалуйста, — опять согласилась я и достала зеленую банкноту.

Не скрывая радости, гример ухватил подачку и почти закричал:

— Погодите тут минут пятнадцать, ща вернусь!

Слушая, как он, не дожидаясь лифта, несется вниз по лестнице, я вздохнула: полетел за дозой. Вернется благостный, тогда и поговорим.

Длинный коридор привел в захламленную кухню. Колченогий стол радовал взор прожженной столешницей. Подоконник весь заставлен самыми невероятными вещами — горшком с засохшим алоэ, пустыми баночками из-под разнообразных лекарств... Здесь же красовались два кирпича и несколько полуобструганных палок. На плите возвышался потрясающе грязный эмалированный чайник.

Я открыла кухонный шкафчик — ничего. Только в самом углу валяется карамелька «Малина». Холодильник тоже был пуст, если не считать консервной банки, набитой доверху окурками. Продуктов тут не держали. Впрочем, тараканов тоже не было, наверное, вымерли от голода.

Обозрев пищеблок, я пошла бродить по комнатам. Три — большие, просторные, с высокими потолками — зияли пустотой. Пыль, покрывавшая пол ровным ковром, без слов рассказывала о том, что сюда давно не ступала нога человека. Четвертая комнатка, самая маленькая, даже тесная, оказалась жилой. В ней стоял жуткого вида диван, на котором валялись клочковатое ватное одеяло и блинообразная подушка. У изголовья табуретка. На ней я с большим изумлением увидела книгу, причем какую — Карлос Кастанеда![1] На полу, чуть поодаль от грязного, воняющего блевотиной ложа, стоял телефон. Допотопный черный аппарат, словно высеченный из цельного куска камня. В углу, прямо на обоях криво написано ярко-зеленым фломастером: «Сонька, 755-

---

[1] Карлос Кастанеда (1925 — 1998) — писатель-мистик, доктор антропологии.

65-65» и адрес — Сомовский проезд, 19, квартира 7.

Не успела я прочитать информацию, как из холла раздался слегка хриплый голос:

— Пашка, ты где? Поправку принесла.

Я двинулась на звук.

Незнакомая женщина продолжала говорить:

— Опять дверь забыл запереть? Хотя красть у тебя нечего!

Увидав меня, вошедшая удивилась до крайности:

— Вы кто?

— Вот пришла попросить господина Филонова загримировать покойницу.

Дама покачала головой.

— Он больше не работает.

Я внимательно разглядывала ее внешность. Красивое, породистое, умное лицо. Ярко-каштановые волосы безупречно уложены, зеленые глаза умело подкрашены. Легкий румянец, едва заметная коричневая помада. Так же просто выглядела и одежда — темно-зеленый брючный костюм, коричневые туфли и одного тона с ними элегантная сумочка. Из драгоценностей лишь небольшие золотые серьги да тоненькое обручальное кольцо. Только я знаю, сколько денег надо потратить, чтобы добиться такой простоты. Женщина явно одевалась не на Черкизовском рынке. О состоятельности дамы говорил и запах духов «Ферручи» — последняя разработка Дома Диор. Всего несколько недель назад пузатые флакончики темного стекла появились в парижских магазинах. Ехидные парижанки моментально прозвали их «Головой негра», но запах потрясающий:

остро-горькая гамма. После весьма неудачных «Дольче вита» этот парфюм моментально стал модным.

Я сама получила красную коробочку семь дней назад. Честно говоря, думала, что окажусь единственной счастливой обладательницей новинки в Москве. Ан нет!

— Вы его жена? — попробовала я вступить в контакт.

— Отнюдь нет, — вежливо, но твердо отрезала дама, — вам лучше не нанимать Павла. Возьмет деньги, обманет, не придет, крайне ненадежный человек. Да и ремесло подзабыл, странно даже, что вас к нему направили.

Не успела она договорить, как дверь распахнулась, и вошел мертвенно-бледный, но весьма бодрый Филонов.

— Сонька, — обрадовался он, увидав гостью, и быстро спросил: — Принесла чек?

Соня дернула его за рукав и сказала:

— Сначала проводи даму.

— Какую? — искренне изумился Павел.

— Вот эту, — ответила родственница и бесцеремонно ткнула в меня пальцем.

Хозяин поморщился. Он ничего не изображал, просто, получив вожделенный укол, абсолютно обо всем забыл.

— Кто вы? — наконец спросил он.

Я изобразила бурное негодование:

— То есть как? Только что взяли у меня сто долларов, велели подождать, а теперь возвращаетесь и делаете вид, будто первый раз видимся!

Соня со вздохом расстегнула сумочку, вынула деньги и, отдавая купюру, спросила:

— Понимаете теперь, почему с ним нельзя иметь дело?

Я взяла сложенную пополам и показавшуюся мне слишком жесткой сотню и кивнула.

Глава 19

Направляясь домой, я очень на себя злилась. Во-первых, абсолютно ничего не узнала, во-вторых, совершенно бездарно говорила с Соней. Ну черт меня дернул вообще затевать беседы?!

Да еще представилась клиенткой! Как теперь встретиться с этой женщиной, что придумать? Домой мне к ним не попасть. Слишком глупо выглядит. Сначала изображаю заботливую сестру перед Артемом, потом представляюсь безутешной родственницей Соне. Но кто же знал, что они муж и жена? В голову не могло прийти такое.

Интересно, как мадам Федотова относится к тому, что ее муженек спит с Таней? Или она не в курсе? Может, поехать к ним на квартиру и рассказать, как несчастная больная сестра откинула тапки? Да уж, глупее ничего не придумать! Но в голову совершенно не приходили нормальные мысли, только чушь собачья.

Вздохнув, я почувствовала, как неприятно сжимается желудок. Что-то он стал болеть у меня часто. Может, наконец допрыгалась до язвы? Да нет, скорей всего, просто надо поесть. Свернув в маленький, безлюдный в этот довольно поздний час переулочек, «Вольво» повез меня домой. На перекрестке вспыхнул красный свет. Народу кругом никого, машин, впрочем, тоже, смело можно проигнорировать запрещающий сигнал, но меня

обучали вождению в Париже. Дисциплинирован-
ные французские водители трепетно соблюдают
правила, поэтому я покорно нажала на тормоз и
от скуки принялась глазеть по сторонам. Через
пару секунд загорелся зеленый, но я не сумела
двинуться, так как увидела совершенно невероя-
ятную картину.

На углу стоял довольно большой щит с черными буквами «Мосгорсправка». Когда-то его
братья вольготно жили на многих московских улицах, сейчас стали редкостью. Но глубокое изум-
ление вызвал не рекламный стенд.

Около него сидел на корточках голый парень.
Правой рукой он стыдливо прикрывал предмет
особой мужской гордости, левой зачем-то дер-
жался за железную стойку. На шее у юноши болталась табличка — «Работаю наемным любовни-
ком, трахаю чужих жен».

«Ну ничего себе», — подумала я, оглядывая
«живое объявление». Даже разделся, чтобы товар
лицом показать. Хотя называть то место, которым красавчик зарабатывает на жизнь, лицом как-
то не с руки. Внешне он был хорош, как обертка
туалетного мыла: белокурые картинные кудри,
огромные глаза, мужественный подбородок...

Я не выдержала, опустила стекло и поинтересовалась:

— Вам не холодно?

Парнишка дернулся, попытался посильней
прикрыться довольно узкой аристократической
ладонью и проблеял:

— Бога ради помогите!

— Чем? — в обалдении поинтересовалась я.

— Отцепите, больше часа сижу, никого нет...

Я вылезла из «Вольво» и подошла к парню.

Вблизи стало заметно, что безупречно чистая кожа пошла мурашками, кончик носа посинел, а правая рука прикована к палке при помощи самых обычных милицейских наручников.

— Кто это вас так? — поинтересовалась я, разглядывая «Прометея». Впрочем, на человеколюбивого титана он не тянет, да и орла рядом не видно.

— Позовите милицию, — забормотал юноша, — и снимите табличку.

— Так вы не «живое объявление»? — дошло до меня наконец.

— О боже, — устало вздохнул мужчина, — конечно, нет. У вас есть мобильный? Вызовите патруль.

Чувствуя себя красноармейцем Суховым, я открыла багажник. Там за запасным колесом всегда валяется связка отмычек, этакий набор крючков и палочек. Правда, не слишком ловко владею данным инструментом. На обычный замок уходит минут сорок.

Но сегодня запор неожиданно поддался сразу. Не успела всунуть в дырочку первую из отмычек, как железное кольцо мигом разжалось.

— Здорово с гитарой работаете, — восхитился парень и заискивающе попросил: — Уж не бросайте тут, довезите до дому.

Он быстренько влез в «Вольво» и прикрылся полиэтиленовым пакетом.

— Куда ехать? — спросила я.

— Восточное Дегунино, — мирно сообщил необычный пассажир.

Из моей груди невольно вырвался стон. Два часа потеряю, не меньше. Хотя...

— Что, если дам денег на такси? — предложила я альтернативный вариант.

Парень распахнул огромные незабудковые глаза и спросил:

— Кто же меня повезет в таком виде?

Но я решила не сдаваться. Перспектива катить в Восточное Дегунино пугала, и в голове родилась новая идея.

— Без проблем! Сейчас куплю тебе джинсы и рубашку.

— Тогда уж и ботинки с носками, — попросил нахал.

— Идет, — обрадовалась я, и мы отправились искать магазин.

— Кто же тебя к стенду притачал? — поинтересовалась я, выворачивая руль.

Мальчишка ухватил мои сигареты и сообщил:

— Муж.

— У любовницы был?

— Если бы, а то просто на работе.

— Что же за служба такая?

Парень помялся немного, потом кокетливо сообщил:

— Являюсь платным партнером.

— Кем? — удивилась я. — Проституткой, что ли?

— Вовсе нет, — оскорбился спутник, — я гейш!

— Это что, профессия?

— Да, — горделиво подтвердил парнишка, — бывают женщины гейши, а бывают мужчины.

— Ходишь в кимоно, с веером и разливаешь чай?

Мальчишка заржал.

— Нет, конечно. Состою на службе в агентстве. Туда обращаются состоятельные дамы, когда им требуется кавалер. Ну, например, какой-нибудь бизнесвумен прислали приглашение на вечер да написали «на два лица». А бабы эти, крутые, которые в мужскую работу полезли, своих супругов давно побросали, или они у них такие, что без слез не взглянешь. Одной пойти как-то не с руки. Вот дамочка и звонит в агентство, оплачивает заказ и получает сопровождающего согласно тарифу.

— Дорого стоит?

— Не очень, в зависимости от сортности.

— Что?

— Первый сорт — шестьдесят долларов в час. Первосортный гейш владеет английским, водит машину, хорошо воспитан и в состоянии отличить коньяк «Камю» от писателя Камю.

— А второй сорт?

— Языка не знает или рулить не умеет. Такой долларов на сорок тянет.

— Что же может третьесортный?

Парнишка улыбнулся:

— В нашем агентстве таких нет, говорят, кое-где можно и за десятку сопровождающего найти. Только тогда и удивляться не стоит, если он начнет в кулак сморкаться.

— Вы к какой категории относитесь?

Юноша горделиво приосанился и кокетливо прощебетал:

— Неужели не понятно? Естественно, я — экстра-класс!

Из моей груди вырвался смешок. Вчера держала в руках пачку макарон с яркой надписью — «Экстра».

— Ну а на цепь как попал?

— Всякие придурки в жизни встречались, но

такой в первый раз! — в сердцах воскликнул спутник.

Оказалось, что он выполнял заказ, сопровождал на фуршет одну весьма богатую даму, оптовую торговку рыбой. По завершении мероприятия «объект» пригласил кавалера выпить кофейку.

— Мы не обязаны оказывать интимные услуги, — откровенничал гейш, — но частенько бывает, что за дополнительную плату соглашаемся, в особенности если дама симпатичная.

«Рыбница» оказалась вполне ничего. Тридцатипятилетняя тетка в самом соку. Но не успели голубки добраться до широкой кровати, как в спальню влетел, размахивая пистолетом, разъяренный супруг.

— Ну кто мог подумать, — сокрушался парень, — ну в голову не войдет! Прикиньте на секундочку! Жена миллионами ворочает, а муж — самый обычный милиционер!

Наставив на сладкую парочку табельное оружие, служитель закона принялся орать на жену. Особый гнев вызвало у него сообщение о том, что в постели с женой оказался наемный любовник.

— Уж не знаю, как он потом с бедолагой расправился, — вздыхал парень, — но меня выволок на улицу, приковал к столбику, да еще объявление дурацкое повесил! Между прочим, могу на него в суд подать!

И он обиженно зашмыгал носом.

В магазин мужской одежды я влетела за пару минут до закрытия и, недолго думая, ткнула пальцем в первый попавшийся костюм.

— Заверните побыстрей, еще рубашку, носки и ботинки.

— Размер какой? — осведомился продавец, смазливый черноволосый мальчишка.

— Не знаю, — пробормотала я.

— Тогда как покупать думаете? — резонно спросил мальчишка. — У нас выбор от 44 до 60.

— Окажите любезность, — попросила я, — перед бутиком стоит «Вольво». Загляните в салон и сами установите размер.

Продавец вышел. Надо отдать должное хозяину лавки. Обслуживающий персонал он выдрессировал до европейского уровня. Впрочем, в Париже торговец, обнаружив в машине дамы голого мужчину, скорей всего, высказал бы восхищение, ну, по крайней мере, зацокал бы языком. Этот же парнишка вернулся назад с каменным лицом, порылся на стойках, выдернул одну вешалку и спокойно заметил:

— Должен подойти, возьмите к нему голубую рубашку.

Я вытащила кошелек и обнаружила там только доллары.

— Не беда, — успокоил продавец, — давайте разменяю.

Он развернул одну из полученных банкнот и сообщил:

— Визитку забыли.

Я уставилась на белый прямоугольник — «Клуб «Жок». С десяти вечера, улица Парамонова, 2, вход по предварительной записи».

Надо же! То-то, когда Соня протянула мне деньги, купюра показалась странно жесткой на ощупь. Значит, эта карточка принадлежит милой медсестре... И потом название — «Жок»...

— Простите, — раздался за спиной вежливый голос.

Я обернулась. Мальчишка-продавец протягивал мне небольшую коробочку. В глазах парня мелькало тщательно сдерживаемое веселье.

— Это вам, подарок от фирмы.

— Спасибо, — сказала я, сунув презент в карман жакетика.

Домой прибыла около одиннадцати. Голова гудела. Я окончательно перестала что-либо понимать. В столовой мирно пили чай Таня и Зайка.

— Поздно как возвращаешься, — укорила меня подруга.

— Как язык? — поинтересовалась я.

Невестка почти внятно произнесла:

— Ничего, может, до завтра подживет. Где ты была?

— В гости ходила, — соврала я и потянулась за чайником.

Из кармана жакетика выпала коробочка.

— Что это? — спросила Зайка.

— Не знаю. Заезжала в магазин, и фирма сделала за покупку подарок.

— Так открой, — велела девушка.

Подцепив ногтем скотч, я сняла крышку. Внутри обнаружилось нечто шелковое, ярко-красное.

— Ой, какой платочек хорошенький! — выкрикнула Ольга и моментально выдернула его из коробочки.

С легким шелестом вещица развернулась, и мы увидели, что Зайка держит мужские трусы пурпурного оттенка с черным поясом. По широкой резинке шла надпись, сделанная крупными буквами.

— «Весь в огне», — перевела Таня и хмыкнула: — Странный презент для дамы.

— Да уж, — пробормотала Зайка, — интересно, в каком магазине побывала и что покупала? Жаль, не владею английским.

Я молчала, припоминая ухмылку продавца и недовольный возглас гейша:

— А где трусы? — вопрошал нахал, разглядывая костюм.

— Забыла, — сообщила я и разозлилась: — Надевай так и выматывайся.

— Пожалела купить, — ныл парень, застегивая «молнию», — еще заразу подцеплю.

И вот теперь оказывается, что продавец вспомнил про бельишко...

— Просто наряд для куртизана! — не успокаивалась Ольга.

— Наверное, перепутал коробки, — попробовала я внести ясность, — уже закрывались, вот торговец и обманулся!

— Ну-ну, — пробормотала Ольга и швырнула вещичку на кресло.

— Кешке подарю, — вздохнула я.

— Ну и что мне вручат? — раздался голос сына, и Аркадий вошел в комнату.

— Не спишь еще? — хором удивились мы с Ольгой.

— Как же, — возмутился Кеша, — там такой визг стоит. Маня и Варя моют удава.

— Зачем? — изумилась Таня. — Разве змей купают?

— Без понятия, — пожал плечами Аркадий, — во всяком случае, это несчастное пресмыкающееся получило головомойку по полной программе. Сначала они до одури спорили, налить в ванну пену или шампунь, затем чуть не передрались, решая вопрос о мочалке... Так что за подарок?

— На кресле, — мотнула головой Зайка.

Кешка повертел трусы и вздохнул:

— Небось мать купила!

— Нет, — хихикнула Ольга, — прикинь, Дашке это в подарок дали.

— Наверное, сногсшибательное впечатление в магазине произвела, раз вручили трусишки для стриптизера, — резюмировал Кеша.

Я молча глотала чай. Интересно, каким образом другие матери ухитряются внушать своим детям, что к родителям нужно относиться с почтением?

Глава 20

Весь следующий день я готовилась к посещению клуба «Жок». Сначала позвонила и забронировала место, потом принялась обдумывать наилучший прикид. Небось дамы являются в подобное место декольтированными, в длинных платьях, обвесившись бриллиантами.

Впрочем, вначале решила узнать, что за зверь такой «Жок». В справочнике клубов и ресторанов его не было. «Жан», «Жак», «Жозефина», «Жирофле-Жирофля» — штук пятнадцать названий на «ж», но только не «Жок»!

Следующие три часа потратила на обзвон приятелей. Но даже Рита Сабурова, праздношатающаяся по злачным местам, не слышала о таком. В конце концов я решила произвести разведку боем на месте и около одиннадцати вечера

подкатила к неприметному зданию, разряженная
в пух и прах.

У входа не горело ни единой лампы, темно-
коричневая дубовая дверь подалась без малейше-
го скрипа, и я оказалась внутри темного узкого
коридора. По стенам тянулся ряд небольших лам-
почек. Цепочка тусклых огней уходила вдаль,
указывая дорогу. Я пошла, ориентируясь по этим
вешкам, ощущая под ногами мягкий, чуть пру-
жинящий ковер.

Путь казался бесконечным. Он окончился у
лестницы, круто спускавшейся вниз. Откуда-то
из подвала доносились звуки музыки. Чуть при-
подняв волочащееся платье, я добралась до холла. С правой стороны за столом восседала девушка, целомудренно одетая в черную кофту с глухим воротом. В ушах привратницы посверкивали
простые сережки с одной-единственной жемчу-
жинкой. Больше никаких украшений — ни цепочек, ни браслетов, ни брошей... Впрочем, многие
заведения не позволяют служащим слишком раз-
ряжаться, справедливо считая, что они не должны выглядеть шикарней гостей.

Девушка глянула на меня и расплылась в счастливой улыбке. Казалось, она встречает самого
дорогого, любимого человека.

— Мы рады, что вы решили провести вечер у
нас. Оставьте, пожалуйста, у меня сумочку.

— Зачем?

— Таковы правила. Вероятно, вы впервые?

— Но вдруг захочу выпить чашечку кофе! Пред-
лагаете ходить с кошельком в кулаке?

— Нет, конечно, — продолжала излучаться
служащая, — расплатитесь у меня, когда собере-
тесь домой. Впрочем, небольшую косметичку мо-

жете прихватить с собой, только, уж извините, мне придется заглянуть внутрь.

Дивясь на странные порядки, я отдала сумку. Девчонка легко поднялась из кресла, и у меня уехала в сторону челюсть. Нижняя часть ее безупречного тела сверкала обнаженными ягодицами. Контраст между наглухо закрытой грудью и полностью выставленной на показ филейной частью оказался настолько шокирующим, что я вначале даже не заметила темно-зеленый фиговый лист, приклеенный пониже пупка.

Словно не замечая произведенного впечатления, девушка сделала приглашающий жест рукой:

— Прошу.

Стараясь изобразить, будто каждый день шляюсь по подобным местам, я шагнула в открывшийся зал и вновь, второй раз за минуту, лишилась дара речи.

В полутемном пространстве мелькали фигуры. Все огромное, не знаю сколько метровое пространство было занято танцующими людьми в той или иной степени раздетости. Глаз выхватил из толпы пару девчонок, веселившихся без блузок, вполне зрелую матрону в кружевных трусиках и штук пять полностью обнаженных мужиков.

Я в растерянности стояла у двери. Мое элегантное длинное черное платье оказалось тут абсолютно некстати. Ощущение такое, будто сидишь в пальто и шляпке на нудистском пляже.

Но долго скучать не пришлось. Ко мне приблизился импозантный распорядитель в темносинем смокинге. Поняв, что гостья шокирована, он пророкотал отлично поставленным голосом:

— Хочу предложить столик в уютном уединении с полным обзором эстрады.

Я кивнула. Мы запетляли между прыгающими потными людьми. Духота в зале стояла немыслимая, и я почувствовала, как спина становится влажной.

Метрдотель усадил меня за стол и подал меню. Я раскрыла огромную кожаную папку и уставилась на названия блюд, выведенные каллиграфическим почерком. Рыба «Антуан», суфле «Жозефина», омлет «Рикардо», мясо «Эрнестина». Заведение явно косило под парижский «Максим». Меню написано от руки, цены не проставлены. Что же заказать? Мясо не люблю, впрочем, яйца тоже, остается рыба.

— Вот это, — ткнула я пальцем в «Антуана».

— Ах, ах, чудесный выбор, — закатил глаза обер-официант, — пальчики оближете. В каком цвете предпочитаете? У нас сегодня три на выбор — розовый, голубой и желтый!

— Розовый, — недолго думая, ляпнула я.

— Ах, ах, — вновь закатил глаза мэтр, — восхитительно!

Он ужом скользнул куда-то вбок. Интересно, что это за ерунда с цветом? Хотя, скорей всего, принесут филе в панировке, а в центр воткнут бумажный фестончик или искусственный цветок.

Мои глубокомысленные раздумья прервала резкая дробь барабана. С левой стороны зала появился луч прожектора, в его свете возникла тонкая, гибкая девичья фигурка. Публика издала радостный свист. Девчонка принялась споро выплясывать, сбрасывая с себя части туалета. Ничего интересного, обычный стриптиз, без особой выдумки. Причем стриптизерша действовала не слишком профессионально и пару раз запуталась в юбке. Я вздохнула — красиво раздеваться тоже умение.

— К вашим услугам, — пропел приятный мальчишеский голос. Я отвела взгляд от сцены и увидела, что за столик подсел смазливенький мальчуган с детским щекастым личиком. Прямые темные волосы густо облиты лаком, влажные карие глаза поблескивают, приоткрытый рот с надутыми губами... Кажется, один из местных жиголо вычислил одинокую даму и решил составить ей компанию.

— Мне хочется посидеть в одиночестве, — попробовала я отбиться от непрошеного кавалера.

— Но вы же заказали рыбу «Антуан», — совершенно искренне удивился альфонсик.

— Да, — подтвердила я, — сейчас принесут. Вы хотите кусочек?

Мальчишка секунду глядел на меня взором спаниеля, потом захохотал так, что перекрыл гремевшую музыку.

— Так она уже здесь.

— Где?

— Тут, — ткнул пальцем в себя паренек, — рыба «Антуан» — это я, и, как просили, в розовом цвете.

Только сейчас я заметила, что на моем кавалере красуется костюм цвета земляники со сливками и безупречно поросячья рубашка.

— То есть хочешь сказать, — начала я с трудом ворочать мозгами, — что в меню не блюда, а люди?

— Вы первый раз? — усмехнулся парень. —

Кто же присоветовал ресторан «Жак»? Тут специфическая клиентура.

— «Жак»? — изумилась я. — «Жок»!

— Нет, — возразил жиголо и указал на меню. Я вновь взяла кожаную папку и с удивлением прочитала незамеченную раньше надпись — «Жак».

— Странно как, — пробормотала я, вытаскивая из кармана визитную карточку, — вот мне дали, а здесь черным по белому: «Жок».

«Рыба» повертела в руках картонный прямоугольничек и вновь засмеялась. Но тут забили барабаны, и в углу, в ярком свете прожектора начали раздеваться сразу две полные немолодые дамы. Глядя на красные полосы, оставшиеся на их тучных телах после того, как нимфы освободились от лифчиков, я поморщилась. Непонятных «актрис» приглашают в этот ресторан.

— Желаете коктейль? — почти шепотом прожурчала «рыба».

— Нет, нет, за рулем.

— Можно безалкогольный, молочный, — настаивал Антуан, — или кофе, пирожные, салатик...

Но у меня решительно пропало всякое желание сидеть в компании альфонса.

— Уж извини, — пробормотала я, — домой пойду!

Паренек скуксился и заныл плачущим голосом:

— Нет, только не это!

— Почему?

— Меня накажут, что упустил клиентку. Тут очень строго, если ушли сразу и ничего не заказали, значит, не понравился, навесят штрафное очко. Три таких очка и выгонят на улицу, Жок терпеть не может...

— Кто? — прервала я его нытье.

— Жок, хозяин агентства.

— Странное имя...

— Это кличка, — пояснил паренек

— Не знаешь, как его зовут на самом деле?

Мальчишка помотал головой. У меня заломило в висках. Невидимый оркестр бил изо всей мочи в литавры. Дикий звон несся по залу. Посетители выли, а в углу раздевались человек пять разного возраста, комплекции и пола, зато одинаковой противности. Увидев, как одна из дам выставила волосатые подмышки, я почувствовала, что сейчас свалюсь с мигренью, и резко спросила:

— Слушай, Антуан, тут есть спокойное местечко, где можно потолковать, в тишине, без гама и крика?

«Рыба» оживилась чрезвычайно:

— Конечно, номера. Только стоит дорого.

— Пошли, — велела я, — готова заплатить сколько угодно, лишь бы избавиться от этого кошмара.

Антуан подозвал мэтра, и через пару минут нас со всеми почестями препроводили в комнату.

Почти все пространство квадратного помещения занимала огромная круглая кровать без спинок. Потолок был покрыт зеркальными плитками, как, впрочем, и одна из стен.

Я со вздохом села на ложе куртизанки и с наслаждением скинула узкие лодочки. Боже, до чего хорошо избавиться от тесных туфель. Антуан щелкнул выключателем, верхний свет погас, зато загорелся небольшой торшерчик у изголовья. «Рыба» щелкнула еще раз, и комната наполнилась тихой музыкой. «Маленькая ночная серенада» Моцарта! Я не слишком большая поклонница симфонических произведений, но мое детство прошло возле ортодоксально настроенной бабушки, искренне считавшей, что ребенка следует по субботам водить в консерваторию. С тех пор я знаю абсолютно точно, сколько труб в органе Большого зала. Ровно шестьдесят четыре! Во время долгих, нудных концертов я, будучи маленькой робкой девочкой, в тоске пересчитывала их сначала справа налево, затем слева направо, пытаясь нехитрым развлечением убить скуку.

Но Моцарт все же лучше, чем барабанная дробь.

Антуан заулыбался и ловким заученным движением сорвал пиджак, потом начал медленно поворачиваться, одновременно расстегивая брюки. Мальчишка явно вознамерился устроить сеанс стриптиза.

— Вы меня не так поняли, — безнадежно вздохнула я, — поговорить надо.

— Идет, — легко согласился Антуан и плюхнулся на расшитое золотыми драконами покрывало.

— Ты здесь давно?

— Три года.

— Сколько же тебе лет?

— Пятнадцать!

Я повнимательней пригляделась к кавалеру и решила — врет.

— Вот что, дружочек, — ласково завела я, вытаскивая приятную стодолларовую бумажку, — послушай меня внимательно. Это паспорт, гляди.

Паренек уставился на синенькую книжечку и присвистнул.

— Здорово по-русски болтаете.

— Да, — подтвердила я, — совсем свободно. Ну а теперь не перебивай.

Антуан заинтригованно уставился мне в рот влажными, бесконечно глупыми глазами. Имея такого почтительного слушателя, легко врать. Да и историю я придумала совсем недурную.

Значит, так, живу в Париже и владею парочкой крупных ночных клубов. Теперь надумала открыть еще один, на своей исторической Родине. Мои агенты произвели полную разведку и посоветовали «Жак», поэтому незамедлительно прибыла сюда инкогнито для личной проверки. Если Антуан сейчас ответит на ряд вопросов, могу пообещать награду — устрою стриптизером в одно из моих французских заведений. А пока — небольшой гонорар.

У бедного парня от блестящей перспективы захватило дух, и он робко поинтересовался:

— Не обманете?

— Никогда.

— Спрашивайте.

— Давай начнем сначала. Сколько тебе лет и как долго ты тут тусуешься?

Антуан пригладил и без того прилизанные волосы и принялся рассказывать.

Зовут его Борей, позавчера справил двадцать пятый день рождения. В клубе уже шестой год, можно сказать с самого основания. Вообще, подобный трудовой стаж тут редкость. Больше двух лет никто не удерживается.

Попал Борис в «Жак» случайно. Он, сколько себя помнил, занимался спортом. Мать-одиночка, замученная работой на чугунолитейном комбинате имени Войкова, пристроила сына в спортшколу. Знаний там не давали никаких, дети тренировались по семь-восемь часов в сутки, становясь в тринадцать лет мастерами спорта. Зато родительское сердце спокойно — мальчишка не бегает по улицам без присмотра. За своими детьми в ЦСКА приглядывали, из школы строем вели на тренировку, кормили обедом, одевали, обували в спецмагазине, летом всех вывозили в лагерь. Словом, спортивное общество полностью заменяло маленьким гимнастам, пловцам и хоккеистам родную семью.

Боря особой карьеры не сделал, но до мастера спорта по гимнастике все же дослужился. Пару раз парень получил призовые места на не слишком крупных соревнованиях, потом появились боли в мениске, заныл позвоночник... Большой спорт, как правило, калечит ребенка.

Тренер не бросил парня. Пошептался с кем надо, и Борьку приняли в Институт физкультуры. Наступило голодное время. Стипендии хватало на не слишком сытный обед. Кое-как они с матерью существовали на ее копеечную зарплату. Потом мамочку отправили в отпуск без сохранения содержания. Завод трепыхался из последних сил, чтобы удержаться на плаву. Женщина нанялась уборщицей в соседний магазин. Это оказалось последней каплей. Борино сердце просто разрывалось на части от жалости при виде синей от усталости мамы. Но доконал его слегка заплесневевший сыр, который добрая директриса не уничтожила, а отдала уборщице.

Парень решил плюнуть на образование и начал подыскивать работу.

Многие бывшие спортсмены подались в бандиты, охрану и шоу-бизнес. С братками Боря связываться боялся, для сцены не обладал талантом, поэтому ничтоже сумняшеся открыл газету «Частная жизнь» и принялся изучать объявления. Нужное попалось сразу: «Агентство «Венера» приглашает лиц обоего пола к сотрудничеству. Требуются танцоры, водители, охранники».

На следующий день Борис стоял в маленьком кабинете перед дамой лет тридцати, велевшей называть ее Розой. Выслушав просьбу о приеме на работу, служащая оценивающим взглядом окинула красивую спортивную фигуру парня и сказала:

— Зачем в охрану? Давай в танцоры.

Боря слегка растерялся:

— Не умею я.

— Ерунда, — отмахнулась работодательница и нагло поинтересовалась: — Как у тебя с потенцией?

Бедный парень покраснел как рак, но все же выдавил:

— Полный порядок.

На самом деле это было не совсем так. У Бори был не полный, а какой-то невероятный порядок. В свое время коллеги по команде поддразнивали парня, приговаривая, что у него «бешенство батьки». Заниматься сексом Борька мог с утра до ночи, без устали, в разных местах и позах. Самый настоящий талант!

— Отлично, — резюмировала дама и командным голосом велела: — Направо по коридору врач, налево — фотограф. Бегом к обоим.

Ничего не понимающий Бориска понесся по указанным адресам. Примерно через час он вновь стоял перед теткой, ощущая, как тонкая рубашка прилипла к телу. Фотограф велел парню раздеться догола и густо намазаться перед съемкой маслом «Джонсон-беби».

— Чудненько, — оповестила дама, — завтра явишься в клуб «Жак», зарплату будешь получать у нас. Пятьсот баксов в месяц, чаевые твои, согласен?

Боря чуть не упал в обморок, услышав предложенную сумму. Максимум, куда простиралась его фантазия, — было двести долларов, ну двести пятьдесят...

— Но совершенно не умею танцевать, — проблеял парень.

— Там научат, — отмахнулась «кадровичка» и добавила: — Не дрейфь, не в Большой театр идешь.

Через пару дней Боря разобрался в ситуации. «Жак» гордо именовал себя «дворцом страсти». Посетителям тут разрешалось все. Напиваться и блевать на пол, бить посуду и обслуживающий персонал, раздеваться догола и приставать к официантам и официанткам. Впрочем, последние выступали в роли «блюд». Они же раскручивали клиентов на невероятно дорогую еду и напитки.

В обязанность Бори входило садиться за столик выбравшего его клиента и помогать последнему полностью расслабиться. Кое-кто напивался в дым, кое-кто предпочитал безумные пляски в голом виде, ну а некоторые устраивались в уютных номерах.

— Значит, все эти жуткие люди, танцующие под барабанную дробь, посетители?

— Да, — кивнул Боря, — в самом начале вечера, правда, для разогрева выпускают парочку профессионалов, а потом народ начинает веселиться. Кстати, можно и не раскрывать меню, сюда многие приходят парами.

— Кто такой Жок?

— Хозяин.

— И где его искать?

Борис пожал плечами:

— Понятия не имею. Никогда с ним не встречался. Знаю только, что он не каждый день приезжает. Здесь женщина заправляет, Софа. Говорит всем, что управляющая, только на самом деле ею Жок вертит.

— Откуда знаешь?

Боря вздохнул:

— Я тут не первый год, меня любят. До Софы другая баба была, Ритка. Хорошая тетка, только кололась, ну в один прекрасный день и отбросила копытца. Вот тогда Софа и появилась. Милая такая, улыбается, а глаза змеиные.

Месяца не прошло, как новая хозяйка вызвала Борю и велела:

— Переезжай в первую комнату.

— Погодите, — прервала я его, — вы что, тут живете?

— Нет, — покачал головой парень, — просто за каждым закреплен свой номер. У нас тут всякие игрушки, вибраторы, презервативы, косметика...

Боря не понял, почему он должен переселяться, но вопросов задавать не стал. Правда выяснилась случайно. Зашел в ванную помыться после очередной клиентки, налил воду и тихо-тихо лег в теплую жидкость. Время подкатывало к шести утра, и парень знал, что больше в зал не вызовут.

И вдруг в полной тишине раздались голоса. Софа на все корки материла одну из официанток:

— Тебя сюда взяли, чтобы людей обслуживать, напиться и дома можешь. Еще раз увижу под газом, выгоню.

Что отвечала девушка, Борька не слышал, зато сразу понял, что к чему. Все комнаты первого этажа были оборудованы ванными. Борькина прилегала к хозяйской, очевидно, Софа не прикрыла дверь...

Потом он еще не раз становился свидетелем чужих разговоров, но никогда не показывал вида, что владеет какой-то информацией. Борис хорошо знал, куда подевалась красивая, но слишком болтливая Алевтина, занимавшая до него первую комнату. Девушка торговала собой на площади у трех вокзалов.

Впрочем, ничего интересного у Софы в кабинете не происходило. В основном она ругала обслуживающий персонал, раздавала указания и злилась по поводу выручки. Иногда ее ублажали парни из «меню». Но Борька и сам не раз кувыркался в кровати с Софой, поэтому ничего нового для себя не узнал. Кстати, обслуживать начальницу он не любил. Та никогда не платила чаевые, лишь милостиво кивала отличившемуся любовнику.

Странный разговор он услышал только один раз, примерно месяца три тому назад.

Наемным работникам строго-настрого запрещалось спать в номерах. «Официанты» должны были уезжать домой, но в тот день Боря ужасно устал. Воспользовавшись тем, что уборщицей работала симпатизировавшая ему баба Катя, он дождался, пока женщина с ведром, тряпкой и пылесосом вдвинется к нему в комнату, сунул той денег, велел молчать и заснул тяжелым сном.

Проснулся отчего-то около часа дня и, зевая, побрел в ванную. Чувствовал он себя совершенно спокойно, думая, что никого нет. Но не успел Борис прикоснуться к крану, как из соседнего помещения донесся голос Софы:

— Слышь, Жок, ну прости меня, сделай милость.

Парень так и сел на стульчак, тихо радуясь, что не успел включить воду, а грубая, бесцеремонная начальница самым заискивающим голосом пела:

— Завтра обязательно верну, Жок, в первый раз взяла.

В ответ послышалось бурчание.

— Хочешь, на колени встану? — умоляла Софа. — Ты меня знаешь, Жок, миленький, дорогой.

Послышались громкие шлепки, потом сдавленные рыдания. Софе явно наподдавали по морде. Невнятный голос вновь забубнил.

Грозная начальница, всхлипывая, завела:

— Хорошо, хорошо, как прикажешь, ты тут хозяин, а я твоя раба.

Вновь раздались смачные шлепки. Боря сидел ни жив ни мертв, страшно боясь, как бы Софе не пришло в голову заглянуть в соседнее помещение. Начальница мирилась с тем, что Борька иногда слышит ее ругань, и явно ценила молчаливость парня. Но свидетеля своего унижения она постарается выставить за дверь как можно скорей.

Но Софа ничего не узнала, а Боря понял, что хозяином клуба является таинственный Жок.

— Зачем же ты сказал мне, что тебе пятнадцать лет?

«Антуан» рассмеялся:

— Милые дамочки мальчиков помоложе любят. У меня имидж такой — юный, необученный, первый раз замужем. Большинство просто тащится. Рост, видите, небольшой, бороду с усами начисто извел...

— Ладно, — сказала я, — одевайся и выводи меня отсюда.

«Рыба» мигом накинула пиджак. Потом, секундно поколебавшись, парень подошел ко мне и легко тронул за руки:

— Простите, вы правда отправите меня в Париж?

— Да, — спокойно пообещала я, — сведу там с нужным человеком, на работу возьмут. Так что учи французский!

— Пожалуйста, — шепотом попросил Борис, — пожалуйста, не забудьте, дайте мне шанс. Говорят, там в подобные заведения ходят дочери миллионеров и можно составить отличную партию.

Я только улыбнулась. Нет, девушки из семей Дюпонов или Ле Клерков в стриптиз-клубах не встретить, у них другой круг общения.

— Точно не забудете? — продолжал ныть Боря.

— Сказала же нет, — ответила я и велела: — Если увидишь меня тут еще раз, вида не показывай, что знакомы.

— Понял, не дурак, — закивал Боря.

Глава 21

На следующий день я вылезла из кровати около одиннадцати и поглядела во двор. Моросил мелкий дождь, солнца и в помине нет, а по до-

рожке от ворот идет по направлению к дому незнакомая женщина. Лицо прикрыто зонтиком,
фигура стройная, подтянутая.

Зевнув, я накинула халат и вышла в коридор.
Но не успела добраться до лестницы, как услышала громкий голос хозяйки:

— Антонина, Дарья встала?

— Так она давно уехала, — крикнула в ответ
горничная, — никогда не сидит на месте!

— Ты уверена?

— А вы гляньте во двор, машины нет!

— Дома-то кто есть?

— А никого, — сообщила Тоня, — дочка их-
няя с Варенькой еще в восемь в школу отправились. Аркадий их повез, а Ольга в девять отбыла...

— Ладно, — велела Таня, — ступай гладить.

Тоня быстро зацокала каблучками. Потом
раздался скрип входной двери, и хозяйка сообщила:

— Пошли в кабинет, мы одни.

— Хорошо, — ответил незнакомый женский
голос.

Быстрее молнии я метнулась в свою спальню.
Так, значит, Таня хочет по какой-то причине
скрыть от всех свою гостью. Надо во что бы то ни
стало подслушать их беседу.

Кабинет расположен на втором этаже. Это уг-
ловая комната, две из стен в ней внешние, третья
же примыкает к апартаментам покойного Олега
Андреевича.

Надеюсь, что дверь не заперта и что там есть
встроенный шкаф. Схватив с тумбочки стакан, я
прокралась в спальню депутата.

Дверь оказалась открыта. Сейчас прислоню

стакан к стене и прижмусь ухом, в детстве мы с ребятами так подслушивали у дверей учительской, где педсовет обсуждал четвертные отметки.

Но подручные средства не понадобились. В спальне Олега Андреевича нашлась небольшая картина, изображавшая усталых рыбаков. Елозя стаканом по стене в поисках лучшей слышимости, я сдвинула полотно и отшатнулась — прямо передо мной окошко в кабинет и как на ладони видно Таню.

Сначала я быстренько присела, боясь, что меня заметит, но уже через секунду поняла, в чем дело.

В кабинет я заходила несколько раз и никаких окон, кроме наружного, там не заметила. Зато на стене висит странная штука — матовое стекло с блестящими вкраплениями. Таня объясняла, будто данную красоту подарил Харитонову один модный экстравагантный художник, которого Олег Андреевич спас от тюрьмы.

«Закат в Венеции», ни больше ни меньше. Я еще удивилась, разглядывая данное произведение, при чем тут Венеция?

И вот теперь выяснилось, что на самом деле вещица — шпионский глаз, а рядом небольшое отверстие, прикрытое пробкой. Я потянула за колечко, и рассерженный голос хозяйки влетел прямо в ухо:

— Что тебе надо? Деньги ты ведь получила!

Женщина сидела спиной к «картине», поэтому мне была видна лишь прямая спина.

— Очень мало заплатила.

— Я теперь вдова, — пояснила Таня, — нуждаюсь в средствах, как раньше давать не могу.

— Ладно, — легко согласилась пришедшая, — только уж извини, если язык за зубами не удержу.

— Пожалуйста, — хмыкнула Татьяна, — кстати, теперь и бояться некого, Олег покойник, так что придется тебе убираться несолоно хлебавши. И больше не надо ко мне домой приезжать.

— Ладно, — вновь покладисто сказала женщина, — сейчас ухожу, только зря думаешь, будто теперь нечего бояться. Согласна, одна твоя тайна вроде как и смысл потеряла, хотя, прикинь, какой скандал поднимется, если про Валентину узнают.

Таня нервно забарабанила пальцами по столу.

— Абсолютно никакого скандала. Валентина давно похоронена, памятник хороший стоит, цветочки растут.

— Ой, — захихикала гостья, — только не надо мне лапшу на ушки развешивать. Мы-то с тобой знаем, что к чему и что почем!

— В толк не возьму, — вздохнула Таня, — к чему ты клонишь?

— Ох, ох, ох, актриса погорелого театра, — взвизгнула женщина, — какого шута тогда мне каждый месяц почти штуку баксов платила?

— Давала не тебе, а нашей несчастной матери, — спокойно пояснила Таня.

Она явно взяла себя в руки. Щеки приняли нормальный оттенок, а руки преспокойно лежали на столе.

— Что ж от мужа бегала? — продолжала наседать дама.

— Хватит, — решительно заявила хозяйка.

Потом она твердым шагом подошла к большому барометру, висевшему над диваном, отодвинула его и отперла сейф.

— Возьми.

На стол шлепнулась довольно тощенькая пачка долларов.

— Имей в виду, — продолжила Татьяна, — в последний раз, денег больше нет, придется тебе вычеркнуть этот источник.

— Никогда, — хихикнула дама, — готовь следующий взнос, встретимся где всегда. А не принесешь, живо с грязью смешаю.

Татьяна слегка изменилась в лице, но голос ее не дрогнул:

— Делай, как считаешь нужным.

— Думаешь, смерть Харитонова все покрыла? Таня молчала.

— Ну-ну, — осмелела совсем гостья и зашуршала бумажками: — Да здесь и пятисот нет!

— Пошла вон, — тихо, но твердо сказала Татьяна, — вон. Если б не наша мать, руки бы тебе не подала, шантажистка!

— А ты убийца и негодяйка, к тому же обманщица, — не осталась в долгу женщина.

Она легко вскочила на ноги и быстрым шагом двинулась к выходу. На пороге она притормозила, и я увидела наконец ее лицо. На меня смотрела женщина, невероятно похожая на Таню. Скорей всего, близкая родственница, впрочем учитывая слова хозяйки о несчастной матери, наверняка сестра.

— Во вторник, — усмехнулась криво сестрица, — именно во вторник, и ни днем позже, принесешь оставшуюся сумму в бакалейку ровно в час дня. Опоздаешь — пеняй на себя.

— Пошла ты, — выпалила Таня, с треском ломая пальцами карандаш.

— Имей в виду, — свистящим шепотом отчеканила шантажистка, — знаю абсолютно все, тебе даже трудно представить меру моей осведомленности...

— Убирайся, — не дрогнула вдова, — не уйдешь подобру-поздорову, кликну охрану.

— Ее у тебя больше нет, — совершенно спокойно сообщила нахалка, — я же назову сейчас только одно короткое имя — Жок!

Внезапно лицо Тани разом потеряло все краски. Мертвенная синева побежала ото лба к подбородку, нижняя губа затряслась, а тонкие красивые пальцы с силой вцепились в край столешницы. Гостья заметила успех своего высказывания и хмыкнула:

— Смотри не упади! Так что жду денюжки.

Она ловко повернулась на каблуках и через секунду бодро зацокала по лестнице. Я продолжала наблюдать за Таней. Хозяйка в неподвижности стояла у письменного стола. Потом на щеки вернулся легкий румянец. Из кармана Танюша вытащила телефон, потыкала пальцем в кнопки и мирно спросила:

— Химчистка? Проверьте, готов ли заказ № 6589. Да, да, красное кожаное пальто. Ну и отлично, сейчас приеду.

Дверь кабинета стукнула, Татьяна тоже пошла вниз. Я подождала пару минут и прокралась к себе в спальню. Встав из предосторожности за занавеской, увидела, как вдова Харитонова быстро села в машину и покатила к воротам. Я осталась на месте. Не хочу, чтобы Антонина узнала о моем присутствии. Вчера вечером я загнала машину в гараж, чего раньше никогда не делала, вот горничная и ошиблась. Впрочем...

Я на цыпочках пробралась на первый этаж,

надела куртку, сапоги и с громким звуком треснула входной дверью. Естественно, в холл моментально примчалась Тоня.

— Ах, это вы, Дарья Ивановна...

— Да, Тонечка, вот ездила в мастерскую, видеокамера сломалась. Дома есть кто?

— Никого.

— Ладно, тогда прогуляю животных.

— Дарья Ивановна, — крикнула горничная, — взяла ваши блузки постирать!

— Спасибо, — ответила я и свистнула собак.

Пятеро наших псов мигом разбежались по саду. Мулю я вынесла на руках и поставила возле клумбы. Глядя, как она обкусывает первые проклюнувшиеся цветочки, я усмехнулась. Никогда еще не встречала такого проказливого щенка, постоянно что-то жует, причем в большинстве случаев абсолютно несъедобные предметы. Не далее как вчера Мулю поймали возле пепельницы, еще пять минут назад полной окурков. С невероятно счастливым видом мопсенок вылизывал длинным розовым язычком последние хлопья пепла. Я уже не говорю о жвачке, ластиках, шариковых ручках, исчезнувших в ее пасти. Если Муля испарилась с глаз — жди беды.

Вот и сейчас она куда-то подевалась. То и дело вскрикивая: «Муля, Муля!» — я двинулась по дорожке.

Снап убежал вперед, Банди трусил возле меня, а Жюли, Хуч и Черри весело носились за Клеопатрой. Одуревшая от теплой погоды киска распушила хвост и грозно фыркала, размахивая лапой. Но острые когти не торчали из розовых «подушечек». Всем участникам «драка» доставляла невероятное удовольствие. Интересно, а где

Фифина? Обычно наши кошки передвигаются парой.

— Муля, Муля! — безрезультатно взвыла я, приближаясь к забору.

Скорей всего, гадкий мопсенок нашел невероятно привлекательную вещь, что-нибудь вроде дохлой вороны, и теперь быстро-быстро потрошит добычу, пользуясь тем, что хозяева упустили его из поля зрения.

Я не выходила в сад несколько дней и сейчас, при ярком солнечном свете, поразилась его запущенности. Кстати, и садовника не видела. Даже у нас в Ложкине раз в неделю приходит милый Семен и худо-бедно приводит в порядок территорию. Странно, что Таня, так безупречно следящая за своим внешним видом и домом, полностью игнорирует сад. Хотя, может, ей сейчас не до него.

У самого забора в углу раздавалось громкое чавканье.

— Вот ты где! Ну, погоди!

Я ухватила мопсенка за жирный хвостик. Муля моментально захлопнула пасть и глянула на меня невинными, беззащитными глазами. И она, и я знали, что сейчас произойдет.

— Знаешь, дорогуша, — рассердилась я, — вчера разжала тебе зубы и вытащила на свет дохлого мышонка, поэтому сегодня произведу «таможенный досмотр» в ванной комнате!

Муля молчала, как партизан на допросе. Мопсик отлично понимал: если сейчас приоткрыть радостно пасть, противная тетка моментально отнимет добычу.

Я сунула щенка под мышку и пошла в дом. Собаки остались в саду. Теперь за Клеопатрой охотились все пятеро. Странно, что Фифина не принимает участия в развлечении.

В ванной для гостей на первом этаже я зажала Мулю в угол и принялась разжимать плотно стиснутые мопсячьи челюсти. Щенок отчаянно вертел башкой и бешено сучил всеми лапами. Но я оказалась сильной и, обвалив на пол многочисленные розовые полотенца, пробралась в мопсову пасть и нащупала пальцами круглый, явно железный предмет.

— Ну и дрянь ты, Муля, — пробормотала я, разглядывая странное серебряное колечко, довольно большое и широкое. По нему шла надпись латинскими буквами «Peterson», явно не украшение, тогда что? Я повертела добычу в руках, похоже, совсем недолго пролежала вещица в саду, потому что не успела как следует потемнеть. Надо бы показать Тане, вдруг крайне необходимая в хозяйстве мелочь?

Из-за спины донеслось мерное чавканье. Я обернулась и увидела, что отпущенный на свободу мопс, блаженно прикрыв выразительные выпуклые глаза, с восторгом жует лавандовое мыло.

— Дай сюда, — завопила я, выдирая из Мулиной пасти ароматный кусок, успевший превратиться в обмылок, — просто гастрономический монстр, а не собака!

Муля недовольно засопела и унеслась в коридор на поиски новой «вкуснятины». Я вышла следом. Вдруг до слуха донеслось жалобное мяуканье. Фифина! Кто-то случайно запер кошку в гладильной, вот почему ее не было в саду!

Я поспешила на зов. Но дверь подсобной комнаты оказалась открытой. Фифина стояла на задних лапах возле большой стиральной машины.

Передние киска положила на круглое стеклянное окошечко и выла нечеловеческим, вернее, некошачьим образом. Последний раз подобные вопли долетали до моего слуха в марте, когда ангорка приветствовала собравшихся под балконом кавалеров.

— Что случилось? — грозно спросила я.

Фифина повернула круглую голову с тревожно прижатыми ушами и взвыла, как пароходная сирена. Передние лапы яростно скребли окошечко, словно животное пыталось открыть дверцу. Удивленная столь странным поведением мирной доселе Фифы, я присела возле «Канди» и заглянула внутрь. В ту же секунду руки сами собой нажали на кнопки. С шумом и ревом из резинового шланга потекла не успевшая стать грязной вода. Очевидно, цикл стирки только начался. Наконец раздался тихий щелчок. Я быстро распахнула дверку. Из барабана выпал комок мокрых блузок, среди рукавов мелькнула ошарашенная морда нашей ручной крысы. Я вытряхнула несчастную простиранную Фиму на пол. Фифина моментально подгребла к себе лапой крысу и начала самозабвенно ее вылизывать.

Белая крыса, получившая имя Фимы, появилась впервые в нашем доме, когда Кеша пошел во второй класс. Ему очень хотелось иметь хоть какое-нибудь домашнее животное, и я отправилась в зоомагазин.

У меня в детстве жила кошка Лада. Она обожала бабушку и ровно в шесть усаживалась у входной двери поджидать ненаглядную хозяйку. Когда наконец бабуля входила в дом, Лада обхватывала ее шею лапами и принималась от полного счастья издавать стонущие звуки. Спала она только в кровати у пожилой женщины, положив голову на подушку. Никакого желания гулять с котами у Лады не возникало. Ну, в самом деле, зачем ей коты, если есть любимая бабушка.

Словом, помня о Ладе, я решила, что у сына должно быть счастливое детство, и купила крысу. Грызунов я не боялась, но считала абсолютно глупыми тварями. Через полгода мое мнение о них кардинально переменилось.

За те шесть месяцев, что Фима обреталась в нашем доме, произошло много событий. Во-первых, Кеша, поняв, что мать дала слабину, тут же притащил хромоногого блохастого щенка и весьма ободранную кошку, которая вскоре стала счастливой матерью. Так мы начали жить одной дружной семьей. Собака и кошка не делили территорию, а оставшийся у нас котенок лазил в ящик к Фиме и укладывался спать к ней под бочок. Крыса оказалась на редкость коммуникабельной и орала во все горло, если мы не выпускали ее гулять по квартире. Оказавшись на свободе, она моментально неслась к кошачьей кормушке и подъедала все, что там находила.

Потом с чувством исполненного долга обходила дозором две крохотные комнатушки и устраивалась на отдых в густой шерсти дворняжки. К сожалению, крысы живут максимум три года, и Фима мирно скончалась под неутешительный плач. Мы купили Фиму-вторую, потом третью, нынешняя уже шестая по счету. Она появилась у нас в тот же день, что и белый котеночек по кличке Фифина. Дети подружились и стали спать вместе. Прошел год, и Фифа превратилась в огромную пушистую ангорку с изумительными зелеными глазами. Фима же не слишком выросла, но нежная дружба осталась. Если крысы нет в коробочке, значит, она спит в корзинке с кошками. Клеопатра тоже любит грызуна, но не с такой силой, как Фифина. Последняя заботится о крысе будто родная мать и страшно нервничает, когда подруга куда-то пропадает.

Я не слишком аккуратна, и мои блузки просто валялись в кресле. Очевидно, Тоня сгребла вещи и, не глядя, сунула в барабан. Хорошо еще, что Фифа подняла крик. Крысы, конечно, водоплавающие животные, да и стиральная машина не наполняется никогда под завязку, так что вряд ли Фима смогла бы захлебнуться. Впрочем, интенсивный отжим ей бы, скорей всего, не понравился.

Я сунула выстиранную крысу за пазуху и поднялась в спальню. Следовало подвести итог: ничего не разузнала, кроме одного — таинственный Жок владеет клубом и отчего-то упоминание этой клички повергло Таню в ужас!

Отдав Фиму Фифине, я с наслаждением закурила. Потом вытащила листок бумаги. Так, попробуем систематизировать информацию. Что известно точно? Кто-то убил Ваньку, потом Зою, следом стрелял в Никиту! Господи, совсем позабыла про Павлова. Какая я свинья, надо немедленно узнать, как он себя чувствует! И еще странная история с Костиной, а тут еще этот Жок.

Просто путаюсь в разных фактах и деталях. Нет, браться разом за все дела никак нельзя. Чтобы утереть нос Крахмальникову и полковнику, следует отыскать в первую очередь Жока. К тому же я совершенно ничего не понимаю в происшествии с Клюкиным и Зоей, а к Жоку подобралась очень близко, можно сказать вплотную. Осталось всего ничего — действовать либо через клуб, либо через Танину сестрицу — шантажистку.

Поколебавшись минут пять, я склонилась в сторону похода к родственникам и, быстренько одевшись, влезла в «Вольво».

Так, и где теперь искать адрес? Обратиться в Мосгорсправку? Но не знаю ни имени, ни фамилии. Вполне вероятно, что женщина замужем, впрочем, если она и осталась Ивановой, это совершенно не облегчает задачи. Представляете, сколько дам, носящих эту славную фамилию, проживает в Москве? Жизни не хватит всех проверить! Может, лучше начать с клуба? Хотя есть одна зацепка. Я завела мотор и вырулила на шоссе.

Из разговора сестриц стало понятно, что их мать жива. Вот к ней и обратимся, ну должна же женщина знать, где найти свою дочь. А адрес старшей мадам Ивановой добыть легко. Достаточно доехать до архива иняза.

Родной институт радовал глаз обшарпанными стенами. Кое-где зеленая краска облупилась, да и паркет выглядел не лучшим образом. В комнате с табличкой «Канцелярия» спиной ко входу стояла грузная дама. Услышав скрип двери, она громко спросила:

— Ну, кто там еще? — и повернулась.

В ту же секунду я ахнула:

— Амалия Модестовна, вы?

— Кого же ты ожидала тут встретить, Дарья, — преспокойненько произнесла женщина.

Ноги словно примерзли к порогу. Время бешено раскрутилось назад, и вот я, вновь глупенькая первокурсница, потерявшая после зимней сессии зачетку, стою перед суровой и неподкупной Амалией Модестовной. Сколько же ей лет сейчас? Наверное, около семидесяти, а выглядит просто великолепно.

— Здравствуйте, Амалия Модестовна.

— Добрый день, детка. Что привело тебя под сень alma mater? Девятнадцать лет не заглядывала...

— Двадцать, — машинально поправила я инспекторшу, — только что отмечали с курсом круглую дату после окончания.

Брови пожилой дамы взметнулись вверх.

— Значит, у всех маразм. Дипломы вам выписали девятнадцать годков назад.

— Нет, — вяло сопротивлялась я, — двадцать...

— Дарья, — отчеканила Амалия Модестовна, — даже не думай спорить, ты же знаешь мою память.

Она тяжелым шагом отошла к большим светлым шкафам, стоящим вдоль стен, и стала выдвигать ящички.

Что правда, то правда. Память у Амалии Модестовны уникальная. Каким образом она ухитрялась держать в голове огромное количество самых разных сведений, не понимал никто. Многие преподаватели пользовались ею как живой телефонной книжкой. Стоило назвать фамилию, как Амалия Модестовна моментально сообщала номер телефона и адрес. Если речь шла о студентах, могла припомнить отметки и темы курсовых работ. И, кажется, своего редкостного умения она не растеряла до сих пор. Во всяком случае, меня узнала моментально.

— Гляди, — сунула инспекторша в руки карточку, — любуйся и больше никогда не спорь со старшими. Скажи спасибо, что все документы, как Плюшкин, храню. Вот умру, придет новая завканцелярией, живо весь хлам к черту выкинет! А у меня рука не поднимается, всех ведь помню как родных!

Я уставилась на клочок бумаги и через секунду поняла, что держу свою регистрационную студенческую карту. Да, действительно прошло девятнадцать лет. Надо же, ведь никто не поправил Зою, действительно коллективный маразм.

— Говори, зачем пришла, — поторопила Амалия Модестовна, — недосуг мне, сейчас административный совет начнется.

— Дайте поглядеть на такую же карточку Тани Ивановой.

— Зачем? — проявила бдительность чиновница.

Я замялась на секунду, потом выпалила:

— Привезла для ее матери из Парижа лекарство и потеряла адрес, да и имя забыла. Неудобно как-то, она больна, ждет таблетки.

— Чего же у самой Тани не спросишь? — поинтересовалась Амалия Модестовна, роясь в ящичке.

— Так она сейчас в Англии живет, — вдохновенно врала я.

При всей своей феноменальной памяти Амалия Модестовна отличалась полным отсутствием логики. Ну зачем, спрашивается, просить кого-то покупать своей матери лекарство в Париже, если сама обретаешься в Лондоне? Но такая простая мысль не пришла в голову пожилой даме, и она дала мне еще один листок.

«Иванова Татьяна Михайловна». Так, отец скончался, а вот и мама — Иванова Людмила

Сергеевна. И адресок в наличии — Казанский
пер. 18, квартира 1.

— Она могла за этот срок переехать куда угодно, — резонно заявила инспекторша, но я уже
бежала по лестнице, крича на ходу:

— Спасибо!

Глава 22

Несколько лет назад полковник Дегтярев подарил мне совершенно замечательный атлас.

— Держи, — вздохнул толстяк, протягивая довольно пухлую книжечку, — от сердца отрываю.

Вещь и впрямь потрясающая. Мало того, что
на ее многочисленных страницах можно найти
все улицы, переулки, тупики и магистрали, так
еще проставлены номера домов, отмечены отде-
ления милиции, кафе, магазины, бани... Словом,
кладезь нужной информации.

Переулок оказался недалеко от центра — тянулся перпендикулярно Садовому кольцу. Постояв в пробке, я свернула направо и тут же уткнулась в нужный дом. Высокое здание дореволю-
ционной постройки вздымалось ввысь тремя
этажами, вровень с ним стоял современный кирпичный семиэтажный дом. Впрочем, удивляться
не следовало, в первой постройке в квартирах потолок поднят на пять метров, во второй висит у
несчастных жильцов на голове.

Огромные лестничные пролеты и перила с
ажурными железными стойками подавляли вели-
чием.

Первая квартира, естественно, у входа. Я принялась давить на звонок левой рукой. В правой

мирно покачивался пакетик с тортом «Птичье молоко» и бутылочкой замечательного ликера «Куантро». Таня одного возраста со мной, следовательно ее матери подгребает к семидесяти, ну, в крайнем случае, шестьдесят пять. Значит, давно на пенсии, а пожилые дамы обожают сладкое и продолжительные разговоры о прошлом. Если бабуся окажется малообщительной, на помощь должен прийти алкоголь. Одной рюмочки для старческого организма хватит, чтобы впасть в эйфорию.

И когда дверь без всяких вопросов уже растворилась, мне в голову ввалилась оригинальная мысль: что, если Танины родственники живут вместе?

— Вы к кому, милочка? — донеслось откуда-то снизу.

Я опустила глаза и увидела крохотную старушку, просто китайскую статуэтку. Ростом бабушка едва доставала мне до груди, а я, как Венера Милосская, всего метр шестьдесят четыре высотой, и ни сантиметром больше. Хозяйка глядела вверх абсолютно беззащитным взором — так смотрят совсем маленькие дети и молодые собаки: бесхитростно и слегка выжидательно, надеясь на подарок.

— Вы Людмила Сергеевна?

— Нет, душенька, я Катерина Андреевна. Желаете видеть Людочку?

Я кивнула.

— Ну надо же, — обрадовалась бабулька, расплываясь в счастливой улыбке, — у нас гости! Идемте, идемте.

Квартира казалась бесконечной. Комнаты располагались анфиладой. Такие интерьеры совсем не редкость в Питере, но редко встречаются в Москве. Мы довольно быстро миновали зал, украшенный лепниной, с большим роялем и пыльными парчовыми диванами, прошли через некое подобие кабинета с кокетливым письменным столом, затем пробежали гостиную, две спальни и уперлись в огромную белую двустворчатую дверь.

Катерина Андреевна потянула было за ручку, потом хитро глянула на меня и сказала:

— Знаю, кто вы!

— Кто? — оторопела я.

— Таня. Людочка вас долгие годы ждала, и вот вы наконец пришли.

И не успела я возразить, как старушонка втиснулась за дверь и неожиданно громовым голосом крикнула:

— Милочка, радость какая, Танюшка вернулась!

Потом створка открылась, и бабуся, ухватив неожиданно сильной рукой мою руку, втянула меня внутрь.

Передо мной было гигантское помещение, в глазах моментально зарябило от синего цвета. Казалось, что в комнате присутствуют все его оттенки — от нежно-голубого до сливового. Занавески, ковер, обивка кресел, скатерть — все выдержано в одной гамме. Даже спускавшиеся с потолка громоздкие хрустальные люстры были украшены подвесками, смахивающими на баклажаны.

— Подымайся, — велел голос откуда-то из потолка.

Я напрягла взгляд и увидела в самом конце зала небольшую лестницу. Ступени привели на антресоль, где в довольно тесном и темном помещении стояла большая кровать с несвежим бельем. Странное место для спальни, впрочем, каждый сходит с ума по-своему.

Из подушек слегка приподнялась женщина, по виду совсем не старая. Секунду она настороженно вглядывалась в мое лицо, потом сердито произнесла:

— Зачем вы прикидывались моей дочерью? Что вам надо?

— Никем не прикидывалась, — быстро ответила я, — это старушка, открывшая дверь, сама решила. Даже не успела возразить, а она уже кричит.

— Курица безмозглая, — пробормотала Людмила Сергеевна и более мягким тоном спросила: — Так зачем я вам понадобилась?

— Представляю журнал «Мир женщин». Мы даем серию статей под общим названием «Наши современницы». Рассказываем как о знаменитых, так и о простых женщинах России. Один из очерков будет посвящен вам.

Честно говоря, я ожидала удивленного вопроса. Что-то типа: «А при чем тут я?» Но Людмила Сергеевна лишь улыбнулась краешком губ.

— Значит, кто-то все же помнит!

— Конечно, — с энтузиазмом крикнула я, — разве можно вас забыть!

Людмила Сергеевна вновь недобро усмехнулась.

— Если уж родные дочери бросили, то поклонникам сам бог велел.

С этими словами она принялась дергать шелковый шнурок, свисавший у изголовья. Раздался такой звук, будто швыряют об пол надтреснутые чашки, и Катерина Андреевна поднялась на антресоль.

— Это не Таня, — строго сказала ей Людмила Сергеевна.

— Ну надо же, — всплеснула руками старушка, — а по виду похожа!

— Ты все путаешь, Катя, — сердито выговорила хозяйка, — ступай, сделай нам чаю!

— А у нас и сахару даже нет, — бесхитростно заявила старушка, — придется голую заварку пить. И купить не пойду: пенсию только завтра принесут, опять не дожили!

Тут только я вспомнила про «Птичье молоко» и бутылку. Прижимая к груди дары, старушка радостно посеменила на кухню.

— Вот что, — отчеканила хозяйка, — хорошо, согласна, дам интервью, но только с одним условием, чтобы напечатали все, дословно, а главное, чтоб назвали моих дочерей, полностью, с именами, отчествами и фамилиями. Пусть люди вокруг знают, как они со мной поступили, пусть застыдят негодяек.

Я пообещала Людмиле Сергеевне огромную статью с фотографиями.

— Ладно, — оживилась дама и, ловко ухватившись за привинченную к стене железную палку, села в подушках, — слушайте.

История оказалась старой, как мир. Гениальный Шекспир создал в свое время пьесу «Король Лир» о благородном отце и двух негодяйках-дочерях. Сейчас в роли особы королевской крови выступала Людмила Сергеевна.

— В конце тридцатых годов, — пустилась в воспоминания женщина, — я выиграла чемпионат России по художественной гимнастике.

— Боже, — вырвалось из моей груди, — сколько же вам лет?

Хозяйка кокетливо тряхнула нечесаной головой.

— Секрет, хотя скажу сразу, была тогда самой молодой в команде. Так меня все и звали Людочка-крошка.

Ну а потом случилась совершенно невероятная вещь. Сталин как раз пытался дружить с Америкой, и советские гимнасты отправились за океан. Ехали на гигантском теплоходе почти две недели, рейса самолета до Нью-Йорка тогда еще не существовало и в помине. А за перелет от Москвы до Америки отважные летчики получали звание Героев Советского Союза.

Людочка оправдала надежды партии и правительства. Выиграла все, что можно, и продемонстрировала преимущество социалистического строя перед капиталистическим. Газеты наперебой брали интервью у заокеанской красавицы, и девушка бодро говорила, что цены в СССР постоянно снижаются, зарплата растет, медицинская помощь оказывается бесплатно, среднее образование получают все дети, а квартплата самая низкая во всем мире. Самое интересное, что все вышесказанное было полнейшей правдой. Единственно, что вызывало легкую улыбку, — это заявление о том, что в СССР не притесняют негров.

— Их у вас просто нет, — съехидничала одна из журналисток.

Но Людочке не зря разрешали давать интервью от лица всей команды. Живой ум моментально подсказал девушке ответ:

— Верно, но Советский Союз громадная

многонациональная семья, где в любви и дружбе живут казахи, башкиры, узбеки, калмыки, грузины и евреи.

Американцам крыть было нечем, и Людочка вернулась на Родину настоящей национальной героиней. Команду везли по улице Горького в открытых автомобилях, восторженные болельщики кидали букеты, с неба сыпались листовки, и Людочкина голова сладко-сладко кружилась от восторга.

Потом началась война. Милочка была комсомолкой и патриоткой, поэтому отправилась медсестрой на фронт. Но судьба хранила девушку, ее ни разу не ранило, даже не поцарапало. Более того, именно в те страшные годы Люда нашла любовь — молодого красавца-майора Михаила Дмитриевича Иванова.

И 9 мая она встретила в Берлине, мужней женой, генеральшей.

В начале 50-х они вернулись из Германии в Москву. Иван Дмитриевич получил квартиру, Людмила Сергеевна роскошно обставила апартаменты и забила шкафы привезенным из Берлина хрусталем и серебром.

Началась счастливая жизнь, сплошной праздник: гости, приемы, театры, концерты. Шились платья, покупались шубы и драгоценности. Спорт Людочка давным-давно забросила, кинулась в домашнее хозяйство. Гигантские апартаменты убирала домработница, но готовила генеральша сама. Ах, какие пирожки и кулебяки она пекла, какие варила борщи, как запекала телятину и свинину... Голода в этой семье не знали никогда.

В конце 50-х Людмила Сергеевна спохватилась. Возраст стремительно подкатывал к сорока, а детей в семье не было. Сначала война, потом светская жизнь, не хотелось портить фигуру, возиться с бутылочками и пеленками... Но красавица понимала: все, поезд уходит, скоро мелькнет красными огнями хвостовой вагон!

Так же рьяно, как в гимнастику, а потом в домашнее хозяйство, дама кинулась в деторождение. И вновь судьба одарила царским подарком. Обычно женщины, откладывающие появление младенцев на конец третьего десятилетия, беременеют с трудом. Людочка с легкостью произвела на свет трех дочек, красавиц и умниц. Ей даже перестали завидовать, понимая, что такой вариант жизни выпадает одной бабе из миллиона: талантливая, знаменитая, богатая, красивая, любящая и любимая жена, отличная мать...

Счастье просто переливалось через край, и длилось оно не один год. Девочки-погодки подрастали беспроблемными детьми, отличницами, комсомолками. Муж медленно старился, оставаясь по-прежнему влюбленным в миниатюрную супругу. Их брак благополучно избежал всех подводных камней.

Но потом судьба решила, что хватит презентов, и захлопнула крышку сундука с подарками. Скончался Михаил Дмитриевич. В одну ночь, от сердечного приступа. Людмила Сергеевна, правда, вначале слегка растерялась, но тут же взяла себя в руки.

Похороны прошли по высшему разряду — могила на Новодевичьем кладбище, почетный караул, море венков и горячие заверения друзей: «Звони, сразу поможем».

Через месяц в огромной квартире замолчал телефон. Людмила Сергеевна поняла, что наступает иная жизнь. Впрочем, финансовые трудности не пугали. На сберкнижке нежилась тугая копеечка, на которую можно было безбедно прожить лет двести. Старшая дочь Танечка училась на первом курсе иняза. Вторую — Софью — Людмила Сергеевна пристроила в медицинский, третья — Алена — пока школьница, подумывала о театральном.

Потом Софочка влюбилась, сыграли пышную свадьбу. Молодой муж приехал в роскошную квартиру. По вечерам все вместе пили чай с тортом...

Идиллия длилась около года и кончилась разом холодным декабрьским днем. Танечка, случайно раньше вернувшаяся домой с занятий, нашла супруга Софы в постели... Алены.

Сестра принялась плакать и приговаривать, что Тема ее изнасиловал, молодой зять закричал:

— Да ты сама постоянно передо мной кофточку распахивала!

Начался дикий, какой-то итальянский скандал с битьем посуды и разламыванием стульев.

Испуганная Таня кое-как утихомирила враждующие стороны, пообещала держать язык за зубами и велела любовникам прекратить преступную связь.

Но они не послушались. Татьяна частенько ловила возбужденные взгляды, которые они кидали украдкой друг на друга. Боясь, что в конце концов Соня прозреет, Таня рассказала обо всем матери.

Людмила Сергеевна не стала хвататься за голову и ужасаться, а приняла Соломоново решение. Взяла подаренную генералом к 50-летию роскошную бриллиантовую брошь и отправилась в исполком к чиновнице, ведавшей списком очередников на кооперативное жилье. Вопрос решился в два дня. Соня и Артем получили трехкомнатные хоромы. Добрая мать, продав пару колец, цепочек и серьги, полностью оплатила пай. Как все советские люди, Людмила Сергеевна свято верила в Сбербанк и предпочитала не трогать заначку, отложенную на черный день. Золотые же побрякушки казались чем-то несерьезным, рубли выглядели солидно и надежно.

Молодые съехали. Естественно, им понадобились мебель, холодильник, телевизор, магнитофон...

«Золотой запас» похудел еще на несколько цацек.

Потом взбунтовалась Татьяна.

— Соньке все, а другим ничего, — орала молодая женщина, — разменивай квартиру и выделяй меня!

— Но у Сонечки семья, а у тебя пока нет мужа, — наступила мать на больное место.

Таню просто перекосило от злобы. Людмила Сергеевна невольно задела кровоточащую рану. Вокруг Танюшки вертелись разные кавалеры, но дальше походов в театр дело не шло. И Танюшка была классической старой девой в полном понимании этого слова. Покраснев до свекольного оттенка, дочурка заявила:

— Потому и не могу в загс пойти, что дома постоянно кто-то есть! Не ты, так Алена! Ну какой мужик согласится трахаться со мной, когда вы за стенкой прислушиваетесь.

Людмила Сергеевна признала справедливость замечания и, вынув из комодика очередную бархатную коробочку, двинулась к уже знакомой чиновнице. И вновь крайне успешно. Танечка получила отличную однокомнатную квартирку. И опять понадобилась мебель, холодильник, телевизор... Словом, когда требования о собственной жилплощади выдвинула Алена, бархатных сундучков в заповедном ящичке осталось всего два. Впрочем, их хватило.

Огромная квартира генеральши опустела. Правда, по субботам дочери приезжали на обед. Людмила Сергеевна не слишком огорчалась, оставшись в одиночестве. Трезвый ум подсказывал — птенцам надо когда-нибудь вылетать из гнезда! Правда, иногда бунтовало сердце, глядя, как взрослые сын и дочь Марьи Сергеевны из пятой квартиры нежно целуют старушку, уходя на работу.

«Какая разница, где мы живем, — утешалась бывшая спортсменка, — главное, любим друг друга, одна семья».

Потом рухнула и эта шаткая иллюзия. Сначала Соня узнала о бывшей связи Артема и Алены. Она приехала к матери и устроила дикий скандал.

— Знаю, — визжала женщина, топая ногами, — отлично знаю, кто помогал и покрывал мерзавку, ты! Всегда любила Алену больше, чем меня. И не спорь. Мне в школу давала бутерброды с сохлым сыром, а ей с языковой колбасой.

От такой несправедливости Людмила Сергеевна чуть не заплакала и принялась нелепо оправдываться:

— Да что ты несешь, Сонечка! Просто папе давали сначала паек второй категории, а потом первой, отсюда и языковая колбаса.

— Слышать ничего не хочу про идиотские заказы, — взвыла Софа и выкрикнула: — Выбирай, или я, или эта мегера...

— Но как же, — растерялась генеральша, — она моя дочь и твоя родная сестра!

— Вот и чудно, — неожиданно спокойно отреагировала Соня, — только не удивляйся моему поведению, ты сама выбор сделала.

И, повернувшись на каблуках, она ушла из квартиры навсегда. Пару раз Людмила Сергеевна пыталась дозвониться до нее по телефону, но трубку каждый раз снимал Артем, мямливший невразумительно:

— Сонюшки нет дома, работает много.

Потом все-таки один раз генеральша попала на дочь.

— Деточка, — заплакала Людмила Сергеевна, — что же ты не показываешься?

— Кто это? — совершенно спокойно спросила Соня.

— Как? — оторопела генеральша. — Твоя мама.

— У меня нет матери, — холодно отрезала Софья и швырнула трубку.

Затем полностью испортились отношения с Татьяной. У той как раз разгорелся роман с Харитоновым. Людмила Сергеевна как могла пыталась вразумить старшую дочь:

— Он женат и никогда не разведется, поверь мне, тянешь пустую фишку...

Но Танюшка закусила удила. Весть о ее беременности генеральша восприняла в штыки.

— Немедленно сделай аборт, — настаивала Людмила Сергеевна, — ты даже не представляешь себе, как трудно одной вырастить ребенка.

Таня родила вопреки воле матери. Через месяц стало понятно, что младенец, мягко говоря, странный, и Людмила Сергеевна не сдержалась:

— Говорила тебе, избавься от ребенка! Так нет, все по-своему сделать хочешь! Ну и каков результат? Воспитывать теперь урода, дауна?! Кошмар, жизнь под откос! Может, пока не слишком поздно, отдать девочку в приют, все равно толку из нее не выйдет!

Таня посерела, потом взяла на руки мирно спящую дочь и крикнула:

— Пошла вон отсюда!

Людмила Сергеевна наговорила дочери еще кучу обидных слов и хлопнула дверью. Через неделю гнев утих, и генеральша решила пойти на попятный. Купив красивого плюшевого мишку, она сказала отворившей дверь Татьяне:

— Вот, Вареньке Винни-Пуха принесла!

Твердой рукой Таня взяла игрушку и швырнула ее в лестничный пролет.

— Что ты делаешь? — вскрикнула мать.

— Запомни хорошенько, — отчеканила старшая дочь, — ни тебя, ни твоих подношений в этом доме видеть не желают. Еще раз явишься, сама полетишь туда же.

Захлопнувшаяся дверь чуть не ударила генеральшу по лицу.

Дольше всех с матерью продержалась Алена. Девушка получилась слишком ленивой, не очень работоспособной, но с безудержной фантазией. Учиться она не хотела, впрочем, зарабатывать на жизнь тоже. Ее коммунальные платежи оплачивала мать, она же давала дочери деньги на еду, одежду и развлечения. Но при этом Алена не гнушалась забежать к матери пообедать или поужинать.

В первой половине 90-х годов сбережения Людмилы Сергеевны, лежавшие в Сбербанке, разом сгинули, как у всех в стране. Вот когда она пожалела, что разбазарила драгоценности, но было поздно. Поняв, что мать некредитоспособна, Алена испарилась. Людмила Сергеевна осталась практически нищей. Пенсию она, не выработав трудового стажа, получала грошовую, пришлось распродавать вещи, с которыми намеревалась жить до смерти: картины, статуэтки, богемский хрусталь. Одна за другой умирали не слишком многочисленные подруги генеральши, и наконец пришел момент, когда звонить стало некому. Возле Людмилы Сергеевны осталась лишь престарелая домработница Катя, почти выжившая из ума старушка. Генеральша давно не могла платить ей заработную плату, но Катерине Андреевне попросту было некуда идти, и они жили вместе, складывая свои пенсии. Одно время бывшая гимнастка даже хотела отказаться от телефона. Зачем платить абонентную плату, если все равно не пользуешься аппаратом! К старшим дочерям Людмила Сергеевна обратилась только один раз, когда несколько лет тому назад упала на ровном месте и сломала лодыжку. У Сони дома ответила незнакомая женщина, сообщившая, что хозяева улетели в Таиланд отдыхать, а у Тани старческий голос продребезжал:

— Здесь такая давно не живет.

Газет Людмила Сергеевна не читала, телевизор у нее давно сломался, так что вся информация о том, что ее дочь — жена блестящего адвоката и депутата, до матери не дошла.

Примерно раз в неделю забегала Алена. Шарила жадными глазами по пустым полкам шкафов, выискивая завалявшиеся ценности, не стеснялась пообедать или поужинать и чаще всего потом просила дать ей денег.

— Только до понедельника, мусенька, обязательно верну!

Людмила Сергеевна отдавала ей сэкономленные копейки, понимая, что ей никогда их не вернут. Но Алена была единственной из дочерей, хоть иногда вспоминавшей о матери. Таня и Софа вычеркнули женщину из своей жизни.

Больше всего генеральша боялась умереть и остаться лежать в квартире непогребенной. Плохо сросшаяся лодыжка причиняла при ходьбе боль, и Людмила Сергеевна большую часть времени проводила в кровати. Совершенно случайно она открыла для себя новый вид литературы — любовный роман — и теперь с каждой пенсии покупала четыре книги. Одного тома ей хватало на неделю. Расход для бедной пенсионерки нешуточный, но генеральша была готова отказаться от «Рамы», «Олейны» и кофе «Глобо», но только не от вожделенных книг. Сам процесс покупки превращался в действо. Взяв две палки, она медленно, примерно часа за два, добиралась до ближайшего книжного магазина, расположенного на Б. Полянке. Людмила Сергеевна знала, что там книги намного дешевле, чем на лотках. Потом начинался длительный, захватывающий период выбора и утомительный путь назад. Странную посетительницу, с трудом ковыляющую по залам, приметили продавцы, и однажды, когда Людмила Сергеевна в задумчивости разглядывала очередную новинку, перед ней возникла стройная красивая дама в безупречном костюме и с идеальной прической.

— Берите обе, — посоветовала она, — не пожалеете.

Генеральша вздохнула:

— Через месяц вернусь!

Дама окинула взглядом когда-то роскошное, а теперь окончательно потерявшее вид твидовое пальто Людмилы Сергеевны и произнесла:

— Давайте познакомимся. Я — Любовь Вадимовна, заведующая складом, а вы, насколько знаю, наша постоянная покупательница.

Генеральша кивнула.

— Пойдемте ко мне, — ласково сказала заведующая.

Она провела Людмилу Сергеевну в служебное помещение, угостила чаем с конфетами и предложила:

— Видите стопку? Хорошие издания, новые, но с небольшим браком. Вот в этой книге перевернут текст, неправильно приклеили обложку, на эту что-то протекло, а вон ту, должно быть, просто уронили в грязь. Я должна списать книги, уничтожить, но, если хотите, возьмите себе, просто так, бесплатно.

Людмила Сергеевна пришла в полный восторг. Дома она оттерла и высушила романы, текст в них и впрямь не пострадал.

С тех пор походы в магазин превратились в праздник. Красивая продавщица Светочка, завидя издали хрупкую фигурку генеральши, выскакивала на порог и помогала той доковылять до склада. Любовь Вадимовна не только дарила книги, она еще предлагала каждый раз пообедать в местной столовой. Дирекция магазина заботилась о служащих, держала повара, и суп тут варили просто потрясающий. Когда же зимой прошлого года генеральша подцепила грипп и не пришла, как всегда, пятого числа в «Молодую гвардию», раздался телефонный звонок, а через час в квартиру влетела раскрасневшаяся Светочка. В одной руке девушка тащила сумку с книжками, в другой пакет, набитый продуктами и лекарствами. Увидав двух немощных бабок с температурой, Света моментально вызвала врача, прибрала спальню и сварила обед. На следующий день пришла опять...

Словом, судьба решила сделать генеральше напоследок еще один подарок. Более того, ее даже взяли в магазин на работу. Раз в месяц крепкий симпатичный шофер привозил генеральше список, и Людмила Сергеевна, нацепив очки, старательно писала плакатным пером разнообразные объявления. В молодости она отлично чертила и теперь радовалась своему таланту. Словом, жизнь вновь заиграла красками.

Единственно, кто остался недоволен, — так это Алена.

— Мулечка, — прощебетала младшая дочь, столкнувшись один раз со Светой, — ты бы оформила на меня дарственную на квартиру.

— Зачем? — спросила Людмила Сергеевна. — После моей смерти и так вам все останется, других родственников нет. Разделите на троих.

Алена поморщилась:

— Ну, старшенькие и так все в шоколаде.

— Ты с ними видишься? — решилась в первый раз затронуть опасную тему мать.

— Нет, — чересчур быстро ответила младшая дочь, — кстати, мне не нравится, что тут постоянно эта девчонка толчется, Света. Небось ждет, что ты ей квартирку отпишешь!

— Это мои друзья, — тихо сказала Людмила Сергеевна.

— Фу, мама, — дернула плечом Алена, — можно ли быть столь наивной, ну какие такие дружеские чувства между тобой и двадцатилетней девчонкой? Определенно квартиру выжидает! Ну я ей объясню, что к чему!

— Не смей, — велела генеральша.

Но Алена, очевидно, побеседовала со Светой, потому что та внезапно исчезла, а Любовь Вадимовна с глубоким вздохом сказала старухе:

— Нам очень жаль, Людмила Сергеевна, что вы думаете, будто мы корыстны...

Генеральша разрыдалась на плече у заведующей и внезапно рассказала всю правду о себе, вспомнила занятия гимнастикой, мужа-генерала, Таню, Соню, умерших подруг, безденежье и больную ногу...

Любовь Вадимовна молча гладила ее по голове, приговаривая:

— Ну, ну, все хорошо, мы вас любим!

На следующий день Людмила Сергеевна отправилась к нотариусу и сделала дарственную на квартиру. После ее смерти хоромы должны были достаться в равных долях — Любовь Вадимовне и Свете, тем, кто так преданно ухаживал за ней.

Красивый бланк с печатями и подписями она вложила в толстый конверт, а затем отдала Любовь Вадимовне.

— Спрячьте покуда в сейф, вскроете после моей смерти.

— Вам еще жить и жить, — улыбнулась заведующая, но протянутое убрала.

В субботу прибежала Алена. Как всегда, без разрешения влезла в холодильник и быстро съела приготовленные Светой котлеты. Мать подождала, пока дочь утрет жирные губы, и сказала:

— Оформила дарственную...

— Мамонька! — пришла в восторг младшенькая. — Правильно, незачем этим хабалкам ничего давать...

— Не на тебя, — прервала генеральша, — на Свету!

Секунду Алена молчала, затем начался невероятный скандал.

— Засажу, объявлю сумасшедшей, недееспособной, старая дура, выжившая из ума идиотка! — бесновалась девушка. — Как посмела меня обделить?!

— Бумага составлена по всем правилам, ничего ты не сумеешь поделать! — спокойно ответила мать.

Алена кинулась вываливать на пол содержимое ящиков.

— Где она, где, — вопила девица, почти полностью потеряв самообладание, — найду и уничтожу! Ну погоди, ты скоро подохнешь, две жизни не живут, а я первая войду и разорву дарственную! Но только не надейся, что приду раньше, чем ты окочуришься!

Она вылетела из квартиры, прошипев напоследок:

— Гадина!

Людмила Сергеевна оглядела разгром и вздохнула. Странным образом ее душевная боль утихла. Все встало на свои места. Дочерей у нее нет, зато есть верные подруги.

Глава 23

Я выскочила на улицу и села на скамеечку возле памятника. В квартире у генеральши ужасно пахло валокордином, куриным бульоном и несвежим постельным бельем. А мой нос слишком нервно реагирует на раздражители. Впрочем, голова скорей кружилась от обилия информации. Следовало переварить ее в тишине и спокойствии. Обычно люди в поисках уединения несутся к себе домой, но не мой случай. Стоит появиться на пороге, как моментально навалятся домашние с проблемами, животные с ласками... И если учесть, что сейчас мы живем в гостях, придется улыбнуться хозяйке и делать хорошую мину при плохой игре. А мило щебетать с Татьяной мне совершенно расхотелось, она перестала мне нравиться. Безусловно, Людмила Сергеевна обидела дочь... Но бросить одинокую старуху жить почти впроголодь...

Хотя, если вспомнить неприятный разговор, который вели сестрицы в кабинете, вроде Татьяна давала доллары, как она выразилась, «несчастной матери». Скорей всего Алена тратила их на себя. Ну и семейка!

В двух шагах от памятника виднелось кафе, над которым вздымался гордый транспарант: «Шаурма по-турецки». Что ж, лучшего места для обдумывания проблем не найти. Давно поняла — максимально одиночество можно ощутить, лишь находясь в толпе.

Я пробила в кассе чек и молча наблюдала, как черноволосый быстроглазый подросток не слишком чистыми руками разворачивает лаваш. Затем он ткнул пальцем в бутылку с майонезом. Я покачала головой и указала на дешевый кетчуп. Мальчишка сверкнул белозубой улыбкой и начал нагребать овощи. Вот еще один аргумент в пользу тех, кто не желает учить иностранные языки. Безусловно, на философские темы не побеседуешь, но и с голоду не помрешь. Поваренок подал приятно пахнущую трубочку и вновь улыбнулся. Очевидно, совсем не говорит по-русски и работает за копейки, а какой милый.

— Шукран, — произнесла я.

Когда-то давным-давно в качестве третьего языка учила арабский, помню всего несколько слов, в том числе и «спасибо». Но отчего-то некоторые чеченцы, наводнившие Москву, тоже его понимают.

Парнишка восторженно цокнул языком и разразился непонятной фразой. Я покачала головой и бодро выпалила:

— Шукран, лязем, мархаба, уахед, этнен, тляти[1].

Мальчишка рассмеялся и ткнул себя в грудь пальцем:

— Мохаммед.

— Даша, — ответила я и села за столик.

В ту же секунду Мохаммед подскочил и забрал у меня чашечку с растворимым кофе.

— Эй, эй, — сказала я, — заплатила за него, между прочим.

Но подросток подмигнул и поднес к губам указательный палец.

Я укусила шаурму. Конечно, готовили ее в ужасающе антисанитарных условиях, но как вкус-

---

[1] Спасибо, нужно, здравствуйте, один, два, три (*испорченный араб.*).

но! Должно быть, особую прелесть придают кушанью холерный вибрион и кишечная палочка.

Значит, психиатр Артем вовсе не любовник Татьяны, а ее зять, муж сестры Сони. Сама же Соня провернула хитрое дельце с подменой Костиной. Ох, не верится мне что-то, будто милейшая Татьяна здесь ни при чем. Интересно, знал ли Харитонов, что Валентина жива, и зачем вообще понадобилось затевать всю эту невероятную историю? Конечно, можно предположить, будто Танечка просто по-родственному навестила милого Тему, но, сдается, она полностью в курсе дела... И зачем это ей понадобилось устраивать маскарад по случаю годовщины получения диплома? Конечно, мы все идиоты, что не вспомнили настоящую дату... Впрочем, может, она сама перепутала? И кто, в конце концов, убил Ваньку и Зою, кто стрелял в Никиту? Нет, какая я свинья, так и не позвонила в больницу. И еще — откуда у Тани деньги? Олег Андреевич скончался, а она ведет прежний образ жизни, не стесняясь в расходах! Почему рыжеволосый мужчина убил шофера и забрал красный мешочек? И кто таинственный Жок?!

Да, как говорит Маня, «сейчас снесет башню». Нет, следует разбираться постепенно. Сначала нужно выяснить все про таинственного Жока и утереть тем самым нос Дегтяреву с Крахмальниковым, потом... А вдруг все эти дела непостижимым образом связаны между собой? От такой неожиданной мысли я чуть не проглотила измазанную кетчупом салфетку. Но тут моего носа достиг изумительный аромат свежесваренного кофе. Хитро улыбаясь, Мохаммед поставил на грязноватый столик чашечку. Я отхлебнула и закатила глаза.

— Восторг!

— Специально для вас старался, — раздался голос из-за моего плеча.

Я повернула голову. Полный, довольно молодой мужчина в заляпанном белом фартуке покачивался на пятках, сияя такой же приветливой, как у Мохаммеда, улыбкой. Только зубы сверкали не белым, а золотым блеском.

— Сынишка говорит, первый раз такая приятная посетительница попалась, — сказал чеченец и сунул в рот красиво изогнутую трубку.

Я уставилась во все глаза на курительный прибор, потом попросила:

— Можно взглянуть поближе на вашу трубку?

— Пожалуйста, — ответил хозяин, — у меня их несколько, но это самая дорогая и любимая, фирмы «Петерсон».

Я молча глядела на кусок вишневого дерева. Чубук от головки отделяло довольно широкое серебряное кольцо, по нему шла надпись латинскими буквами: «Peterson». Так вот что нашла в траве Муля!

— Она разбирается?

— Конечно, — без тени удивления ответил чеченец, — развинчивается и чистится. Пару раз я это колечко терял...

Поблагодарив милых хозяев, я поехала домой. И с чего это решила, будто они чеченцы? Впрочем, сейчас москвичи любого смуглого, черноглазого и черноволосого мигом записывают в чеченцев. В холле стояли Кеша и Маруся.

— Ты купила для Черри «Фролик»? — поинтересовался брат.

Наши собаки особо не привередничают в еде, исповедуя принцип: дайте побольше. Впрочем, как ни странно, самый прожорливый из них — маленький Хучик. Мопс может, не поморщившись, съесть целую курицу, а потом будет глядеть на вас голодными глазами. Банди обожает блинчики, Снап без ума от говяжьей печенки, Жюли охотно уничтожает геркулесовую кашу... Но если любимые блюда не появляются в мисках, наша свора безропотно соглашается на сухой корм. Все, но только не пуделиха Черри. Покормить ее — головная боль. Мясо, рыбу, яйца, кашу и овощи она не ест, от сосисок отворачивается, суп и макароны даже не следует предлагать. Лучше всего идет сыр, но опять же не всякий, а, к примеру, «Маасдам» или «Радамер». «Гауду» и «Эдам» пудель на дух не выносит. Вопрос с сухим кормом для нее самый больной. Мы перепробовали все — «Педигри-Пал», «Чаппи», «Рояль Канин» — в виде гранул и консервов, но толку чуть. Ничего из предложенного она не ела и есть не собиралась. Но однажды Ольге попался на глаза подозрительно дешевый, красивый пакет с надписью «Фролик».

— Если она дорогие не жрет, то к этому даже и не приблизится, — вздохнула Зайка.

— Давай попробуем, — предложила Маня.

И, как всегда, оказалась права. Умильно виляя хвостом и чавкая от восторга, Черри смела полную миску коричневых кругляшков и принялась повизгивать, требуя добавки. С тех пор основная задача притащить пакеты. Как правило, мы закупаем корма сразу на месяц, но в апреле у Черри разыгрался аппетит, и она ела в два раза больше обычного.

— Купила, — ответила Маня и добавила: — Сдача лежит на зеркале.

— Возьми себе на школу, — разрешил Аркадий, — потратишь в буфете.

— Дай деньги вечером, — потребовала сестра.

— Бери сейчас, вот же они лежат, — удивился брат.

— Нет, лучше вечером, — стояла на своем Маня.

— Что за чушь, — начал вскипать Кеша, — протяни руку и возьми.

— Я привыкла получать деньги на расходы ближе к ночи, — не сдавалась Маруся.

— Да какая разница?

— Большая.

— Какая?

— Большая!!!

— Какая?

— Отвяжись, — завопила Маня, — люблю класть деньги в кошелек в пол-одиннадцатого!

— А я, — раздельно произнес Кеша, — привык в это время укладываться спать, и мне не нравится, когда ты влетаешь с криком в мою спальню!

— Не собираюсь из-за тебя менять привычки, — продолжала вопить Маня, — мне всю жизнь дают деньги после десяти вечера, и сегодняшний не будет исключением.

— Дура!

— Сам дурак!

— Кеша, — поспешила я вмешаться в конструктивную беседу, — уступи ребенку, ну что ты как маленький!

— Действительно, — добавила Маня, — и чего уперся рогом? Возьму в пол-одиннадцатого!

— Хороша малышка, — кипел брат, — да ей

замуж скоро! Впрочем, ни один муж это сокровище не вынесет! Упрямая, вздорная и глупая!

— Зато учусь на пятерки, — отрезала Маня, —
а ты двоечник был и маму с Наташей до обморока доводил.

И это святая правда. Я сдуру отдала его в
школу слишком рано. До семи не хватало ровно
месяца, а в классе на соседних партах сидели
восьмилетки. К тому же Кеша был невероятно
подвижным ребенком, и, пока все остальные
смирно писали «жи» и «ши», мой елозил по столу
и задавал дурацкие вопросы. Да еще первая учительница досталась нам строгая, если не сказать
жестокая. Возраст у Евдокии Терентьевны подкатывал к семидесяти, шум и крик ее раздражали,
а особенно не любила она непоседливых мальчиков. Вообще в наших школах, по моим наблюдениям, педагогам больше всего нравятся больные
девочки. Сидят тихо, бегать на переменах у них
нет сил, а вопросы не задают от полной апатич-
ности; часто болеют, и тогда в классе значительно меньше учеников. Ну сами посудите, есть разница — сорок детей беснуются на уроке или
тридцать! По мне, так и то, и то слишком много,
вузовские преподаватели привыкли к маленьким
группам, но школьные учителя не слишком изба-
лованы и всегда рады эпидемии гриппа, свинки
или кори...

5 сентября в дневнике моего первоклассника
появилась первая запись — «Отвратительно вел
себя на уроке чтения, смеялся и хрюкал». К Новому году основной документ школьника оказался исписан вдоль и поперек, а в клеточках плотно толкались двойки вперемешку с колами.

Как раз перед самыми зимними каникулами

мое сокровище пришло из школы страшно гордое. Зашвырнув в угол испачканный ранец и поцеловавшись с кошкой Маркизой, Кеша радостно произнес, вбегая на кухню:

— Знаете я кто? Детил!

Наташка, как раз наливавшая горячий суп, вздрогнула, уронила поварешку и спросила:

— Кто?

— Детил, — сияя от счастья, сообщил сын, — и меня следует перевести в другую школу, где обучают таких детей. Я — совершенно особенный!

Мы с Наташкой переглянулись.

— Может, дебил? — спросила подруга.

— Ага, — радостно закивал бесхитростный ребенок, — точно, дебил! Мама, а кто это такой?

— Замечательный человек, умный и красивый, — объяснила я, едва сдерживая гнев.

Завтра же отправлюсь в школу и поговорю по душам с «Макаренко». Но назавтра к Евдокии Терентьевне отправилась Наташка.

— Ты слишком импульсивна, — вздыхала подруга, — наорешь на нее, только хуже ребенку сделаешь. Давай сюда коробку с новыми сапогами «Аляска», надо перед этой грымзой предстать в наилучшем виде.

Назад она вернулась через два часа, красная и злая.

— Теперь полный порядок, — пробормотала подруга, стягивая в передней на редкость грязные сапоги.

Помнится, я еще удивилась, как она ухитрилась их так изгваздать, прогулявшись разок по чистому снегу.

Двойки и впрямь прекратились, появились

четверки, а в январе за склеенный из спичечных коробков Мавзолей Кеша получил желанную пятерку и наконец стал октябренком. Тут как раз ударили морозы, и я спросила у Натальи:

— Чего «Аляску» не носишь? Нечего беречь, здоровье дороже!

Шел восьмидесятый год, обуви в стране днем с огнем не сыскать, отличные финские сапоги на меху были вожделенной вещью для большинства советских женщин. Впрочем, для многих так же совершенно недоступной. Наталье обувка досталась по случаю, с большой переплатой.

Подруга замялась и принялась бубнить нечто совершенно невразумительное:

— Жарко слишком, ноги потеют.

Все встало на свои места, когда в пятницу, забирая Кешу домой, я слегка припозднилась и явилась, когда наша учительница уже одевалась. На ногах у Евдокии Терентьевны красовались новенькие сапоги «Аляска».

— Подумаешь, — отбивалась, прижатая в угол, Наталья, — что мне, сапог для ребенка жаль! Зато, гляди, почти отличник.

Так я поняла, от чего зависят отметки. И мы начали таскать в школу коробки, коробочки и кульки. И хотя в девятом классе Аркашка взялся за ум и стал отлично учиться, «даропровод» не иссякал. Последний пузырь духов «Клима» мы оттащили учительнице математики в день выпускного экзамена. Просто так, на всякий случай.

По счастью, времена изменились, и Машка учится совсем в другой школе. Тут непоседливость считается бодростью, любопытство — любознательностью, а лень — усталостью. Не ношу я и унизительных презентов, просто раз в месяц оплачиваю счет.

— Не твое дело, как я учился, — закипел Кеша, — бери деньги и топай наверх.

— Нет, — нудила Маня, — возьму в пол-одиннадцатого!

Зная по опыту, что они могут проспорить целый час, я, вздохнув, пошла было наверх, но тут Кешка не выдержал и отвесил сестре подзатыльник.

— Еще и драться! — заорала Маня и швырнула в него ботинком.

Раздался звон, красивая ваза из темного стекла, стоявшая на столике, разлетелась вдребезги.

— Думай головой, — вскрикнул Аркадий, — не дома находишься!

Его рука вновь отвесила сестре оплеуху. С визгом девочка набросилась на обидчика. Прибежавшие на шум собаки подняли лай. Даже маленькая Муля, подпрыгивая на коротеньких лапках, кидалась поочередно то на одну, то на другую сражающуюся сторону. Откуда ни возьмись появилась Варя и с воплем: «Наших бьют!» — налетела на Аркадия. Под натиском двух разъяренных фурий сын попятился и упал на ковер. Девочки моментально оседлали его и замолотили кулаками по адвокатскому телу. Вопль, лай, визг — все слилось в единую мелодию.

— Что тут происходит? — раздался голос, и Таня вошла в холл. — Прекратите немедленно, Маша, Варя!

— Не мешай, мама, — отозвалась Варвара, пиная Кешу, — видишь, мы заняты.

Таня на секунду не «удержала» лицо. В ее глазах мелькнуло откровенное негодование, если не сказать ненависть, щеки вспыхнули румянцем гнева. Но она быстро взяла себя в руки, пробормотав:

— Первый раз вижу, чтобы Варька дралась.

«Ей было не с кем», — подумала я, но вслух сказала:

— Извини, скоро уедем, уже почти закончили ремонт.

— Ну что ты, — быстро произнесла Таня, — мне с вами веселей, хоть какая-то жизнь идет.

Она окинула взглядом растрепанных девочек, лежащего на спине хохочущего Кешу, лающих собак и добавила:

— Никуда вас не пущу. Ладно, идите ужинать, драчуны!

Глядя, как она, безукоризненно прямо держа спину, направляется в столовую, я невольно затаила дыхание. Странно все это! Хозяйка явно тяготится гостями, мы раздражаем ее шумом, а Маруся плохо влияет на Варю. Дочка Харитонова выскользнула из-под гиперопеки матери, натянула мини-юбки, начала ходить в школу и Ветеринарную академию, перестала заплетать тугие косы... Да Таня должна просто ненавидеть Маню, послужившую детонатором этих неуправляемых процессов. По себе знаю, до какой злобы могут довести назойливые гости! Но Таня по непонятным для меня причинам изо всех сил хочет удержать нас у себя в доме. Отчего? Может, она просто мазохистка?

Глава 24

Следующее утро покатилось по накатанным рельсам. Дети разбежались по делам, собаки погуляли, поели и улеглись на диванах и креслах, собираясь предаться спокойному сну. Таня укатила в парикмахерскую. Я же, повертев в руках клочок бумаги, на котором Людмила Сергеевна написала дрожащей рукой два телефона, недолго думая, набрала первый и услышала:

— Газета «Желтуха», отдел информации.

Ну надо же, пожилая дама написала не тот номер. Помедлив минуту, я все же попросила:

— Можно Алену Иванову?

— Слушаю вас, — ответил бойкий голос.

Я поперхнулась. Людмила Сергеевна ничего не говорила о том, что Алена трудится в этой газетенке. Наоборот, все время подчеркивала полное безденежье младшей дочери, и у меня сложилось впечатление, будто та безработная.

— Говорите, — поторопила Алена, — ну, чего молчите!

Пришлось действовать по вдохновению.

— Имею кое-какие сведения о высокопоставленном человеке и хотела продать их редакции.

— О ком? — деловито поинтересовалась женщина.

— Ну не по телефону же, — резонно ответила я.

— Ладно, — быстро согласилась собеседница. — Жду вас в час дня, в «Балалайке».

И она швырнула трубку. Ну надо же, до чего странная манера общения с информаторами! А вдруг я не знаю, что «Балалайка» — это Дом композитора? Либо полная дура, либо совершенно не заинтересована во встрече.

Я глянула на себя в зеркало и решила слегка изменить внешний вид. Дом композиторов — проходной двор, и там частенько обедают и ужинают мои знакомые. Совершенно не хочется, чтобы кто-нибудь из них с громким воплем: «Дашка, почему не звонишь?» — бросился мне на шею.

Значит, так. Для начала наденем строгий деловой костюм с белой блузкой. Никаких излюбленных джинсов и тинейджеровских пуловеров. На голову нацепим парик, аккуратную стрижечку темно-каштанового цвета...

Я полюбовалась на результат. Нет, ну как здорово изменяет внешность цвет волос, просто другое лицо. К подобной физиомордии отлично подойдут глаза колера шоколада. Хорошо, что наука достигла невероятных высот, и цвет радужной оболочки теперь легко изменить при помощи мягких контактных линз. Краситься подобная дама должна ярко — тональный крем цвета загара, угольные брови и ресницы, помада «Георгин» и такие же щеки. Вот теперь самое оно. Довольно хорошо сохранившаяся особа неопределенного возраста, скорей всего чиновница средней руки, жуткая стервозина!

В Доме композиторов клубился народ. Налетев на трех не узнавших меня приятелей, я возликовала: здорово замаскировалась. И только потом в голову пришла мысль: а как, собственно говоря, мы с Аленой узнаем друг друга? Я-то видела ее, но девушке об этом неизвестно. Не успела я поразмышлять на эту тему, как к столику администратора быстрым упругим шагом подошла стройная дама и спросила:

— Ада Марковна, меня никто не спрашивал?

— Нет, Аленушка, — ответила дама.

— Простите, это я звонила вам утром...

— Пошли в ресторан, — скомандовала журналистка, — очень есть хочется.

Пока она изучала меню, я тихонько разглядывала младшую сестрицу. Похожи с Таней они были чрезвычайно. Только в лице вдовы Харитонова жила какая-то тревога, а у Алены вид абсолютно счастливого, всем довольного человека.

— Ну и что у вас, а главное, на кого? — перешла к делу Алена, уверенно протыкая вилкой «Киевскую» котлетку.

Глядя, как по тарелке растекается масло, я, мысленно попросив прощения у бывшего супруга, сообщила:

— Могу рассказать всю подноготную о бизнесмене и модном светском льве Максе Полянском.

— Валяйте, — велела журналистка, перемалывая крепкими зубами ароматную курятину.

— Он жуткий бабник, хотите, назову любовниц?

— Секрет полишинеля, — хмыкнула Алена, — да о его бабах все знают.

— Он сидел в Бутырской тюрьме по обвинению в убийстве одной из своих жен, — не успокаивалась я.

Журналистка отложила косточку на край тарелки и сообщила:

— Об этой, с позволения сказать, жуткой тайне вся Москва знает. Да он и не скрывал никогда факт посадки.

— А что, надо чтобы скрывал? — прикинулась я сибирским валенком.

— Конечно, — засмеялась Алена и велела официанту: — Кофе со сливками, торт «Вишенка» и мороженое с орехами.

Удивительно, как она при такой прожорливости сохраняет осиную талию! Однако следовало приступать к делу. Достав кошелек и ненароком продемонстрировав собеседнице его содержимое, я аккуратно вытащила пару купюр и мило прочирикала:

— Разрешите заплатить за обед.

Алена благосклонно улыбнулась.

— Видите ли, — принялась я обхаживать девушку, — давно мечтаю попасть на работу в газету, такую, как «Желтуха». Подскажите, как это сделать?

Журналистка облизала ложечку и удовлетворенно вздохнула. Потом решила, очевидно, что такой славный обед требует награды, и проронила:

— Есть два пути. Либо вас приводят хорошие знакомые, либо начинаете носить «убойные» материалы. Но во втором случае придется пахать по-черному.

— Но вам ведь не понравились сведения о Максе Полянском!

Алена фыркнула и молча принялась смаковать кофе.

— Готова хорошо заплатить тому, кто научит, как следует собирать информацию для «Желтухи».

Девушка глянула на меня поверх чашечки.

— Триста баксов. За эти деньги дам тему и познакомлю с заведующей отделом информации. Дальнейшее в ваших руках.

Я молча достала хрусткие бумажки. Аленка схватила их цепкой, как у мартышки, грабкой и, вынув шариковую ручку, начала что-то писать на салфетке.

— Вот, — проговорила она, — езжайте в Грибоедовский дворец бракосочетаний и узнайте, оформляли ли брак данные люди, и если да, то потом попробуйте через архив уточнить, был ли он расторгнут. Я подозреваю, что нет, и, если это так, в ваших руках настоящая бомба. Тем более что жених, мягко говоря, весьма неординарная личность...

Я глянула на салфетку и закашлялась. Четким, скорей мужским, чем женским, почерком на ней стояло: «Иванова Татьяна Михайловна, 1959 года рождения, русская, Козлов Федор Сергеевич, 1949 года рождения, русский. Брак был заключен в 1979 году, скорей всего в марте».

— Зачем вам эти сведения? — не выдержала я.

Алена хмыкнула:

— Вот разведаете все и приходите, расскажу, что дальше делать. Только имейте в виду, голословные заявления никому не нужны. Снимите ксерокопию страницы книги записи актов или возьмите официальную справку, на бланке, с печатью.

— Кто же даст мне такую?

Алена выудила из сумочки пудреницу и губную помаду. Быстро произведя текущий ремонт, она завинтила золотой футлярчик.

— Вы, кажется, хотели попробовать себя в журналистике? Вот и дерзайте, проявляйте находчивость и пронырливость, а иначе сидите в приемной у своего начальника, или где вы там обретаетесь.

Выпалив данную сентенцию, Алена, давая понять, что разговор окончен, резко встала.

— Где мне искать вас? — попробовала я продлить аудиенцию.

— Каждый день здесь в районе часа, — сообщила девушка, — всегда обедаю в «Балалайке».

Она выскочила из зала, я заказала себе еще кофе и медленно стала вертеть салфетку. 1979 год, нам по двадцать лет, и мы учимся на четвертом курсе. Школу окончили в семнадцать, сразу поступили в институт, а диплом получили в 1980-м. Ну да, как раз гудела Олимпиада, и нас всех поголовно заставили работать переводчиками. Замужних на курсе было несколько, свадьбы студенты справляли шумно. В тазах громоздился салат «Оливье», водка и дешевое красное вино «Гамза» текли рекой... Но Таня не надевала фату, это я помню абсолютно точно, она получила диплом, будучи незамужней девушкой...

Я выпила кофе и заказала еще. Что вообще знаю про Таню? Группа у нас была маленькая. Лазарева и Скоркина приехали из провинции и жили в общежитии, остальные — москвичи. Так вот мы старались почаще звать Зою и Раю к себе в гости, понимая, что тем хочется поесть домашнего, а не вечные сосиски с тушеной капустой из нашей отвратительной столовой. Впрочем, наш курс оказался дружным, и мы часто встречались то у Леньки Маркова, то у Аси Перепелицыной, то у Надьки Кожевниковой. Вот только, насколько помню, Таня никогда не зазывала к себе сокурсников. Новый, 1980 год мы сначала хотели встречать у Кости Смирнова, но потом выяснилось, что его родители, да еще с бабушкой в придачу, остаются дома. Спешно принялись искать другую хату. Но везде поджидал облом. Меня отмели сразу — в двухкомнатной «хрущобе» просто было негде поместиться всем желающим, у Клюкина болела мать, у Никитки Павлова категоричное «нет» заявил отец. Вот тогда и обратились к Тане.

— Нет, ребята, — твердо ответила та, — извините, ремонт.

В результате все-таки набились ко мне. Таня пришла одной из последних.

— Вот нахалка, — шепнула мне пробегавшая мимо с пирожками Зойка.

— Почему? — удивилась я, вспарывая шпроты.

— Нас к себе не пустила, сидим теперь как сельди в бочке!

— Так ремонт же, — попыталась я оправдать Таню.

— Ха, — хлопнула себя руками по тощим бедрам Лазарева, — а что она говорила 1 Мая? А на 8 Марта? Можешь себе представить людей, которые постоянно красят потолки?

Я пожала плечами. Может, ей мать не разрешает гостей созывать. Тридцать молодых людей обоего пола и столько же бутылок водки! Не всякий захочет потом убирать квартиру.

Теперь же выясняется, что у нее были сестры и вроде даже муж! Зачем было держать все в секрете?

— Еще кофе? — спросила официантка.

Я помотала головой:

— Хватит, даже желудок разболелся.

— Вы бы съели чего, — бесхитростно предложила девушка, — а то вон сколько дряни выдули.

Я молчала, прикидывая, как быстрей добраться до Грибоедовского дворца бракосочетаний. Официантка поняла мое молчание по-своему.

— Небось все бабки на эту шалаву истратили, — пробормотала она, стряхивая крошки, — вот уж пройда так пройда.

— Алена здесь часто бывает?

— Каждый день словно на службу является и никогда сама не платит, вечно кто-то ее угощает.

А если вдруг по недоразумению одна приходит, к знакомым подсаживается. Халявщица!

Я усмехнулась — мне жадность и неразборчивость Алены были на руку. Чувствуя, как в пустом желудке переливается кофе, я добрела до гардероба и увидела в холле тьму возбужденного народа. В центре стояла рыдающая администраторша, прижимавшая к глазам огромный, похожий на полотенце носовой платок.

— Господи, — всхлипывала дама, — такая молодая, красивая, веселая, зарезать этих пьяниц!

— Что случилось? — спросила я бородатого парня.

— Жуть, — ответил тот, — Алену Иванову задавили.

Я почувствовала, как в висках мелко-мелко застучали горячие молоточки. Потом уши и лоб стали горячими, а ноги и руки, наоборот, ледяными.

— Как задавили? — только и смогла выдавить я. — Мы же только что с ней обедали.

— Хоть поела вкусно перед смертью! — воскликнул парень и принялся жадно рассказывать: — Прямо на моих глазах. Иду, значит, себе преспокойненько, думаю, что кушать стану. Тут Алена выскакивает и топ-топ на дорогу. Тачку поймать решила, руку подняла.

— Вы ее знали? — тихо спросила я.

— Да с ней тут все знакомы, — пришел в полный ажиотаж парень, — не перебивайте, бога ради. Машет, значит, ручкой, а из-за угла вылетает темно-зеленый «Фольксваген» и вместо того, чтобы остановиться, как налетит на Алену! Жуть! Ада Марковна в окно увидела и в обморок грохнулась, а у меня аппетит пропал. Кровищи вытекло море! Теперь небось целую неделю мяса не поем, стошнит!

— Темно-зеленый «Фольксваген», — пробормотала я, вспоминая ужасную смерть Зои Лазаревой, тоже, кстати, сотрудничавшей с «Желтухой». — Номер не запомнили?

Парень покачал головой:

— Куда там! Только на Алену и глядел.

Вот растяпа! Впрочем, я сама, когда этот «Фольксваген» налетел на Зойку, растерялась. А в том, что это была одна и та же машина, отчего-то уверена на двести процентов.

На улице толпилась милиция, но тела уже не было — скорей всего, то, что осталось от младшей Таниной сестры, увезла труповозка. Я влезла в «Вольво» и принялась бездумно включать и выключать дворники. Интересное дело, что имела в виду Алена, намекая на то, что дает мне «бомбу»?

Дворец бракосочетаний №1 находится на улице Грибоедова, за что и прозван в народе «Грибоедовским». Четыре раза сбегав под венец, я два оказывалась тут при полном параде — белое кружевное платье, лаковые лодочки, букет из осыпающихся роз и фата. Хотя, согласитесь, немного странно натягивать на голову символ невинности, выбегая замуж второй раз. Впрочем, подобные тонкости никого не смущают, и у зеркала вертелась полная девица с выпирающим тугим животом, месяц восьмой, не меньше, и с такой же, как у меня, «занавеской» на макушке. Помнится, было очень смешно увидеть таблички «Комната жениха» и «Комната невесты», и уж совсем невмоготу оказалось слушать заученную речь полной дамы с красной перевязью на мощной груди. «Семья — ячейка советского общества» — вот тема выступления. Потом в пепельнице подали два кольца, костяной указкой ткнули в амбарную книгу... Интересно, как сочетаются браком сейчас? Зайка с Аркадием наотрез отказались играть свадьбу. Они просто по-быстрому сбегали в районный загс, а вместо гульбы в ресторане я, тогда еще бедная преподавательница, добыла им две путевки в Пицунду. Впрочем, Ольга иногда, когда особенно обозлится на муженька, упрекает его:

— Даже белого платья у меня не было.

— В чем проблема, — отзывается супруг, — сходи да купи.

У парадных дверей дворца клубилась суета. Плачущие женщины лет пятидесяти, будущие тещи и свекрови, покрытые красными пятнами от непривычных галстуков мужики... Из белого «Кадиллака» со всевозможными предосторожностями выгружали невесту. Белое платье топорщилось на сильно беременной брачующейся, не слишком хорошенькое личико покрывали пигментные пятна, на голове теплый апрельский ветер трепал роскошную, трехметровую фату...

«Нет, — подумала я, — ничего не меняется», — и пошла искать архив.

Отчего-то все архивные работники похожи друг на друга. Может, работа с бумагами накладывает на них неизгладимый отпечаток? Но и в Париже, и в Москве документами о бракосочетаниях ведали совершенно одинаковые дамы, просто близнецы. Невысокого роста, с бледным, не слишком аккуратно накрашенным лицом, чересчур короткими волосами и взглядом недоенной козы. Единственное различие состояло в том, что сотрудница парижской мэрии изъяснялась на изысканном французском, а оказавшаяся сегодня передо мной девушка весьма нелюбезно ляпнула:

— Надо-то чего?

С тех пор как предприимчивые финикийцы придумали всемирный эквивалент, многие проблемы разрешаются предельно просто. Я вытащила кошелек и четко обозначила перед блеклой девицей задачу. Зарплата сотрудника архива настолько мала, что бедная девушка бегом бросилась в глубь помещения, боясь, что посетительница передумает. Через полчаса я держала в руке бумажку.

Иванова Татьяна Михайловна и Козлов Федор Сергеевич зарегистрировали брак 28 марта 1979 года. Здесь приводились и паспортные данные молодоженов. Напротив фамилии жены стоял адрес — Камвольная улица, 19, жених проживал на проспекте Маршала Захарова, 12.

С документами на развод оказалось сложнее.

— Хоть год назовите, — попросила служащая, — представляете, какую адову работу придется проделать, бумаги за двадцать лет проглядывать.

Что ж, за труды и награда соответственная. Я вновь полезла в портмоне.

— Подъезжайте в среду, — заулыбалась девушка, — успею просмотреть.

Я покосилась на выключенный компьютер. Небось вся информация там, да девчонка не умеет пользоваться машиной. Наверное, попросит кого-нибудь, но мне все равно, кто займется данным делом, важен результат.

Часы показывали ровно пять. Хорошее время для поездки на Камвольную улицу. Пока доберусь, стукнет шесть, основной народ подтянется с работы... Конечно, Таня давно выехала из этого дома, но, может, остались соседи, помнящие счастливых молодоженов.

Но горькое разочарование поджидало меня. На месте дома №19 зиял пустырь.

— Здесь стояло здание? — спросила я у женщины, фланирующей с коляской.

— Разобрали пятиэтажку, — охотно пояснила молодая мамаша, тряся над щекастым младенцем погремушкой, — а жильцов расселили.

— Куда?

— А кого куда, — меланхолично заявила дама, — кто как подсуетился. В Митино или в Бутово, уж как повезло. Нас тоже скоро развезут...

И она указала подбородком на грязно-серый дом с черными швами между блоками.

Глава 25

Стойко выдержав удар, я отправилась на проспект Маршала Захарова, ожидая самого худшего, но девятиэтажная башня с облупленным номером «12» торчала в глубине странной квадратной площади. Железную дверь единственного подъезда украшал кодовый замок. Из тех, что требуют невероятной ловкости при открытии. Ну попробуйте одновременно нажать четыре цифры, да еще если в одной руке тяжелая сумка, за подол цепляется ребенок, а под ногами мешается собака? Как раз такой трюк и пыталась проделать довольно симпатичная толстушка.

Я отобрала у несчастной поклажу и подхватила другой рукой старую, облезлую болонку.

— Спасибо, — с чувством вымолвила тетка, сдувая со лба легкую, крашеную хной челку, — голову б оторвать тому, кто этот замок изобрел! Истинно урод!

Испугавшись ее сердитого тона, ребенок наморщился и заплакал.

— Ой, замолчи ради бога, — пробормотала женщина, втаскивая крикуна в лифт. — Вот, — обратилась она ко мне, — внука тетешкаю. Ну чего, спрашивается, орет?

— Устал или есть хочет, а может, вспотел, — авторитетно заявила я, разглядывая слишком теплый для апреля комбинезончик, две шерстяные шапочки и высокие кожаные сапожки...

— Так ведь боишься, что простудится, — засмеялась бабка и стащила с карапуза одну из шапочек.

Малыш всхлипнул последний раз и уставился на меня.

— Вам какой этаж? — спросила женщина. — Извините, машинально на восьмой нажала.

— 120-я на каком?

— Кто вам нужен? — неожиданно посерьезнела дама.

В этот момент лифт дернулся, и створки с легким скрипом разъехались в разные стороны. Мы вышли гурьбой на площадку, и я сразу увидела золотые цифры — 120. Женщина всунула ключ.

— Вы живете тут? — изумилась я.

— Ну да, — пояснила тетка, отбирая у меня сумку и апатично висящую клочкастую болонку. — Поэтому и спросила, кто вам нужен.

— И давно здесь обретаетесь? — проигнорировала я ее вопрос.

— В 75-м родители квартирку получили, — пояснила женщина, — теперь вот мне досталась. Так вам кого все-таки?

— Козлова Федора Сергеевича где отыскать можно?

Тетка выронила сумку. Внутри что-то хрустнуло.

— Ой, — спохватилась женщина, — яйца разбились!

Ее лицо приобрело совершенно несчастный вид. Щеки вытянулись, уголки рта спустились вниз, в глазах заблестели слезы. Конечно, яйца жалко, но ведь не до такой же степени! Тем более что на нищую особу, считающую каждую копейку, дама совершенно не походила. На ней были надеты отличный темно-зеленый твидовый костюм и дорогие кожаные туфли. Легкий макияж покрывал ухоженное лицо, и пахло от нее традиционными, но дорогими духами «Шанель №5».

Малыш вновь захныкал. Бабушка принялась сердито сдергивать с него комбинезон.

— Так где можно найти Федора Сергеевича? — спросила я.

— Да чтоб он сдох, — пробормотала женщина и разрыдалась.

Увидав такой поворот событий, ребенок взвыл, словно пожарная сирена. Я слегка растерялась, но потом закрыла дверь и строго велела:

— Прекратите визг и отвечайте нормально.

— Ничего я вам не скажу, — перешла на вопль тетка, — пошла вон отсюда!

Секунду я глядела на ее красное, только что такое приветливое лицо, потом, достав из сумочки бордовые «корочки», сухо сказала:

— Майор Васильева из отдела по борьбе с бандитизмом.

Небольшое удостоверение, купленное мной на рынке всего за двадцать пять рублей, оказывает на людей потрясающее действие. Когда-то, чтобы добиться пущей натуральности, я сделала из гигантского ластика «Архитектор» печать. Подделывать документы при помощи чертежной резинки научил меня не кто иной, как Кеша, и произошло это в тот год, когда трехлетнюю Маню решено было отдать в сад. Перед тем как получить направление, следовало обойти с десяток специалистов — стоматолог, невропатолог, гастроэнтеролог, психолог... Все они принимали в разное время, и к каждому стояла гигантская очередь. Попав после трехчасового сидения в душном коридоре к зубному врачу, я приуныла. Никто и не собирался осматривать девочку. Узнав, что речь идет о направлении в детсад, замороченный дантист шлепнул в обменную карту штамп «Осмотр произведен. Стоматолог».

— И это все? — удивленно спросил Кеша, разглядывая блеклый отпечаток.

Я кивнула и рухнула на диван. Подвижная Маша довела меня в поликлинике до обморока. Сначала целый час выкручивалась на моих коленях, потом с гиканьем носилась по грязному коридору, регулярно падая и оглашая окрестности жутким плачем. Говорить не было сил, и я уснула. Проснулась около девяти. В квартире стояла тишина. Зевая, я заглянула на кухню и увидела на столе штук десять ластиков «Архитектор», бритву, нож, тушь, штемпельную подушечку... По полу ползала Маруся, перемазанная до бровей чем-то синим.

— Что ты делаешь? — спросила я у сына.

— Диспансеризацию, — спокойно ответил Кеша и приложил ластик к бумаге, — ну вот, теперь все!

Я схватила обменную карту. Во всех графах стоял штамп «Осмотр произведен». Разнились только названия специалистов.

— Боже! — закричала я. — Кошмар, нас выгонят вон!

— Вот увидишь, — усмехнулся сын, — никто ничего не заметит.

И точно! Медсестра лишь кинула беглый взгляд на листок и мигом определила Маню в группу. Поэтому, «выписывая удостоверение», я прибегла к тому же ластику. И, как выяснилось, зря старалась. Никто никогда не заглянул внутрь. Золотые буквы «МВД» действовали на всех, как удав на кролика.

Вот и сейчас тетка перестала вопить и абсолютно спокойно сказала:

— И за что мне это горе! Проходите на кухню, не в прихожей же разговаривать!

В маленьком пятиметровом помещении под низким потолком болталось белье. Задевая головой влажные колготы, я протиснулась за зеленый столик.

— Как звать-то вас? — устало поинтересовалась тетка, грохая на плиту красивый красный чайник.

— Дарья Ивановна, — охотно представилась я.

— Ну а как меня величать, небось знаете, — вздохнула женщина, — я у Федьки по всем документам прохожу.

— Все-таки представьтесь, — велела я.

— Алла Сергеевна Козлова, — покорно ответила хозяйка.

Я моментально сообразила, что к чему, и приказала:

— Ну а теперь расскажите, где находится в данный момент ваш брат?

Алла Сергеевна горестно вздохнула.

— Вот уж не знаю и знать не желаю. Небось у вас.

— Где? — удивилась я.

— Как где? В СИЗО. Вы ведь небось не зря пришли? Ну чего он на этот раз наделал?

— А что он вообще делал?

— Ой, не надо, — махнула рукой Алла, — сами чудненько знаете, три судимости у братца моего замечательного...

— По каким статьям?

— Ну, не помню, вор он, по квартирам шастает. Ох, ну зачем мне это горе! И чего каждый раз ходите, — налетела она на меня внезапно, — еще когда в третий раз сажали, сказала, что не брат он мне. И передач не носила, на свиданья не ходила! Все, знать его не знаю, а из квартиры он выписан. Что же теперь, до конца жизни дергаться? Ну чего явились, зачем?

И она опять зарыдала.

— Не знаете, где он может проживать?

— Понятия не имею, — шмурыгала носом Алла.

— Адрес жены знаете?

— Чей?

— Жены, супруги.

— Первый раз слышу, что он состоит в браке, — дернула плечом Козлова, — последний раз сто лет тому назад видались в суде. Ему тогда большой срок дали — девять годков, как рецидивисту. Ну я к решетке подошла и сказала: не надейся, ни сухарика не куплю. Родители умерли, а я больше не стану по очередям убиваться. Хватит, наносилась сумищ, все тюрьмы знаю — Бутырскую, «Матросскую тишину», пересылку... Так и передайте, ежели он снова у вас, — Алла к нему никогда не придет!

Крупные слезы продолжали литься по ее щекам, и она даже не повернула головы, когда я тихо выскользнула за дверь. Ладно, по крайней мере знаю, где точно могу получить исчерпывающую информацию о Козлове.

Секретарша Дегтярева — моя хорошая знакомая. Леночка частенько помогала мне в разных щекотливых обстоятельствах. Сначала ею двигала простая мысль — она искренне хотела, чтобы мы с полковником поженились. Потом наши с ней отношения из вежливо-нейтральных переросли сначала в дружеские, а затем в близко-приятельские. Леночкин сын гостил у нас в Париже, и один из многочисленных щенков Жюли, плод связи мопса и йоркширской терьерицы, обитает у секретарши дома. Поэтому, услыхав мое бодрое «Привет, Ленка», подруга принялась охать:

— Ну не собака, а ходячее несчастье! То гвоздь проглотила, то пробкой от пивной бутылки позавтракала, а теперь на стекло наступила! Гулять не может, повязка все время мокнет в лужах. Кстати, ветеринар посоветовал натянуть на бинт презерватив.

— Так за чем дело стало?

Ленка хихикнула:

— Неудобно как-то в аптеке спрашивать!

— Ерунда какая.

— Знаю, — вздохнула подруга, — реклама по

телику идет, а я все равно краснею. Ну, совок убогий, что поделать!

— Слушай, — предложила я, — все равно к тебе собиралась, хочешь привезу?

— Сделай одолжение, — обрадовалась Лена и добавила: — Только купи пошире и поплотней, у Вэнди лапы толстые...

С решительным видом я принялась искать аптеку.

Слава богу, теперь они на каждом углу и почему-то увенчаны не красными, а зелеными крестами.

Я влетела в павильончик и, отстояв небольшую очередь, выпалила:

— Дайте десяток презервативов попрочней и пошире.

Молоденькая провизорша выложила на прилавок разноцветные пакетики и объявила:

— Пятьдесят семь рублей.

Я оглядела красочную кучку и сказала:

— Сейчас открою, посмотрю, подойдут или нет...

Девушка пожала плечами.

— Покупайте и делайте с ними, что хотите.

Отойдя к окну, я принялась вскрывать упаковки и глядеть на содержимое. Честно говоря, выглядели изделия №2 хило. Тонюсенькие, как паутинка, короткие и страшно узкие. Попробовав порастягивать резинку, я пришла к неутешительному выводу: эти порвутся на лапах мопсотерьера в момент.

Вздохнув, я вновь вернулась к окну.

— Других нет?

— Эти чем плохи? — фыркнула девица.

— Да вот, — потрясла я перед ее носом резиновой трубочкой, — короткие, узкие... Сразу порвутся. Дайте поплотней.

Провизорша отвернулась к шкафу.

— Вы не правы, — раздался за моей спиной голос.

Я обернулась. Худощавый мужчина с большим носом проникновенно сказал:

— Те, потоньше, лучше.

— Почему?

Советчик замялся.

— Ну как вам сказать...

— Нет, — покачала я головой, — мне нужны крепкие, чтобы в луже не порвались.

Мужик поперхнулся. Провизорша методично выискивала что-то в ящике.

— В луже? — наконец пришел в себя мужчина и спросил: — Может, лучше калоши купить?

— Да нет, — вздохнула я, — они слишком большие и широкие. Прикиньте, какое удовольствие без конца их надевать! Впрочем, если взять самый маленький размер на младенца, да веревочкой подвязать...

Мужчина вспотел и отвернулся. Девушка шлепнула на прилавок довольно большую коробочку с симпатичным зайчиком.

— Берите сувенирный, самый прочный.

Я помяла в руках предложенное и спросила:

— А нет ли прочных, но нормального вида?

— Нет, — рявкнула потерявшая терпение провизорша, — вы что с ним, всю жизнь провести хотите? Имейте в виду, изделие одноразовое.

— Давайте, — отмахнулась я, — куплю все, какие есть, в случае чего два наденет.

— Знаете, — проникновенно сказала девчонка, отдавая мне пакетик, — могу посоветовать...

— Что? — заинтересовалась я. — Есть плотные и крепкие?

— Ага, — мотнула головой девица, — возьмите клизму, точно не порвется.

Я вышла из павильончика и пожала плечами. Через стекло было видно, как мужик глядит мне вслед, а провизорша крутит пальцем у лба. Сама она дура! Ну представьте себе больную собачку, гуляющую с клизмой на лапе!

Обрадованная Леночка быстро запихнула многоцветные прямоугольнички в объемистую сумочку и поинтересовалась:

— Кофе будешь?

— Небось растворимый...

— Тогда чай?

Согласившись на слегка отдающий лекарством «Тэтли», я ткнула пальцем в дверь Дегтярева и спросила:

— Где?

— Завтра явится, — усмехнулась Ленка, — так что выкладывай свое дело поскорей.

— С чего это ты решила, что у меня какое-то дело...

— Ой, — засмеялась Лена, — а то тебя не знаю, давай по-быстрому.

— Козлов Федор Сергеевич, 1949 года рождения, был прописан, правда давно, по проспекту маршала Захарова. За что сидел и где сейчас находится?

Лена кивнула и принялась накручивать диск местного телефона. Слушая, как она щебечет с заведующей адресным бюро, я меланхолично прихлебывала отвратительный чай. Нет, все-таки правильно, что никогда не покупаю пакетики, в них производители засовывают всякую дрянь, лишь отдаленно напоминающую благородный чайный лист.

Ленка набирала все новые и новые номера, я, скучая, листала валяющиеся на столике старые, растрепанные газеты — «Криминальная хроника», «Петровка, 38». Изредка дверь приемной приоткрывалась, всовывалась голова и осведомлялась:

— Где?

Ленка махала рукой, и сотрудники пропадали. Потом влетела худая до невозможности девчонка и заорала:

— Творог привезли!

Ленка, не отпуская трубку, сунула ей кошелек:

— Два кило возьми!

Девица улетела. Ленка опустила трубку и удовлетворенно пробормотала:

— Сейчас все будет отлично. Кстати, тебе творог не нужен? Нам из Рязанской области доставляют. Свежий, жирный и никогда не обманывают с весом.

Я ухмыльнулась. Ну не сошли же торговцы совсем с ума, чтобы дурить представителей закона!

Давным-давно напротив Архитектурного института располагалась пирожковая. Одно из немногих в семидесятых годах мест общественного питания, где кормили вкусно, как у бабушки. Впрочем, не всякая старушка способна испечь такие пирожки — пышные, сочащиеся маслом. Тесто просто таяло во рту, а его нежно-сливочный цвет без слов говорил о том, что повара не пожалели для него свежих куриных яиц.

А начинка! Мяса туда клали под завязку. Причем пироги с ливером стоили в два раза дешевле мясных и на самом деле таили внутри себя говя-

жью печень. Еще на подносах высились груды
расстегаев, кулебяк и всякого такого... В придачу
подавали в больших чашках крепкий бульон,
мясной, куриный или рыбный. Словом, на пятьдесят копеек можно было наесться на два дня, да
еще прихватить выпечку домой. Приезжие удив-
лялись, поглощая яства, москвичи тихо ухмыля-
лись. Удивительное кулинарное искусство и
честность работников плиты и поварешки объяс-
нялась крайне просто — дверь в дверь с пирож-
ковой находилось региональное управление
ОБХСС. Для тех, кто успел забыть, что означает
данная аббревиатура, поясню — отдел по борьбе
с хищениями социалистической собственности.

Телефон зазвонил вновь. Ленка невразумительно что-то буркнула. Минут через двадцать я,
выслушав очередную историю о похождениях
Вэнди, спускалась вниз. Голову на отсечение
даю — особо свежий и жирный творог из Рязани
подруга покупает исключительно для собаки.

В «Вольво» я принялась изучать полученные
бумажки. Да, информация в них была весьма лю-
бопытная. Козлов Федор Сергеевич не раз кон-
фликтовал с законом. Первый раз загремел в
1965 году за кражу магнитофона, потом в 1968-м
ограбил квартиру, следом в 1975-м. Всякий раз,
оказываясь за решеткой, Федор Сергеевич трога-
тельно раскаивался и «твердо вставал на путь ис-
правления». Начальники колоний не могли на
него нахвалиться и быстренько выводили на по-
селение, а оттуда широкая дорога пролегала к
УДО, условно-досрочному освобождению. Правда, в 1975 году суд определил суровую меру наказания — девять лет. Но хитрый Федор изловчил-
ся и оказался на свободе уже в 1978-м. А еще го-

ворят, что коммунисты чересчур строго расправлялись с народом! Да Козлов ни разу не досидел до конца... В 1979-м он снова оказался за решеткой и опять за кражу. На этот раз у правоохранительных органов лопнуло терпение, и его засадили на двенадцать лет. Больше никаких сведений о нем компьютер не содержал. Интересной была выписка из личного дела. Кроме информации об умерших родителях и известной мне сестре Алле, в графе «семейное положение» стояло: — «Жена, Иванова Татьяна Михайловна, 1959 года рождения, проживает: Камвольная улица, дом 19, сын Петр — 1980 года рождения».

От удивления я разинула рот. Ох и ничего себе! Мало того, что Таня, оказывается, была замужем, так еще и сына имела! Когда же она успела его родить? Никто не видел Иванову с животом!

Сведения из адресного бюро оказались неутешительными. Козлов Федор Сергеевич был выписан с занимаемой площади в связи с осуждением и в Москве более не проживал. Может, умер? Но никаких сведений о кончине нет. Переехал в другой город? Последняя запись в карточке относилась к 1980 году. Человек словно испарился, а я искренне надеялась, что органы МВД более тщательно следят за своим «контингентом».

Глава 26

Утро началось со скандала. Меня разбудил крик. Наплевав на условности, я натянула халат и спустилась вниз. В холле стояли Маша, Варя и Аркадий.

— Это я козел? — грозно вопрошал сын, глядя на девчонок. — Раз я козел, вот сами и топайте в школу пешком.

— Подумаешь, — фыркнула Маня, — такси возьмем.

— Да, — подвякнула Варя, — такси.

— А ты все равно козел, — добавила Машка, на всякий случай отступая к входной двери.

— Сама коза, — буркнул Кеша, роясь в сумке.

— Я коза? — возмутилась Маруся. — Ну, погоди, жаль, в школу опаздываем.

— Маруська, отвяжись от него, — велела выскочившая Ольга, — хватит ругаться, бегом в машину, а ты, Кешка, не обращай внимания.

Аркадий молча продолжал рыться в сумке.

— Он меня козой обозвал, — обиженно продолжала решившая во что бы то ни стало посвариться Маня.

В связи со вступлением в милый подростковый возраст у дочери катастрофически портился характер.

— Ну хватит! — рявкнула Зайка.

— Пусть извинится, — стояла на своем Машка.

Ольга ткнула муженька кулаком в бок, и Кеша миролюбиво пробормотал:

— Хорошо, ты совершенно не похожа на козу!

— Я не похожа на козу? — завопила Маруся. — Ах, я не похожа на козу, тогда ты — козел.

— Все, — прошипел, бледнея, Аркадий и швырнул в девочку зонтик, — на этот раз действительно все. У меня сложный процесс, подзащитный — дурак, свидетели — идиоты, а судья корчит из себя неподкупную Фемиду. Мало мне этих неприятностей, так еще дома базар.

Взгляд его разгневанных карих глаз метнулся по лестнице и уперся в меня.

— Ага, — перешел он на трагический шепот, — проснулась! Вот сама и вези это сокровище в школу, да объясни ей по дороге, как со старшими разговаривать!

С этими словами он выскочил во двор, и через секунду раздалось урчание мотора.

Варя посмотрела на часы и ужаснулась:

— Мы опоздаем!

— Заинька, — взмолилась Маня, разом забывшая всю свою строптивость, — миленькая...

— И не проси, — сказала невестка, натягивая туфельки, — ни секунды лишней. Ты же хотела на такси ехать!

Маруся всхлипнула.

— На первом уроке контрольная, скажут, прогуляла!

— Бегом в машину, — велела Зайка, — и чтоб всю дорогу сидеть с заткнутым ртом!

— Олюшка, ты — самая любимая! — завопила Машка, хватая портфель. — Солнышко, кошечка, собаченька, а Аркадий урод и козел!

Девчонки выскочили на улицу, забыв закрыть входную дверь. Ольга глянула на меня и припечатала:

— Вот, гляди, твое воспитание дало буйные плоды!

Оставшись одна, я побрела в спальню. Ну интересно, почему, если дети ругаются, больше всех достается мне!

Настроение упало ниже некуда. Не так давно одна из журналисток, всячески склонявшая меня купить билеты на благотворительный концерт

«Звезды эстрады — детям», выслушала категорический отказ и в сердцах заявила:

— Ну да, вы, богатые, горя не знаете.

Я с трудом удержалась, чтобы не сказать наглой девчонке все, что думаю по этому поводу. Даже если приобрету предлагаемый за пять тысяч «зеленых» билет и усядусь в первом ряду слушать антимузыкальные вопли какой-нибудь Кати, Светы или Гали, это еще не означает, что деньги получат бедные дети-инвалиды. Уж лучше купить штук сорок пальто да отвезти прямиком какой-нибудь директрисе детского дома...

А насчет горя! Бывало у нас всякое... Количество счастья совершенно не зависит от денег. Хотя, если нечего есть...

Словом, когда я намазывала в столовой джем на тостик, улыбаться совсем не хотелось. Мало того, что дети все время ругаются, так еще и окончательно запуталась в расследовании. У полковника Дегтярева есть замечательное высказывание — иногда на вопрос: «Как дела?» — он снокойно отвечает:

— Бегу, как еж за гусем.

Значит, абсолютно не туда и не за тем, за кем нужно...

Вот и моя охота в самом разгаре, а толку?

— Что такая невеселая? — поинтересовалась Таня, наливая кофе.

— Зуб болит, — отмахнулась я. Потом, не выдержав, спросила: — Слышь, Танюша, а у тебя вроде сестры были, что с ними?

Хозяйка аккуратно отхлебнула кофе и преспокойненько заявила:

— Да их давно в России нет, вышли замуж за иностранцев и укатили.

— Куда же? — продолжала я интересоваться.

— Одна в Вашингтон, другая в Сидней, — не моргнув глазом ответила врунья.

Я вздохнула и прекратила расспросы. Все равно правды не скажет! И вообще, чего тут особенного? Вышла замуж и никому не рассказала? Мало ли, может, постеснялась, что супруг уголовник! Родила сына? Скорей всего, ребенок умер в младенчестве. Почему все окутано тайной? А черт ее знает, во всяком случае, никаких противозаконных действий тут нет. И замуж выходить разрешено, и детей производить на свет. Что же касается уголовников, то многие из них вступают в брак в колониях и тюрьмах, ничего особенного, всюду жизнь! Но второе счастливое замужество возможно только в случае расторжения первого брака...

Я понеслась в архив. Снулая девица встретила меня, как родную, и с порога принялась оправдываться:

— Ей-богу, все проглядела и нигде не нашла, может, не в Москве разводились?

— Такое возможно?

— Вообще, положено по месту прописки. Но, к примеру, могли поехать за границу на работу, а там пошли в посольство и расторгли брак...

Мой взгляд упал на компьютер. Нет, никуда они не ездили.

— Скажите, — спросила я, — а свидетельства о смерти и рождении где хранят?

— Вы книги имеете в виду? — уточнила девчонка. — Свидетельства на руки дают.

— Ну да, — согласилась я, — вот, например, хочу узнать, Козлов Петр Федорович, 1980 года рождения, зарегистрирован? И отметил ли загс смерть Козлова Федора Сергеевича?

— У нас общий архив, — проблеяла девица.

Я вытащила кошелек.

— Заплачу хорошую сумму, только не надо откладывать дело надолго.

— Сразу не найти, — занудила девушка, — работы много.

— Двести долларов! — тихо произнесла я.

Архивистка выскочила в коридор и вернулась с лохматым парнем.

— Самой учиться пора, — ворчал мальчишка, включая машину, — уже год скоро сидишь, ну сколько можно, побойся бога, Светка.

— Завтра же пойду на курсы, — пообещала Света, — а ты помоги в последний раз.

— Пользуешься моей добротой, — вздохнула «скорая компьютерная помощь».

— Ладно ворчать, — рассердилась девчонка, — дела-то на пять минут!

Верно, ну не через пять, а через десять минут я знала точно: ни один из загсов столицы не выдавал свидетельства о смерти Козлова, зато младенец по имени Петр отыскался сразу. Судя по документам, родился он в середине августа 80-го года. Отец все тот же Федор, а мать — Татьяна. Причем ее адрес был прежним — Камвольная улица, а адрес отца совсем другой — Молодогвардейский тупик, 30.

В магазине я принялась налистывать бесценный атлас. Но такой магистрали там не нашлось. В примечании стояло: «Молодогвардейский тупик в связи с реконструкцией города был уничтожен».

Как пойнтер, идущий по следу, я рванула в Крылатское и, подъехав к посту ГИБДД, налетела на молоденького постового.

— Где раньше пролегал Молодогвардейский тупик?

Паренек принялся чесать в затылке.

— Какой? Первый раз слышу...

— В 1980 году тут где-то был этот тупик...

Мальчишка вздохнул.

— Вы бы еще нашествие Наполеона вспомнили! Здесь тогда лес стоял. Мне в 80-м как раз два года исполнилось, откуда я это знать могу!

Я поглядела на его розовощекое, почти безусое лицо. Ну да, такому московская Олимпиада так же далека, как и Крымская война 1853 — 1856 гг.

— В чем проблема? — вмешался в разговор крепкий кряжистый прапорщик по виду лет пятидесяти.

— Да вот водитель вчерашний день ищет, — махнул жезлом мальчишка, — какой-то Красногвардейский тупик.

— Молодогвардейский, — поправила его я.

— Один шут, нет тут такого, — сообщил парень и пошел на середину дороги.

Я удрученно молчала. Новое поколение выбирает «Пепси»! Люди моего возраста никогда не спутают Красную гвардию с Молодой. Слишком много времени в школе было уделено изучению романа А. Фадеева об отважных комсомольцах. Очевидно, те же мысли пришли в голову и бравому прапорщику, потому что он безнадежно вздохнул:

— Ох, молодо-зелено. Ничегошеньки не знает и знать не желает. Книги они не читают, только в стрелялки режутся да порнуху глядят. Мы другими росли. А тупик вон там был, вместо него теперь кардиологический центр отгрохали. Помните, еще все на субботниках работали, а деньги на строительство перечисляли.

Я кивнула. Все, полный нокаут. Козлов Федор Сергеевич испарился без следа. Впрочем, если подумать, он мне и не нужен. Кличка у него согласно документам была не Жок, а Хлебало. Интересно, за что получил мужик такое неблагозвучное прозвище. Остался только один-единственный путь, и я покатила в центр.

До семи вечера бесцельно прошаталась по магазинам. Сначала по полной программе оттянулась в книжном, скупив все мыслимые и немыслимые детективы. Потом заскочила в кондитерскую и приобрела тридцать корзиночек с белым кремом. Подумав немного, прихватила еще и пять эклеров. Следом в багажник легли «Молочные конфеты» для собак и огромная банка чая. Я просто не удержалась при виде симпатичного фарфорового слона бело-синего цвета, оказавшегося чайницей. Словом, в восемь входила в клуб «Жок» изрядно уставшая. На этот раз меня там ничто не удивляло. За столиком у входа вновь сидела полуголая девица, музыка гремела, и мэтр подавал «меню». Даже не заглянув внутрь, я потребовала:

— Рыбу «Антуан», в зеленом цвете.

Распорядитель замялся:

— Может, другое выберете.

— Рыбу съели? — усмехнулась я.

Мэтр рассмеялся:

— Нет, просто придется подождать.

— Совершенно не тороплюсь, — спокойно сообщила я, — да, принесите кофе, орешки, ну и еще что-нибудь, буду время коротать.

Примерно полчаса я разглядывала беснующийся зал. Неужели и впрямь можно получать удовольствие, прыгая голой на глазах у десятков людей? Ну что, например, хорошего в битье посуды? Но у противоположной стены хрупкая, даже тщедушная брюнетка, весело хохоча, швыряла об пол рюмки и тарелки. Рядом с ней, сохраняя абсолютно невозмутимый вид, маячил почти голый парень, моментально подбиравший осколки. Впрочем, за соседним столиком два мужика, чью одежду составляли красивые серебряные кольца в ушах, веселились изо всех сил, кидая друг к другу на колени аппетитную молодую, всю такую бело-розовую толстушку. Очевидно, дама визжала, но нестерпимо гремящий оркестр заглушал все прочие звуки.

— К вашим услугам, — раздался «сладкий» голос, и я увидела Борю. — Весь ваш в зеленом цвете, — прочирикал парнишка и моментально узнал меня.

— Пошли наверх, — категорично велела я.

Стриптизер оживился, и мы двинулись по лестнице. Наверное, я представлялась мальчишке идеальной клиенткой — ублажать не надо, а платит по полной программе.

Мы вновь устроились на широкой кровати, и я без обиняков приступила к делу:

— Чтобы доподлинно узнать, стоит ли покупать клуб, надо разведать обстановку изнутри. Как мне попасть сюда на работу?

Боря с сомнением покачал головой:

— Вообще, с улицы не берут, только через агентство, или если кто из сотрудников протекцию составит...

— В чем дело? Порекомендуйте меня хозяйке...

Юноша замялся и начал мямлить:

— Только не подумайте, выглядите просто отлично, но... Словом, в «официантки» и думать нечего попасть, старше двадцати никого нет.

— И не надо, — успокоила я его, — любая должность подойдет, судомойка, уборщица, горничная, мне без разницы, лишь бы иметь возможность беспрепятственно ходить не только в зале, а и в служебных помещениях.

— Погодите, — обрадовался стриптизер, — у нас вчера как раз одна из уборщиц ушла. Муж ревновал, что жена по ночам работает...

— Вот и отлично, — возликовала я, — скажи... Ну, например, так: соседка по дому, хорошая тетка, не слишком старая, но и не цветущий бутон, работящая, честная, аккуратная, а главное, говорит мало, не болтунья. Много денег не запросит, для такой и сто баксов несметный капитал.

— Ладно, — быстро согласился мальчишка, — могу прямо сейчас сбегать.

— Вали, — велела я.

«Рыба» подхватилась и унеслась. Я растянулась на широкой кровати и вдохнула запах дорогих чужих духов. На тумбочке не было ни журнала, ни книги, что, в общем-то, и понятно. Люди сюда не читать приходят, но мне было скучно. Звуки музыки сюда не долетали, на этом этаже стояла полная тишина. Безумно хотелось пить, но в комнате не нашлось ничего похожего на бутылку. Ладно, пойду в ванную и попью из крана, хотя обычно предпочитаю не делать таких экспериментов со здоровьем.

Ванная комната оказалась шикарной. Огромное розовое джакузи, море пушистых полотенец, горы парфюмерии и косметики. За стенкой послышался довольно резкий и отчего-то знакомый голос:

— Ладно, ладно, пусть приходит твоя соседка, только что это ты не на рабочем месте, а ну марш в зал.

Ответа Бориса я не услышала. Зато через пару секунд та же невидимая дама произнесла:

— Давай вылезай, Жок, ушел Борька.

Вновь воцарилась тишина. Я пулей влетела в комнату и столкнулась с входящим Борисом.

— Она согласна, завтра приходите к трем часам дня, — завел мальчишка, но мне было не до него.

— Молчи, — велела я ему.

Парень захлопнул рот. Я тихонько приоткрыла створку и скосила до невозможности глаза.

— Чего вы хотите, я что-то не пойму, — прошептал стриптизер.

Я молча погрозила ему кулаком. Дверь соседней комнаты было очень плохо видно, и, когда она растворилась, я скорей угадала, что таинственный незнакомец вышел в коридор. Схватив ничего не понимающего Борю за рукав, я вытолкала его из комнаты, прижалась лицом к сильно пахнущему парфюмом пиджаку и, подталкивая кавалера, принялась глупо хихикать.

— Дорогой, это было невероятно, потрясающе, ты — кудесник.

Понятливый парень захохотал, и мы двинулись следом за одинокой фигурой. Спустились в зал, прошли к выходу. Я быстренько заплатила и выскочила наружу. Тонкая невысокая фигура как раз усаживалась в такси. Времени бежать к «Вольво» не было, и я взмахнула рукой. Тут же затормозили «Жигули».

— Быстрее, — велела я, усаживаясь на переднее сиденье, — вон за той «Волгой», если узнаем, куда он так спешит, получите двойной тариф.

— Мужа ловите? — хихикнул лысоватый шофер.

Я не ответила и вытащила сто долларов. Мужик ухватился за баранку. Мы сели на хвост такси и безостановочно неслись за ним вплоть до выезда из города. Уже когда «Волга» свернула налево на боковую дорожку, я догадалась, куда она так торопится, — впереди виднелся Танин дом. Я не доехала несколько сот метров до въезда, отпустила своего шофера и побежала вперед. Навстречу мне катила «Волга» без пассажира. Запыхавшись, я донеслась до проходной и спросила охранника:

— Здесь только что проходил мужчина, невысокий, худощавый, в черном плаще и кепке. Куда он двинулся — к парадному ходу или к черному?

Секьюрити захлопал глазами.

— Никто не появлялся.

— Ну такси-то останавливалось? «Волга», желтого цвета, на крыше реклама «домиком».

— А, — обрадовался охранник, — так машина мимо проехала, за угол, небось к Краснопольским, там дальше по дороге только их дом и есть.

Я выбежала на улицу и, как индеец племени семинолов, принялась изучать следы на шоссе. Так, вот тут машина затормозила, пассажир вылез, но оказался неаккуратен и попал обеими ногами в довольно глубокую лужу. Да, не повезло бедняге, зато подфартило мне, так как цепочка начинающих подсыхать отпечатков тянулась вдоль забора. Потом она внезапно обрывалась. Куда же подевался незнакомец?

Я задрала голову вверх. Высота забора больше трех метров. Если мужчина одним прыжком с места преодолел его, мир потерял гениального легкоатлета, только, думается, спортивные рекорды тут ни при чем.

Руки принялись лихорадочно шарить по стене. Поискам сильно мешали густые сухие плети дикого хмеля. Кое-где, правда, уже начали появляться листочки, скоро буйная зелень целиком закроет забор.

Внезапно под пальцами что-то щелкнуло, приоткрылась узенькая щель, я втиснулась в нее и оказалась... в потайном проходе.

Идти можно было только в одном направлении. Щель, через которую я влезла в потайной ход, закрылась, однако внутри каменной трубы было таинственным образом светло. Но мне было недосуг разбираться, чем объясняется это явление. Стараясь не споткнуться, я побежала по неровным плиточкам. Через пару секунд дорога резко пошла вниз, и я чуть не свалилась от неожиданности, но вскоре мои руки уперлись в стену. Путь окончился тупиком. Я лазила возле стенки с добрых полчаса, пока наконец не обнаружила небольшую, ловко спрятанную в швах между кирпичами пупочку. Открылся проем, я шагнула внутрь.

Лучший способ сориентироваться в темноте — закрыть на некоторое время глаза, потом, когда веки разомкнутся, будет все чудесно видно. Именно так поступал мудрый вождь Оцеола. А в детстве я увлекалась Фенимором Купером и, затаив дыхание, читала о приключениях индейцев.

Что ж, способ сработал. Стали видны длинные ряды полок, уставленных бутылками, банками, мешочками и коробками. Все понятно: нахожусь в кладовке, расположенной в подвале. Медленно, стараясь не шуметь, я вылезла на первый этаж.

В доме стояла тишина. Я пошла осматривать комнаты. На кухне Емельян варил что-то в огромной кастрюле. При виде незваной гостьи отложил поварешку и спросил:

— Меня ищете?

— Нет, — ответила я, окидывая взглядом его высокую, полную фигуру.

Таинственный Жок достанет такому великану лишь до плеча.

— Где Тоня? — поинтересовалась я.

— Уехала в химчистку, — равнодушно пояснил Емельян, — Татьяна Михайловна велела шубы почистить. И правильно, мороза теперь не жди.

Я покосилась в окно, где вовсю квакали лягушки, радующиеся теплому влажному апрельскому вечеру. Поздновато для поездки в комбинат бытового обслуживания...

— Скоро явится, — добавил Емельян, — небось к матери заглянула...

В гостиной у телевизора дремал Кеша, в столовой Маня и Варя пили чай. Зайка читала в спальне. И из Таниной ванной слышался плеск воды. Хозяйка принимала ванну перед сном. Все остальные комнаты были пусты! Помещение для гостей, кабинет и опочивальня покойного Харитонова, детская, гладильня... Нигде никого не видать. Таинственный Жок просто растворился в воздухе.

Глава 27

На следующий день я вошла в клуб «Жак» около часа дня и наткнулась на презрительный взгляд дежурной.

— Чего тебе тут надо? — невежливо спросила девица, даже не пытаясь улыбаться.

Но обижаться не стоило. Наоборот, столь неласковый прием только обрадовал меня. Значит, выгляжу как надо. Пришлось потратить целый час, дабы достичь нужного эффекта.

Свои русые волосы я щедро обмазала парикмахерским воском. Пушистые пряди склеились, приобрели вид «сосулек» и слегка потемнели. Воск — отличная штука. Малюсенькая капелька помогает сохранить безупречную прическу, столовая ложка — превращает в неряху с давно не мытой головой. Я собрала волосы на затылке в коротенький хвостик и перехватила их ярко-зеленой махрушкой.

Потом старательно намазала лицо автозагаром. Если накладывать крем неровно, то он проявится пятнами и у всех сложится впечатление, будто вы никогда не ухаживаете за обветренной и слишком сухой кожей. Чуть-чуть темно-серых теней, растертых под глазами, тоже творят чудеса. Получается изможденный, какой-то голодный вид. Впрочем, пара тампончиков, всунутых за щеки, разом меняет овал лица, а на один из передних зубов я нанесла слой специальной черной краски. Для пущей таинственности с помощью контактных линз изменила цвет глаз, потом, поколебавшись, наклеила на подбородок «шрам».

Такая тоненькая, прозрачная полоска, похожая на пластырь. Кожа под ней собирается и выглядит, как натуральный, не слишком аккуратный шов.

Под стать «даме» была и одежда — вытянутый в разные стороны трикотажный костюмчик фирмы «Панинтер», а поверх куртка-ветровка ядовито-оранжевого цвета с надписью «Brourlin». Единственно, от чего я не смогла отказаться, так это от хорошей обуви. Ноги у меня чувствительные, и дешевые ботинки моментально натирают мозоли. Постояв в задумчивости возле шкафа, я извлекла отличные кожаные мокасины от Гуччи, легкие, удобные и, конечно, дорогие. Но наш человек воспринимает дорогую обувку как что-то невероятное, круто навороченное, на многокилометровой платформе или с пряжками, усыпанными «каменьями». Поэтому простые, без всяких прибамбасов туфли не вызовут интереса, к тому же я от души испачкала несчастные мокасинчики в горе строительного мусора.

— Иди, иди отсюда, — заявила дежурная, окинув меня оценивающим взглядом, — убирайся подобру-поздорову, пока охрану не кликнула. Тут не подают.

Я униженно загундосила:

— Дык ведь Борька велел явиться, он тута в балете выплясывает.

— Вы его мать, что ли? — слегка помягчела девица.

— Нет, деточка, соседка я им, почитай всю жизнь на одной лестничной клетке живем... Вот пообещал, возьмут уборщицей, вроде Бориска с хозяином договорился...

Неожиданно девушка улыбнулась:

— У нас хозяйка, Софья Михайловна, только тебе, тетка, не сюда, здесь вход для гостей. Иди во двор, там есть железная дверь. Позвони в звонок.

Я послушно отправилась по указанному адресу. На этот раз налетела на крепкого, словно литого парня. Выслушав сбивчивый рассказ, он велел:

— Покажи сумку!

Я покорно раскрыла позаимствованный у Маруси ридикюль из искусственной лаковой кожи. Девочка польстилась на дешевизну и купила его в «Самаритэн», во время осенней распродажи. Но блестящая клеенка моментально потеряла вид, потускнела и пошла белесыми пятнами.

— Подымайся вон по той лестнице и аккуратненько в первую дверь постучи, — наставлял меня парень, — Софья Михайловна наглых не любит.

Краем сознания я отметила, что откуда-то знаю это имя и отчество, но бездумно послушалась охранника. На аккуратное поскребывание раздался возглас:

— Входи.

Я толкнула створку и оказалась в довольно большом помещении этакого будуарно-кабинетного стиля. Всюду плюшевые диваны, бантики, воланы, торшеры и строгий серый офисный письменный стол у окна. За ним в шикарном вертящемся кожаном кресле сидела... Соня. Та самая медсестра Соня, жена Артема, благодетельница гримера-наркомана Павла Филонова и сестра Тани.

От неожиданности мои ноги попятились назад. Соня расценила движение по-своему и ухмыльнулась.

— Чего испугалась? Иди, иди, не кусаюсь. Ты, что ли, Борькина соседка?

— Да, — проблеяла я хриплым голосом.

— Пьешь?

— Ни в жисть, — заверила я хозяйку.

— Больная?

— Не-а, здоровая.

— Почему худая такая?

Я развела руками:

— С чего толстой-то быть? Доходов у нас кот начихал, один геркулес да «Олейна».

— Ладно жалобить, — отмахнулась Соня, — послушать, так все прямо с голоду мрут, а посмотреть, так и в Турцию катаются, и дубленки покупают.

Я побоялась возразить.

— Сто баксов в месяц, — отрезала хозяйка, — начинать прямо сейчас. Убирать комнаты, туалеты, ванные, как только номер освободится, ты туда с тряпкой, постельное белье меняешь, полотенца, коврик в ванной и все насухо вытираешь. Что увидишь — молчишь. Если кто из гостей кошелек забыл, часы или, например, кольцо, упаси тебя бог тронуть, сразу сюда неси. Пропадет что, имей в виду, мало не покажется!

Я испуганно ойкнула и зачастила:

— Как можно, всю жисть у людев убираемся и никогда нигде, могу рекомендации представить!

Соня сменила гнев на милость:

— Ладно, ступай вниз, да в зал не суйся. Возле кухни комнатку найдешь, смотри не перепутай! Там две двери — справа и слева, так тебе в левую. Возьмешь в шкафу тряпку, пылесос, форму натянешь и тащи все сюда. Поставишь у входа да и жди, придет Рита и покажет, что к чему. Да, паспорт давай.

Я опять заныла:

— Борька не предупредил о документе, не взяла с собой.

— Ладно, — неожиданно смилостивилась грозная хозяйка, — сегодня так отработаешь, но чтоб завтра без ксивы не являлась. Прописка, надеюсь, московская? Я молдаван убогих к себе не принимаю в обслугу, только и ждут, чтоб спереть чего и сделать ноги.

— Всю жизнь в Москве живу, — заверила я Соню, — ровнехонько с рождения, сама чеченцев терпеть не могу.

— Иди, иди, — махнула рукой хозяйка, — будет болтать. Делом займись, коли нанялась.

Я послушно потрусила к двери.

— Да, вот еще, — остановила Софья Михайловна, — освободишься завтра в три часа дня, сутки работаешь — сутки дома, поняла?

Я закивала.

— Если кто из гостей чаевые даст, они твои!

Изобразив полный восторг, бьющее через край счастье, я задом, как средневековый придворный, выползла в коридор и моментально наступила грязной туфелькой на безукоризненно лаковый ботинок Бориса.

— Ах ты, куча безмозглая, — взвился парень, уставившись на белый отпечаток, — и кто только сюда пустил! Убоище сраное!

— Соседку не признал, милок, — запела я, — что ж ты, Боренька? Стоило только праздничный костюм надеть, и пожалуйста!

— Господи, — забормотал парень, — извините. Ну и ну!

— Ладно, Боренька, — протянула я, — прощевай, болтать недосуг, бегу за ведром.

Внизу вовсю гремела музыка. Вход в зал был закрыт, по бокам виднелись две двери. Я на секунду притормозила, припоминая, в какую не следует входить, и со всего размаху толкнула правую. Створка не хотела поддаваться, но я упорно пинала ее. Что за черт, мне же велено взять ведро и пылесос. Неужели возвращаться назад? Представляю, что скажет Соня! Хорошо еще, если не выставит дуру-уборщицу вон.

Я с силой налегла на дверь. Потом разбежалась и налетела на нее плечом. В кино главный герой, как правило, ловко ломает таким образом преграды.

— Кто там? — послышался сердитый голос, и дверь распахнулась.

Не слишком задумываясь, я влетела в довольно большую комнату и принялась озираться по сторонам в поисках орудий труда.

Меньше всего помещение походило на чулан. Темно-вишневые обои, такого же цвета великолепный, скорей всего туркменский, ковер, темно-коричневый полированный стол, уютный диван, пара кресел и работающий телевизор. На столешнице валялась открытая пачка сигарет «Рок». Я уставилась на нее во все глаза. Надо же, до сих пор видела такую только у людей, так или иначе связанных с покойным Олегом Андреевичем Харитоновым.

— Вам кого? — резко спросили за спиной.

Я обернулась и почувствовала, что ноги начинают дрожать, а руки предательски потеть.

У двери, мимо которой я пролетела, словно торнадо, озабоченная поиском тряпок, у самой двери преспокойненько стоял шофер и охранник Харитонова Володя Костров, по моим расчетам давно мертвый.

— Ты кто? — раздраженно спросил мужчина. — Чего надо?

— Простите, ради Христа, — попробовала я собрать в кулак остатки самообладания.

Костров выглядел как-то странно. Это был, безусловно, он, но какой-то не тот. Что-то было не так, но что?

— Ну? — грозно нахмурился Володя. — Так чего рвалась сюда и дверь ломала?

— Ой, извините, уж не обессудьте, — заныла я, надеясь исправить дурацкое положение и больше всего желая оказаться сейчас дома, в Ложкине, на диване между Банди и Снапом. — Перепутала дверки! Мне Софья Михайловна велела пылесос принести, убираемся мы тут...

— Ага, — пробормотал Костров и нахмурился еще сильней, — работница метелки, значит... А почему не знаешь, где твои тряпки сраные лежат?

— Дык в первый раз, только что на работу приняли, — принялась я для пущей натуральности вытирать нос ладонью.

— Значит, поломойка?

— Угу.

— Всю жизнь грязь убираешь?

— С малолетства по чужим людям!

— А тогда объясни скоренько, отчего у тебя такие милые, наманикюренные ручки? — И Володя пребольно ухватил меня за запястье.

Я бросила взгляд на свои пальцы и похолодела. Ну надо же, обо всем позаботилась, а о руках забыла!

Спросите любую вузовскую преподавательницу и моментально услышите, что первым делом она заботится о руках, потом о ногах, а лицо оказывается всего лишь на третьем месте.

Кафедры, где стоит читающий лекцию профессор, почти повсеместно заменены письменными столами. Хотите — садитесь, хотите — расхаживайте перед студентами на небольшом возвышении. Есть только одно «но». Во многих институтах возвышение больше всего напоминает сцену, и ноги преподавателя оказываются на уровне лиц слушателей. Никогда не забуду, как, будучи очень молодой и крайне неопытной, заявилась в академию МВД в коротенькой юбочке и по случаю дикой жары — без колгот. Все занятие пошло прахом! Зал, состоявший в основном из мужчин, пялился только на мои колени, а в головах у курсантов крутилось много всяческих мыслей, только к французской грамматике они не имели никакого отношения. Потом я просто справлялась с такой проблемой — натягивала брюки. Но руки всегда должны содержаться в безукоризненном порядке. Думаете, ерунда? А теперь представьте, как вы тычете пальцем с обломанным грязным ногтем в очередную ошибку в тетради... К тому же именно кожа рук выдает истинный возраст дамы. У молодой женщины она белая, чистая, нежная, у более пожилой — покрыта пигментными пятнами. Русские люди называют их «гречкой», французы выражаются более поэтично — «маргаритки смерти». Но суть одна — по рукам возраст определяется мгновенно. Впрочем, Анетт Моруа, главный косметолог Дома «Шанель», научила меня бороться с этим, казалось, необратимым явлением. Все крайне просто: каждый вечер, укладываясь спать, вместо крема мажьте ручки обычной касторкой. Результат виден не сразу, но через полгода противные пятна блекнут и исчезают и, если продолжать пользоваться касторкой, больше не появляются. Я свято верю мадам Моруа, поэтому мои руки выглядят образцово, даже могу позволить себе модный лак с фиолетовым оттенком. И именно этим цветом были накрашены сейчас мои безукоризненно подпиленные «когти». Да уж, самый неподходящий вариант для убогой поденщицы!

— Так говоришь, ты — поломойка, — продолжал ухмыляться Костров, пребольно сжимая мои хрупкие кости, — а ну, пошли к Соньке, сейчас выясню твою биографию.

Он вытолкал меня в коридор и поволок за собой.

— Погоди, погоди, — зашептала я, изо всех сил тормозя пятками. — Да остановись ты, Володя, это я, Дарья, ну погляди повнимательней! Дарья Васильева, подруга Тани Ивановой, вдовы Харитонова, помнишь? Еще отсылал меня в оранжерею за кладом. Только извини, мешочек другой мужик забрал, такой рыжий, в черных очках и с бородой...

Не успел мой язык договорить фразу до конца, как мозги сообразили, что было странного в облике шофера. На этот раз на голове у него кудрявились не каштановые, а золотисто-русые волосы. Я перевела взгляд на державшую меня руку и увидела мелкие светлые рыжеватые волоски, густо сбегавшие к кисти. От изумления моя челюсть съехала вбок. Но Костров сам был удивлен безмерно.

— Дарья?! — воскликнул он. — В таком виде, но...

Однако фразу он не успел докончить. Двери, ведущие в зал, с жутким треском распахнулись, раздался крик, визг и перекрывавший все громкий вопль:

— Всем стоять, лицом к стене!

Послышался звук выстрелов. Несколько полуголых мужиков вылетели в служебный коридор и, на ходу натягивая рубашки, понеслись в глубь помещения. Моментально сориентировавшись, Володя отпихнул меня и понесся за убегавшими. Я шлепнулась на пятую точку, пребольно ударив копчик. Тут же из зала вылетели несколько устрашающе огромных парней в камуфляже и черных шапочках, полностью закрывающих лицо. Один подскочил ко мне и, наставив прямо в лицо дуло автомата, заорал:

— Ты кто?

— Уборщица, — начала заикаться я, — только что на работу приняли, а вы кто, ОМОН?

— Налоговая полиция! — крикнул мужик, лихорадочно поблескивая глазами.

Через секунду он, отчаянно матерясь, велел:

— Встала на ноги и пошла в офис, живо!

Кое-как я попыталась «створожиться», но тут мимо проскочил еще один, кажется, совсем голый клиент, его нагонял «закамуфлированный» парень.

— Держи его! — крикнул догонявший.

Полицейский, велевший мне встать, кинулся в погоню. Приняв коленно-локтевую позу, я быстро-быстро поползла по коридору, потом боднула головой какую-то дверь и оказалась на кухне. Дальше действия разворачивались, как в гениальном фильме «Никита».

Не успела я утвердиться на мягких ногах, как следом в пищеблок влетела несметная толпа народа. Повара, крошившие салаты, замерли с тесаками в руках. Следовало как можно быстрей убегать, но ноги словно приросли к полу. Вбежавшие на кухню мужчины принялись орать и размахивать оружием. Внезапно раздался такой звук, будто откупорили бутылку с шампанским, одна из огромных кастрюль жалобно тренькнула, и из появившейся на гладком боку аккуратной дырочки быстро-быстро потекла белая жидкость, скорей всего, молоко. Повара, не выпуская ножей, как подкошенные рухнули на кафельный, вымытый до блеска пол. Я же помчалась вперед, петляя между плитами и столами. Сзади творилось нечто невообразимое — звон, грохот, вопль, мат...

А впереди маячила дверь на улицу. Створка моментально поддалась, и я, повторяя путь Никиты, оказалась на улице возле помойных бачков. Но здесь сходство с удачливой шпионкой закончилось. Вместо автомобиля с напарником меня поджидали двое в камуфляже и один в гражданском.

— Куда так торопимся, тетя? — поинтересовался один из них. В ту же секунду меня преболь-но ухватили за руки. Мужчина в гражданском медленно подошел. Он был без шапочки-шлема, и я увидела его лицо. Воистину сегодня был день ярких неожиданностей — сначала в качестве хозяйки встретила Соню, потом «покойного» Володю Кострова, а теперь, пожалуйста, Андрюшка Крахмальников личной персоной.

— Имя, — грозно потребовал майор.

Я сцепила зубы: стоит только разжать рот, и сразу узнает голос.

— Имя, — продолжал требовать приятель.

Я молчала, полная решимости сохранять инкогнито.

— Ну? — настаивал Крахмальников.

В ту же секунду я почувствовала резкую боль в спине и завизжала:

— Как не стыдно бить женщину! Хороша милиция, да я на вас в суд подам, а ты, Андрюшка, заплатишь за моральный и физический урон!

На лице майора возникло невероятное удивление. Такую морду корчит наш мопс Хуч, обнаружив в своей миске не аппетитные куски сырого мяса, а комья геркулесовой каши. «И откуда тут взялась такая гадость» — написано на его морщинистой рожице. Правда, Крахмальникову, чтобы взять себя в руки, понадобилась всего пара секунд.

— Отпустите ее, ребята, — вздохнул он, — прекрасно знаю данную даму.

Привыкшие подчиняться приказам начальника, парни разжали цепкие руки. В ту же секунду дверь в клуб распахнулась, и на помойку вылетела еще пара потных служителей порядка.

— Держи ее! — завопил один.

— Вот, падла, попалась! — добавил другой.

Крахмальников замахал руками:

— Порядок, ребята, это своя.

— Чего убегала тогда? — поинтересовался первый.

— Знаете ее, Андрей Андреевич? — уточнил второй и спросил: — Кто она?

— ПДН, — ответил майор.

— Кто? — в один голос поинтересовались маски.

— Постоянно действующее несчастье полковника Дегтярева, — пояснил приятель.

Потом схватил меня за плечо и прошипел, как разбуженная зимой гюрза:

— Ну и влетит тебе, Дарья, от Александра Михайловича! Надеюсь, что он изломает о твою дурацкую спину свою любимую линейку с железными уголками!

Глава 28

Но кровожадные Андрюшкины надежды не сбылись. Полковник, когда Крахмальников втолкнул меня к нему в кабинет, только со вздохом произнес:

— Ну ты просто гений, надо же так закамуфлироваться! Впрочем, костюмчик тебе к лицу, зря каждый день такой не носишь.

— Давай задержим ее до выяснения личности, — с надеждой предложил Андрюшка, — паспорта или какого-либо любого другого документа, удостоверяющего личность, у данной мадамы нет...

— Ничего не выйдет, — окрысилась я, — мое имя Дарья Ивановна Васильева, проживаю в поселке Ложкино, временно, из-за ремонта, нахожусь в доме вдовы депутата Харитонова... Проверяйте и немедленно отпускайте, прав не имеете держать...

— Вот тут ты ошибаешься, — противно захихикал майор, — просто фатально ошибаешься, на три денечка запросто могу экскурсию к параше устроить.

Я сердито отвернулась к окну. Ну, погоди, Андрюшка, попросишь меня контрольные работы твоим сыночкам-лоботрясам написать, вот тогда и посчитаемся.

— Значит, не послушалась-таки и осталась у Татьяны, — медленно проговорил Дегтярев, — впрочем, так и предполагал...

— Сами меня к ней отправили, — огрызнулась я и быстро добавила: — Кстати, нашла Жока!

— Ну? — в один голос удивились приятели. — И кто же он?

Я вздохнула.

— Имени пока назвать не могу, но мужик абсолютно точно находится в здании клуба «Жак», кстати, управляет клубом родная Танина сестра — Соня.

Александр Михайлович рассмеялся.

— Дурацкая идея была пристегнуть тебя к расследованию. Какая меня муха укусила, не пойму. Впрочем, Жока мы тоже нашли и в отличие от тебя можем назвать имена и фамилии.

— Чьи? — удивилась я.

— Да, — вздохнул Андрюшка, — Жок — не один человек, из-за чего и возникла дикая путаница.

Я разинула рот. Ничего себе известие!

— Вот что. Никуда не уйду, пока не узнаю все.

— Ладно, Дашутка, — примирительно протянул Крахмальников. — Где твоя машина стоит? У клуба? Давай ключики, попрошу ребят сюда подогнать, и езжай себе домой, вернее, к Харитонову. Быстренько собирай вещички и дуй в гостиницу. У Тани больше оставаться просто нельзя.

— Ни за что. Выкладывайте правду, иначе пойду к вашему начальству и расскажу, что вы меня в добровольные помощники определили. Представляю, как вам нагорит!

— Шантажистка! — возмутился Андрюшка.

Я злобно фыркнула. Погоди, то ли еще будет!

— Дашутка, — миролюбиво заулыбался Дегтярев, — нам сейчас слегка не с руки разговаривать.

Он взял трубку, набрал номер и сказал:

— Кеша, ты где? Значит, так, немедленно отменяй все дела и, ни секунды не задерживаясь, езжай к Харитоновым. Покидай вещи в машину, бери животных и вези все ко мне на квартиру. Ключи Дарья прихватит, у подъезда встретитесь. Предупреди Зайку. — Следующий звонок был к Маше. — Здравствуй, утеночек, — завел Дегтярев.

Мембрана телефона бурно запищала в ответ.

— Ну извини, попроси у учительницы прощения. Скажи, что дело очень важное. После уроков мама заедет за тобой, никуда не уходи, потом объясню.

Я тронула полковника за рукав.

— А Варя как же? Харитоновская дочка ходит в тот же класс, и мы их вместе возим.

Александр Михайлович продолжил:

— Варвара пусть...

Мембрана вновь зашлась в писке. По мере получения информации лицо приятеля вытягивалось. Наконец он буркнул:

— Хорошо, жди маму, — отсоединился и сказал: — Татьяна только что заезжала в школу и забрала дочь. Действуй, Андрюшка.

Майор моментально вылетел в коридор.

— Да что происходит? — вскипела я.

— Кажется, мы опоздали, — вздохнул приятель и застучал пальцами по столу.

— Куда?

Но Александр Михайлович не ответил. Он взял кейс, вытащил колечко с ключами и, сунув его мне в руку, велел:

— Давай бери такси и дуй за Марьей. Недосуг сейчас твоей тачкой заниматься.

— И не надо, сама за ней съезжу.

— Нет, — покачал головой толстяк, — лучше пусть пока там постоит, в интересах следствия.

Три дня мы провели у Дегтярева дома. Квартирка у него крохотная. Из пятнадцатиметрового помещения можно пройти в нечто, больше всего напоминающее нишу с окном. Но апартаменты гордо называются двухкомнатными. При них состоит крохотная кухонька и совмещенный санузел. А высота потолка такая, что Кеша, проходя под люстрой, каждый раз пригибал голову. К тому же жилплощадь расположена на первом этаже, и наши собаки, не привыкшие к постоянному постороннему шуму, подбегали к окну и начинали яростно лаять в любое время суток. Да еще три авто — огромный, как троллейбус, джип Аркадия, Зайкин «БМВ» и мой «Вольво» — запрудили весь двор, и пара владельцев побитых «Жигулей» явилась к нам разбираться. Кеша довольно долго объяснялся с ними на лестнице. Правда, увидав Банди и Снапа, скандалисты присмирели.

Так что, когда утром в пятницу мы погрузились в свои тачки и наконец съехали в заново отремонтированный дом в Ложкино, с облегчением вздохнули все: и мы, и соседи Дегтярева. Неудобств не заметил только сам полковник. Он заскочил домой всего на часок переодеть рубашку. Правда, проглотил тарелку малосъедобных пельменей, купленных мной исключительно из-за названия.

— Надо же, — фыркнул приятель, повертев упаковку, — пельмешки «Дарья». Впрочем, такие же мерзкие, как твой характер.

Я даже не стала обижаться, просто не было сил. Последние две ночи провела на жутком продавленном диване когда-то приятного песочного цвета. Из-за отсутствия спальных мест со мной рядом положили Маню. Привыкшая вольготно раскидываться на широкой кровати, девочка постоянно пинала меня коленями и перетягивала на себя одеяло. А мопс Хуч, большой любитель спать вместе с хозяйкой, раздраженно сопя, пытался поудобней разложить между нашими телами свои жирные бока, ему тоже казалось, что ложе могло бы быть и попросторней. В результате борьбы за место я оказалась в четыре утра на полу и отправилась читать в ванную.

Впрочем, Ольге с Аркашей пришлось не лучше. Зайка улеглась в большой комнате на полу, а Кеша на кухне. Причем голова сына оказалась под столом, а ноги в коридоре. И все, кто вставал ночью пописать, с громким стуком падали, споткнувшись о его страусиные конечности. Лучше всего пристроились животные. Снап и Банди в креслах, Хуч с Машкой, Жюли и Черри почти на голове у Ольги, а кошки использовали вместо подстилки Аркадия. Только крыса Фима, жаба Эльвира и попугай Коко не испытали неудобств. Они преспокойненько сидели в своих привычных обиталищах — кто в клетке, кто в аквариуме.

В пятницу вечером в Ложкино приехал усталый, совсем серый Дегтярев и, оглядев гостиную, заметил:

— Раньше мне здесь нравилось больше.

Зайка разозлилась:

— Все осталось как было.

— Нет, — замотал головой приятель, — занавески другие и стены кремовые, а не белые. Диваны тоже новые. Кстати, куда старые подевали? Отдали бы мне на бедность, мой совсем калека.

— Как ты можешь жить в таком свинстве, — накинулась Ольга на полковника, — потолок в трещинах, паркет в пятнах, стены ободраны, а уж мебель!.. Кстати, ты в курсе, что у тебя холодильник не работает?

Александр Михайлович вздохнул:

— А я им не пользуюсь.

— Как это? — изумилась любящая поесть Маня.

— Не готовлю, — пояснил приятель, — а когда проголодаюсь, покупаю что-нибудь из замороженного или яйца, лапша еще есть, китайская в стакане.

— Отвратительно, — скривилась Зайка.

— Это мы отвратительные, — сообщил предпочитающий помалкивать Аркадий, — Дегтярев целый день на работе, естественно, ему не до семейного уюта. А мы — хороши друзья! Даже не поинтересовались, как он живет! Мебель — жуть! Вот что, дядя Саша, переезжай к нам! Нечего тебе одному куковать. Места полно, выбирай комнату по вкусу и устраивайся.

— Клево, — заявила Маня, — во здорово, как раньше не додумались.

— Нет, нет, — замахал руками полковник, — ну что я коллегам объясню? Живу в доме с незамужней женщиной... Что люди подумают?

Мы уставились на него во все глаза. Вот уж не предполагала, что у толстяка викторианские взгляды.

— Про вас с мамой ничего не подумают, — сообщила Маня, — в вашем возрасте опасаться нечего.

— И потом, должен же ты где-то жить во время ремонта, — быстро постарался заткнуть сестрицу Аркадий.

— Какого еще ремонта? — начал заикаться Дегтярев, сравниваясь по цвету со спелым баклажаном. — Ненавижу ремонты, комиссии и перемены, после них только хуже...

— Да ты не волнуйся, — «успокоил» его Кеша, — мы все сами сделаем, правда, Зай?

Обожающая любые перестановки Ольга пришла в полный восторг:

— Конечно, за две недели управимся и мебель новую купим, занавески, ковер...

Александр Михайлович ухватился за голову и застонал.

— Кухню и еще микроволновку, стиральную машину, — частила невестка, — Кеша прав — нельзя жить в свинстве.

— Но мне так нравится, — робко проблеял полковник.

— А мне нет, — отрезала Зайка, — и все, точка, разговор окончен, никто у тебя разрешения спрашивать не станет!

Дегтярев затравленно глянул на меня. Я пожала плечами. Если Ольга впала в раж, спорить с ней бесполезно и даже опасно. Это как под артиллерийским обстрелом — падай на землю, вжимайся всем телом в грязь и молись, чтобы пронесло мимо.

Вечер прошел бурно. Были принесены всевозможные каталоги, и понеслись громкие обсуждения. Дети выбирали краску, обои, плитку... Под горячую руку решили разбить стену между комнатенками и выбросить на помойку плиту и холодильник.

— Ну уж нет, — неожиданно встрял полковник, — «Север» не отдам. Мне его давным-давно сам министр вручил, как премию. Трудное дело тогда размотали. А вы — на помойку! Можно сказать, раритет.

— Сдай его в музей МВД, — посоветовала Ольга, — будешь ходить на экскурсию и любоваться, а тебе купим нормальный, работающий «Электролюкс» или «Аристон».

— Пошли, — потянула я приятеля за руку, — не мешай, все равно они никого не послушают. Расслабься и получай удовольствие.

Мы поднялись в кабинет. Я залезла на диван с ногами и велела:

— Ну, говори!

— Что?

— Все.

— Правду, и только правду? — ухмыльнулся приятель, протягивая руку к бутылке с арманьяком.

— Хватит ерничать, рассказывай.

Дегтярев медленно отхлебнул глоток благородного арманьяка и, закатив глаза, пробормотал:

— Восторг. Ну почему у вас всегда отличные напитки, а мне подсовывают такую пакость!

— Вначале нужно посмотреть на дно бутылки, — принялась я за объяснения и тут же осеклась.

— Ну-ну, — одобрил полковник, изображая полнейшее внимание.

Но я уже смеялась. Лучший способ отвязаться от профессионального преподавателя — задать ему какой-нибудь вопрос. Начнет объяснять и про все забудет.

— Ладно, про напитки потом, сейчас твоя очередь.

Александр Михайлович вертел в руках пузатый бокал.

— Пожалуйста, — заныла я жалобным тоном, — знаешь, как любопытно. Представляешь ужас — читала, читала детектив, а последние страницы оказались написаны по-китайски... Спать не могу, есть тоже, просто умру в тоске! Никому не расскажу, миленький, хорошенький, кстати, ты похудел, и лысина уменьшилась! Наверное, от напряженной умственной работы волосяные луковицы заработали...

— Ну почему я всегда иду у тебя на поводу? — вздохнул Дегтярев. — Ладно, слушай, только имей в виду, ничего радостного в этой истории нет, одни грязные подштанники.

Глава 29

На протяжении рассказа я не раз вспоминала слова покойной Зои Лазаревой о тщательно запрятанных людских тайнах.

— Вот ведь как бывает, — ухмылялась Зойка, — сделает человечек в молодости глупость, подлость или гадость, потом запрячет измазанное нижнее бельишко, захоронит его поглубже, землей присыплет... Надеется дурачок, что никто не узнает. А лет эдак через двадцать появляется такой милый парнишечка и трясет письмами, негативами или документами. Нет такой тайны, которая не стала бы явной, и нет семьи без скелета в шкафу. Только размер черепов разный, но спрятанные кости есть у каждого, надо только их найти. Порой последствия необдуманных поступков, совершенных в юности, до старости расхлебывают!

Именно это и произошло с Таней Ивановой.

Детство и юность ее прошли в шумном, хлебосольном доме. Папа — генерал и радушная мама-домохозяйка, толпа гостей. Материальных трудностей тут не знали, деньги считали не рублями, а сотнями, и покупка новой одежды никогда не приурочивалась к красивым датам календаря. У Тани не было праздничных платьев, все наряды были хороши, в любом можно пойти хоть в гости, хоть в театр.

В этой семье вещи не передавались от одной сестры к другой, не донашивали девочки друг за другом ни обувь, ни шубки. Нет, у каждой шкаф ломился от платьев, юбок и брюк, а игрушкам было тесно на полках.

По полной программе шло и обучение. Преподаватели музыки, иностранных языков, репетиторы по школьным предметам чередой сменяли друг друга. А еще секция плавания, кружок рисования...

Как часто бывает в многодетных семьях, девочки выросли совершенно разными. Средняя сестра Соня самая умная и красивая, Таня попроще и поглупей, а младшая, Алена, эгоистичная, ленивая и хитрая. Две старшие пытались дружить между собой, Алену же они терпеть не могли. Та наушничала матери и отцу о мелких прегрешениях сестер и радостно закладывала их, когда Соня и Таня поздно приходили домой. В раннем детстве девочки дрались между собой, в подростковом возрасте делали друг другу мелкие гадости, а став взрослыми женщинами, почти перестали общаться.

Соня, бойкая, зеленоглазая, только-только поступив на первый курс, выскочила замуж за Артема Федотова. Людмила Сергеевна не препятствовала столь раннему браку. Молодой муж происходил из хорошей семьи и подавал надежды. Потом случилась не слишком приятная история с Аленой, и молодым купили собственную квартиру.

Следом свою любовь нашла и Таня. Она была не слишком общительной девушкой и неохотно принимала участие во всевозможных вечеринках, а тут пошла к школьной подруге. Мальчишки и девчонки отчаянно курили, музыка гремела, у Тани разболелась голова, и девушка вышла во двор подышать свежим воздухом.

На детской площадке в задумчивости сидел светловолосый симпатичный парень, вернее, молодой мужчина. Слово за слово, и они разговорились.

— Федор, — назвался собеседник.

У него была странная манера во время разговора вдруг останавливаться и пару минут смотреть на собеседницу. Танюша провела на детской площадке почти три часа, договорились о свидании на завтра в ЦПКиО имени Горького. Таня прибежала на встречу задолго до назначенного срока. Они с кавалером прошагали несколько километров по дорожкам парка, разговаривая о всякой всячине. Бесхитростная девушка рассказала о себе все: про семью, сестер, покойного папу-генерала... Федя молча слушал, изредка вставляя несколько слов. О себе мужчина сообщил немного — родители умерли, живет один, про работу не проронил ни слова, но Танюша поняла, что кавалер не нуждается. На Федоре красовались американские джинсы, рублей за триста, не меньше, красивый импортный пуловер и кожаная куртка.

Примерно месяц влюбленные провели в кинотеатрах и парках, потом остро встал вопрос — где встречаться? Таня устроила дикий скандал матери и через три недели праздновала новоселье на Камвольной улице. Дом, правда, был не очень хорош: блочная пятиэтажка первой серии. Чиновница из исполкома предлагала Людмиле Сергеевне подождать хотя бы до Нового года, но влюбленной Татьяне не терпелось иметь свое гнездо, и она въехала в квартиру, даже не сделав ремонта. Ей казались безразличными размер кухни, метраж комнаты и состояние санузла. Главное, что есть крепко запирающаяся дверь.

Федор перебрался к ней, началось некое подобие семейной жизни. Единственное, что не нравилось Тане, так это категорическое требование сожителя соблюдать тайну.

— Никому обо мне не рассказывай, — приказал мужик.

— Почему? — изумилась Таня.

— Работа, — многозначительно протянул любовник, но не стал делать уточнений.

Танюша постеснялась расспрашивать. Впрочем, деньги у кавалера водились, и жили они безбедно. Пару раз в гости наезжала Людмила Сергеевна, но прибывала мать, только предварительно созвонившись с дочерью, и Таня успевала спрятать вещи Федора.

Потом она забеременела. Известие о том, что он станет отцом, не слишком обрадовало Федора.

— Ребенку нужна нормальная метрика, женись на мне, — потребовала Татьяна.

Мужик неожиданно сказал:

— Ладно, только сначала послушай, что к чему.

Всю ночь они проговорили на кухне, то и дело распахивая окно, чтобы выпустить дым на улицу. Федор рассказал о себе «правду». Он — диссидент, борец с существующим коммунистическим режимом. За плечами две посадки по уголовным статьям.

— Уголовным?! — невольно отшатнулась от Феди Татьяна.

— Вот видишь, — грустно усмехнулся будущий муж, — ты уже готова бежать от меня на все четыре стороны.

— Почему уголовные статьи? — вновь робко спросила Таня.

— Видишь ли, — мрачно улыбнулся Федор, — специально сделано. Ну не могут власти открыто признать, что у нас существуют недовольные режимом, вот и оформляют как уголовников. Кражу приписывают или разбой... Так что имей в виду, связываясь со мной, большого счастья не жди. Я на крючке, могут вновь запихать в тюрягу. Подумай, может, лучше аборт сделать?

В душе многих русских женщин живет жена декабриста. Танюша с гневом отвергла предложение Федора, согласившись, однако, сохранить в тайне их взаимоотношения.

— Не рассказывай пока никому, — вколачивал ей в голову уголовник, — ни матери, ни сестрам, ни подружкам... Вот распишемся, родишь, тогда и сообщим. Представляешь, какой крик поднимет Людмила Сергеевна, когда узнает про меня? А в институте? Еще, не дай бог, отчислят... Нет, лучше молчком, диплом-то уже через год...

Тане пришлось признать правильность этих опасений. Мать и впрямь могла поднять дикий крик и помешать семейному счастью. А Танечка была без ума от Федора, любила его страстно, до полной потери соображения.

Расписались они в самом конце марта, очень тихо, взяв в свидетели случайно проходившую мимо девушку. Было это двадцать восьмого числа. Утром двадцать девятого Федор поехал домой и пропал. Вечером не позвонил, впрочем, наутро тоже. Танюша заметалась в ужасе по квартире. В голову лезли жуткие мысли. Целых три недели от мужа не было никаких известий. Потом вдруг ожил телефон.

— Татьяна Михайловна? — спросил безукоризненно вежливый голос. — Приезжайте на Петровку, паспорт прихватите.

На ватных ногах Танечка добралась до нужного кабинета. Высокий худощавый парень приветливо улыбнулся ей. Беседа длилась почти три часа. Потом, подписав пропуск, девушка, как сомнамбула, вышла на улицу, завернула за угол большого желтого дома, вошла в булочную, прошла в кафетерий, взяла стакан со светло-коричневой жидкостью и зарыдала.

К ней никто не подошел. Булочная соседствовала со зданием уголовного розыска, и здесь частенько плакали родственники, в основном бабы.

Вежливый следователь оказался предельно откровенен. Он показал Тане личное дело мужа.

Онемев, смотрела женщина на документы. Федор, Феденька, ее ненаглядное сокровище, оказался самым банальным уголовником, отсидевшим не один срок, и взяли его двадцать девятого марта в чужой квартире с драгоценностями хозяйки в руках. Полной неожиданностью стало и наличие у мужа сестры Аллы...

Проплакавшись, Таня решила съездить к незнакомой родственнице. Может, все, что рассказывал о Федоре следователь, — вранье?

Козлов предупреждал ее, что правоохранительные органы хитры и коварны. «Небось обманули, а я, дура, поверила, — тешила себя успокоительными мыслями Таня, покачиваясь в салоне троллейбуса, — бедный Феденька!»

Алла оказалась дома и встретила новоявленную невестку крайне настороженно, пришлось даже демонстрировать паспорт с печатью загса. И вновь состоялся весьма неприятный разговор.

— Родители из-за него раньше времени умерли, — тихо рассказывала Аллочка, — стыд-то какой, во двор не выйти. Хорошо хоть в этот раз, когда вышел, дома не поселился, по друзьям терся, потом какую-то дуру нашел и к ней съехал... ой!

Алла испуганно глянула на Таню и захлопнула рот. Но та только махнула рукой — правильно все.

— Дура я, совершенно точно, а теперь еще ребенок будет!

Аллочка с удивлением оглядела почти не располневшую Танину складную фигурку:

— Когда?

— В конце июля, — тихо ответила невестка.

Но мальчик родился в начале августа — круп-

ный, крикливый, судя по всему, здоровый. В ро-
дильный дом к Тане пришла Алла. Разговаривали
на черной лестнице у грязного ведра с окурками.

— Ну зачем тебе ребенок? — прямиком заявила Алла. — Давай заберу мальчишку. Мы с мужем
давно о ребенке мечтали, да никак не получается, думали из детдома взять, а тут все-таки своя
кровь.

Татьяна не долго колебалась. О ее беременности не знал никто. Сессию сдала досрочно и в
мае в институте не показывалась; матери наврa-
ла, будто уехала на практику и вернется лишь в
сентябре... Таня боялась признаться самой себе,
что у нее была мысль — может, лучше оставить
младенца в роддоме? А тут такой шанс!

Дело решили полюбовно, не ввязывая в про-
цедуру государственные органы. Мальчика записали на Таню и Федора.

— Подрастет, скажу, что родители умерли, —
пробормотала Алла, забирая сопящий кулек, — я
ему родная тетка, считай что мать. Может, Федь-
ка и прям сдохнет, ты, Таняшка, никому о заму-
жестве не говори, вроде его и не было. И я молчать стану, а подрастет дитя, что-нибудь приду-
маю, другие документы выправлю. Неужели не
выкручусь?!

Так и получилось. Федор писал письма, жало-
бил жену рассказами о непростой лагерной жизни, голодных днях и жестоких охранниках. Но
Таня оставалась непоколебима — ни посылок, ни
передач она не передавала. Отправила всего лишь
одно послание: «Ребенок отдан на воспитание, я
вышла замуж, забудь этот адрес».

Как ни странно, но тайну удалось сохранить.

В сентябре она вернулась в институт и как ни в чем не бывало приступила к занятиям.

Побежали годы, с Аллой она больше не встречалась, Федор тоже испарился из ее жизни. А в 1985-м произошло знакомство с Харитоновым, в 1986-м родилась Варя. Увидав уродливое лицо девочки, Таня в ужасе вскрикнула. Потом Олег Андреевич не раз повторял:

— Ну за что нам это испытание?

— Да, за что? — эхом вторила любовница, в глубине души точно зная ответ на этот вопрос — за Петю, мальчика, отданного в чужие руки.

Связь с Харитоновым не принесла ей радости. Олег Андреевич часто приезжал в гости, изредка оставался ночевать, был щедр, добр, ласков, но разводиться не собирался. Его жена Валентина чем-то болела, и мужчина не хотел, как он говорил, «обижать умирающую». Впрочем, Таню он, казалось, любил, а к Варе относился очень нежно. В браке у него детей не было.

Именно в эти годы Танюша вновь сблизилась с Соней и Артемом. Зять, классный психиатр, консультировал ее по поводу Вари, неоднократно подчеркивая, что девочка при всем своем внешнем уродстве абсолютно нормальна. Но Таня все равно безумно переживала и старалась лишний раз не выводить ребенка на улицу.

В середине 90-х Валентина неожиданно попала в больницу. Танечка, потерявшая всякую надежду стать мужней женой, крайне оживилась. Олег Андреевич заметался в поисках нужных врачей, сиделок... И тут Соня, незнакомая с Харитоновым, предложила сестре:

— Давай, предложи ему меня в качестве платной медсестры.

— Зачем тебе это? — изумилась Таня.

Артем к тому времени владел частной клиникой, отлично зарабатывал, Соня давно бросила службу.

— Это тебе надо, — парировала сестра, — узнаю все из первых рук: чем больна, сколько протянет... Может, милейший Олег тебя дурит...

Харитонов радостно принял предложение пригласить к жене высококвалифицированную сиделку. Сонечке открылась весьма неприятная истина — у Валентины инсульт. Но женщина благополучно выбирается из болячки, скорей всего протянет инвалидом долгие годы. Значит, Тане не на что надеяться. Сонины мозги бешено закрутились в поисках выхода. Может, подлить чего больной в капельницу? Но пойти на откровенное убийство было страшно. И тут на помощь пришел случай. В палате умерла Елена Костина. У Сони моментально оформился план. Денежные затруднения врача Надежды Викторовны Яковлевой, мечтающей избавить любимого сына Васеньку от армии, не были секретом ни от кого в отделении. А в морге работал санитаром спившийся брат Артема — Павел Филонов.

Дело устроилось сразу. Докторица дрогнула, когда ей предложили огромную сумму, мать Костиной Олимпиада Евгеньевна за царское вознаграждение согласилась на спектакль. Павел изменил до неузнаваемости внешность несчастной Костиной... Олег Андреевич не заметил подмены. Валентину отвезли в клинику к Артему и надежно упрятали за семью замками.

Сонечка позаботилась обо всем. Она же велела Павлу стащить с Вали все обожаемые дамой драгоценности. Что гример и проделал, когда убитого горем адвоката в полуобморочном состоянии выволокли на улицу.

Все получилось, как задумала Сонечка. Не прошло и месяца после похорон, как безутешный вдовец предложил любовнице руку и сердце. Танюша праздновала победу. Из женщины с сомнительной репутацией она сразу превратилась в уважаемую даму, жену депутата... Откровенное счастье сияло на лице Танюши в день бракосочетания. Потом она затеяла строительство дома, переезжать в старую квартиру Харитоновых, где витала тень Валентины, ей не хотелось. Танечка летала по стройплощадке, швыряя направо и налево доллары, требуя от фирмы, взявшей подряд, быстро и четко выполнять работу.

Когда дом был подведен под крышу, приехала Соня. Поглядела на хоромы, одобрительно поцокала языком и сказала:

— Небось Олег Андреевич счастлив!

Таня радостно засмеялась. Она так и не познакомила сестру с мужем.

— Кстати, — небрежно уронила Соня, — я тут затеяла одно дельце, деньги нужны, не одолжишь?

Таня покачала головой:

— Извини, сейчас напряженка, дом отделывать надо.

Соня хмыкнула:

— Продай драгоценности.

— Какие? — искренне удивилась сестра.

— Эти, — ответила Соня и протянула тяжелый мешочек.

Таня заглянула внутрь и ахнула:

— Откуда это у тебя? Валентину ведь похоронили со всеми цацками.

— Пошли, поговорим, — велела Соня.

В ту ночь несчастная Таня так и не уснула. Ее брак оказался замком на песке. Валентина находилась в клинике Артема, а придумавшей весь этот ужас Соне требовались деньги...

Танюша быстренько продала часть колец и вручила сестре деньги. Остаток был спрятан в тайничке, спешно оборудованном в доме. Потом пришлось залезть в тайник еще раз, чтобы сестра продолжала молчать. Но скоро Соне понадобилось другое.

— Есть человек с капиталом, — рассказывала она Тане, — хочет открыть в столице клуб, уже местечко присмотрел. Да слишком дорого хотят за аренду. А у вас в гостях часто бывает префект округа, составь протекцию, попроси оформить помещеньице как детский клуб по интересам. Скажи, что сама руководить станешь, от скуки благотворительностью займешься.

Таня наотрез отказалась. Соня хмыкнула:

— Погоди «нет» говорить, на хозяина взгляни. Может, понравится, красивый мужик!

Разговор происходил в Доме литераторов, в Дубовом зале. Сидевшая спиной ко входу Танюша, невольно повинуясь жесту сестры, обернулась и чуть не потеряла сознание: нехорошо улыбаясь, по залу шел ее первый муж Федор Козлов.

Глава 30

— А ты похорошела, — бросил уголовник, садясь за стол.

— Вы знакомы? — удивилась Соня.

— Встречались, — буркнул Федор и велел: — Иди, Сонька, покури, без тебя переговорим.

Софья безропотно подчинилась. Таня сидела, плохо воспринимая действительность, надеясь лишь на то, что ужасная встреча ей просто снится. Сейчас прозвенит будильник, наваждение кончится...

Федор накрыл ее руку своей ладонью и хмыкнул:

— Не бойсь, зла не таю, но помощи потребую. Кстати, вот, гляди, я теперь честный гражданин с незапятнанной фамилией.

Танюша уставилась в бордовую книжечку — там значилось: Иванов Федор Сергеевич.

— Что это? — только и смогла пролепетать женщина.

— Все чин-чинарем, — противно ухмылялся первый муж, — освободился и подал заявление, что хочу взять фамилию жены, закон дозволяет. Ты ведь развод не оформляла...

Таня сидела ни жива ни мертва. Отдав Петю Алле, она постаралась изо всех сил побыстрей забыть ужасное замужество, потеряла паспорт, получила новый. Паспортистка взяла у Танечки коробочку конфет, небольшую, но приятную бумажку в конверте и не поставила никаких штампов. Паспорт остался чистым, Танюша посчитала себя свободной, и вот теперь прошлое нагло лезло в глаза, грозя разрушить хрупкое, с таким трудом полученное счастье!

— Ну так как? — ухмыльнулся Федор. — Поможешь с клубом? Дело ерундовое, оформим заведеньице на тебя. Кто жену депутата в плохом заподозрит?..

Пришлось соглашаться. Муж обрадовался, Танечка нашла себя, будет заниматься детьми. Впрочем, замороченный собственными делами, он не слишком интересовался хобби супруги. При деле, не ноет, не пристает, ну и хорошо. К тому же отношения в семье слегка охладели. Харитонов принадлежал к весьма распространенному типу мужчин, неспособных долго любить одну женщину. Адвокат начал потихоньку заводить на стороне романы, впрочем, положение женатого человека устраивало его целиком и полностью, и он не собирался что-либо менять в своей жизни.

А Таня все больше и больше запутывалась в делах Федора. Открылся клуб под неоригинальным названием «Жак». Отпечатали первую партию визитных карточек, но произошла досадная оплошность, на прямоугольничках стояло «Жок». Федор сначала обозлился, а потом засмеялся и велел:

— Так меня теперь и зовите. Впрочем, и я вас с Соней стану Жоком кликать.

Скоро Тане открылись многие тайны бывшего супруга. Оказывается, Федор каким-то образом прибрал к рукам большинство московских сутенеров и брал с них дань. Когда ставили забор вокруг дома, Федор велел оборудовать потайной ход. Олег Андреевич не появлялся на строительной площадке, полностью доверяя жене, поэтому бригаду украинцев, выполнявших работу, он не увидел.

Федор боялся и милиции, и самих сутенеров. Поэтому за деньгами часто приезжали Таня или Соня. Выглядело это как в кино. Загримированная под мужчину Танечка получала в условленном месте чемоданчик и спешно везла его домой. До передачи Федору деньги почти открыто хранились в ее спальне. Олег Андреевич не был любопытен и не шарил в шкафу у жены. Иногда, когда адвокат уезжал в командировки, первый муж приходил «в гости». Впрочем, любовных отношений у них не было, только деловые. Танечке за работу полагалось вознаграждение, и скоро у нее накопилась гигантская сумма.

Иногда, лежа ночью с открытыми глазами возле мирно посапывающего Харитонова, Таня думала: вот бы вернуться назад в 1979 год. Она бы тогда бегом унеслась с детской площадки, чтобы не знакомиться с Федором... Но жизнь нельзя повторить, и у жены Харитонова порой случались припадки жуткого ужаса. Что будет, если муж узнает правду обо всем? О Козлове, мальчике Пете, гигантских заработках, а главное, о Валентине, влачившей растительную жизнь в клинике Артема. К тому же к убогой инвалидке сначала вернулась речь, а потом неожиданно и рассудок. Хорошо еще, психиатр заметил сразу неожиданные улучшения и перевел Валю на сильнодействующие препараты. Но даже под воздействием психотропных средств первая и настоящая жена Харитонова обнаружила отсутствие своих обожаемых драгоценностей и устроила скандал. Пришлось спешно делать копии. Хорошо хоть, больные мозги не слишком повиновались владелице и отличить подделки от оригиналов она не смогла. Честно говоря, Танюша просто ждала, когда Валя умрет, но Артем отлично приглядывал за пациенткой. Живая Валя — крючок, на котором висит Таня, а жену адвоката использовали в преступных целях все. Федор для обделывания собственных делишек, Соня для получения денег, Артем, нуждавшийся в «крыше» для своей клиники. Всем негодяям было выгодно, что Татьяна — супруга депутата. Ее семейное положение открывало многие двери, и многие вопросы она могла решить по телефону. Начиная с чистой ерунды — получения за один день загранпаспорта для Артема — и заканчивая оформлением нескольких квартир в разных концах Москвы под офис Харитонова. Депутат имеет право на неограниченное количество служебных помещений, все они обладают неприкосновенностью — идеальное место для публичного дома. Не то семь, не то восемь «офисов» работало круглосуточно в разных спальных районах столицы, принося Федору немалые барыши. Впрочем, и сама Таня имела неплохой доход.

Подобное положение вещей могло тянуться долго, но кончилось оно сразу, как в кино. Как-то раз, воспользовавшись отсутствием Харитонова, Федор прошел потайным ходом в дом. Они принялись с Татьяной пересчитывать деньги. Дальше события развивались как в дурном анекдоте: распахнулась дверь, и вошел муж. Олег Андреевич должен был лететь во Владивосток, но рейс отменили... Депутат только ахнул, увидев разложенные повсюду баксы и чужого мужика в спальне жены. Начался тягостный разговор, перешедший в скандал. В сердцах Харитонов схватился за телефон, грозя вызвать милицию. В ту же секунду Федор застрелил его. У бандита был какой-то необычный пистолет — тонкий, похожий на авторучку. Таня даже сначала не поняла, что мужа убили. Раздался тихий щелчок, маленькая пулька попала Харитонову точно в правый глаз. Мужчина беззвучно рухнул на пол, крови практически не было.

Дальнейшее Танечка припоминала с трудом. Вот Федор роет в дальнем углу двора могилу, несет тело вниз, подбирает в траве выпавшую из кармана пиджака Олега Андреевича трубку «Peterson» и долго чертыхается: курительный прибор отчего-то разобран, вот тащит ее, Таню, в спальню...

В комнате Федор надавал Татьяне пощечин и велел:

— Приходи в себя, дура.

Кое-как Танюша собралась.

— У него есть шофер?

Таня кивнула.

— Да, Володя.

— Где он?

— Когда привозит Олега ночью, остается в доме садовника.

Федор вышел. Вернулся он минут через сорок, злой как черт.

— Завтра утром скажешь невзначай горничной, что шофер приболел и временно наняли другого.

— Кого? — не поняла Таня.

— Меня, — ответил Федор.

Таня побоялась спросить, что случилось с Володей.

— Когда он должен был вернуться из Владивостока? — спросил Козлов.

— В понедельник.

— Ладно, время еще есть, — буркнул бывший муж, — жди меня завтра в десять утра, да не забудь, что я шофер.

Утром он и впрямь заявился «на работу», изменив до неузнаваемости внешность. Волосы стали темно-каштановыми, появилась аккуратная бородка. Ни Тоня, ни Емельян ничего не заподозрили, а садовника Татьяна спешно уволила, а то еще начнет выяснять, кто копался в саду у ограды, зачем рыл землю...

Федор изложил план. Олег Андреевич должен погибнуть, но так, чтобы об этом стало известно всем. Например, подорваться в машине.

— Но как такое сделать? — залепетала Таня. — Как?

— Очень просто, — пожал плечами Козлов, — сначала ты созываешь костюмированный бал, вечеринку, желательно найти таких гостей, которые плохо знали Харитонова, а еще лучше — не встречались с ним вообще. Я надену костюм и исполню роль адвоката.

Вот тут-то в голову Тани и пришла мысль собрать бывших сокурсников. Она быстренько придумала повод и позвонила Зое Лазаревой. Идею приняли на «ура». «Харитонов», одетый телевизором, веселил гостей.

— Погоди, погоди, — остановила я полковника, — что-то не стыкуется. Он довольно долго разговаривал со мной и даже припомнил нашу встречу в консерватории...

— А ты видела в этот момент его лицо? — спросил приятель.

— Нет, он сидел в костюме.

— Вот именно, — удовлетворенно хмыкнул Дегтярев, — поэтому и завел с тобой разговор. В случае следствия ты, моя радость, бесценный свидетель — спокойненько говоришь: да, разговаривала с Харитоновым... Поэтому и придумали маскарад, чтобы закрыть лицо, а историю про черный бриллиант и Макса Полянского рассказала Федору Таня. Специально готовились, чтобы у тебя не возникло подозрений. Ты ведь в процессе этого разговора ни разу не засомневалась, что с тобой говорил депутат.

— Нет, — покачала я головой, — так убедительно все выглядело, а зачем он про Валентину и бриллианты говорил?

— Да все для вящей убедительности.

— А как узнали меня в этой «сосиске»?

— Совсем просто. Хозяйка велела дежурному у ворот позвонить в дом, когда прибудет «Вольво» 625 КЕ. Ну и присмотрела за тобой. Кстати, ты здорово облегчила ей задачу, явившись уже в костюме. Лучше припомни — видела ты хоть раз Харитонова после бала?

Я напряглась.

— Нет. Таня говорила, что он на работе. Правда, один раз, около двенадцати ночи, выглянула во двор и заметила, как от «Мерседеса» идет мужчина в дом, но лица не заметила, темно было.

— Понятно теперь? — удовлетворенно вздохнул приятель.

— Нет, ничего не ясно, — ответила я. — Кто убил Ваньку?

— Бедный Клюкин, — вздохнул полковник, — вот уж кто был совершенно ни при чем. Испугать хотели не его!

— А кого?

— Таню!

Я в обалдении уставилась на приятеля и затрясла головой:

— Ничего не понимаю!

— Тогда не перебивай, а слушай! — велел Александр Михайлович. — Тебя вообще в этой истории держали за дуру и вертели тобой, как хотели, прямо противно.

Несколько дней, которые Харитонов «провел

во Владивостоке», Таня чувствовала себя ужасно. У нее все просто валилось из рук. Женщина то вдруг начинала рыдать на глазах у прислуги, то, наоборот, радостно хохотать. Раньше ей были несвойственны подобные истерические выкрутасы, и Федор понял, что его подельница может расколоться в любой момент. В его голове созрел еще один план.

После смерти Харитонова Татьяна уже была не нужна, следовательно, ее можно устранить. Но Федор все же не хотел идти на такие крайние меры. Он решил сначала испугать женщину и, подсыпав в бокал не слишком большую дозу стрихнина, отдал «коктейль» лакею, велев вручить его «пирату». Но пиратские костюмы надели два человека, и наемный слуга перепутал. Яд достался Ваньке. Ему просто фатально не повезло. Федор хотел, чтобы Татьяна плохо себя почувствовала, ощутила боль, тошноту, но убивать он ее не собирался. Хотел просто испугать, чтобы потом сказать:

— Держи себя в руках, иначе убью, видишь, как просто тебя отравить.

Дозу он рассчитывал по учебнику «Токсикология». Не учел только, что рюмка может оказаться в руках у Ваньки. Клюкин же был запойным алкоголиком, к тому же и язвенником. Даже малой дозы стрихнина хватило, чтобы отправить его на тот свет. Самое интересное, что Федор решил извлечь выгоду из убийства и припугнул Татьяну:

— Немедленно бери себя в руки, иначе уберу, как Клюкина!

Хозяйка перепугалась почти до смерти и страшно обрадовалась, что предложила Даше пожить у себя. Теперь она решила удерживать в доме малопривлекательную шумную семью изо всех сил. При посторонних у Козлова все-таки связаны руки, он не может открыто войти в дом... Присутствие гостей давало Тане зыбкое ощущение безопасности. Да еще появились жуткие собаки, поднимающие лай при виде любого незнакомца.

У бедной Тани начались ужасные дни. Шумные, крикливые гости, дурно влияющая на Варю Маша, да еще без конца требует денег Алена. Младшая сестрица возникла на горизонте, когда газеты принялись писать о второй женитьбе Харитонова. Просто пришла и потребовала денег на содержание матери, сначала немного, потом больше и больше. В какой-то момент Татьяна попробовала отказать, но Алена захохотала и сказала, что знает, где находится Валентина. Чуть не умершая от страха Таня стала платить возрастающие суммы. Откуда Алена узнала тайну, осталось неизвестным. Скорей всего, работая в «Желтухе», получила доступ к файлам Никиты Павлова. А главный редактор и Зоя Лазарева докопались до сути.

Первой вышла на след Лазарева. По смешной случайности она гуляла вечером с собакой вместе с Олимпиадой Евгеньевной, они даже поддерживали некое подобие дружеских отношений, жили в соседних подъездах. Однажды Олимпиада Евгеньевна в слезах рассказала о болезни дочери, потом о том, что якобы поместила ее в платную клинику, потом вдруг пару раз сказала — «покойная Леночка», следом стала тратить много денег... Словом, Зоя заинтересовалась и размотала клубок. Но они с Павловым решили пока придержать информацию, ждали новых выборов в думу, а пока собирали потихоньку сведения и нашли кучу интересного! Танечка даже не предполагала, что милые однокурсники разнюхали все и в компьютере Зои и Никиты лежат сведения не только о живой Валентине, но и о Федоре, Пете и Жоке.

Короче, когда на вечеринке погиб Клюкин, Зое и Никите сразу стало ясно, что без Федора тут не обошлось. Им сразу пришло в голову, что яд предназначался Тане. Лазарева немедленно позвонила Ивановой, вызвала ту на встречу и, рассказав, что ее тайны вовсе даже и не тайны, велела:

— Полмиллиона долларов, и я все забуду.

— Где же возьму такую сумму? — испугалась вдова.

— Найдешь, — ухмыльнулась шантажистка, — сроку тебе — три дня.

Таня кинулась к Федору, но тому было недосуг заниматься Лазаревой: на очереди стояла «смерть» Харитонова. Дело организуют не без элегантности. Козлов «фарширует» автомобиль депутата взрывчаткой и выставляет «Мерседес» на продажу на автотолкучке. Покупатели, привлеченные отличным состоянием машины, находятся сразу. Козлов предлагает парням прокатиться по соседним улицам, чтобы проверить ходовую часть, он даже не берет с них залог. Обрадованные мужики радостно катят навстречу собственной гибели. Звучит взрыв... В машине, принадлежавшей депутату Харитонову, нашли лишь отдельные части двух разных людей.

— Но Козлов решает перестраховаться и велит Татьяне впутать в дело тебя, — вздохнул приятель. — Глупой женщине отведена роль свидетеля. Таня слышит, как ты договариваешься со мной о встрече на Тверской, и предупреждает убийцу. Залезть в «Вольво» и залечь на полу не представляет для Федора никакой трудности.

— Но зачем? — не удержалась я. — Зачем?

— Тебе, моя радость, преподнесли сказочку о спасшемся шофере Володе и даже потребовали принести некий клад, так?

— Так, мешочек из оранжереи...

— И ты ему поверила?

— Конечно.

— Негодяй надеялся, что ты не удержишься и расскажешь мне, а я пойму, что Костров не спасся, а организовал покушение. Козлов хотел подсунуть нам готового убийцу, поэтому и дурил тебе голову.

— Погоди, погоди, — залепетала я, — но видела собственными глазами на полу лужу крови, огромный нож... Честно говоря подумала, что Володю убили!

— На это и было рассчитано, — ухмыльнулся полковник, — негодяй все продумал. По его плану ты натыкаешься на кучу страшных и непонятных вещей. Видишь мужика, который не выходит из ванной, а лишь высовывает руку... А уж увидав лужу крови, ты просто должна была, по его расчетам, полететь ко мне и рассказать обо всем. Негодяй даже разлил по полу грамм двести человеческой крови. Где только раздобыл?! И при этом считал, что не рискует. Трупа Володи Кострова у органов на руках нет.

— А я подумала, что его убил рыжеволосый мужик.

— Это был Козлов, просто, когда он изображал Кострова, то гримировался и именно гримто мужик смывал в ванной, когда ты протянула ему мешочек. Неужели не обратила внимания на голос?

Я удрученно помотала головой.

— Только заметила рыжие волоски на руке и перепугалась. Теперь понятно...

— Что?

— Кто потерял серебряное кольцо от трубки в саду. И еще...

— Теперь что?

— Видишь ли, когда я сказала, что не опаздываю, как правило, на встречи, Володя Костров засмеялся и сказал: «Пунктуальность — редкое качество для дамы». Мне эта фраза резанула ухо, сейчас понимаю почему. Ну не станет таким тоном разговаривать водитель с друзьями своих, пусть даже покойных, хозяев. Но зачем он заставил меня нести мешочек и что там было?

— Пуговицы из Таниной коробки. Видишь, преступник придумал историю, будто Володя ограбил сейф, но не сумел вынести ценности, вот и использовал тебя в качестве «отмычки», а Харитонова убил потому, что тот все понял.

— Боже, — пришла я в ужас, — меня могли посадить за соучастие!

— Запросто, — «успокоил» Дегтярев.

— Господи, — продолжала я ужасаться, — еще ведь лазила в тайник и трогала драгоценности Валентины.

— Зачем?

— Из любопытства, случайно увидела, как кто-то, теперь понимаю, что Таня, открывает «похоронку», ну и стало интересно...

— Дура! — с чувством произнес полковник. — Редкая дура.

Я не нашлась что возразить.

— Ладно, — слегка успокоился приятель, — слушай дальше. У Козлова слегка отлегло от души. Во взрыв поверили все, а глупая баба вот-вот расскажет в милиции «правду» о шофере. Следующая на очереди Зоя. С ней поступают просто. Но тут эстафетную палочку перехватывает Никита, и его участь тоже решена. Таня звонит Павлову, говорит, что согласна дать деньги, они договариваются о встрече на конспиративной квартире. Таня заявляет всем, что у нее мигрень, ложится спать, а ночью тайком едет на свидание.

— Так вот свет фар чьей машины разбудил меня и вот почему Никитка купил конфеты «Моцарт»!..

— Только попробовать он их не успел, открыл дверь, увидел Таню и пошел на кухню, а за женщиной в квартиру вдвинулся Козлов. И уже совсем глупо было со стороны Алены упоминать, что она знает кличку Жок. Привычка младшей сестрицы каждый день обедать в Доме композиторов сильно облегчила дело. Федор вновь воспользовался краденой машиной. Зою давил «Фольксвагеном», Алену — тоже. Кстати, автомобиль пока не нашли.

— Но почему ни Никита, ни Зоя сразу не сказали мне, что следует проследить за Таней? Почему нагнетали таинственность?

— Может, до конца не доверяли тебе.

Эпилог

Козлова арестовали, впрочем, Соню и Артема тоже.

Первый получил пожизненное заключение, а

медсестра и психиатр были осуждены за похищение Валентины. Олимпиада Евгеньевна в процессе следствия скончалась и никакого наказания не понесла. Минимальным сроком отделалась и доктор Яковлева. Валентину поместили в больницу, где она медленно приходит в себя. Правду от нее пока скрывают. Аллу и Петю даже не вызывали к следователю — не было никакой необходимости в их показаниях.

Таню и Варю не нашли. Скорей всего, почуяв опасность, моя бывшая соученица схватила ребенка и улетела на Кипр. Когда стали проверять списки пассажиров, сотрудники припомнили странную даму, нервно предъявлявшую билет с открытой датой. Она была готова лететь без места. С ней была девочка лет тринадцати. Дама показала на контроле загранпаспорт на имя Попандопуло Алины Михайловны, российской гражданки, вышедшей замуж за грека, девочка значилась как ее дочь — Попандопуло Мария. Как только эти сведения попали на стол к Дегтяреву, он понял, что Таня давно заготовила фальшивые документы. Для въезда на Кипр не нужна виза, а куда они отправились потом, неизвестно.

Ровно через месяц после описываемых событий я нажала на кнопку звонка квартиры в Ломаевском проезде. Дверь открыл заспанный Боря. Увидав меня, парень так и подскочил:

— Вы? А клуб-то разогнали.

— Не передумали в Париж лететь?

— Это вы что, всерьез?

— Серьезней некуда, — сказала я и выложила на стол билет, пачку денег и конверт.

— А виза? — только и сумел пробормотать ошалевший парень.

— Подойдешь сегодня к семи вечера во французское посольство к господину Горуа, он тебя ждет и все оформит моментально. Улетаешь в среду. В Париже, в аэропорту Шарля де Голля, найдешь выход №21, там будет стоять рыжеволосая дама — госпожа Наталья Макмайер. Она отведет тебя к Эжену Лагранжу, а тот даст работу и жилье.

— Боже, — заметался по квартире Борька, — боже, что брать с собой? А где у него стриптиз-клуб, в самом Париже?

— Там узнаешь, — пообещала я и стала глядеть, как он мечется по комнате, роняя поочередно то блестящие трусы, то носки с розовыми подвязками.

Впрочем, вся эта проституточная одежда парню не понадобится. У Эжена большая молочная ферма, на которой постоянно требуются работники. А таскать навоз в шелковых лосинах Борьке явно будет неудобно. Эжен даст парню комбинезон. Кстати, у Лагранжа есть дочь, довольно некрасивая Люси, но отец в ней души не чает, а фактуристый, накачанный Борька должен понравиться девушке. То, что он русский, только прибавит ему шансов. Мать Эжена родом из Вязьмы, и в семье прилично говорят на нашем языке. Так что парня ждет нормальная жизнь, надеюсь, он забудет клуб «Жак», как страшный сон.

Литературно-художественное издание

Донцова Дарья Аркадьевна
ВЫНОС ДЕЛА

Ответственный редактор *О. Рубис*
Редактор *В. Юкалова*
Художественный редактор *В. Щербаков*
Художник *А. Дубовик*
Технический редактор *О. Куликова*
Компьютерная верстка *В. Азизбаев*
Корректор *Н. Бахолдина*

Подписано в печать с готовых диапозитивов 25.03.2003
Формат 84×108 $^1/_{32}$. Гарнитура «Таймс». Печать офсетная.
Усл. печ. л. 21,84. Уч.-изд. л. 15,71.
Тираж 12 000 экз. Заказ 6764.

ООО «Издательство «Эксмо».
127299, Москва, ул. Клары Цеткин, д. 18, корп. 5.
Интернет/Home page — www. eksmo.ru
Электронная почта (E-mail) — info@ eksmo.ru

По вопросам размещения рекламы в книгах издательства «Эксмо»
обращаться в рекламное агентство «Эксмо». Тел. 234-38-00.

Оптовая торговля:
109472, Москва, ул. Академика Скрябина, д. 21, этаж 2.
Тел./факс: (095) 378-84-74, 378-82-61, 745-89-16.
Многоканальный тел. 411-50-74. E-mail: **reception@eksmo-sale.ru**

Мелкооптовая торговля:
117192, Москва, Мичуринский пр-т, д. 12/1. Тел./факс: (095) 411-50-76.

Книжные магазины издательства «Эксмо»:
Супермаркет «Книжная страна». Страстной бульвар, д. 8а. Тел. 783-47-96.
Москва, ул. Маршала Бирюзова, 17 (рядом с м. «Октябрьское Поле»). Тел. 194-97-86.
Москва, Пролетарский пр-т, 20 (м. «Кантемировская»). Тел. 325-47-29.
Москва, Комсомольский пр-т, 28 (в здании МДМ, м. «Фрунзенская»). Тел. 782-88-26.
Москва, ул. Сходненская, д. 52 (м. «Сходненская»). Тел. 492-97-85.
Москва, ул. Митинская, д. 48 (м. «Тушинская»). Тел. 751-70-54.
Москва, Волгоградский пр-т, 78 (м. «Кузьминки»). Тел. 177-22-11.

Северо-Западная Компания представляет весь ассортимент книг издательства «Эксмо».
Санкт-Петербург, пр-т Обуховской Обороны, д. 84Е.
Тел. отдела реализации (812) 265-44-80/81/82.

Сеть книжных магазинов «БУКВОЕД». Крупнейшие магазины сети:
Книжный супермаркет на Загородном, д. 35. Тел. (812) 312-67-34
и Магазин на Невском, д. 13. Тел. (812) 310-22-44.

Сеть магазинов «Книжный клуб «СНАРК» представляет самый широкий ассортимент книг
издательства «Эксмо». Информация о магазинах и книгах в Санкт-Петербурге по тел. 050.

Всегда в ассортименте новинки издательства «Эксмо»:
ТД «Библио-Глобус», ТД «Москва», ТД «Молодая гвардия»,
«Московский дом книги», «Дом книги в Медведково», «Дом книги на Соколе».

Весь ассортимент продукции издательства «Эксмо»
в Нижнем Новгороде и Челябинске:
ООО «Пароль НН», г. Н. Новгород, ул. Деревообделочная, д. 8. Тел. (8312) 77-87-95.
ООО «ИКЦ «ДИС», г. Челябинск, ул. Братская, д. 2а. Тел. (8512) 62-22-18.
ООО «ИнтерСервис ЛТД», г. Челябинск, Свердловский тракт, д. 14. Тел. (3512) 21-35-16.

Книги «Эксмо» в Европе — фирма «Атлант». Тел. + 49 (0) 721-1831212.

ОАО «Тверской полиграфический комбинат».
170024, г. Тверь, пр-т Ленина, 5.